ちくま学芸文庫

増補改訂 帝国陸軍機甲部隊

加登川幸太郎

筑摩書房

【目次】増補改訂　帝国陸軍機甲部隊

増補改訂　帝国陸軍機甲部隊

帝国陸軍機甲部隊の主力戦車、九七式中戦車と九五式軽戦車（後方）

第一章　マレー電撃戦、機甲兵突進す

昭和十六年十二月八日、午前零時がすぎた。マレー半島、シンゴラ上陸をめざす日本軍輸送船上である。

神園清秀、彼は戦車第一連隊第三中隊に属する戦車の操縦手である。少年戦車兵の第一期生、二〇歳。この年の八月、千葉の陸軍戦車学校の生徒隊を同期生一四七名とともに卒業し、久留米市の戦車第一連隊に配属された、いわゆる〝若獅子〟の一人で、秋以来この戦争にそなえて猛訓練にはげみ、今その初陣《ういじん》である。故国を離れて南海をゆくこと数千キロ、一カ月半をこす船倉生活の終りであった。

突然、ブザーが鳴りひびき、上陸準備の号令がかかった。上陸地点であるタイ国領シンゴラを目のまえにして、前夜から身のまわりの整理は終っていた。反射的にとびおきた神園伍長は第三船倉におりて、愛車である第十三号車の操縦席についた。始動ボタンをおすと、エンジンは快調な音をたて始める。船倉内は各車の始動で排気ガスが立ちこめる。

波が高くなったのか、ローリングがひどくなり気分がわるい。やがて船はグゥッ、グゥッとスクリューを逆回転し、懸命に停止しようとしている。いよいよ泊地に進入したらしい。

第一回上陸は戦車第三中隊。時刻は午前三時。上陸地点は懐中電灯の信号で指示する。波高二メートル、大発《だいはつ》（上陸用舟艇）移乗に注意！　やつぎばやに小隊長の命令がとんでくる。

クレーンがうなり、搭乗員を載せた戦車を宙吊りにして移乗が始まった。ゆれ動く大発に一五トンの戦車をのせる作業は難事中の難事だ。もし、ワイヤーの一方がはずれでもすれば、乗員もろとも海中に沈んでしまう。脱出など絶対に不可能だ。

ようやく戦車三輌移乗に成功、第一梯団出発！

他の輸送船からも続々と発進しているようだ。内地を出発したのが十月十五日、いま全車の将兵が、シンゴラの海岸をめざして突進している。かねて覚悟はしていたものの、戦いがいま始まったのだ、という実感で神園伍長は身のひきしまる思いであった。

突然、大発がダ、ダ、と停船した。付近は意外に遠浅らしく、海岸まではまだ六〇メートルもあろうか。戦車は海中におどりこむ。前照灯までの水深である。途中でエンストしたが最後、再度の発進の不可能なことは演習で経験している。砂地に履帯が埋まってしまうからだ。ただエンストさせないことに全神経を集中する。海岸までの距離が無限に遠いような感じだ。やがて白い砂浜が見え、戦車は水しぶきをきって猛然と上陸した。

上陸成功！　車長の甲高い声が車内にひびく。激浪のなかの揚陸作業はきわめて難しく、戦車、自動車で接岸上陸できたのは、この小隊だけであった。戦車中隊主力もおくれてシンゴラ埠頭《ふとう》での上陸となった。

小隊長は寺本弘中尉。昭和十五年、陸軍士官学校の機甲兵種卒業の第五十四期生。当年二一歳の若武者である。

第五師団のマレー上陸

山下奉文《ともゆき》中将の指揮する第二十五軍の第一梯団である第五師団のマレー半島上陸であった。神園伍長の属する戦車第一連隊は、戦車第二連隊、戦車第六連隊、戦車第十四連隊とともに第三戦車団という編合をもって、この軍に属していた。そして戦車第一連隊は、シンゴラ、コタバルに上陸する第五師団に配属されて先陣を承ったわけである。

第五師団は、その若い番号の示すように、日本陸軍でもっとも古い伝統を誇り、日清・日露両戦役以来の戦歴をもっている。広島市を本拠とする師団で、上陸作戦専門に訓練されていた。このマレー上陸作戦当時には、全師団が自動車で作戦するように改編されていた。臨時ながら自動車化師団であった。

神園伍長の属する戦車第一連隊は、その番号のとおり日本で最初の戦車連隊である。大

敵前上陸の訓練をかさねて――（神園清秀氏撮影）

正十四年（一九二五年）、久留米市に第一戦車隊として創設されて以来、事変となるとかならず先頭をきって出動した歴戦の部隊。連隊長向田大佐以下、みな戦車界の生えぬきであり、伝統に輝く部隊であった。

この上陸地点のシンゴラはタイ国領土で、上陸時に抵抗をうけないのは勿論、その後もタイ国軍が協力するように事前交渉がなされているはずであった。しかし手違いが重なって、タイ側の協力が得られず、車輛の準備などもできていなかった。

第五師団の第一梯団である歩兵第四十一連隊、捜索第五連隊、歩兵第十一連隊の上陸は、激浪のなかで海没するものも生ずる難上陸ではあったが、敵対行為をうけずに完了した。上陸したとなると、全軍の先頭

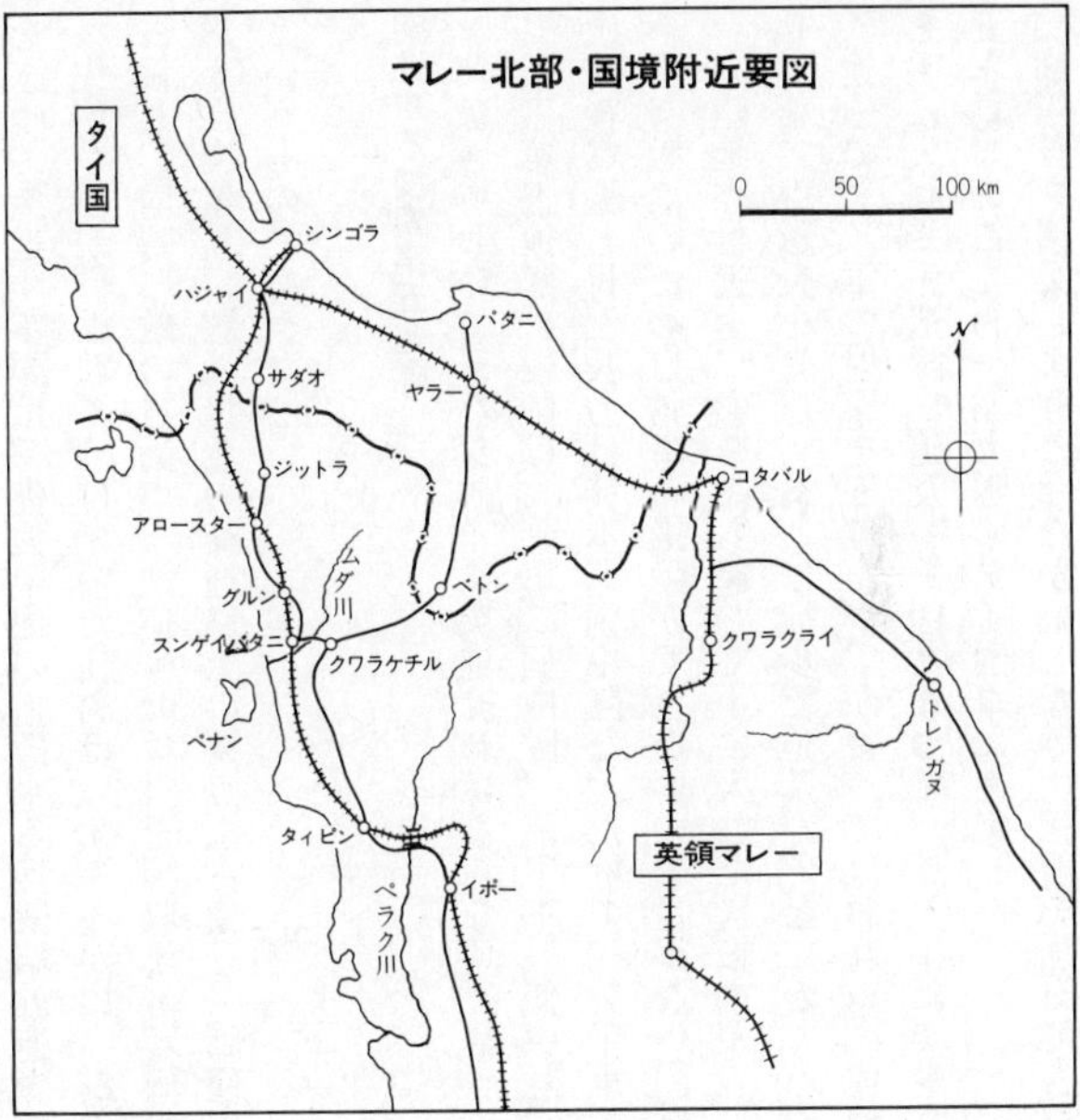
マレー北部・国境附近要図
タイ国
0 50 100 Km
N
シンゴラ
ハジャイ
パタニ
サダオ
ヤラー
ジットラ
コタバル
アロースター
ムダ川
グルン
ベトン
スンゲイパタニ
クワラケチル
クワラクライ
ペナン
トレンガヌ
タィピン
英領マレー
イポー
ペラク川

をきって突進するのは、佐伯中佐の指揮する捜索第五連隊である。

佐伯中佐が、かねてうけていた任務は「すみやかにハジャイに突進して、付近の要点を占領し、同時に敵の自動車、鉄道輪転材料を押収する。爾後、主力をもってすみやかにサダオに突進し、該地以北の交通路上の要点を占領し、師団主力の突進を容易ならしめよ」というものであった。

突進する捜索第五連隊

何はさておいてもハジャイに突進せねばならない。

捜索第五連隊の編制は、乗車二個中隊、装甲車一個中隊、山砲一個小隊などであったが、上陸後掌握《しょうあく》し得た兵力は徒歩二個中隊などだけで、装甲車中隊や砲兵はどうなっているか不明、激浪のため自動車の揚陸ができないので足がない、という状態であった。

上陸地点付近を、あちこち探して手に入れた自転車が五〇輛ほど。乗れるだけの兵を乗せて第二中隊長を先遣、あとは徒歩で追及だ。とにかくハジャイに急がねばならぬ。

途中でタイ軍の射撃をうけたが、かまってはおれぬ。佐伯中佐は途中、自転車や自動車を手に入れて先遣隊に追及、一団となってハジャイに突進する。道はよい。行くこと約二五キロ、ここで約一個大隊のタイ国軍に衝突した。

部隊長を懐柔しようとしたが応じない。猛射を加えてきたので、速射砲をよびよせて反撃する。やや苦しい戦いだったがタイ国軍は白旗を掲げ、その兵営内の全自動車で佐伯部隊をハジャイに輸送することを承知した。

車が確保された上は、急進あるのみ。午後二時、はやくもハジャイに到着、付近にあった自動車全部と列車を押収した。

このとき友軍機から通信筒投下で、「十二時、英機械化部隊、北進中」との通報があった。中佐はハジャイ付近に陣地を占領して、軍主力の上陸を援護する決心をした。そのころ配属砲兵が、ようやく追いついてきた。ところが軍参謀の辻政信中佐が、野砲、戦車の部隊をつれて到着、国境陣地の偵察をするため「サダオに前進しろ」という。佐伯中佐は、敵の機械化部隊の編制装備はわからぬが、夜襲によって撃破できると考え、日没とともに激しいスコールをついて前進を開始した。

行くこと三〇キロ、サダオに接近すると突如、猛射を集中された。それで敵の位置がわかったので、ただちに夜襲を敢行した。敵はたちまち算を乱して潰走する。敵は装甲車すくなくも二〇輛を有する、三〇〇名を下らない機械化部隊であった。ときに八日の午後十一時三十分。連隊は開戦初日に約七〇キロを突進し、はやくも国境陣地近くに進出したのであった。捜索連隊ならではの活躍ぶりである。

師団主力、南進開始

明けて九日、上陸後の集結を終った第五師団主力は、南進を開始した。まず歩兵一個大隊と戦車一個中隊などをサダオに向けて急進させ、国境突破の準備をする。寺本中尉や神園伍長の戦車第三中隊である。

佐伯部隊には「国境陣地の偵察」が命ぜられた。ところがサダオ西方の橋梁は敵に破壊され、朝から工兵隊が修復しているのだが、まだ完了しない。そのさき国境までの橋梁は、みな破壊されている。時がたつほど敵陣地は固くなろうし、交通路の破壊も徹底的となろう。捜索連隊は徒歩で前進を強行し、装甲車などは橋が修理されたら追及することになった。

佐伯静夫中佐・捜索第五連隊長

日没後、前進を開始した連隊は九日の夜半、国境から五〇〇メートルの税関家屋に達した。偵察してみると、これからの道路はひどく壊され、障害物も設けられている。しかも、この付近には敵弾がさかんに集中し、死傷者も続出する。もたもたしていては敵情はわからない。連隊に追及中の歩兵、戦車部隊はまだ到着しないが、佐伯中佐はここで威力偵察を行なう決心をした。敵を攻撃して感触をさぐろう、というのである。

連隊は徒歩二個中隊で前進を開始した。国境を示す大標柱を星明りのなかに認める。いよいよ国境をこえたのだ。敵地だ。ジャングル、ゴム林、排水壕をたどりつつ敵に肉薄する。敵陣地に突入すると英軍は周章狼狽《ろうばい》、もろくも潰走した。これが英軍の第一線陣地であったが、連隊は機を逸せず追撃にうつり、敵と交りあって突進したから第二線陣地からは射撃をうけることなく突入、これも難なく奪取した。つづいて第三線陣地に向かって突進。敵は抵抗もせずに退却。たちまちにして敵陣地の全部を占領してしまった。

時に十日午前六時三十分であった。

わずか二個中隊で国境陣地を一挙に突破したのである。おどろくべき成功である。

元来、乗車部隊、装甲車部隊からなる〝ミニ機械化部隊〟の捜索連隊だが、車がないとなれば自転車、ありあわせの車、あるいは徒歩急行軍など、戦況、地形の実際に即してのみごとな戦《いくさ》ぶりである。

兵士も勇敢だが、指揮官の佐伯中佐、これがひととおりの指揮官ではない。この時期、日本陸軍では戦車兵と騎兵が統合されて、機甲兵という兵種（昭和十六年四月以来）になっていたから中佐も機甲兵だが、騎兵将校のよい伝統精神の看板のような指揮官である。

これまでにも、全軍をアッといわせるような戦をしている。

昭和十四年に中支戦線で、第四十師団に属する騎兵第四十連隊長のときに九宮山攻撃にあたり、乗馬二個中隊、機関銃一個中隊の部隊をもって、師団の攻撃諸縦隊の右翼縦隊として参加し、勇名をはせた。地形の峻険錯雑したところを全員馬をすてて徒歩急行、連日連夜一日四、五〇キロを前進し、他の歩兵、砲兵の縦隊より先行して、わずか三〇〇名にみたぬ兵力で敵の本拠地を急襲占領、四周よりの反撃をうけて孤立無援の苦戦をつづけながらも、これを守りきったことがある。

また昭和十六年一月の予南作戦では、徒歩一個小隊、乗馬一個小隊、機関銃一個小隊の騎兵に、徒歩一個大隊を加え、佐伯支隊として汝南城の敵情捜索を命ぜられた。佐伯中佐は、師団主力よりも二日先行して汝南城に近づいたが、奇襲の機ありとみて、おりからの烈風を利し、みずから騎兵小隊を率いて駈歩で急進、城門を奇襲して一挙に三〇〇〇名の敵兵の拠った汝南城を占領してしまった。敢為の精神といい、そのかんといい、戦国時代の名将を思わせるような指揮官である。この人が第五師団の先陣をうけたまわっているのである。

佐伯挺進隊

迅雷《じんらい》のように国境陣地を突破した佐伯中佐に、新任務があたえられた。十二月十日、佐伯連隊に新たに戦車第一連隊第三中隊、山砲一個中隊、工兵一個小隊、衛生隊防疫給水部の一部を加え佐伯挺進隊として、一挙にペラク河に進出せよ、というものであった。

マレー半島の交通は、ジャングルの間の長隘路《ちょうあいろ》だけである。敵は道路、橋梁を徹底的に破壊している。尋常な手段では時間を要し損害が多い。ことに中部マレーのペラク河にかかる大橋梁は、もしこれが破壊されると修理がきわめて困難である。何とかこれを無傷でおさえることが、作戦計画立案当初からの第二十五軍の一大関心事なのであった。

挺進隊の計画は佐伯中佐自身の発案によるものと伝えられているが、国境突破の腕前といい、これまでの実績といい、まさに最適任であろう。

この佐伯中佐のもとに、小さいながら機械化部隊が編成された。これに加えられた神園伍長の属する戦車第三中隊は、戦車第一連隊（軽戦車一個中隊、中戦車三個中隊）の中戦車中隊である。九七式中戦車一〇輛と軽戦車二輛で装備されていた。中隊長は山根中尉、支那事変中、軍神西住戦車長の部下として活躍した老練な歴戦の将校である。

寺本弘中尉（戦後、陸上自衛隊統幕学校副校長）はこの第一小隊長、九七式中戦車三輛と乗員一四名を指揮しての初陣である。

寺本中尉の回想

《十日の夜、佐伯部隊長から命令を受けて帰ってきた山根中隊長の顔には、ただならぬ気配が感じられた。さっそく各小隊長は、掘立小屋に設けられた中隊本部に集合を命ぜられた。ローソクの光のもとで、中隊長は受領した命令の要旨を、訥々《とつとつ》と図上で説明を始めた。

それによると、国境から約一三キロ南に入ったところに、チャンルンというケダ州北部の関門があり、その付近に有力な敵の防禦線があるらしい。この敵を第五師団の歩兵部隊が砲兵支援のもとに攻撃する。歩兵が第一線に突入したならば、間髪を入れず戦車中隊を先頭に佐伯部隊が突進する。戦車中隊は退却する敵に混入突進して敵中を突破し、戦車二輛でジットラ橋梁を、戦車三輛でアロースター橋梁を、残余の中隊主力をもってスンゲイバタニー橋梁を確保する。佐伯部隊は戦車中隊の後方を続行し、スンゲイバタニーでこれを超越して、一挙にペラク河まで急進し、同橋梁を確保する、といった突進の構想である。せまい掘立小屋は、一瞬にして緊張と重苦しい雰囲気につつまれた。「無茶だ!」誰かがはきすてるようにいった。「あまりにも敵をナメすぎている」私も同感であった。今までは奇襲で突進してきたが、これからは敵の領内だ。敵はその面目にかけても頑強に抵抗するであろうし、国境付近の大規模な道路破壊はその証拠だ。しかも中隊が突進を命ぜられたチャンルン以南約一〇〇キロのあいだの敵情は、まったく不明である。連日の過労に神経がたかぶっていたせいもあるが、血気さかんなわれわれは中隊長を突きあげたのであった》

無理もない。もともと歩兵に直接協同することを主として訓練されてきた戦車部隊に、こうした挺進行動はなじみのない行動なので、開戦前の訓練はこの作戦にそなえて、穿貫突進専一に続けられたのではあった。

錐《きり》をもみこむような突進行動はかねて覚悟はしていたものの、あまりにも大胆、無謀とも考えられる計画であった。ことに戦車一個小隊ずつを縦深に分散して橋梁を確保という任務はつらい。中隊一丸となって突破して、あとは後続部隊にまかすのが望ましい、というのが各隊長の思いであった。支隊長の命令をうけた山根中隊長の思いもそうであったろうし、悩みもそこにあったのであろう。

寺本氏の手記はつづく。

《中隊長としては内心われわれと同意見であっても、今それを口に出すことのできない、指揮官としての責任と苦悩があった。すでに命令は出されているのだ。ゆれるローソクのもとで、血のにじむような研究討議が行なわれ、次のような戦闘計画がたてられた。

突進は第三小隊（中戦車三輛）を尖兵とし、中隊長戦車、第一小隊（中戦車三輛）、第二小隊、中隊本部の残余（軽戦車二輛）の順序で、まず第三小隊がジットラ橋梁を、ついで第一小隊がアロースター橋梁を、中隊長は第二小隊とその他の戦車でスンゲイバタニー橋梁を確保することになった。頑張って確保している期間は後続兵団の来着まで、二日間と示されていた。中隊段列（補給部隊）を同行するのは困難だから、各車にできるかぎりの弾薬、燃料を積載、戦闘間の故障車のうち同行困難なものは敵中に放置する。死傷者は万難を排して目的地まで同行する。橋梁を確保するには、せめて歩兵の一小隊でも欲しいのだが、それは許されぬので、近接戦闘のため各戦車に車外員（予備乗員）二名を同乗、つ

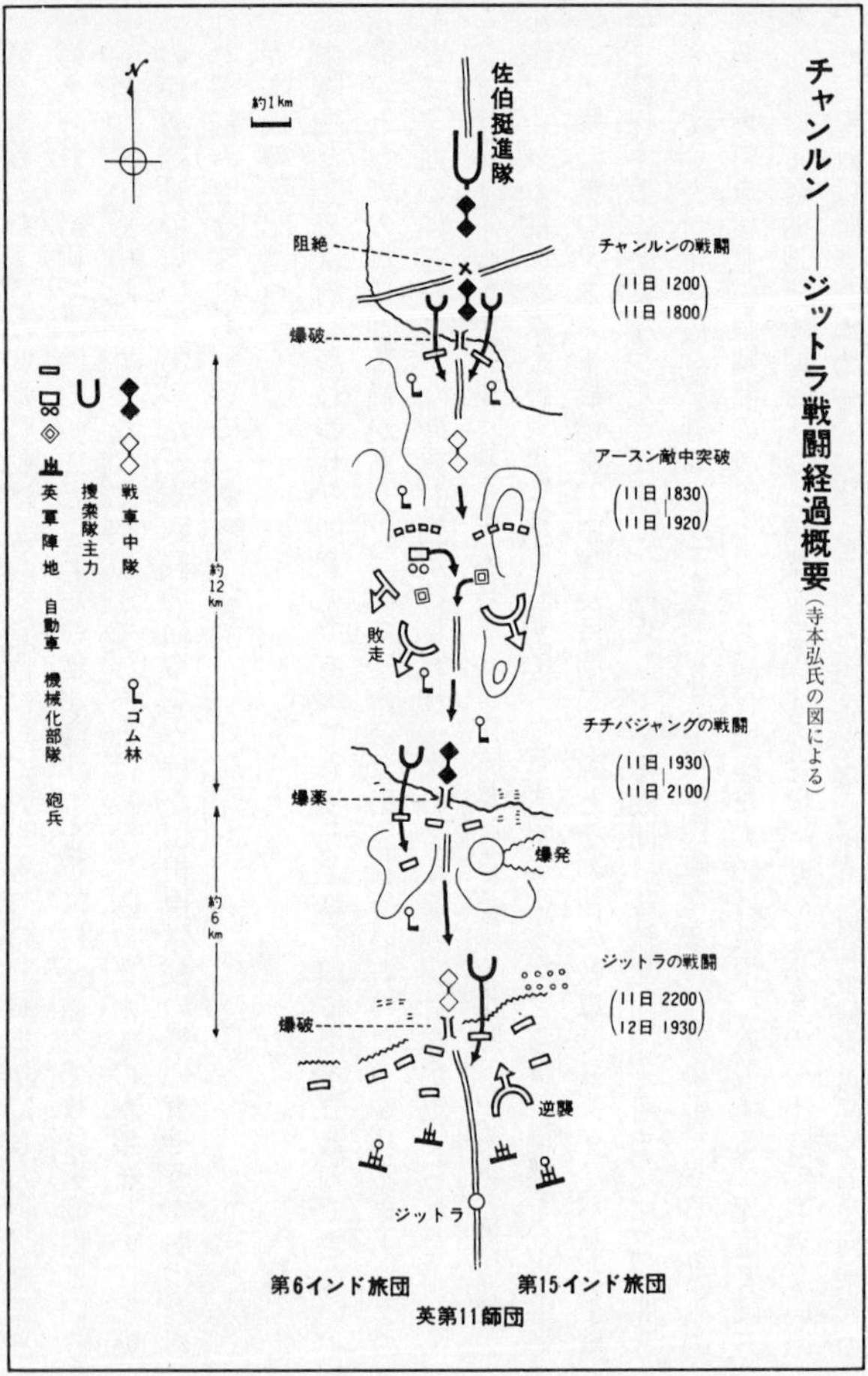
チャンルン――ジットラ戦闘経過概要
（寺本弘氏の図による）
佐伯挺進隊
約1km
阻絶
爆破
チャンルンの戦闘
（11日 1200
11日 1800）
アースン敵中突破
（11日 1830
11日 1920）
敗走
チチバジャングの戦闘
（11日 1930
11日 2100）
爆薬
爆発
ジットラの戦闘
（11日 2200
12日 1930）
爆破
逆襲
ジットラ
第6インド旅団
第15インド旅団
英第11師団
約12km
約6km
戦車中隊
捜索隊主力
英軍陣地
自動車
機械化部隊
砲兵
ゴム林

れて行くことにした。したがってせまい戦車の中に、六名がひしめくことになったのであった》

佐伯中佐は、このとき命令を下すにあたって、次のような訓示を与えたという。防衛庁戦史部編纂の「マレー進攻作戦」による。

《今後の突進にあたっては、一車が止まれば一車をすて、二車が止まれば二車をすて、友軍であろうが敵であろうが、乗りこえ、踏みこえ、突進ができなくなるまで、ただ突進せよ。側射や背射をうけても、とどまって応戦することを許さない。これらはすべて突進の終った後に処理すればよし》

上陸すると、ただちに前線にかけつけ国境陣地を突破した戦車中隊はゴム林に待機、車陣をつくって宿営していた。神園伍長も初陣の砲火の洗礼をうけ、このさきのシンガポールまでの戦闘を思いながら、戦車の整備や手入れに余念がなかった。夜中に中隊全員が集められ、中隊命令が下された。

山根中隊長は「明日からの突破戦闘は必死行である。周到な戦闘準備のほかに各人の身のまわりの整理も完全にしておくように」と訓示した。

終って水盃《みずさかずき》がくみかわされた。だれも何もいわない。まったく無言のうちに、別れの水盃を飲みほしていく。

佐伯支隊突進

佐伯支隊は戦車中隊を先頭に、捜索第四中隊（装甲車）、捜索第二中隊の一小隊（乗車）、連隊本部、通信小隊、捜索第二中隊主力（乗車）、山砲中隊、捜索第一中隊（乗車）、工兵小隊、衛生隊の防疫給水部の各一部の順に行軍序列が定められた。

神園伍長らの戦車中隊が、戦車や鉄砲の点検整備が終ったころには、重苦しい夜もしらじらと明け、十二月十一日となった。

「攻撃前進」は午前十一時であった。「乗車！」あれこれ思っている隊員たちの妄念を吹きとばすような大声に、一せいにはじかれるように戦車にとびのる。小雨は南国特有のスコールにかわり、地面をたたきはじめた。

「発進！」一二輛の戦車は、いっせいに雨のなかに突っこんで行く。

ただ操縦桿をにぎりしめて神園伍長は、前車のあとを追う。国境から三〇キロも走ったろうか、寺本小隊長の戦車が急停車した。一〇メートルほど前方に、大木を切りたおし、コンクリートを流しこんだドラム缶が二〇本ちかく立っている。付近には対戦車地雷も埋設してあるものと思われた。

この付近がチャンルンの部落であった。前夜、歩兵第四十一連隊の部隊が、ここを夜襲し突破している。支隊は、この歩兵を追いこして突進するのである。寺本氏の手記はつづく。

《道路阻絶に遭遇したので、両側がゴム林だから迂回しようと思ったが、迂回路には敵の砲弾か地雷にやられたらしく、友軍の死傷者が血潮のなかにうごめいている。踏みこえていくわけにはいかない。やむなく全員で道路上の障害を排除することにした。処理が終り、第三小隊長車、中隊長車、私の戦車が通過したとたん、敵砲兵が集中火をあびせてきた。マイクロフォンが設置されていたのかもしれない。戦車の天蓋から上半身を乗り出していた私は、その爆風で一瞬気が遠くなるほど胸部を天蓋にたたきつけられた。「後続戦車は大丈夫か？」思わず後方をふりかえったが、集中砲火をくぐってつぎつぎと雄姿をあらわしてくる。

前方五〇〇メートルの地点では、友軍歩兵が幅一〇メートルあまりの河をはさんで敵と戦闘中だ。中隊が全速力で橋梁を突破しようとする瞬間、大音響とともに橋が爆破されてしまった。

左側は湿地帯で、右はジャングル。中隊はただちに道路いっぱいに展開した。しかし直接敵を射撃できるのは前方の三輛の戦車だけで、残余は左右を警戒するだけである。

停止すると同時に対岸の道路両側にそって探射をする。敵の姿は見えない。戦車の探射に誘われたか、対岸から機関銃の曳光弾が飛んでくる。装甲にあたって無気味な音をたてる。道路両側から、黒い人影がジャングルに逃げ込む。ときおり真っ赤な火の玉が戦車の頭上をかすめる。対戦車砲弾だ。これが命中すれば戦車は一瞬にして火を吹いていたに相違ない。なにしろ戦車のなかには増加積載の弾薬や手榴弾《てりゅうだん》がごろごろしており、まるで火薬庫同然なのだから。

この間、歩兵はジャングルを踏破し喚声をあげて敵陣地に突入していく。前方三〇〇メートルの側路から、約一〇輛の敵のトラックが逃げだそうとするが、その大部分は戦車砲の餌食《えじき》となって燃え上がる。

敵はよほどあわてたとみえて、橋梁の爆破は完全ではなく、わずかながら形を残していた。補修材料もちかくで集めることができた。全員が工兵隊の作業を手伝って、予想外に早く補修ができた。戦車の通過もまず大丈夫となったころ、南方特有の猛烈なスコールがやってきた。夕刻にはまだ間があったが、しのつく豪雨で暗夜のようになってしまった。

「今だ！」戦車中隊は橋をわたり、突進に移った。前方には突撃した歩兵がいるはずだが、人の気配もない。ただ雨が滝のように地面をたたき、エンジンの音もかき消されるほどである。約五キロほど急進したと思われたころ（アースン付近）道路上に十数輛の車が放置されてあるのが見えた。ちょうどこのころ、足のはやいスコールも過ぎさり、あたり一面明るさをとりもどしてきた》

神園伍長は、あいかわらず操縦桿をにぎりしめて、ひたすら前車を追う。こんどはどの辺で敵サンが射ってくるかな、ふとそんなことを考える余裕もできてきた。しばらくして寺本小隊長車が停車、発砲を始めた。敵だ。

ふたたび寺本氏の手記。

《周囲は一面ゴム林であった。おどろいたことにゴム林には無数の天幕が立ちならび、あちこちに人影が動く。林道には自動車、装甲車がぎっしりつまっている。「敵だ！」ところが敵は我々を友軍と思っているのか全然射ってこない。まず尖兵戦車の銃砲が、自動車の後方の数門の砲に向かって火を吹いた。つづいて中隊の全戦車砲が、両側のゴム林に休息している敵の頭上に榴弾の雨をふらした。いままで静かだった戦場は一変した。まさに修羅《しゆら》の巷《ちまた》だ。ゴム林深く逃げこむ敵兵、メクラ滅法に射ってくる敵兵。しかし戦車はこれを相手にしている余裕はない。突進をつづけるだけだ。

戦車中隊は、路上の英軍を踏みにじり、はねのけながら突進をつづける。支隊の装甲車中隊など一丸となってこれを追う。英軍の退路もこの道一本だから、道路閉塞はできない。自分の退路を遮断し自分の首をしめることになるからだ。

戦車中隊は戦車砲を縦横に使いながら、敵の装甲車や自動車を破壊炎上させ、路上を右往左往する敵に車上から手榴弾や拳銃弾をあびせながら突進する。驀進《ばくしん》する各戦車の前後には敗走する英軍の車輛が交りあって、まるでサンドウィッチである》

英軍集結地の末端に達するのに、わずか二〇分ほどの突進であった。あとに残った敵の始末は佐伯支隊のやることではない。後続部隊が手に入れた鹵《ろ》獲品《かくひん》は、自動車一〇〇輛、装甲車四〇輛、榴弾砲、速射砲、迫撃砲など三〇門をこえ、その他兵器弾薬など多数であった。まさに快勝である。

敵味方サンドウィッチで突進をつづけた戦車中隊は夕刻、チチパチャンゲの橋梁に達した。付近は大湿地、三〇メートルの河の橋梁には爆破装置がつけられているが、まだ破壊はされていなかった。前面には陣地があるらしく、機関銃弾が先頭車に集中する。後方でも銃砲声がしている。両側のゴム林を敗走する敵の徒歩兵が、続々と浅瀬をわたって逃げて行く。前後左右すべて敵部隊が充満しているのだ。

寺本氏の手記はつづく。

《残念ながら、われわれは地雷や爆薬の処理法を知らない。橋梁を偵察してみると橋桁に沿う導線をみつけた。とにかくそれを切断しろ、と銃砲火を集中して吹きとばしてしまった。これが功を奏したのか、一時間後に佐伯部隊が到着し、その徒歩兵が渡河攻撃して前岸を奪取してもなお橋梁は爆破されず無傷のままで残っていた。この間、戦車中隊は前後左右の敵の中にあって孤軍奮闘をつづけたのであった》

暗夜の突進

《佐伯部隊の徒歩部隊が前岸を占領したころには、十一日の夜になっていた。戦車中隊には、ふたたび「突進！」の命が下された。橋梁をわたり暗夜に白く浮んでいる道路を二キ

マレーを進撃する戦車隊

ロほど前進したが、佐伯部隊の前線はみつからない。しかし、左側のゴム林の中で、さかんに懐中電灯が明滅する。

「どうも様子がおかしい」

中隊は戦車のエンジンを止めて息をこらした。ゴム林の中から、ざわめきや金属音がきこえてくる。

「敵だ！」

たちまち中隊の全戦車砲が火を吹いた。と同時に大音響とともにゴム林たかく火柱が立ちのぼり、一面真紅の炎、まるで昼間のように明るく照らしだされた。敵の弾薬・燃料集積所に引火したらしい。

だが、これでわれわれも不動明王のように浮き彫りにされてしまった。右側のゴム林から射撃を集中され、誘発する敵の弾薬の破片がところかまわず飛び散り、これまで戦車から下車して直接警戒にあたっていた車外員は、一瞬にしてほとんど負傷してしまった。さいわい肩や胸の軽傷で済んだのは幸せであった。

負傷者の処置を終り、佐伯部隊と連絡を確保した中隊は、ふたたび突進に移った。無灯火の前進では前後車の連絡に不便で、かえって敵に乗ぜられると思われたので、あかあかと前照灯をつけて昼間速度で突っ走ることにした。

前進中いちばん心配なのは、地雷と敵の肉薄攻撃、それも樹上から手榴弾を投げられることだ。

ときどき黒い一団が、前照灯に照らしだされては両側の闇に消える。もとより敗走する敵だ。

約一〇キロほど突進したところ、爆薬が敷設された橋梁にさしかかった。前照灯に照らし出された両側の溝には、キラキラと鉄かぶとが光る。

「敵だ!」

車中から手榴弾が投げられ、拳銃弾が乱射される。敵は肉薄攻撃をするでもなく退いてしまった。全戦車はエンジンを止め、すべての照明を消して周囲の情勢をうかがう。右側は平坦地だが左側は黒々としたものがおおいかぶさり、山か森林かわからない。右は確かに湿地帯だと確認できたので、左側は丘陵だろうと判断し、敵の逆襲に備えて、その稜線に銃砲の標定射撃の準備を命じた。

しばらく無気味な沈黙がつづいた。二〇分もたったか、後方から部隊本部到着の報があったので、中隊長と私は三〇〇メートルほど後方の本部に出頭し、報告をし指示をうけて戦車の位置にもどってきた。

そのとき、突然、橋梁が大音響とともに爆破された。敵方の空が明るくなったとみるや、敵砲兵が猛烈な集中砲火をあびせてきた。さらに前方両側から機関銃の曳光弾や対戦車砲の火の玉がとんでくる。集中砲火の真っ只中におかれた戦車は、地震にあったようにゆれる。闇夜に鉄砲といっても、標定された射撃である。これに対してわれわれも黙っているわけにはいかない。戦車砲に適当な射界と方向をあたえて射ちまくった》

敵の準備した陣地にぶつかったのである。

佐伯部隊長は十二日午前三時五十分、第一中隊に道路東側陣地に対する夜襲を命じた。第一中隊は午前五時ごろ、トーチカのある火点を占領した。

このころ、わが第一線と本部付近に対する英軍砲兵の射撃は正確で、第一中隊長以下死傷続出する。さらに第二中隊を第一中隊に増加した。陣地はトーチカと屋根形鉄条網を設けた数線のものであった。

このころ、歩兵第四十一連隊の部隊が砲声に向かって急進中であったが、佐伯部隊の第一線は敵の数次の反撃で死傷あいつぐ苦境にたっていた。

寺本手記。

《佐伯部隊は夜襲を行なっているが、その成否もわからぬうちに十二日の天明を迎えた。視界が次第に開けるにしたがい、戦車中隊は敵前二〇〇メートルの道路上で、逆八の字のような敵陣地の中央に楔入《きつにゆう》してとまっていることがわかってきた。橋梁は完全に破壊されて原形をとどめない。進む道はないし、もちろん後退するわけはない。食うか食われるかである。

右前方から射ってくるトーチカに向かって一斉射撃を加える。二〇〇メートルでは戦車砲はまさに一発必中だ。敵の火力は目に見えて減って行くのだが、中隊も戦車一輛を敵の対戦車砲に破壊され、二名の重傷者をだしてしまった。敵の集中砲火はいよいよ猛烈をきわめ、敵前での橋梁修理ははかどらない。敵の砲火にさらされながらも頑張るだけであった》

午前九時ころ、砲兵一個大隊が追及、射撃を開始したが、たちまち優勢な敵の砲火が砲兵陣地に集中する。佐伯中佐は、第四中隊をさらに第一線に増加する。装甲車中隊は、車載機関銃をおろして徒歩戦闘に参加する。わずかに残った山砲一門と戦車砲の援護射撃のもとに、部隊を第二線陣地に突入させた。

そして午前零時三十分ころ、ついに第二線陣地の一角を占領したのであった。こうした間に後続の歩兵が、道路東側地区を攻撃する。さらに歩兵が続々と到着して、夜襲しようと準備中にこの陣地の英軍は退却を開始したのであった。

ジットラ陣地くずる

この陣地は、英軍が国境第一線の主陣地として準備したジットラ陣地と呼ばれる主抵抗線であった。日本軍の侵入に備えてこの方面を守っていたのはインド第十一師団。守る側のつらさで、この方面防守の施策について英軍首将パーシバル将軍以下各級統帥部に錯誤や混乱があった。その間の詳しい事情は省略するが、要するにインド第十一師団はタイ国の中立を犯してもシンゴラ方面に出撃して上陸する日本軍を襲うか、ジットラ陣地でこれを阻止するかの二またかけた命令を与えられていた。

十二月八日、天明となって日本航空部隊の来襲が始まっても、上級の軍団長は決心しかねていた。

そのうちに日本軍のコタバル上陸がわかる。こうなると側背が危いから、シンゴラに突出はできない。結局、六日の午後以来国境線で進退両様に備えていたインド第十一師団は、ジットラ陣地に後退防禦を命ぜられたのである。八日午後になってからであった。

この開戦初動の約半日の先手を、たくみにとったのが佐伯支隊であった。そしてはやくも十一日の夕刻にはこの陣地に接触、挺進隊独力の攻撃が開始されたのである。

英軍師団長は十二日の午前には、はやくも第一線将校の疲労と士気低下をみてとり、日本軍の攻撃にたえる自信なし、と退却を決心している。

かくて、数カ月でも日本軍をささえ得る、と呼号したと伝えられるジットラ陣地は、もろくも一日にして佐伯部隊の前に潰《つい》えたのである。

これで開戦初頭、英軍の作戦計画の歯車がくるった。規模は大違いであるが、この前年の一九四〇年五月、ドイツがフランスに対し装甲集団をもってセダン付近を急襲突破して、英仏軍の作戦計画の根本をくるわせ〝幽霊師団〟とあだ名されたロンメルの装甲師団などがアッという間もなく敵中に突進して行ったのが想起されるのである。

神園伍長も寺本中尉も、このあと突進をつづけ、シンガポールの攻撃に参加、戦友の遺骨を抱いて入城した。

機械化師団を持たぬ日本陸軍

ところで、これほどりっぱな機甲兵の将兵に恵まれていた日本陸軍であったが、この当時、機械化師団、戦車師団と名のつくものは、一つも持っていなかったのである。

ドイツが装甲六個師団を含む新鋭軍をもってポーランド戦争を起こしたのは、すでに前々年の昭和十四年のことであり、前年昭和十五年の対フランス戦の中核は装甲一〇個師団であった。日本軍がマレーを進撃しているこの時期、ドイツ軍はモスクワ前面でソ連軍の反撃をうけていたのではあるが、このソ連侵入でのドイツ軍の攻撃力の核心は、装甲二〇個師団であった。

勿論、このマレー作戦では、シンガポールまで一一〇〇キロの長隘路《ちょうあいろ》である。戦術的には錐《きり》もみ戦法しかとる余地はない。戦車師団があろうがなかろうが大した影響はない。実際に行なわれたような機甲小部隊の一体となった突進や、この時、第五師団や近衛師団、第十八師団がやってのけたような、足と車と舟とを使っての機動、迂回、包囲それに力攻、これ以外に方法はなかったし、それで充分であった。

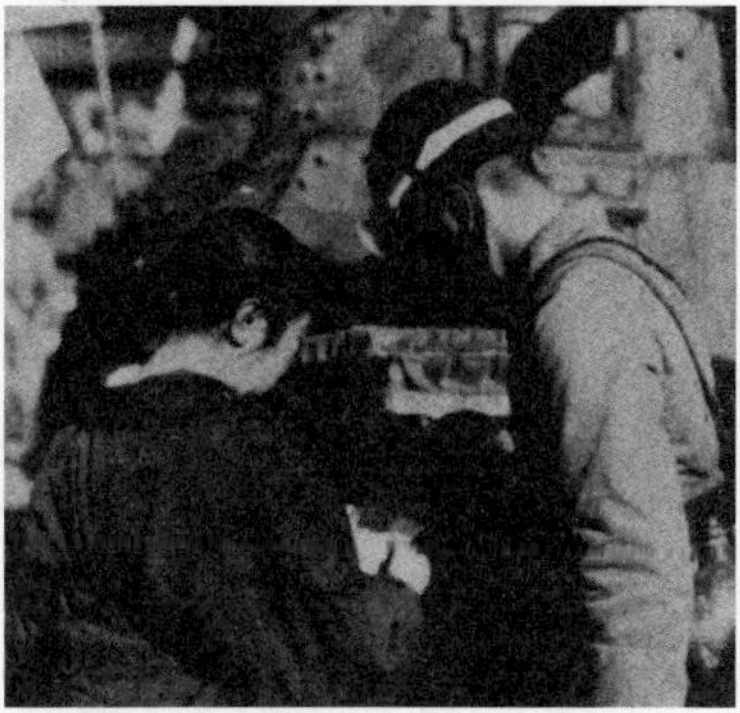

少年戦車兵・出征も近いのであろう
——この子、この母

この戦場に従軍した戦車各連隊は、いれかわりたちかわり、その穿貫《せんかん》威力を発揮し、たとえば戦車第一連隊の島田豊作少佐の中戦車中隊の昭和十六年一月六日のスリムにおける敵中突進、退路遮断による殲滅《せんめつ》戦での活躍、おなじ一月二十一日、バリットスロン付近の戦闘ではこの連隊の河合康夫少佐の第二中隊が敵中突進、夜、急襲の連続で敵軍殲滅に貢献した戦いなど、多くの勇戦力闘が記録されている。

しかし、全軍的にみる場合、機械化兵団は近代軍機械化のエキスであり、陸軍全体としての機動力、攻撃威力、装甲力の象徴でもある。軍の装甲威力が増せば自然に軍の対装甲戦力も、対機甲戦力も増してくることになる。これを怠っていた軍が対機甲部隊戦力を欠き、たちまち一敗地に塗《まみ》れた例を、日本陸軍は前々年の一九三九年以来ヨーロッパの戦場に見てびっくりしているのである。

それなのに、そしていま英米を相手に乾坤一擲《けんこんいってき》の大戦争を始めた日本陸軍が、一個の機械化兵団すらもっていないというのは、一体どういうことなのか。

列強各国軍の久しい間の機械化、装甲化の趨勢《すうせい》の中で、〝無敵〟を呼号した日本陸軍は、どうしてこんなことになってしまったのだろうか。

献身的で勇敢な点では、どの国の兵士にも劣らぬわが将兵が、惨烈な第二次大戦中、このためにどんな苦渋を味わったか、すでに歴史がこれを証して三五年余を経ているが、なぜ日本陸軍はこんな道をたどることになってしまったのか。

大正時代にさかのぼり、戦車が生れたころからのちの日本陸軍の動きを解明してみよう。

第二章　第一次大戦、戦車の出現

第一次世界大戦は一九一四年八月、主決戦場ともいうべき西方戦場で、ドイツ軍と仏英軍との戦いで幕が切っておとされた。

ドイツ軍のフランス国境を目ざす進撃、これを迎撃する仏英軍との国境会戦、これに敗れて一挙全軍を退却させた連合軍、追撃してこの機にフランス全軍を包囲し、スイス国境に圧迫して撃滅しようとするドイツ軍の追撃など、息詰まるような機動戦の連続であった。

そして九月、マルヌ会戦となってドイツ軍の追撃は阻止され、逆にエーヌ河の線に後退しなければならぬ情況となって、ここにドイツ軍は長蛇を逸した。エーヌ河の線で彼我両軍たがいに外翼の包囲を競ったが、決定的な成果をあげ得ないまま戦線は海に達し、ここで両軍対峙する戦況になった。こうして一九一四年を終った。もう西方戦場には、機動戦の余地はなかった。

戦線対峙となって初めて、フランス軍は一九一四年十二月から翌年三月にかけて、シャンパーニュ地方で数次の攻撃を行なった。史上「シャンパーニュ冬季戦」と呼ばれるものである。

ドイツ軍の陣地は「一線陣地」で、歩兵陣地は一線の散兵壕、その数十メートル後方に掩蔽壕を持つ、という陣地であった。このドイツ軍陣地に対してフランス軍は、大規模な準備砲撃を行なった。これで、この散兵壕も不完全な掩蔽部も守兵も粉砕埋没されてしまった。増援にかけつける予備隊は、フランス軍の砲撃で前進できない。

ドイツ軍の一線陣地は、この「シャンパーニュ冬季戦」で突破され、ここに運動戦が展開されたのか？

事実は、そうではなかった。ドイツ軍は猛砲撃を受けても、陣地を保持することが出来たのである。それは何故だったのか？　洞窟掩蔽部で砲撃を避けていたドイツ歩兵、ことに機関銃が頑強に抵抗してフランス歩兵の攻撃を頓挫させ、ドイツ砲兵もまた健在だったからである。

装甲戦闘車という構想

戦争の様相は、戦前には予想もしなかったことになってしまった。

人間や馬や象に装甲をかぶせて安全にする方法や、車などに防楯《ぼうじゅん》をつけて弓などの兵器を持った兵を載せて戦うという思いつきは古代からあった。しかし、その成否の決め手は、動力の問題である。ところが、この大戦までにこれは解決していた。内燃機関の発達はすでに成熟期に入っており、開戦当初から装甲自動車も戦闘に参加していた。

戦争の進行が予期せぬ様相を見せるようになって、人々の考えが、昔からの命題である「大きな損害を受けないで敵に近づく方法は？……」という、きわめて原始的な問題に再び向けられたのは当然であった。

一九一四年十月、早くもこの問題の討議を始めた英軍将校の一群があった。フランス戦場に在ったE・D・スウィントン大佐、ハンケイ中佐らは、新しい着想をまとめて総司令部に提案した。それは敵の機関銃を襲撃するために、重砲の牽引に使用していたアメリカ製のホルトの装軌トラクターを装甲し武装するという案であった。

この提案は、当時海軍大臣をしていたW・チャーチルの興味をひいた。あのねばっこいチャーチルの推進力が、ついに戦車を生み出すことになる。

モータリゼイションの進んでいる国では、同じことを思いつく人たちがいる。このイギリスでの動きとほとんど同時期に、フランスにも装甲車輛構想があった。

フランス軍の場合、この装甲車輛の問題は、敵の戦線に張りめぐらされている鉄条網の始末を主眼とする機械化鉄条網切断車として提起された。フランス軍の最初の戦車、シュナイダー戦車の先端に切断装置がついているのは、このアイディアの名残りであろう。

一九一五年六月三十日、フランスに在る総司令部からスウィントン大佐の提案を基礎とした装甲戦闘車の性能についての具体的な要求が出された。これは戦車に要求すべき性能として、最初の具体的な諸元であるといわれている。その内容は次のようなものであった。

高さ一・五メートルの土手を越せること。

幅一・五メートルの壕を越せること。

小口径の速射砲一門と機関銃二挺を搭載すること。

徹甲小銃弾に安全であること。

時速約七キロを出せること。

乗員は一〇名。

イギリスにおいて〝戦車〟は誕生に向かって動き出したのである。

装甲随伴砲、生まれる

西方戦場での堅固な陣地の攻防は、こうした間にも続いていた。フランスの将軍たちは、強力な砲撃を数時間、数日間と継続することによって、陣地が突破できるようになると確信していた。

一九一五年の五月から六月にアラス付近で、そしてまた、九月からはシャンパーニュ地方でフランス軍の突破作戦が行なわれたが成功しなかった。陣地はますます堅くなってきた。「数線陣地」から「数帯陣地」と強化された。

シャンパーニュの戦いでは、砲兵の準備砲撃が三～五日間という長時間にわたって行なわれたが、結局のところ、勇敢なドイツ兵を圧伏することはできなかった。陣地に潜伏した機関銃をつぶすことができなかったし、また歩兵が前線を突破するのに成功した場合でも、後方の陣地を攻撃するために必要な砲兵が続行して行けなかったからである。

フランス軍の中に、戦局の推移を心配し、従来の兵器、戦法だけでは駄目だ、別の工夫がいるのだ、と考える人々も少なくなかった。

砲兵のエティエンヌ大佐が、かねてから〝動く装甲した大砲〟の構想を提案していたが、シャンパーニュ作戦が失敗となった一九一五年十二月、その三回目の提案を総司令官ジョッフル元帥が採用した。

このエティエンヌ砲兵大佐の提案は、砲兵的着想によるものであった。戦闘の様相は前述のとおりで、敵陣地内部の戦闘になった時に、歩兵に協同する砲兵を推進する方策として、装甲で身を守り、荒れ果てた陣地帯を無限軌道で進もうというのである。

エティエンヌ大佐の提案は具体化し、翌一九一六年二月には試製〝戦車〟の運行試験の結果、四〇〇輌を製造することを決め、これをシュナイダー社に発注した。「シュナイダー戦車」がこれである。

フランス陸軍技術部は、もう一つの戦車を提案した。これがシュナイダー戦車と併用さ

シュナイダー戦車（フランス）
重量13.5トン、60馬力、最高時速6.7キロ、運行距離75キロ、装甲24〜5.5ミリ、武装75ミリ砲1、機関銃2、乗員6

サン・シャモン戦車（フランス）
重量23トン、90馬力、最高時速8キロ、運行距離60キロ、装甲17〜5.5ミリ、武装75ミリ砲1、機関銃4、乗員8

れることになり、一九一六年四月にサン・シャモン社に四〇〇輛が発注された。「サン・シャモン戦車」と呼ばれるものがこれである。

備砲はともに七五ミリであるが、シュナイダーの砲が射程四〇〇メートルほどの低初速の榴弾《りゅうだん》砲であるのに対し、リン・シャモンの砲は加農《カノン》砲であった。ところで、このサン・シャモン戦車もシュナイダー戦車もフランス軍では戦車とも突撃砲（artillerie d'assaut）とも呼ばれた。この〝戦車〟は、戦車というよりは「自走砲」のはしりと見るのが正しいと思われる。

イギリスの戦車

フォスター社のW・トリットンは、最初の「装甲車」製作の注文を一九一五年七月二十九日に受けた。九月頃に鋼製履帯を持った試作車が作られ、この改造型が「リトル・ウィリー」と呼ばれて、十二月には動いていた。

西方戦場での陣地は、ますます大規模になっていた。戦場に在るスウィントン大佐から、さらに戦場の実相にかんがみての難しい要求がきた。

速度は時速約七キロ。

幅二・五メートルの壕、一・五メートルの高さの土手が越せること。砲は榴弾使用のため五七ミリ砲たること。

装甲は一〇ミリ。

敵の砲撃で荒らされつくした戦場を動きまわること、そして二・五メートルもの幅の壕を越せることという要求が、何よりも難物であった。ウィルソンは、ここでこれまでの構想をかえ、履帯を車体の上部にまわすことにした。このため火砲を旋回砲塔に装備する可能性は全くなくなってしまった。車体の上に砲塔を載せると車高が高くなりすぎるからである。そこで火砲は車体両側面に凸出部を作って入れることにした。これで全火力を同時に同方向に発揮することはできなくなった。

一九一五年十二月上旬には試作車はほとんど完成していた。「マザー」と呼ばれるものである。この試作車は一九一六年一月に試運転された。明らかにスウィントンらの要求諸元は充足されていた。この記念すべき〝母親《マザー》〟から、「一型戦車」が生まれたのである。

主要諸元は次のとおりであった。

重量　二八トン

馬力　一〇五馬力（ダイムラー・ガソリン・エンジン）

乗員　八名

全長　九・九メートル（尾輪を含む）

全幅　四・一九メートル

全高　二・四九メートル

装甲　一〇ミリ
速度　六キロ／時
武装　五七ミリ砲二、機関銃四
超壕能力　三メートル強
運行距離　三七キロ

戦車は生まれた。企画秘匿のため使われた「水槽《タンク》」という言葉も、そのまま通用することになる。「一型」の生産は一九一六年二月から開始された。一〇〇輌の計画であった。当初の五〇輌は「マザー」と同じ五七ミリ砲装備だったが、残りの五〇輌は機関銃二挺を両側に装備したもので、前者を「雄」、後者を「雌」と呼んだ。「雄」の砲撃によって敵兵を銃座や塹壕から追い出し、待ちかまえている「雌」の銃撃でこれをやっつけようとする発想であった。

ソンム会戦

戦争は三年目の一九一六年を迎えた。これまで東方ロシア軍との戦場では、ドイツ軍は活発な機動戦でかなりの戦果をあげていたが、西方戦場では全く守勢をとっていた。ところが一六年となって俄然、ヴェルダンに向かって大規模な攻勢をとってきた。これで史上有名な「ヴェルダン攻防戦」となった。フランス軍は必死になってこれに応戦する。激戦は続いた。
だが仏英軍は、かねてソンム方面で大攻勢をとることを考え準備しており、ヴェルダンの戦いの間にもこの企図を捨てなかった。そして一六年六月下旬から、この方面で攻勢に移った。「ソンム会戦」と呼ばれるものである。

連合軍は、ソンム河両岸地区にフランス第六軍（第一線に一〇個師団、後方に数個師団）、その北にイギリス第四軍（第一線に一二個師団、後方アミアン付近に一二個師団）を配備し、多数の火砲と数カ月かかってイギリス軍がストックした莫大な準備弾薬とをもって、ソンム河両岸四〇キロの正面に対し、六月二十五日から一週間、熾烈な砲撃を連続し、ドイツ軍第一線陣地帯に大なる損害を与えた後、七月一日、果敢な歩兵の攻撃に移った。

攻撃第五日、ソンム南方のフランス軍はドイツ軍の第一、第二線陣地帯を突破して深さ八キロを前進し、攻撃は有利に展開した。しかしソンム北岸を攻撃する英軍の攻撃が意外に進捗《しんちょく》せず、ようやく七月十三日になって第一線陣地帯を突破するという不成績であった。

英本国で戦車の研究開発にあたっている軍人たちは忙しかった。一型戦車が工場から出はじめた頃には、ヴェルダンの攻防戦が始まっていた。スウィントン大佐らが戦車用法の創案に頭をひねっている頃は、すでにソンム会戦が予定され、そして英軍総司令官のヘイグ将軍は七月の攻勢の準備中であった。攻勢に使えるものは、何でも使いたいおりである。

第一次大戦にはじめて登場したイギリス軍のⅠ型㈱戦車上部に手榴弾よけの金網の枠をのせ、後方に超壕用と方向変換用の指導用車輪をつけている

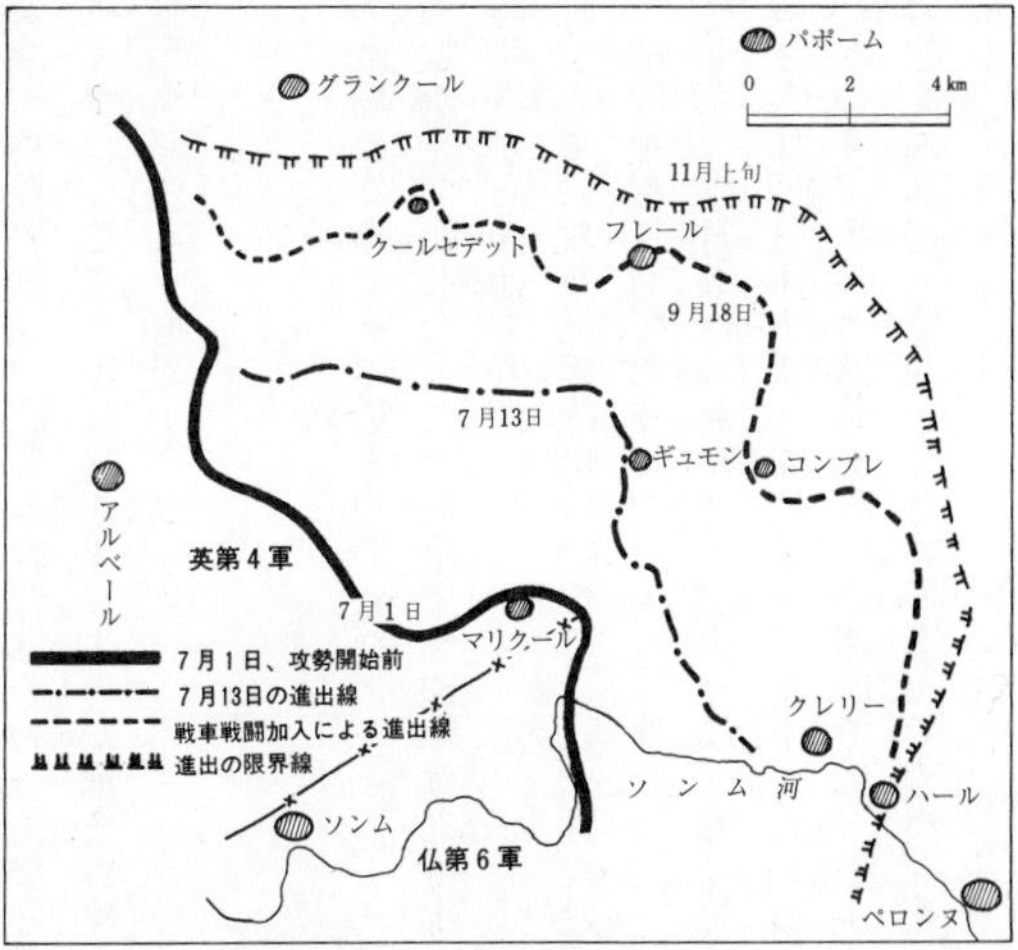

ソンム会戦　1916年7月—11月

戦車にも当然、目が向いた。だが、車輛は生産中であるものの、工場から出てくるのは六月であり、部隊の編成もこれからである。勿論、乗員の訓練、戦闘の教育はその後になる。

こんな状態であったが、英軍総司令官のヘイグは、この会戦経過が思うように進まぬ焦りから、九月になってここで「タンク」を使用する決心をした。

タンクの初陣

一九一六年九月十五日、タンクはソンムの戦場に初めてその姿を現わした。

九月十五日、英仏軍は再びドイツ軍陣地の攻撃を開始した。この攻撃準備砲撃は九月十二日から、歩兵の攻撃前進は十五日午前六時すぎから開始された。

タンクは戦場に着いた四九輛のうち、払暁前までに攻撃発起線についたのは三六輛だけで、他は暗夜の運行で泥にはまりこんだり、故障を起こしてしまった。

ともあれ、タンクはいっせいに前進を開始した。今日われわれが考えるように、唸りをあげて疾駆するという勇壮な姿ではない。高さ二・四メートル、幅四・二メートルという大きな図体の怪物が、時速わずか四キロほどという、歩兵と同じくらいの速度で、ものすごい轟音をたてながら、のっしのっしと障碍物をふみ越え塹壕をまたいで進んできた。その怪物の両側から小口径砲や機関銃が火をふく。

「タンク」集団の主力方面で九輛の戦車が、命令どおり攻撃の先頭に立ってフレールの部落に向かった。ここで史上初の〝戦車パニック〟が起こった。「悪魔がやって来る!」と、ドイツ軍陣地に動揺が起こった。おくれた戦車も前進を続けているので、これがタンクの第二波のような姿となり前進するイギリス歩兵と混り合って、さらにドイツ歩兵の恐怖を煽った。イギリスの歩兵の力は喜んで、ボーッとして、攻撃することも忘れてしまうほどであったと言う。

ドイツ軍に与えたこの驚愕が原因になって、ドイツ軍陣地は崩れ、十五、十六日に正面八キロ、深さ二キロを占領された。そして九月二十五日には英軍は攻撃を再興し、正面約四キロにわたってドイツ軍の新陣地線を奪取したのである。この時も戦車は、各所で相応の働きを見せた。

仏英軍にとっては、まさに好機だったわけで、十月に入って再三、再四攻撃したが、すでに天候不良の期にも入っており、徹底的打撃を与える決め手も欠いて戦闘は互いに先細りとなり、十一月中旬には「ソンム会戦」の幕が下りた。

「戦車兵団」生まる

この作戦の継続している間の十月八日、イギリス陸軍は初めて「戦車兵団《タンク・コア》」(Tank Corps)という組織を作った。

当初、司令官に任ぜられたのは、H・エリス工兵中佐であった。その幕僚には後日、戦車界で有名になる人材が加わることになるが、J・F・C・フラー将軍もこの十二月に少佐参謀としてこの戦車兵団に加わっている。

こうしてタンクは戦場に姿を現したが、初陣の結果は失敗であった。

十月末まで、あちこちで散発的に使われたが、個々に使われた場合にタンクはいかに弱いか、従っていかに頼りにならないかを証明する結果に終ったのである。だが総司令官のヘイグ将軍は、その将来性をみてとっていた。彼は陸軍省に対して、さらに改良された戦車を一〇〇〇輛生産することを急ぐように、という要求を出した。これが一九一八年に役に立つのである。

一方、フランスでは戦車としてシュナイダー、サン・シャモンの二車種が合計八〇〇輛、すでに発注され生産中であった。

ところで、フランス軍の「突撃砲」であるが、先に述べたように、これは自走砲という概念でうけとめられ、あっさりと採用が決められている。これらはイギリス軍と同様に、ホルトのトラクターからスタートしたが、この車体の上に装甲の箱を載せ、七五ミリ砲を装備したものだった。しかし、戦場の実相に照らせば、その欠陥は明らかであった。

だから、フランス陸軍の戦車界を指導する立場にあったエティエンヌ砲兵大佐は一九一六年には、すでに重戦車、軽戦車の二種を併用、装備することを考えていたらしい。すな

2C 重戦車
重量 70 トン、375 馬力、最高時速 13 キロ、航続距離 170 キロ、装甲 45〜13 ミリ、武装 75 ミリ砲、機関銃 4、乗員 13

わち、重戦車の火砲の射撃効果を利用しつつ、歩兵に直接協同する軽量小型の、したがって安価にできる軽戦車を多数併用するという案である。

フランス軍は、重戦車に対する要求諸元を一九一六年には明らかにしている。重さ約四〇トンのもので、一九一七年十二月に試作車が作られている。これが研究改良されて、七〇トンの2C破壊戦車（Char de Rupture 2C）となって一〇輛製作されるのだが、終りのものができたのは一九二二年で、結局、重戦車はこの大戦には間に合わなかった。シュナイダーやサン・シャモン突撃砲がその役割を演ずるしかなかったわけである。

軽戦車の方は、ルノー社が自分の企画で売りこんできた。一九一七年一月であった。重量六トン、二人乗りの軽戦車で、三六〇度回

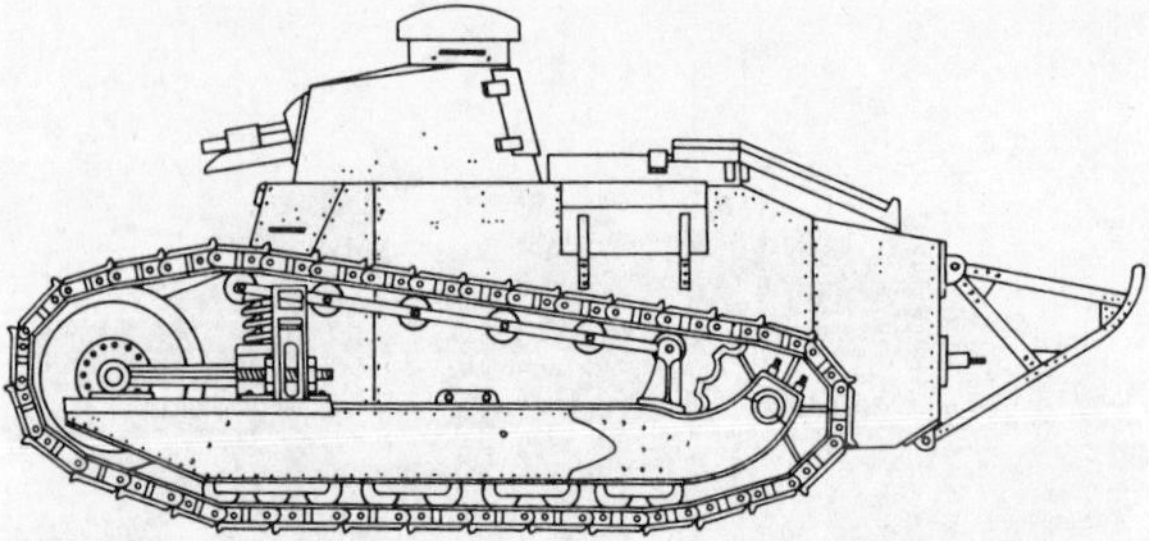

ルノーFT17戦車（1917年型）

歩兵の戦闘教練に参加するルノー軽戦車

転する砲塔を初めてもった戦車であった。砲塔には三七ミリ砲か八ミリ機関銃が装備されることになった。ＦＴ17と呼ばれ、休戦までに三〇〇〇輌以上が生産され、大戦中のフランス軍戦車の主力であった。

一方、イギリス軍は、一九一六年九月、ソンム会戦以来、戦車をあちこちの戦場で使っていたが、一度実戦に使ったとなれば、その改良進歩を怠るわけはない。一型戦車に続いて多少の改良をした二型、三型各五〇輌が作られた。一型は合計一五〇輌作られたが、これにあった後尾の車輪も邪魔になることが多いので二型以後は廃止されたが、「雄」「雌」のあることは同じである。やがて、四型が作られた。

この四型重戦車が最も多く作られ、一〇一五輌が一九一七年四月から十二月の間に生産され、四月以降大陸に送りこまれた。

さて、一九一六年は軍事面で交戦各国軍に多くの教訓を与えながらも、またも勝敗の行方の定まらぬまま一九一七年を迎えることになった。

一九一七年の連合軍攻勢の一番手は、イギリス軍がつとめた。彼らはアラス南北の地区約三〇キロの正面で、四月九日から攻勢に出た。英第一、第三軍の約三〇個師団をもってする攻撃であった。「アラスの会戦」と呼ばれる。

前年のソンム会戦は、多数の戦車を集中使用するのが望ましいことを教えていたが、この時も一型、二型などという初期型の、わずか六〇輛の戦車が使われた。しかも第一日に戦闘に参加できたのは前年九月十五日よりも少ない、二六輛にすぎなかった。徹甲弾を発射する敵の機関銃の火網や巧妙に配置された火砲にはばまれて、この動きの鈍い、なかば盲目の戦車は進むことができなかった。この会戦も失敗であった。

フランス戦車の不運な緒戦

今度はフランスの番である。かねてから万端の準備を整えてきたフランス軍は、総司令官ニヴェールの指導のもとにソワッソン、ランス間約四〇キロの正面に第五、第六軍の約三五個師団を第一線に、第十軍の約一四個師団を予備軍とし、数日間、優勢な砲兵と多数の弾薬をもってドイツ軍の三陣地帯を同時に砲撃し、四月十六日に攻撃前進に移った。「エーヌ会戦」と呼ばれる。

計画では一日で敵の三陣地帯を突破し、数日後にはベルギー国境までドイツ軍を圧迫しようとするものであった。しかし、これも大失敗に終った。

ところで、フランス軍がこの乾坤一擲と考えた一九一七年春季攻勢を行なうにあたって、かねて秘密裡に準備していた秘密兵器、「突撃砲」が当然これに使われた。

四月十六日からの戦闘にシュナイダー型八個大隊一三二輛が第五軍に配属され戦線に投

入された。

仏軍の攻撃計画は、砲兵の威力をもって一日中に敵の第三陣地帯に達し得ると予想していたので、「突撃砲」は第三陣地帯の攻撃に使用する予定であった。

このフランス戦車の緒戦が戦車戦史上「シュマンデダームの戦闘」と呼ばれるものである。だがこれは「エーヌ会戦」と同様に、大失敗であった。

戦車は戦闘参加を命じられた。が、友軍砲兵が何日も何日も掘りかえしたドイツ軍の陣地帯で行動できなかった。イギリス軍の重戦車をもってしても越えるのが困難なほど広くなっていたドイツ軍の壕の崩れた所をシュナイダー戦車の短い履帯では何ともならなかった。しかも構造上、頭が重いので、下がれば突っ込むし登れば腹を見せて、敵砲弾の好餌となった。たちまち七六輛の戦車が破壊され、友軍の線に無事帰ったのはわずか五六輛、人員の損害二五％というみじめな結果に終った。

会戦そのものが失敗を運命づけられていた戦場に緒戦を戦わねばならなかったフランス戦車隊の将兵は、不運であった、と言わざるを得ない。

エティエンヌ大佐らはここで、彼らが主唱した砲戦車をあきらめて、ルノー型軽戦車の大量使用を軍上層部に主張し始めたのである。

カンブレー、戦車の急襲

英軍戦車兵団では、エリス司令官ら幹部が策をねっていた。何か他の策がなければならない。作戦主任参謀フラー少佐は八月八日に一つの攻撃方策を提案した。約九キロの正面に約二〇〇輛の戦車を用い、歩兵または騎兵の一個師団をもって、砲兵と飛行機の支援のもとに攻撃する、というのである。この作戦の要諦は「奇襲と迅速な行動である」と彼は言った。局部的攻撃の策案である。

こうした提案に総司令部は耳をかさなかった。ところが、この時、攻勢を行なっていなかった第三軍の司令官のJ・ビン将軍がこれに同感、九月五日に総司令部に提言して、戦車が最大限の機動可能な所で戦車を使ってみようではないか、と言い出した。これが実を結んだ。これが戦車戦史上、またこの泥沼のような陣地戦における戦闘法の上でも、画期的な戦闘となった「カンブレーの戦闘」である。

戦車の攻撃のために選ばれた場所は、英第三軍の担任地域の内のカンブレー地区であった。

第三軍の歩兵六個師団、騎兵六個師団が使用された。騎兵は戦果の拡張、敵線の突破を担任するのである。

一九一七年十一月二十日、タンクの攻勢は開始された。英軍戦車兵団の全力、四七六輛が使用され、第一線の戦闘戦車は三七八輛であった。集中された砲兵一〇〇〇門の弾幕射

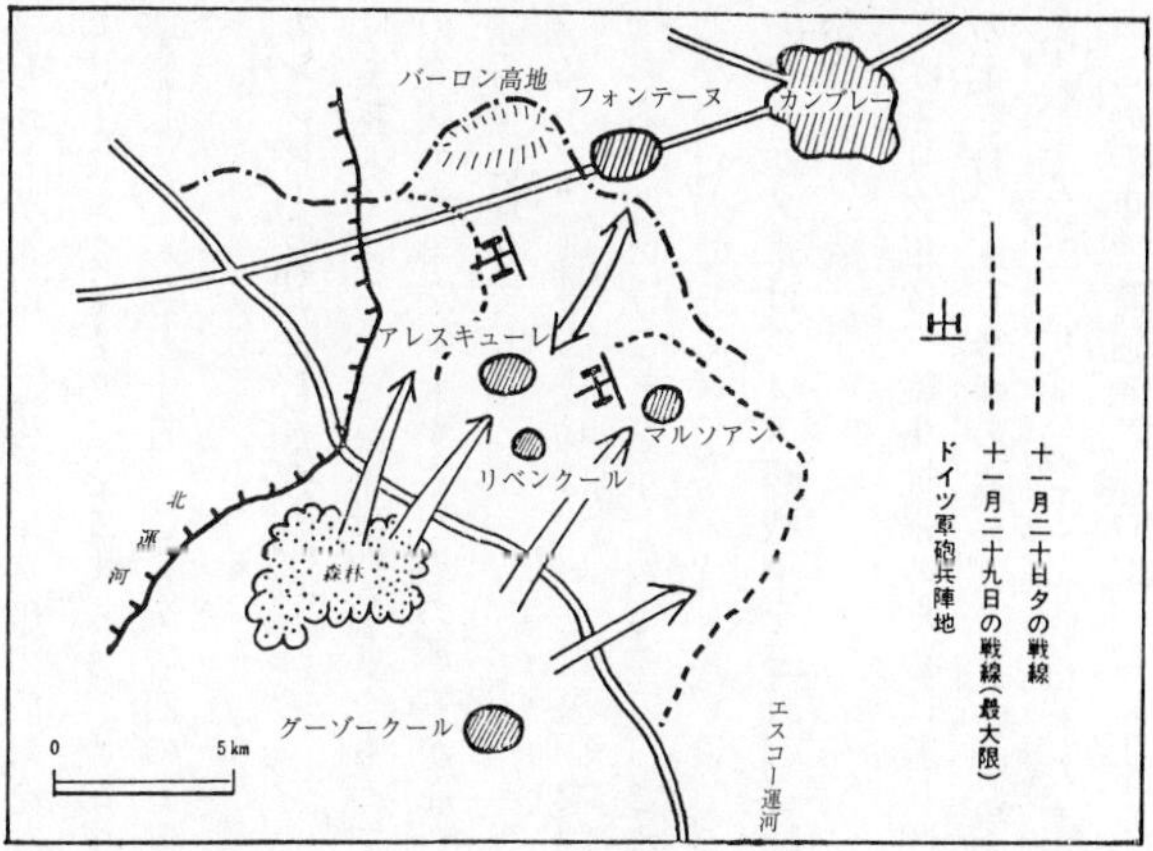

カンブレーの戦闘

撃の後を戦車が前進する。「奇襲」がこの攻撃成功の鍵であった。戦車や砲兵、それに歩兵の攻撃地点への集結は攻撃発起に間に合うギリギリの時刻に行なわれ、砲兵の砲撃開始も戦車が攻撃発起位置を発進するのと同時に開始され、同時に多数の飛行機をもってドイツ軍の砲兵を攻撃し、交通を妨害する策をとったのである。

この攻撃はみごとにドイツ軍の虚を衝いた。攻撃第一日にたちまち正面二〇キロ、深さ六・五キロの突破に成功した。ドイツ軍はこの一日で、将兵一万以上、機関銃二八一挺、火砲一二三門、迫撃砲七九門を失ったと言われる。英軍の戦車の中には連続一六時間も敵陣内で戦闘を続けたものもあった。

しかし英軍は、この戦車突破の成果を利用することに失敗したし、その後もこの攻勢に策応して攻勢をとることをしなかったので、ドイツ軍は増援した部隊をもって回復攻撃を準備し、十一月三十日、この突破口の両側から攻撃をして失地を奪回した。

カンブレーのもたらしたもの

総括してみると、英軍は、急襲をもってドイツ軍陣地を突破することに成功したが、その突破の成果を拡大するための準備がなかったために、敵の回復攻撃によりこの戦車の成果も無に帰してしまった。

しかし、戦車の成功は、いかに堅固な陣地でも、急襲的に攻撃すれば、突破することができる、ということを示したもので、これが言わば、陣地戦における攻防の戦法の転換点となったのである。

フランス軍はルノー軽戦車を三五〇〇輛発注した。いよいよ戦車に自信を持ったのである。

イギリス軍は、戦果拡張のために騎兵団を支援する足の速い戦車が必要と考えた。前年の十二月、トリットン社でこうした戦車の設計が始められていて、これが採用された。「中戦車A型」（ホイペット）と呼ばれたものがこれである。二〇〇輛生産された。

この戦車は時速一三キロで、後に出てくる戦車にくらべては足が速いとは言えないが、重量二八トン、最高時速七、八キロの重戦車や、重量六・七トンの軽いルノー戦車の速度八キロなどとくらべると、はるかに軽快である。

一九一八年、ドイツ軍の決戦

一九一七年の戦局は、西方戦場においてはドイツ軍は巧みに守勢作戦を指導して英仏連合軍に乗ずる隙を与えず、二月に勃発したロシア革命で陸上戦の形勢はやや好転したが、米国の参戦となり、ドイツが全力を傾注した潜水艦戦は、英国の対抗策のため予期の成果をあげられず、しだいに国民の間に不安を生ずる情況になった。

大戦五年目の一九一八年を迎えてドイツ軍は、西方連合軍に対して決戦を挑むことになった。

ドイツ軍の一九一八年の攻勢の鋒先《ほこさき》はイギリス軍に向けられた。英第五軍の正面である。この正面を突破することで、仏英軍をアミアン地方において分断し、突破軍主力をもって英軍を北に捲き上げて海岸に圧迫し、さらに一部をもってパリに向かってオアーズ河谷を南進させ、北面しているフランス軍の左翼をまず崩そうと考えたのである。

攻撃正面をピカルディー地方の約八〇キロの正面に選び、バイエルン皇太子軍集団の第十七軍と第二軍、ドイツ皇太子軍集団の第十八軍との三軍、約六八個師団（攻撃開始時）をもって攻撃兵団とした。

一九一八年、ドイツ軍西方攻勢一般図

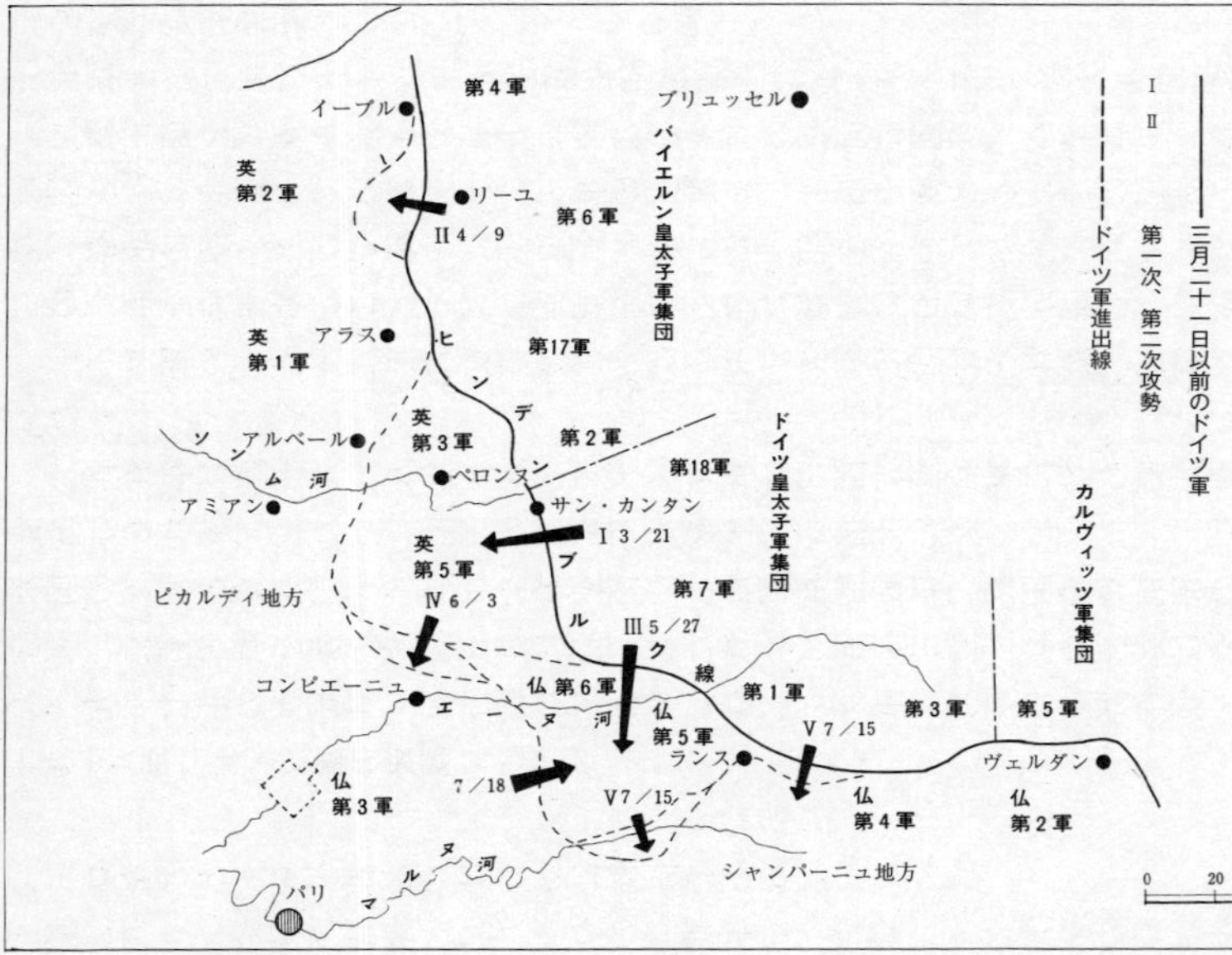

この攻勢は、まさにドイツの命運をかけた作戦であった。しかしこの攻勢は結局、失敗であった。

戦術的突破には成功したが、所期の目的のように、連合軍を分断して壊滅的打撃を与えるに足る機動打撃集団を欠いていたからであった。

ドイツ軍は攻勢の手を緩めなかった。四月九日からの「第二次攻勢」、これが行き詰まると五月下旬の「第三次攻勢」、さらに六月九日からの「第四次攻勢」であった。

この「第四次攻勢」のとき、突如としてフランス軍が反撃に出た。

この時、軍団長として四個師団をもってモンティディエ付近を守備していたフランス軍のマンジャン中将は、その正面に一一個師団の攻撃をうけねばならぬとなって、機先を制して果敢な攻撃移転を行なった。

この攻撃には戦車四個連隊が使用された。シュナイダー型六〇輛、サン・シャモン型一一〇輛、合計一七〇輛であった。この戦車隊が集団的に使われ、歩兵攻撃に先行して敵の機先を制するとともに、自軍の歩兵を誘導し、数倍の優勢な敵を攻撃して、たちまちこれを二、三キロ撃退してしまった。

このフランス軍の戦車を先頭に押したてた攻撃がみごとにドイツ軍の出端をくじき、「第四次攻勢」は六月十三日には行き詰まってしまった。しかしフランス軍の戦車の損害は大きなものであった。四四％の戦車を失い、兵員の損害は二六％におよんだという。

ドイツ軍は第一次から第四次までの攻勢で英仏軍に大打撃を与えるという目的を達することはできなかった。ドイツ国民は平和がくるという期待を裏切られて、ようやく国内騒然となってきた。軍としては、どうしても最後の勝負を試みねばならなくなった。

攻勢正面としてはシャンパーニュで約四五キロ、ランスの西南方マルヌ河畔で約五〇キロ、合計約九五キロを選んだ。ドイツ軍の「第五次攻勢」と呼ばれたのがこれである。

七月十五日午前零時、ドイツ軍の砲撃は開始された。四時間四〇分の攻撃準備砲撃の後、従来のように攻撃前進に移り、第一線陣地帯を突破した。しかし、第二線陣地帯が抜けず、ドイツ軍統帥部が最後の期待をかけた攻勢も七月十六日には行き詰まってしまった。

そこに、全く予期しない出来事が起こった。

フランス軍の攻勢移転

七月十七日の夜、戦線は激しい雨であった。この雨の上がった十八日未明、二一一輌のサン・シャモンとシュナイダー突撃戦車、それに一三五輌のルノー軽戦車を先頭にフランス軍が、準備砲撃もなしにドイツ軍の突出部の西側、第九軍の正面に攻撃をかけてきたのである。

フランス第十軍と第六軍の一部の攻勢であった。第十軍を指揮するのは六月の反撃で一躍名をあげたマンジャン将軍。この時の戦車隊は中戦車六個大隊、軽戦車三個大隊であった。

全く準備砲撃なしに、払暁の午前四時三十五分、猛烈な弾幕射撃を全正面に開始し、戦車が歩兵とともに前進に移った時には、ドイツ砲兵の射撃するものはほとんどなく、掩蔽部の中で寝ていて捕虜となり、フランス歩兵に奇襲されたドイツ軍の師団司令部もあるという情況であった。

戦略的にも戦術的にも、全くの奇襲であった。この攻撃第一日にフランス軍は約七キロを突破前進した。もしも彼らの戦車がもっと頼りになるものであれば、こんな程度でおさまるはずはなかった。だが、この日の日没までに一〇〇輌近い戦車は、大部分が故障のために戦闘不能になり、残りも燃料がきれて立往生し、攻撃軍である第十軍と第六軍の一部は前進につとめたが、戦車が駄目となっては歩兵に前進強行の力はなかった。しかし、これが戦いの流れをかえる分岐点であった。

ドイツ上下の大きな希望をもって実施された「第五次攻勢」も、ここにもろくも失敗に終り、軍隊と国民はいよいよ武力による戦争解決の不可能なことを思わざるを得なくなった。そして、ルーデンドルフらは知らなかったのだが、連合軍はさらに一〇〇〇輌以上の戦車を予備に持っており、まさに捲土重来《けんどちょうらい》の前夜であった。

戦車大攻勢

フォッシュの念願した攻勢は八月八日、突如として、ピカルディーのアミアン東方のドイツ軍戦線に対して加えられた。攻撃に任ずるのは英第四軍と仏第一軍である。

この攻勢こそ、戦車大攻勢であった。英軍の場合これまで、連続するドイツ軍の攻勢の阻止にふりまわされた感のあった戦車隊としては、今度こそ腕の見せどころであった。

戦車による「急襲」戦法の先鞭を一九一七年十一月にカンブレーで示した英軍である。六〇四輛の戦車隊の攻撃は、ドイツの偵察機の偵知し得ないほど秘匿されて行なわれ、戦車隊が協力する英第四軍の正面では、砲兵の攻撃準備砲撃を実施する必要はなかった。突破口が開いたとなれば戦果の拡大に任ずべき騎兵部隊も、今度は突破の成功を疑わなかった。それに彼らには今や「ホイペット」戦車があった。突破成功となれば道路を突進しようと装甲自動車まで戦闘加入を準備していた。

仏第一軍にも軽戦車三個大隊が使用された。この頃ちょうど生いしげった麦畑のために歩砲兵の協同動作は困難であったが、戦車がこれを補って歩兵に協同した。

この英仏軍の八月八日の攻勢は完全に成功した。

八月二十日、仏第三軍と第十軍の一部とが、コンピエーニュ方面から攻撃に移った。戦車が使われたことは言うまでもない。英軍は八月二十一日、第四軍の左翼アルベール方面に重点を移し、二〇〇輛の戦車をもって攻撃を行ない、アミアン方面からの英軍突破口の口をふさいだばかりのドイツ軍の後方に殺到した。

九月はじめ、連続攻勢の命令が出された。エーヌ河から北海にわたる全戦線で、三正面の攻勢会戦を二四時間を隔てて連続するというものであった。

十月に入って、連合軍の強圧はさらにその度を増した。全正面にドイツ軍を攻撃し、ドイツ軍の全面的退却に追尾する追撃戦に移って十一月十一日、ここで休戦が成立し、四年半近くも続いた大戦争が終ったのである。

戦車将軍に敗れた

ドイツ軍は敗れた。フォン・ツヴェルという将軍は「我々を破ったのは、フォッシュ将軍の頭脳ではない。〝戦車将軍〟である」と慨嘆したといわれているが、これは勿論、誇張である。しかし、これが戦車というものの力を見損ったドイツ参謀本部を非難する言葉としては、的を射ている。

戦車が初めてその怪異な姿を戦場に現わしたのは、すでに述べたように一九一六年九月のソンムの戦場であった。

だが、何しろ、作りたての一型戦車のわずか三〇輛余の使用であった。構造上に欠陥もあるし、訓練も未熟、使用法も協同戦闘の方法も拙劣で、「ソンム戦」ではドイツ軍をびっくりさせた割には実効は少なかった。これがドイツ軍にとっては不幸であった。調べてみると大したことはないではないか、ということになったからだ。備砲もわずか一〇〇メートル位しか有効ではない。馬鹿でかい図体でノロノロ動くのだから、砲兵には好目標である。しかも、多くは行動中に故障を起こして動けなくなってしまうことが判った。これはその後の諸会戦でも同様であった。

フランス軍は一九一七年四月の「エーヌ会戦」で初めて戦車を使った。これとても、砲兵の餌食になるか、大部分がえんこしてしまう。ドイツ軍は、戦車は大した価値のあるものではない、と判断したのである。

そこで、一九一七年末にドイツ軍統帥部の出した教令には「敵戦車の大部分は、その前進路や攻撃準備位置に対する弾幕射撃で停滞させることができる。ただ一部の戦車は我が戦線に到着し陣内に突入するだろうが、これらの戦車に対しては、近距離から歩兵砲、野砲で敏速に射撃せよ。……この対戦車中隊は、あらかじめ指定しておけ……」と指示されたのであった。

ところが英軍は戦法を変えてきた。攻撃準備砲撃もせずに戦車の大集団をもって、一挙に突破するという新戦法でやってきたのである。一九一七年十一月の「カンブレーの戦闘」がこれであった。

この戦闘ではそれまでと違って、もはや戦車は砲兵の補助兵器、つまり随伴砲兵的に使われるのでなく、戦車が砲兵の任務の大部分を負担するばかりか、歩兵が担任した任務も果たし、歩兵はいわば戦車の掩護や、戦車のあげた成果を確保するという役割にまわったわけである。しかし、この会戦でもドイツ砲兵は戦車に対して大きな威力を発揮した。野砲隊の一将校が自ら砲を操作して戦車十数輛を破壊した例もあった。そうしたことがあったからか、ドイツ軍の対戦車戦法にはなんら変化は見られなかった。戦車軽侮の先入観が消え去らなかったのである。

そして一九一八年後半期の連合軍の攻勢期となった。七月十八日、マンジャン将軍は、全くカンブレー戦での英軍の戦法にならって攻撃を開始して偉功を奏し、その他の部隊も、また英軍も、戦車を使って、準備砲撃を全く省略するか、あるいは時間を極度に短縮して攻撃する戦法に出た。

対戦車防禦が、ドイツ軍の防禦陣地編成や配備、戦闘法にとって大きな問題となってきた。彼らは対戦車防禦兵器として、歩兵の諸兵器や野砲を縦深に配置して戦車の撃破に努めることにした。陣地の編成には、戦車が動けないような障碍物の構築や地雷の埋設などが強調された。しかし、防勢の末期には退却に次ぐ退却であったから、こうした大工事の余裕はなく、ドイツ軍としてはついに対戦車防禦法としては、これぞという充分な解決策をみつけ出せないまま、連合軍の戦車攻撃の新戦法に対して無抵抗に等しい状態で敗れ去ったのである。

戦車戦の未来像

戦争は必死の知恵くらべである。英国戦車兵団の幹部たちは、戦車について、その用法について、精魂を傾けていた。早くも一九一六年十一月、つまり戦車兵団が作られた直後に、兵団の参謀の一人、マルテル大尉は「将来の大戦争は、まず双方の戦車軍の決闘から始まるであろうことは確実である」という極めて予言的な意見を発表している。これによると、戦車の時速は四〇キロにおよび、火砲は対戦車砲を備え、装甲一六ミリ程度のものを想定していた。戦車軍は特別の基地から、敵戦車の完全破摧《はさい》をめざして発進するのである。

マルテル大尉の感化を受けたフラーが目を注いだのは、D型中戦車であった。

A型中戦車の誕生については、すでに述べた。重量一四トン、九〇馬力、従ってトン当り六・四馬力、最高時速一三キロというこの戦車は、重戦車にくらべて軽快であることに異論はないが、この程度では敵陣突破後、戦果を拡張し戦略突破に導けるようなものではない。

このA型中戦車は、B型、C型と改良を加えられていった。そしてD型の構想は最高時速四〇キロ、二四〇馬力で重量は二〇トン、トン当り一二馬力。装甲は一〇ミリとB、C型よりも薄いが、二四〇〜三二〇キロと運行距離も多く、運動性能にも改良の加えられた

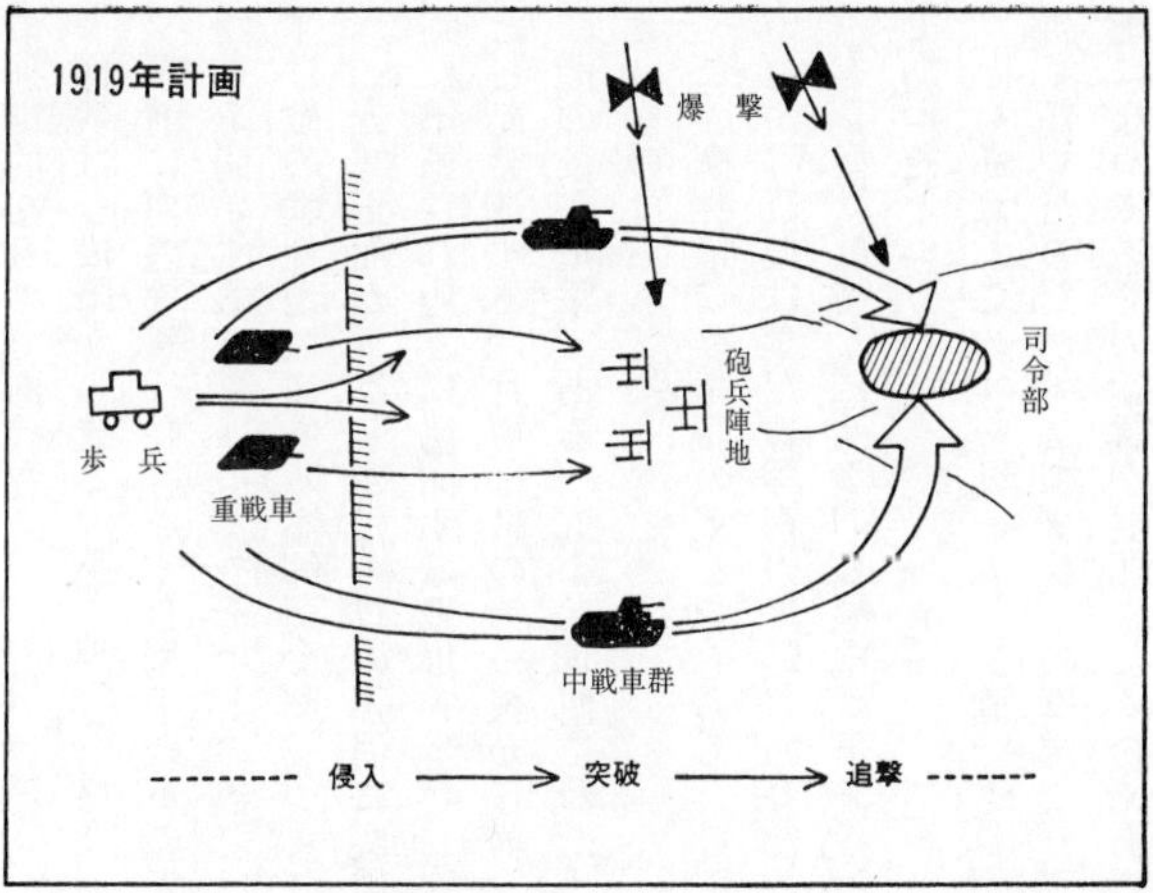

もので、塔載する五七ミリ砲および機関銃三挺の威力で機動戦車として使用できる条件を備えたものであった。戦車兵団の戦車設計部は、この設計にとりかかった。

これができ上がれば、とフラーは考える。一九一八年に入ってドイツ軍の次々と行なう攻勢の間に彼は「D型中戦車の速度と運行距離とを基礎とした攻撃戦術」という一文を書いた。略称として「一九一九年計画」と呼ばれたものである。フォッシュ将軍が、これに完全に同意した。一九一九年の連合軍の攻勢はこれによることにして、フォッシュは、実際に一九一九年の戦車大攻勢のために英仏両軍で一万輛の戦車生産を要請したのであった。

フラーの戦車軍の運用構想は、次のよう

に独創的なものであった。

作戦は三段階から成る。敵陣地への侵入、突破による指揮系統の破壊、そして追撃である。

事前に何の攻撃行動もなくD型中戦車の大群は、突如として敵陣地に向かって全速力で突進を開始する。ちょっとやそっとの数ではない。中戦車二四〇〇輛の突進である。めざすは敵の戦術地域にある高等司令部、つまり敵の統帥神経中枢を狙うのである。

一方、正面からは一四〇キロの正面に突破のために二六〇〇輛の重戦車が使われる。周到に準備され巧みに協同する戦車、歩兵、砲兵の攻撃が行なわれ、敵の砲兵陣地帯を目標として突進する。目標は敵の第一線から約一〇キロ後方の第二陣地帯である。

その後が追撃である。五〜七日間にわたって一日に少くも三〇キロの追撃を敢行する、というのである。

この構想は、夢物語のようでもある。C型中戦車は、一九一八年にすでに生産に入っていたが、D型はまだ青写真の段階であった。フォッシュ将軍は、これが間に合わぬとなれば、D型には劣るにせよ、C型中戦車をもってこの大戦車軍の先鋒をつとめさせるつもりであったという。

ともあれ、この「一九一九年計画」もD型戦車も日の目をみないで休戦となった。夢物語で終ったのだが、このフラーの構想こそが、この後、戦車の行方について大きな論争の種になって多くの論議が展開されるのである。

第三章　平和の風が吹いて

大正七年（一九一八年）十一月十一日、五年近くも続いた世界大戦は終った。この間、日本陸軍は真に驚異の思いをもってヨーロッパ大陸の戦場を眺めていた。

その戦場に展開される恐るべき火器の威力、驚くほど大量の兵器資材を投入した物量戦、次々と現われてくる歩兵用、砲兵用の新兵器、飛行機の性能の向上やその戦術的、戦略的威力の向上、毒ガスや戦車のような予想外の兵器の出現、どの一つをとってみても、わが陸軍の実態にくらべて、ため息が出るような進歩であり変化であった。そこには大きな隔たりができていたのである。

この大戦の五年間、日本陸軍とて何もしなかったわけではないが、日本海軍が「八八艦隊計画」をもって軍備拡充に邁進しているおりからでもあり、陸軍はその次だ、ということになっていたのである。国の実力からしても、陸海軍同時に双方の体質改善ができるわけもなかった。

大正四年、かねて懸案であった朝鮮に二個師団（第十九、第二十）増設が決定した。数カ年計画ではあったが、まず第十九師団が大正五年に、第二十師団が大正八年に生まれることになった。

この大正四年、航空大隊（飛行二個中隊、気球一個中隊、材料廠）が所沢に創設された。日本陸軍に飛行隊の誕生であった。

大正六年、歩兵連隊に機関銃隊の設置始まる。航空第二大隊、岐阜県の各務原《かがみがはら》に増設。大正七年、騎兵旅団に機関銃隊一隊を設ける。大正十二年までかかって四個旅団分が充足された。航空第三大隊（滋賀県八日市）、航空第四大隊（福岡県大刀洗）増設、大正十三年で完結する。

こういう情況下で大戦は終った。この時点における日本陸軍の装備は日露戦争が終った時のままであった。飛行部隊が生まれた他は、量的には拡大したが質的には何の進歩も見られなかったのである。日本陸軍は大戦の結果、自動的に二流、三流の陸軍に墜ちてしまった。ここに陸軍の苦悩が始まったのである。

陸軍近代化の兆

大戦が終った翌年の大正八年（一九一九年）は、日本陸軍にとっては特筆に値する年であった。それは陸軍が世界大戦の戦訓をふまえて、本格的に軍の体質を改めようと再発足した年だからである。

陸軍の軍備については、いくつかの画期的な改編が行なわれた。その最も注目すべきものは、陸軍航空部隊の一本だちであった。航空兵の独立はこの六年後のことだが、この時まで交通兵団という寄り合い世帯の一部だったのが航空大隊だけになったので、陸軍航空部という陸軍省の外局が作られて、これが航空部隊育成の面倒をみることになったのである。それに陸軍技術本部、科学研究所が誕生したことも、新時代に対応する陸軍の意気ごみを示すものであった。

この他、航空学校、工兵学校の新設、各兵種実施学校の拡充など世界大戦の戦訓をたよりに、軍近代化のための総合施策に乗り出したのであった。

大戦が終って二年後の大正九年に陸軍は、「陸軍技術本部兵器研究方針」というものを制定している。これは日本陸軍全般の装備についての、大戦の経験にもとづく総観察であり、総判決であった。日本陸軍近代化のスタートを知るためによい資料である。その概要を記してみる。

技術本部は地上軍兵器の研究設計をする役所だが、陸軍航空部の要求に応じ、航空機用の機関銃、小口径砲、これらの弾薬、爆弾についても研究する。またこのころすでに自動車、無線電信、毒ガスについては調査委員が選任され研究が始められていた。

これらの「研究方針」は、必要に応じ改訂追加されていくが、このときのものは大正八年六月に技術本部から上申、七月、陸軍技術会議に審議報告を命じたもので、その報告が翌九年五月に提出されている。そして参謀総長、教育総監に異存ないかと照会の上、大正九年七月に制定されたという一年がかりの根本的改正で、日露戦争以後出された方針・指令の改廃までを示した基本的方針であった。

したがって、これにはめずらしく「綱領」がついている。

一、兵器の選択には運動戦、陣地戦に必要なるすべてをふくむも、野戦用兵器に重点をおく。また努めて東洋の地形に適合せしむることに留意すヨーロッパの大戦研究の結果とすると当然の条項だが、「道路網の発達しないアジアの地形」という制約がまとわりついてくる。

三、軍用技術の趨勢《すうせい》にかんがみ、兵器の操縦、運搬の原動力は人力および獣力によるのほか、ひろく器械的原動力を採用することに着手すヨーロッパ大戦を体験しなかった日本陸軍の、おくればせながらの軍の機械化、自動車化の宣言である。

この「方針」はあらたに着手すべきもの、大きな修正を加えるべきものの研究方針をしめしたものだが、それではどんなものが緊急を要するものであったのか。その細目をみてみよう。

歩兵兵器

甲、すみやかに研究整備すべき兵器

　歩兵銃　七・七ミリのもの

　機関銃　当分、三年式機関銃につき口径変更、三脚架改正など

　軽機関銃　既製二種の軽機関銃実用試験

　歩兵砲　三七ミリ砲既製二種につき研究。曲射歩兵砲（迫撃砲）を研究

　手榴弾《てりゆうだん》　曳火手榴弾研究

　銃榴弾《じゆうりゆうだん》　歩兵銃で発射するもの

　特殊小銃弾　防楯装甲に対するもの

乙、余力をもって研究しおかんとする兵器

　自動小銃　あらたに一、二の様式を研究す

　塹壕《ざんごう》兵器　擲弾筒《てきだんとう》はか今次戦争で用いられたあらゆる兵器

要するに歩兵用火器全部について研究整備の目を向けねばならなかったのである。

砲兵用兵器はどうか。

砲兵兵器

甲、すみやかに研究整備すべきもの

野砲兵　七・五センチ野砲、射程一万メートル

騎砲兵　七・五センチ騎砲、野砲とおなじ

山砲兵　七・五センチ山砲、現制駐退機改造

航空機射撃用砲兵

七・五センチ移動高射砲

一〇・五センチ移動高射砲

七・五センチ自動車高射砲

七・五センチ、一〇・五センチ固定式高射砲

野戦重砲兵　一五センチ榴弾砲、現制四年式にかわるもの、射程一万メートル

一〇・五センチ加農《カノン》砲、三八式にかわるもの、射程一万二〇〇〇メートル

砲兵のあらゆる分野に新兵器を必要としたのである。

自動車研究方針

さて、それならば「軍機械化」の宣言をした技術本部の戦車・自動車部門ではどうであ

ったか。それは次のような空漠たるものであった。万事これからという日本陸軍ではあったが、とりわけこの部門では何の具体的な研究も進んでいなかった。自動車から戦車まで一緒くたにして、その計画は次のようなものであった。

自動車に関する研究方針を左の如く定む。

一、制式貨物自動車。シベリアにおける実験および製作上の見地より、改正を要する点少なからざるをもって、これを研究、改正す。

二、石油使用の自動車発動機を研究す。

三、蒸気発動機の自動車を研究す。最近、米国スタンレー会社において成功せる発動機は最も有望にして、次に述ぶる牽引自動車、タンク、装甲自動車に使用し、すこぶる有望なるを認むるを以てなり。

四、牽引自動車。軍用自動車調査委員にて購買中の各種牽引自動車の到着を待って実験の上、わが国軍および東洋の地形に適当なるものを研究、決定せんとす。

五、高射砲搭載自動車。砲兵兵器、航空機射撃兵器の部に記述する如く、野砲口径の自動車高射砲を研究す。

六、装甲自動車。主として騎兵と協同すべき軽快なる偵察用自動車を研究す。

七、タンク。先ず仏国ルノー型の小型戦車を研究せんとす。

ヨーロッパの戦場で数百輛、数千輛の戦車が動き、重砲は機械牽引で軽快に機動し、万単位で数える自動車輜重《しちょう》があちこちで働いた時代は、もう過去の話である。日本陸軍は制式自動貨車を決めてあるだけで、牽引自動車も戦車も、外国から買ってきて調べてみないと、どんなものか判らなかったのである。

大戦を終った時期以後の陸軍の実情から陸軍の内部に、こんなことでどうするか、と警世の声の起こったのは当然であろう。そのいくつかを紹介する。

戦車を軽視するな

大正十年二月、歩兵中佐香月清司（後、中将）は、東京偕行社で「戦後における歩兵の編制およびその戦術変革の趨勢」と題して講話しているが、その一部を引用する。

《……明日の戦争に使用さるべき兵器、器材は、果たして如何なるものか。……豊富な実戦の経験を有する交戦国軍の有力将校が、明日の戦場に現出すべき戦闘用機械について述べたものの中に、重機関銃は将来、射撃威力を減殺することなく重量を現用軽機関銃程度に軽減し、軽・重二種の機関銃の区分を廃すべしと言い、また将来の歩兵砲は平曲両種の火砲ではなく平曲射両用の一種砲となると断定し、なお明日の戦場では歩兵砲と機関銃は軽「タンク」と装甲飛行機に装備されて歩兵の行動に随伴すると言う。軽「タンク」は現用の二人乗「タンク」ではなく一人乗極小「タンク」に変化するであろう、と論じている。その他、歩兵は将来、敵火に暴露して前進するようなことはなく、一戦闘群または一小隊ごとに移動防楯用タンクに掩護され敵線に近迫するか、あるいは全歩兵は一人用極小「タンク」に乗り大型「タンク」に追随し敵線を突破するようになる、と言う。また将来、懸崖絶壁を攀登する蛇形「タンク」の出現、砲兵はすべてキャタピラ付自動車上に据え付けるなど、我々の参考とすべきものが多い。……

もし不幸にしてこれらの研究を怠り、またはその整備を疎かにするようなことになれば、たとえ百万の精兵を擁しても、その準備のある敵に対しては所詮、空拳を振っても白刃を打つに等しく、多くの犠牲と悲惨なる敗北を喫するであろう。

もし、東洋の地形、とくに道路の不良であることを理由にして、いわゆる戦闘用重器材の使用を否認するならば、これは工業の進歩を軽視する重大な誤りである。キャタピラ付自動車上の大口径火砲が地面を圧下する力は、同一面積を圧する歩兵の重量に等しいと言われる。このように進歩した器材の運用においては、地形に影響を受けることはきわめて少ないのである。

まして空中輸送の進歩発達は、まさに注目に値する。現今すでに三〇トンを積載する航空船、二、三トンを運搬する飛行機の将来の発展は、予測できぬほどのものである。

また予想する敵国兵備の貧弱を基準にして自軍の整備を決定しようとするならば、これは国際関係の変転測り難く、弱小国の背後には強大国の後援のあることを予期せねばならぬ今日の情勢において、決して賢明な処置とは言えないのである。……》

明瞭な論旨であろう。そしてまた、この当時、軍の近代化を妨げる、どんな意見が出ていたかも明らかであろう。攻撃精神偏重の説明や、東洋の地形の特異性をかかげた反論が、その間に兵科兵科のエゴがあれこれ重なりあって陸軍の〝変身〟を妨げていたのである。

また、こういう主張もあった。大正十年六月、砲兵大尉井関隆昌（後、中将）は「仏軍タンク隊の現況とタンクの戦術的用法に就いて」という講話を、これも、東京偕行社で行なっている。井関大尉がフランス駐在の間にフランス陸軍大学校で研究したこと、タンク第五〇一連隊に隊付して修得したことに基づいた講話である。大尉は、講話の結びとして、こう述べている。

《……今や「タンク」の研究時代は、すでに去って実用時代に入った。そして軍事技術の結晶というべきこの新兵器が、現在と将来の戦場において発揮し得る威力については、すでに議論の余地はない。ヒンデンブルク、ルーデンドルフ両将軍の回想録によると、ドイツ軍は最初「タンク」の威力を軽視し、英仏軍の歩兵は「タンク」支援がなければ攻撃できない、と嘲弄的態度をとったが、戦役末期になると「タンク」の絶大な攻撃威力を確認し、連合軍の勝利は「タンク」の威力に負うところ大である、と告白している。ヴェルサイユ条約がドイツ陸軍の平時兵力を一〇万人に制限するとともに「タンク」の使用を禁止していることから見ても、いかに欧州列強が「タンク」を重要視しているかを察知できる。今や欧米列強の陸軍は勿論、戦後に建国したポーランド、チェコスロヴァキアならびにバルト海沿岸諸国の陸軍も「タンク」隊を持たないものはない。そして陣地戦の目的をもって建造された「タンク」は今日においては運動戦においても有利に使用できるとされているから、運動戦を作戦の根本方針とする日本軍としては、この研究をゆるがせにすることはできない。

仏軍は昨年（一九二〇年）軽「タンク」を歩兵局の管轄に移し従来、突撃車（char d' assaut）と称したタンクは戦車（char de combat）と改称して、陣地戦にのみ使用されるものという誤解を解き、また三月二十三日付タンク教令は、明らかに運動戦においても「タンク」を使用することを記載している。これによっても「タンク」が将来の運動戦に現出することが予測されるのである。

ひるがえって我が国の現況を見ると、わずか数台の旧式タンクをもって各種の試験を実施中であるに過ぎないではないか。これを欧米列強の現況と比較すると、まことに寒心に耐えないものがある。我々は欧州戦争の生んだこの新兵器の研究に努め、時代の進運におくれないようにしなければならない》

まさに井関大尉の言うとおり「寒心に耐えない」情けない情況である。すでに「時代の進運」に大きくおくれてしまっていたのである。

ところで、井関大尉の指摘する「わずか数台の旧式タンクをもって……」ということに触れねばならない。

戦車の草分け

陸軍は大正七年に戦車を買っている。フランスのルノーFT軽戦車を歩兵学校と騎兵学校にわたして、研究しろ、と命じたのが大正九年である。ルノーFTは大戦初期型の旧式戦車である。だが、歩兵学校にせよ、騎兵学校にせよ、まず戦車の運転や取扱いから勉強しなければならない。そこで歩兵学校教導隊や騎兵学校教導隊から、将校や下士官が自動車隊に派遣されて、教育を受けたのである。

つまり日本の戦車の草分け的研究をしたのは自動車隊であり、これを兵種的に言うなら輜重兵《しちょう》である。自動車隊長は山川良三輜重兵大佐、軍用自動車研究のエキスパートに水谷吉蔵少佐という人がいて、イギリスで自動車の勉強をし四型重戦車の研究をしてきたのが、そもそも日本に戦車を紹介した最初と言われる。

大正八年に歩兵学校教導隊から将校、下士官らが派遣され、自動車隊で自動車や戦車の修習をした。まず四型重戦車から習ったわけで、中型（ホイペット）戦車もあった。この人々が歩兵学校教導隊で普及教育をした歩兵戦車の草分けである。

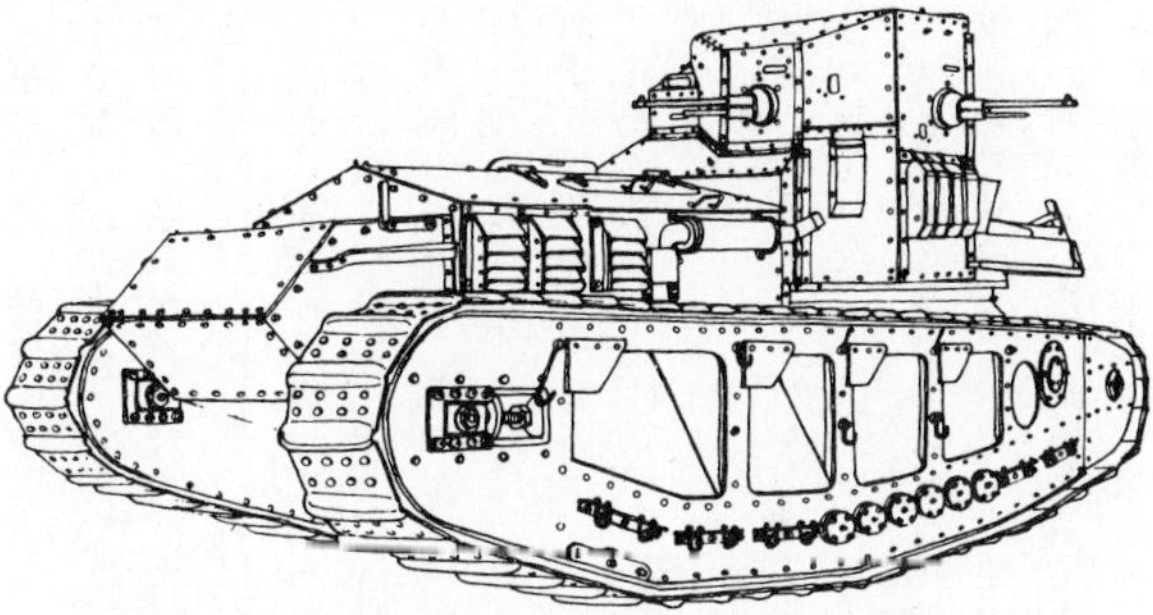

イギリスのＡ型中戦車（ホイペット）日本で教育用に購入（上下とも）

東京の靖国神社に詣でると、社殿のすぐ前の鳥居を入ってすぐ右側の能楽堂のそばに、小さな小屋がある。このなかで、毎日のように小さな苗木を鉢につめて分与する準備をしているご老人がおられる。吉松喜三氏である。「靖国慰霊植樹会」というのがお仕事である。靖国神社の銀杏やそのほかの苗木の苗圃《びょうぼ》を神社内にもち、慰霊と国土緑化を念願とする作業に余念なく働いておられる。

吉松氏は戦車第三師団の機動歩兵連隊長として華北で終戦を迎えたが、戦争中に駐屯した中国の各地で、さかんに植樹を行なって喜ばれたという。日本機甲界の数少ない生証人の一人である。国土緑化の話となると目が生き生きしてくるのだが、戦争の昔話となるとあまり語りたがらない。

筆者の懇望をいれて、日本戦車の誕生のころを訥々と語られるのであった。

「私は陸軍士官学校第二十九期生、熊本幼年学校出身。高知の歩兵第四十四連隊に少尉として赴任した。

大正八年の夏休みに任地の高知から福岡へ行って、三週間かかって自動車教習所で自動車運転の免許をとった。大正九年に小隊長でシベリア出兵に従軍したが、ここでは自動車隊が働いていた。運転免許ももっているので、自動車が趣味になった。

日本陸軍の戦車は、東京の自動車隊での研究が始まりで、その後、自動車隊が教育の場となり、歩兵学校から三橋済大尉と馬場英夫中尉らが教育をうけたのがそもそもで、歩兵学校教導隊でも戦車を研究するようになり、買い入れた戦車もA型戦車が二台、ルノー戦車が五台ほどになった。

この教導隊には、終戦時は本土決戦準備の戦車第一師団長であった細見惟雄中尉がいたが転任したので、私は大正十二年八月にその後任となった。

九月一日、日本で唯一の東京の自動車隊に自動車の学習のため派遣されたとたんに関東大震災。自動車の教育を終って大正十三年、歩兵学校にかえった。大きな演習があると戦車を三台くらいもって参加する。歩戦直協演習の駒となるわけである。カンバスをはった模造戦車なども使ったものだった。他愛ない日々であった。日本軍のこの後の装備がどうなるか。とにかく新しいことをやっている楽しみはあった」

これも戦車の草分けの一人である清水鏡太郎氏も、その手記に当時の模様を、こう書いている。

《私が戦車隊要員として陸軍歩兵学校に入ったのは大正十四年三月であった。このとき歩兵学校には、ルノーFT型戦車とイギリスのA型中戦車があった。ルノー戦車は重量約六トン、時速六〜七キロ、装備は軽砲または機関銃一。A型中戦車は重量約一二トン、速度はルノーと大差なく、装備は機関銃三。操縦はルノーは形も小さく簡単だったが、A型中戦車はエンジンが二基併立、軌道をべつべつに駆動することも、また二基の動力を連結することもできて、地形によりそれを使いわける、というなかなかのくせもので、老練の下士官にまかされていた。

さらにやっかいなのはイギリスの四型三〇トン重戦車で、これは主として自動車隊で研究されていたと思うが、エンジンと両軌道との間に伝導変速機があり、変速手が操縦手の左右に位置し、操縦手の指示（変速手の肩を叩いて指二本だせば第二速度）により、大人の手首大の太い槓桿《こうかん》を操縦変速すると戦車はやおら低速軌道の方向に向きをかえる、という三位一体の芸当を演じなければならなかった。……》

パイオニアの苦労は、容易ではなかったであろう。

このころ戦車などの研究をやっていたのは歩兵学校だけではない。大正九年に歩兵学校と同時に、陸軍騎兵学校でも戦車や自動車に関する研究を開始したのである。騎兵学校にもフランスから買い入れたルノー軽戦車が貸与され、研究が委託されるとともに、騎兵学校教導隊から将校、下士官を自動車隊に派遣、自動車に関し講習をうけることになった。日本陸軍の機械化の夜明けの年とも言えよう。

平和と軍備縮小

戦争に敗れた国の軍備再建が難事であるのは当然だが、勝った国でも軍備を保持することは難しい。大きな戦争が終れば、平和をのぞむ声の起こるのは当然であるし、軍事費を節減して国民生活を立て直そうとするのは、どこの国でもおなじことである。

日本は第一次大戦では連合国側に属して、戦時景気をたのしんだが、終戦となれば不景気風にみまわれた。軍備の縮小をのぞむ声は当然、たかまった。

日本陸軍の場合には、今まで仮想敵国としていた帝政ロシアが革命のため崩壊してしまった。共産主義労農政権が生まれたとはいえ、これが今すぐ日本にとって脅威になるとは考えられない。

一方、大戦後はげしくなった日英米海軍の建艦競争は、大正十一年のワシントン軍備制限会議となって、主力艦、対英米六割という線で後日に大きな問題を残しつつも妥結し、軍備縮小の方向にすすんでいた。この軍縮の世界的風潮と日本の政治の大勢から、陸軍軍備の縮小が避けられないことになったのであった。

はるかに立ち遅れた陸軍の体質を改善するどころではない。軍備予算そのものを削減せよ、という事態なのである。大正十一年、山梨半造陸相のときに軍縮が実行された。世に、山梨軍縮と呼ばれたもので、将校以下約六万名、馬一万三〇〇〇頭を整理した。およそ五個師団に相当する削減であった。すこしでも体質改善を、と歩兵連隊から三個中隊を減らしたのに対して機関銃隊をおき、騎兵連隊は三個中隊であったのを一個中隊を減らして騎兵旅団に機関銃隊をおくなど、ささやかな改善が行なわれただけであった。

ところで大戦が終り平和になって、この大戦で大いに働いた列国の戦車は、どう扱われたのであろうか。

世界大戦での戦車は、器材的には未完成品ではあったが、その潜在的可能性については誰も疑わなかったと思われるが、事実はそうではなかった。

戦争が終ると、たちまち歩兵、騎兵、砲兵など長い伝統を誇る伝統派、保守派が、この新参者を手いたく扱い始めたのである。

不遇の英国戦車兵団

イギリス軍では、すでに「一九一九年計画」のような大戦車軍構想が展開され、連合軍として戦車一万輛計画も唱えたが、平和の風が吹くと、情勢は一変した。戦車兵団のエリスやフラーが戦後になって努力せねばならなかったことは、戦車兵団が消滅することを防止するという戦いであった。

イギリスの場合、常備の陸軍はわずかである。戦時になって拡張するのだから、いわば拡張の基幹軍であり、従ってその体質は将来戦に必要な陸軍の相似形、ミニ版であることが望ましい。だからこの国には、フラーら機械化先覚者の唱導する将来戦論議が育つ風土があったと言える。

しかし、英国陸軍の主流派のキャッチ・フレーズは「一九一四年に帰れ」ということであった。

「一九一四年に帰れ」と、とくに呼号したのは騎兵であった。彼らは、陣地戦の愚を論じ、機動戦こそ勝利の道である、と論じて、機動の手段として馬を存置することを主張した。彼らはパレスティナで、装備不良、士気沮喪したトルコ軍に対して騎兵が功を奏したことを言い立て、乗馬騎兵が、装備のよい士気旺盛な敵に対してまことにもろかったことには目を覆っていた。この、騎兵の馬を捨てたくないという執着が、この後二〇年にもわたって英軍の機械化を妨げた主因である、と論ずる人がいる。

ともあれ、騎兵が大戦で大して役に立たなかったことは、誰の目にも明らかであった。陸軍省とて、昔の規模の騎兵を、そのまま維持するわけにはいかない。二八個の軽騎兵連隊は二〇個に削減された。

戦車兵団は騎兵よりはるかに勝利に貢献したのだが、それほど好運ではなかった。それどころか、戦車兵団は生まれてまだ日が浅い。新しいものに対する嫉妬反目もある。戦車などは、過ぎた戦争での陣地突破のための一時的な間に合わせものなのだ、という感もある。陣地戦などもうこりごりだ、と思っているのだから、戦車には将来がない、という論議も出る。戦争中には大いに戦車を支持した人々も戦後になると、こうした見解をとって、自分たちが育てた幼児を捨てようとしたのである。

英陸軍中央部での戦車用法方針の検討は転々とした。歩兵の突破力を強化するために、歩兵に戦車を持たせるとともに、独立した戦車部隊をつくる、ということに落ちついたが、戦車兵団を独立した兵種として存置し、その兵力を四個大隊とするということが最終的に合意されたのは一九二二年の秋で、正式に「英国戦車兵団」(The Royal Tank Corps) として生まれたのは、一九二三年(大正十二年)であった。

戦車兵団が、小さな規模ではあったが独立の兵種として存置されたことが、この後イギリスから多くの「軍の機械化論」の聞かれた理由である。

戦車の出現は戦術の新紀元

ところで日本陸軍だが、将来戦論議どころか、軍縮の声に悩み、現在の欠陥の是正に躍起であったことは前述のとおりである。

しかし、ヨーロッパからは情報は流れてくるし、陸軍中央部自体もこの大戦の戦訓の収集摂取を怠ってはいなかった。フラーらの将来戦論議が、看過されるはずはない。これは日本陸軍には大きな反響を呼んでいたのである。

参謀本部は大戦の戦訓を収集、整理して、将校の教育用に『欧州戦争叢書』としてこれを逐次公刊した。その中に『世界大戦の戦術的観察』という本がある。これに欧州大戦の戦訓を総括しているが、こういう記事がある。

《第一次大戦に戦車が出現したことは戦術の変遷上、まさに一新紀元とも言えることであった。砲兵というものは、歩兵に比べて強大な火力と迅速な運動力とを持つ。だが砲兵は、戦闘力の二大要素である火力と運動力とを同時に発揮することは出来ない。どちらも砲兵に劣るけれども、これが出来るのは歩兵である。だから歩兵は従来から戦闘の主兵種であったし、砲兵は補助兵種でしかなかったのである。

戦車はまだ未成品である。だがそれは、この砲兵の本質的な欠陥を、その装備火力と機械的動力とで補ったものである。このことは戦車が本質的に従来の形式による砲兵よりも優れている点で、戦車は戦術に根本的な変化をもたらす素因を持って生まれたのである。

言いかえると、この大戦中、火力と運動力とを同時に発揮できない砲兵という兵器をもって歩兵に協同支援することをねらって、各種の戦法を考え、いわば万策をつくしたのであったが、ついに完全な方法を発見できないうちに、火力と運動力とを互いに妨害されることなく発揮できる能力を持った、戦車という兵器が考え出されたのである》

《これが生まれたからには、陣地戦初期以来の難問題であった敵陣突破の問題に解決の曙光がさすはずだと考えられるし、またそう期待されたのであったが、一九一六年の「ソンム会戦」でも一九一七年の「エーヌ会戦」でも、その結果は予期したほどには成功しなかった。

従ってドイツ軍は全くこれを軽視したし、フランス軍はがっかりして、依然として砲兵第一主義に傾倒した。ただ、戦車を創生したイギリスではこれに望みを絶たず、とりわけフラー大佐はさらに熱心に戦車を基礎とする新軍の編成を主張したのであった》

《戦車が成功しなかった原因は何か。フラー大佐は言う。戦車が失敗した原因は、本質的なものとして、歩兵を支援すべき戦車が装甲で防護され石油機関を動力としているにもかかわらず、支援されるべき歩兵が無装甲で人力だけを動力としているので、支援する戦車が余裕をもって活躍している時に、歩兵の方は、すでに損害と疲労のために気息奄々としている。とくに砲兵の破壊射撃のために土地が荒廃して運動困難となった時にそうなる。そして歩兵と戦車との協同が乱れた時に、戦車が敵砲兵のために各個にやられ、その能力を充分に発揮し得ないばかりでなく、歩兵もまた、それまでの戦車の戦果を利用し得ないのである。戦車が、その使用の初期以来失敗した根本原因はここにある、と》

《フラー大佐は、こうした欠点を除いて新兵器の威力を充分に発揮するためには、火力を主目的とする戦車の他に歩兵用の戦車を創造する必要がある、と主張した。歩兵用戦車というのは装甲した歩兵運搬車で、歩兵に機械的動力と安全な装甲とを与え、火力用の戦車とともに充分な協同をさせようというものである。

フラー大佐は、こうした考えから重・軽二種の戦車の他にさらに快速の戦車を創造し、これを騎兵的に使用し、つまり歩騎砲の三主要兵種を装甲し、これをもって一九一九年度の連合軍攻勢にあたって突破作戦を実行しようと提案したが、休戦となって実行を見ないで終った》

フラーは、こう主張する

《彼はこの頃すでに、戦車を随伴砲兵的な兵器として使うという初期の構想から一段と飛躍して、戦艦以下各種の軍艦からなる艦隊のような、一大陸上艦隊を編成しようと考え出していたのである》

《……戦車の大艦隊および小艦隊は、種々の任務に応ずる種々の型を生ずるにいたる。すなわち、重戦車は威力大なる低伸射撃を行ない、あるいは曲射兵器をもって防禦障碍物を破壊し、そしてまた障碍物を越えて突進する。これは準備砲撃で破壊できなかった装甲堡塁を攻撃する随伴砲兵に等しいものである。そしてこの戦車は、これに先行して軽快に動きまわって、捕捉しがたい数多くの軽戦車に追随するのである。この軽戦車群は歩兵のための任務を行なうので、わが砲兵や重戦車が全滅させることの出来なかった敵を始末するのである。

また今次戦争中に見なかった新事実を生ずるであろう。すなわち戦車対戦車の戦闘を生ずることである。戦車の数が増加するに従って、この戦闘も増加するであろう。装甲およ

び火力の優秀な重戦車は、この戦闘において主要な任務を果たすであろう》
《……世上、この説をもって多くは夢想なりと言う者がいるが、これを夢想だとして全然閑却した国軍は、悔を将来に残すものだ、と断言しても過言ではないであろう。
このような軍隊の機械化が将来、現出するかどうかは、軽々に断定することはできないが、砲兵を歩兵の支援兵種とする旧方式は、ついに四年半にもわたる戦争の行きづまりを招いた一原因であったという事実によって、この方式がもはや行きづまってしまったのだということを明示した。この提唱されているような新方式をもって今日、これを夢想だとするようなことは、悔を後世に残すものと言わなければならぬ。むしろ現在は、現在の編制よりやや完全な機械的時代に移るまでの過渡期である、と見るのが至当な観察と言うべきであろう。すなわち、空中においてはすでに今日まで著しく発達した航空兵力が空中権（制空権）を争奪した時、地上においては、大小各種の装甲兵力が決勝を争うであろうという想像は、数十年を出でずして実現するであろうと考えられるのである》
このようにフラーの将来戦の様相についての洞察を紹介したこの稿の筆者は、次のように訴えるのである。時期は、まだ日本軍には戦車隊の一隊さえない時期である。まさに、数少ない将来戦論議の一つと言えよう。二〇年後を見とおした警世の言であった。訴える相手が陸軍の指導層であることは明らかである。
筆者が誰であるかは詳かでない。

第四章　戦車隊の誕生

国の内外をおおう軍縮ムードと国家財政の見地から陸軍の縮小は、ついに大正十一年から開始された。

世に〝山梨軍縮〟と呼ばれ、陸軍の外容はほとんどそのままにして、人馬数を減少して経費の節減を図ったことを特徴とする。

〝山梨軍縮〟の後、大正十二年には関東大震災という、大きな災害が日本を襲った。復興事業のためには巨額の経費を必要とする。全般的軍縮ムードの中で、これが大きな圧力となって陸軍にのしかかってくる。この国家的窮境の中で、新たに経費を要求して陸軍の若返りを図るなど、とうてい出来ることではない。こうなって当事者の考え出したことは、自分の身をけずって金を生み出し、これを兵備の改善にあてようとする策であった。〝山梨軍縮〟のようなことを繰り返すことは、陸軍にとってプラスになることではない。

新しい軍備整理方策

大正十二年九月、田中義一が陸軍大臣、十月に宇垣一成が陸軍次官になった。参謀総長は河合操、参謀次長は武藤信義である。

これら陸軍の首脳部の知恵袋となって画策したのは、陸軍省軍務局長畑英太郎と参謀本部総務部長阿部信行だが、当時の軍首脳部は、常備兵力、近衛師団を含めて全軍二一個師団のうち四個師団を廃止し、その他、忍び得るものを削減廃止して、これで浮いた経費を軍近代化のために必須の部隊などの新設、あるいは増強に当てようと考えたのである。

この軍備整理の策は、当時もその後も、陸軍内部に大きな波紋を呼んだ。しかし、英断であったことは認めねばならない。もっと思い切ってやるべきであったという声さえある。

身銭を切って軍の近代化をはかるとなれば、何を捨て何を減らすかも問題であるが、何を作り何を増加するかも問題であった。ここに陸軍の未来像論議を行なう時機が来たのである。大正十二年から十三年にかけて、陸軍中央部はこの論議で沸いた。

大戦後の陸軍の新しい姿についての研究検討が、この時まで放置されていたのではない。大戦の終った翌年の大正八年三月四日付で、陸軍に制度調査委員会というものが設けられている。陸軍大臣田中義一、陸軍次官山梨半造、軍務局長菅野尚一、軍事課長畑英太郎の時であった。「陸軍諸制度の調査を行なう」組織として発令されている。

大正十二年十二月二十七日、「制度調査委員」の改正が示達され、大がかりな諸制度検討が行なわれることになった。委員長は陸軍次官宇垣一成が命じられた。制度調査委員長に与えられた大臣の訓令は、次のとおりであった。

《貴君は、帝国四囲の形勢と国内現下の情勢、なかんずく国軍の実情に鑑み、軍事の諸般にわたり改善の実を挙ぐるの目的を以って、陸軍の諸制度を講究審議して、これが整備に関する改正案を策定し、大正十三年六月中旬までにこれを報告すべし》

大正十三年六月中旬という期限付であった。大正十四年の予算編成に間に合わねばならぬからである。

この十二月二十七日、宇垣一成委員長は、この「国軍の根本的講究に関する重大なる任務に当る」委員全員を集合させて、次のような指示を与えた。

まず将来の戦争について、こう述べる。

《一、即決短期の戦争はわが国情にてらし、大いに希望するところにして、諸般の施設はこの方針のもとに導かるること肝要なるも、予想する敵邦の国情に鑑みるときは、長期戦を惹起するの可能性もまたすこぶる多きを考えざるべからず。……

二、西隣諸邦の現況に鑑みるときは、一部の軍隊戦のみを以て戦争の決を告ぐる場合も起こるべしと推断し得るの根拠あり。しかしながら太平洋の対岸、ならびに北方および西南隣邦の情勢は、吾人に国民皆兵の、いわゆる挙国戦を要求すべき事態にあり。故に諸般

の施設は、この両場合に適応し得るの顧慮を必要とす》
そして今次の改革のねらいを鮮明にせよ、とこう言う。
《四、今次の改革は歴史的旧慣にかかわらず、情実因縁に捉われず、断乎として万事、国防の充実を理由とし標準として遂行せんことを期す。……
七、今次の改革においては、技術の精粋をさかんに応用するに勉むると同時に、ますます科学の進歩を促すべき施設を行なうを必要とす》
しかし、改革の前途には〝金〟という制約が大きく立ちはだかっている。
《吾人の行なわんとする改革は、国庫窮乏の極に達せる今日に於ては、とうてい所要資材の大部を国庫に待つを許さず。……いわゆる自給自足の方針を以てその遂行を図らざるべからず。従ってその取捨按配に幾多の難関も存すべく、種々の反対も生ずべきを予期す。……》
すでに四個師団を廃止するという大方針は、決めてある。これが大きな反対を呼ぶことは目に見えている。その他、「取捨按配」がむずかしいことは充分に予見できる。とにかく明治初年以来、約五十年の伝統ある陸軍にメスを入れようとするのだから、〝大事業〟であったことは間違いない。
さて、第一回（大正十三年三月二十二日）の委員会に、幹事会の審議をパスした委員会の議題事項が提案された。新たに施設すべき事項が二一項目、廃止削減など整理すべきものが、内地四個師団の廃止を含めて八項目であった。時代おくれになっている陸軍の改革であるから、当然、新設する要求が多い。銭勘定では新たに施設すべきものの所要経常費が四〇二二万五〇〇〇円、整理によって捻出できる経常費二六五九万一〇〇〇円、差引き一三六三万四〇〇〇円不足であったが、この段階で委員会が開かれたのである。

戦車隊新設案

この委員会に「戦車隊新設案」が提案された。幹事会は異議なくパスしている。〝金〟という制約があるから出来れば多いほどよいのだが、やむをえなければこの程度でも、と二案提示されていた。

《要領

一、将来戦における必要を顧慮し左の如く戦車隊を新設す。

第一案　歩兵学校に教導隊として一大隊（二個中隊）を付設す。

第二案　独立戦車一連隊（二個中隊より成る二個大隊）および歩兵学校教導隊一大隊（二個中隊）を新設す。

二、所要経費の概算、左の如し。

教導隊
初度費　二八四万三〇〇〇円
維持費　二四万三二〇〇円
一連隊
初度費　五五九万九〇〇〇円
維持費　五七万五一〇〇円
計（第二案）
初度費　八四四万二〇〇〇円
維持費　八一万八三〇〇円

備考　右経費は軽戦車を採用せるものとす。戦車の単価は軽戦車三万五〇〇〇円、中戦車六万円、重戦車七万円とする。

説明
一、戦車隊常設の必要については、ここに喋々を要せず。
二、将来の趨勢《すうせい》を考慮する時は、少くも第二案を希望するも、経費節減の見地より第一案を採用す。作戦上の要求またこれを忍び得る如し。
三、戦車の型式は帝国軍作戦の状態に稽《かんが》え、軽戦車を主とし、中戦車をも若干整備するを要するものと認む》

三月二十六日の委員会では、幹事長川島義之少将がこの新設案について説明してから、委員の参謀本部第一部長黒沢準少将が「最小限度の戦車隊を新設する必要がある。第一案の程度を採用し、編制の内容については別の研究にゆずりたい」と発言し、委員長津野一輔中将は「本案は第一案に異議なければ、原案通り可決する」と採決して、ここに戦車隊新設第一案が大臣に答申する事項として採用された。

さて、この陸軍改革に関する提案は委員会で成案を得て答申された。そして陸軍省の常務を経て大正十四年の軍備改変となって生まれた。この改革の生みの親の宇垣一成中将がすでに十三年一月に田中義一にかわって陸軍大臣（次官は津野一輔）となっていたから改革の方針に変更はなかったが、省部での常務として予算と睨み合わせた処理の間に、当然ながら委員会審議のものとは差のあるものが生まれた。

戦車隊の場合、さしあたり歩兵学校教導隊に二個中隊を設けるという案が歩兵学校に一個中隊、別に一個中隊の戦車隊を設けることに変更された。

宇垣軍縮

こうした経過を経て、大正十四年の軍備改変が行なわれた。世に〝宇垣軍縮〟と呼ぶ。この改変の最も大きなものは、第十三、第十五、第十七、第十八師団という、いずれも日露戦争以後に作られた比較的歴史の浅い四個師団の廃止であった。歩兵一六個連隊、騎兵、砲兵各四個連隊、工兵、輜重兵各四個大隊が廃止されたわけである。

かわって増加されたものの筆頭は航空部隊であった。日本陸軍の航空は、この時はじめて独立した兵科になった。航空本部が創設され、飛行大隊は従来の六個大隊に二個大隊が増設され、部隊の格も大隊から連隊に格上げされた。士官学校で航空兵科士官候補生が生まれることになったのは、この時からである。

陸軍の近代化、機械化もようやく芽を出した。戦車隊の他に高射砲一個連隊、陸軍通信学校、陸軍自動車学校が創設され、砲兵に砲兵情報班の基礎が作られたのであった。

こうして、日本陸軍に戦車部隊が生まれた。第一戦車隊(本部と一個中隊)が久留米市におかれ、千葉市郊外の陸軍歩兵学校教導隊に同じ編制の戦車隊が設けられた。初代の第一戦車隊長は大谷亀蔵中佐、歩兵学校の戦車隊長は三橋済少佐であった。

こうして部隊はできたが、戦車そのものは外国から買い入れた中古戦車であった。両隊とも、A型中戦車が三輛、ルノーFT型五輛ほどであったという。これでほそぼそながら将校、下士官の教育が始まったわけである。戦車がヨーロッパ戦場に姿をみせてから一〇年、戦争が終って七年もたっていた。

フランスを学んだ日本の戦車

ヨーロッパ戦場における戦車の誕生以来の英仏両国軍の戦車の足どりは詳しく述べてきたが、この両国軍には戦車そのものに対する考え方に差がある。イギリス軍の場合、戦車部隊を、それ自体が攻撃威力のある機動力と火力をもった部隊とみる考え方が強い。これに反してフランス軍の場合、自走砲、あるいは歩兵の支援兵器と考えていた。

日本陸軍は元来、陸軍国としてのイギリスなど問題にしていない。ドイツかフランスである。日本軍の師匠であるドイツ軍の戦訓は大いに研究していたが、戦車に関する限りドイツ軍に戦車はないから、何の学ぶものもない。フランスから学ぶしかなかった。

それに加えて日本陸軍は〝歩兵の軍〟である。戦車を〝歩兵支援兵器〟とするフランスの考え方は、理解しやすかった。宇垣陸軍次官が「……速戦即決の求められるような軍備……」と訓示しているところから考えると陸軍の「全軍的機動力」は大切な問題であるが、戦車が歩兵の速度に合わせる、という思想しかないフランス陸軍を学ぶことになってしまったのである。

フランス陸軍は大戦五年間における悪戦苦闘の経験をふまえ、「仏軍大部隊戦術的用法教令草案」を一九二二年に発布した。最高軍事会議副議長ペタン元帥を委員長とする軍の権威者を網羅した委員会の研究によるものであった。「仏軍統帥綱領草案」と副題がつけられて、一九二三年（大正十二年）には日本陸軍でも翻訳紹介された。これでフランス軍は、近代技術の生み出した戦車をこう性格づけている。

戦車とは

《第十五条　戦車は顚覆せられたる戦場を馳駆しうる装甲車にして、歩兵の攻撃力を増大す。戦闘前進を容易ならしむべき戦車は装甲せられたる一種の歩兵にして、敵と接触したる以後、戦果の拡張にいたるまでの戦闘各時期に参与するものとす。戦車は歩兵の前進を遅滞せしむる敵の抵抗を制圧し、あるいはこれを破摧《はさい》するに足る自動火器および歩兵砲の運搬車たり……》

「戦車とは何ぞや」という問いに対する明快なフランス式回答である。シュナイダー、サン・シャモン、ルノーFTの各戦車誕生の歴史やその使用法などからして、これ以外の見解の出る余地も、異論を唱える人もフランス軍にはなかったわけである。そして戦車をこう性格づけて、その制式を規定する。

《第十六条　戦車は各種の用途に応じ各種の制式を有す。現用のもの左の如し。

軽戦車隊　その任務は歩兵に随伴し、かつこれと緊密に連繫して戦闘す。その運動性、柔軟性大なるを特性とす。

B型重戦車（フランス）

重戦車隊　その任務は歩兵および軽戦車隊のため進路を開拓し、その集団威力ならびに火力をもって堅固に占領せられたる支《し》撐点《とうてん》を破摧するに在り》

《第十七条　戦車隊は歩兵の分科兵種なり。戦車隊は中隊、大隊、連隊に編成す。修理、補給、応急修理班および運搬班をも含む》

ところで、フランスが、その用途を規定した基盤となる戦車について触れておかねばならぬ。軽戦車は数千輛のストックになっていたルノーFT型であるが、重戦車は大戦中八〇〇〇輛作った自走砲ではない。フランス軍には重量七〇トンという〝怪物〟の「C戦車」がある。これは一九二二年までに一〇輛作られた。この戦車が仏軍教令発布の時の現有品だが、重量七〇トン、乗員一三名、最高時速一三キロ、七五ミリ砲一と機関銃四を備え、装甲は四五～一〇ミリ、三七五馬力のこの戦車は、明らかに大戦型のノッシノッシと歩く重戦車で、教令の予見したものは別にあったはずである。実際に登場するのはもっと先になるが、この頃もう一種の戦車が育っていた。

これが機動戦車（Char de Manœuvre）Bという戦車である。これは一九三五年になって、重量三一トン、最高時速二八キロ、砲塔に三七ミリ砲、車体に七五ミリ砲を備え、装甲六〇～五五ミリという、全く歩兵用重戦車として量産に移る。

そして一方、ルノー戦車をいろいろと改造して各種の型が生まれるのだが、そのB重戦車と、一九三六年に騎兵兵団用のソムアS35が生まれるまで、これという戦車は出てこない。国防方針がマジノ要塞を中核とする防勢主義であったことから、戦車装備方針は頑固に歩・騎兵支援型なのである。

ともあれ、フランス軍の編制や装備を熱心に研究していた日本軍の将校も、この大戦型七〇トン重戦車には手が出なかったであろう。そしてフランス軍が教令に「重戦車」と規定してみても、その任務を達成するにふさわしい新型重戦車の誕生のおくれたことが、日本軍の重戦車方針にも影響したのではないかと思われる。

戦車は歩兵のもの

当時の日本軍に、戦車部隊そのものを「機動・戦闘兵種」とする意見、つまりフラーらが唱導しているような意見が起こる余地があったとすれば、それは騎兵界からであったろう。しかし、英国の騎兵もそうであったように、そして、後で述べるように日本の騎兵は馬から下りようとはしなかった。その戦闘力を増すために機関銃を、装甲自動車を、戦車を、と要求するが、乗馬機動兵種としての域を出ようとはしなかったのである。

大正十一年から十四年にわたる軍備改変で、兵力を削減されただけで何の戦力増加もなかったのは騎兵である。大戦の実績や戦訓から騎兵は、すでに存在の価値を疑われてから時すでに久しい。日本の場合、すでに「騎兵無用論」も出ていた。ともかく。騎兵は軍近代化の外におかれていたのだ。

騎兵が鞍にしがみついているうちに、戦車は歩兵にとられてしまった。軍用自動車調査委員会が、フランスにならって「戦車は堅固なる野戦陣地の攻撃に使用することを目的とし、歩兵に分属する用法が適当である」と上申した結果、大正十三年に、歩兵の一部として育てられていくことが決定されたのであった。

第一戦車隊

前出、吉松氏の談話はつづく。

「大正十四年四月に久留米に第一戦車隊、歩兵学校教導隊に戦車隊が生まれた。第一戦車隊には、歩兵学校から将校、下士官などが基幹要員として派遣され、私も産婆役の一人であった。初代の隊長は大谷亀蔵中佐、のちに昭和十三年、張鼓峯《ちょうこほう》事件のときの朝鮮第十九師団長である。歩兵学校の戦車隊長は、戦車の先駆者三橋済少佐だった。この両戦車隊はA型戦車三輛、ルノー五輛ずつを装備していた。

第一戦車隊付で、私の主任務はルノーの教育と兵器委員としての戦車の整備、馬場英夫中尉がA型戦車の教育。私の仕事の大部分は修理の仕事。外国から買い入れた兵器だから部品がない。自動車工場でつくらせたり、工業学校の先生と仲良くなって設計してもらったり、大へんなさわぎでした。

大谷亀蔵隊長は歩兵学校で勉強してきた方で、こうした新しいことにうってつけの勉強型で、将校教育にはとくに熱心で、毎朝、一時間もはやく出勤してこられて、自動車教育など、幹部の自動車行軍などもしばしば行なわれました。一本橋の上をオートバイで曲乗り的通過など、そのお得意で将兵をアッといわせる腕前をおもちでした。訓練はきびしい方でした。だから久留米の戦車隊は戦闘訓練の実戦型、歩兵学校の方は外国の情勢などは充分に研究され、これは理論型でした。」

戦車隊戦時編制

戦車隊誕生の決定した大正十四年、日本陸軍の戦車隊に関する構想が明らかにされた。フランス軍の模倣にもせよ、これが日本陸軍の戦車構想の原点である。この年に発布された「陸軍戦時編制」の改正で登場した戦車隊編制がこれである。

「戦時編制」というのは、陸軍部隊が戦争になって出動する時に採るべき編制や装備を規定するもので、教育や訓練のための平時からある部隊の編制とは違うし、極秘にされたものである。

ところで新設戦車隊の編成さえ完結されていない時期に作られた編制表であるから、勿論、ペーパー・プランである。参謀本部、陸軍省の主任者たちが、これまでに先進外国軍の資料や戦争の経験、教訓などを研究して作りあげたものである。言わば、当時の日本陸軍の描いた理想の青写真だが、これがこのあと久しい間、日本戦車隊の編制の基準となった。

戦車の活躍したヨーロッパの戦場には無縁であった日本陸軍としては、その大部分がフランス軍の模倣であったにもせよ、これはよくできていると筆者は思う。

この「戦時編制」改正について参謀本部（当時の参謀総長は河合操）と陸軍省（大臣は宇垣一成）の折衝の間に、改正の理由が述べられている。

《戦車隊の新設。戦車隊は国軍作戦の必要より、これが新設を見たるものにして、戦車の制式は予想作戦地の状態、輸送の難易に鑑み、軽戦車（一〇トン以下）を主とし、一部重

戦車（三〇トン級）を併せ採用し、前者をもって（甲）大隊三個を、後者をもって（乙）大隊一個を新設せり》

戦車隊の編制

戦車（甲）大隊の編制は次のとおりであった。

一、戦車（甲）大隊は本部および中隊三個ならびに大隊段列（補給隊）一個より成る。

二、本部は通信班一個、所要の行李を持つ。

三、中隊は三個小隊および中隊段列に区分する。

小隊は軽戦車五輛よりなり、中（少）尉をもって小隊長とし、各戦車は軍曹（伍長）をもって車長とする。

中隊段列は中（少）尉または特務曹長をもって段列長とし、二分隊に区分し軍曹（伍長）をもって分隊長とする。

四、大隊段列は四個小隊に区分し、中（少）尉または特務曹長をもって小隊長とする。小隊は三個分隊に区分し軍曹（伍長）をもって分隊長とする。

戦車（乙）大隊の場合は、こうである。

一、戦車（乙）大隊は本部および中隊三個ならびに大隊段列一個より成る。

二、本部は通信班一個および所要の行李を持つこと（甲）に同じ。

三、中隊は二個小隊および中隊段列に区分する。
小隊は重戦車三輌より成る。小隊長、分隊長のこと(甲)に同じ。
中隊段列は分隊に区分しない他、(甲)に同じ。
四、大隊段列は三個小隊に区分し、分隊に区分しない他、(甲)に同じ。

軽戦車中隊は中隊長戦車一、各小隊五、計一六輌、重戦車中隊は中隊長戦車一、各小隊三輌、計七輌である。予備の戦車(車長以下搭乗員とも)は一括して大隊段列が持っており、(甲)大隊の場合、軽戦車一五輌、乙大隊の場合重戦車六輌と、ほぼ一個中隊に等しい数を持つことにされている。

この他この「戦時編制」で定められた戦車、車輌類の装備を一覧表とすると次頁のとおりである。

戦車牽引用自動車や軽戦車を積載するトラックとして、どんなものを考えていたのか判らない。日本陸軍では当時は無限軌道付の牽引車が研究時代であり、いわんや一〇トンの軽戦車を載せられるような大型トラックの構想があったはずはない。希望だけのものであろうが、(甲)(乙)大隊ともに大隊段列に一個中隊分の予備戦車を、その搭乗員とともに持たせる構想であったことは、戦場で損傷した戦車の救助用の牽引自動車や、修理用自動

車輛区分表	大隊本部		中隊		大隊段列		大隊計	
	甲	乙	甲	乙	甲	乙	甲	乙
軽戦車			16		15		63	
重戦車				7		6		27
無線通信戦車			1				3	
乗用自動車	2	2	2	1	5	2	13	7
戦車牽引用自動車			1	1			3	3
戦車輸送用自動貨車					18			
自動貨車	2	2			12	7		
予備自動貨車					2	1		
側車付自動二輪車	4	4			3	2		
自動二輪車	1				3			
自転車			2	2		2	6	8
修理用自動車					3	2	3	2

車などが重視されていたことともに、大戦の経験をふまえた実戦的なものと言える。戦車部隊は一たび行動を開始すれば、機械的な故障に悩まされることも多いし、いざ戦闘加入となれば、たちまちに戦車に損傷の出ることを覚悟しなければならない。補充、補給、救助、修理の能力がそなわっていてこそ充分に働けるのである。

そういう見地から、この戦車隊編制の〝原点〟は机上の構想であるが立派である。ところが、このあと戦車隊を作っていく者が、どんどんこの〝原点〟から離れていった。そのため戦場で戦車隊の将兵が苦労をし、苦闘することになるのである。

ところで陸軍中央部は、この大正十四年当時、わが戦車部隊の希望量を軽戦車三個大隊、重戦車一個大隊とした。前述の装備表によると軽戦車少くも一八九輛、重戦車少くも二七輛、計約二二〇輛を必要とする。

この「戦時編制」に戦車隊がはじめて登場した大正十四年に、こんな大量の戦車を整備する金がないのは勿論である。こんな軽戦車九個中隊、重戦車三個中隊という整備目標や、大隊の編制を決めても、いざ事が起こったとなればどうするか。それは年度ごとの動員計画令で決めるのである。これは理想像ではなくて、現実のものでなくてはならない。従って、これこそがその時々の実際の力なのである。

動員編制

大正十五年（一九二六年）の動員計画で、第十二師団に属する第一戦車隊で、独立戦車第一中隊というのを動員することが規定されている。この一個中隊が日本陸軍で最初の実戦戦車部隊であった。この装備は軽戦車、重戦車の混成編成であった。

軽戦車	六	重戦車	四
乗用自動車	二	自動貨車	八
修理用自動車	一	側車付自動二輪車	二
自動二輪車	二	自転車	三

ありあわせの外国製戦車をもって出動するわけである。修理用自動車と言っても修理工具や材料をつんでいくトラックである。しかし、とにかく戦車が戦場に出かける態勢ではある。

昭和の動員計画令では、もう一個中隊、独立戦車第二中隊というのが計画される。その内容は右の第一中隊にくらべると、軽戦車一〇輛だけの中隊である。他は同様の装備であった。

こうして、日本に戦車隊の生まれた大正十四年、戦車大隊の目標部隊数はきめられたが、それはしょせん画にかいた餅であった。

肝心の戦車をどうするか……?

第五章　国産戦車の開発

日本陸軍の戦車隊は生まれた。戦車使用の目的は「陣地攻撃を主として考えた歩兵支援兵器」である。

だが、戦車をどうするか。後進国としては、これを外国から買いこむしかない。大正七年以来、陸軍はイギリス、フランスから研究教育用としてではあるが、大戦型の中古戦車を買いこんでいた。戦車隊の誕生した時の装備はこれしかない。

中古戦車

フランスからはルノーFT軽戦車である。フランス軍の軽戦車のはしりで一九一六年に誕生した。重量は砲装備で六・六トン、三七ミリ砲または機関銃装備で、装甲は砲塔部で二二ミリあるが最大時速七キロ、出力三九馬力、運行距離四〇キロという戦車である。戦後となっては、フランスが三〇〇〇台のストックをもてあましていた戦車である。

イギリスからはA型（ホイペット）中戦車である。前述したように英軍が、騎兵とともに戦果拡張にも使おうか、と機動戦車をめざしたものではあるが、重量一四トン、機関銃四を備え、装甲は最大一四ミリ、最大時速一三キロ、出力九〇馬力、運行距離は、資料でまちまちだが約一三〇キロの戦車である。これとて英軍自体がB型、C型と改良を加えているのだから、しょせんは古物である。日本陸軍は菱形の四型重戦車も買い入れた。この重戦車に「雄」「雌」のあることはすでに述べたが、この両種を買い入れたのか、どちらか一種か詳かでない。この重戦車は五型になって初めて一人で操縦できるように改良されたのだから、日本陸軍では操縦手、変速手の数人がかりで運転するという、この四型戦車で戦車操縦を習ったわけである。

大戦後のイギリス戦車

一九二三年に英軍戦車兵団の戦車設計部が廃止されてD型中戦車の企画が消えたが、これが研究していた歩兵用軽戦車も同時に消えた。そして到来したのが、ヴィッカース・アームストロング社の独占時代であった。

この社もフラーらの要求する、歩兵用戦車の設計を求められていた。そして一九二三年には、これを完成していた。これが「ヴィッカース一型軽戦車」である。これはすぐに体面上の理由から、中戦車と呼ばれることになった。一型、二型で一六〇輛生産されたが、フラーの構想を実際にやってみせることのできる世界唯一の戦車であった。四七ミリ砲が完全旋回砲塔に入れられたのも最初のことである。

この戦車は装甲がわずか八ミリで、実際に戦闘に使えるものではなかったが、この中戦車のおかげで英国は一躍、戦車技術の面では勿論、戦車の戦術的運用研究の面でも指導的立場に立つことになった。戦車の将来についての論議が、このヴィッカース中戦車による実験を通じて実証的に展開されることになったのである。英軍で一九三〇年代の中期まで現用された唯一の戦車であった。

このヴィッカース社の中戦車で日本が買い入れたものに、C型中戦車というのがある。ヴィッカース社は戦車先進国イギリスの代表的企業として独占的にカーデンロイド・シリーズの各種小型戦車をはじめ多くの戦車を世界各国に売りこんだ。その国々の要求に応ずるようなパイロット・モデルを作って売りこんだのである。ヴィッカースC型は日本向けのモデルであった。これは日本が戦車の国産化を決定した後の一九二六年（大正十五年）に日本に送られた。日本の戦車の製作に大きな影響を与えたことは明らかである。

明らかにこれは「機動戦車」である。装甲が六・五ミリで小銃弾に抗堪できる程度というのは論外だが、最高時速三二キロ、トン当り一五馬力という踏破力は当時の戦車としては逸品である。

ついでながらヴィッカース社が一九三〇年に作ったものに「六トン軽戦車」というのがある。これは英軍には採用されなかったが、諸外国販売用である。日本がこれを買ったかどうか詳かでないが、ソヴィエトは戦車創成期にこれを買い入れている。

この戦車には機関銃を備えた併立二砲塔の型と、四七ミリ砲と機関銃を同軸にした二人用砲塔のものとがあった。重量は七トン余、装甲一三〜一七ミリ、路上最高時速三五キロ、耐久性のたかいマンガン鉄の履帯を採用した点で新機軸を出したものであった。

外国から買うか、自分で作るか

原乙未生《とみお》中将は、日本の戦車を自ら作った戦車界の功労者である。当時を回想して次のように書いておられる。

《大正十四年、国軍近代化の一環として初めて戦車二隊が久留米と千葉に創設された。しかし装備すべき戦車の当てはなく、さりとて当時自動車工業は確立しておらず、当局は戦車を国産することは思いもよらぬと即断し、外国依存のため科学研究所長緒方中将を長として購買団を欧米に派遣して買物を物色した。

まず米国においてクリスティ氏と交渉した。同氏は車輪・無限軌道併用式の高速戦車を考案したと喧伝されていたが未だ完成しておらず、工場は貧弱で供給の見込はなかった。次に英国ではヴィッカース社の時速三〇キロの高速戦車が完成して間もなくであり、画期的の進歩と賞讃され、最も希望するものであったが、英軍自体の装備すら未完であったから輸出は承認されなかった。

次に仏国では新式戦車の研究は未着手であった。両国とも将来の供給には意欲的であるが焦眉の急には間に合わない。しかし仏軍には大戦型旧式ルノー戦車の在庫が山積して処分に困っていたので、喜んで提供する、との申し出があり、その請訓電報によって初めて鈴木技術本部長の意見を求められた。

私ども技術本部で車輛を担当していた班員は、戦車の必要を予期して研究を進め、命令を待っていたのに担任者を無視して購買団を派遣されたのに不満を感じていたので、この機逸すべからずとして本部長に意見を具申した。

「ルノー戦車は時速八キロに過ぎず、戦後の戦車無用論の対象となった幼稚なもので、我が新生戦車隊の近代化軍備に適応するものではなく不賛成であります。戦車の国産化について、本部長の意見を求めず、外国依存に決した当局の処置を遺憾とします。もし今ルノー戦車を輸入すれば将来永久に戦車国産の機会はなくなります。この際ぜひ国産開発を要請していただきたいと思います」

本部長「戦車を開発する自信があるか」

答「この事あるを予期して鋭意研究を進めており、すでに設計案を持っております」

とその案を説明した。

「なお製造については先に機械化砲兵用の輸入ホルト牽引車の代換用として装軌式三トン牽引車を大阪工廠にて大正十三年に完成し、時速一四キロを発揮し、ルノー戦車の八キロに勝ること数等であります」

本部長は「よし」と力強く是認し、陸軍省に赴きルノー戦車の不適当なるを述ぶるとともに国産によることを要請された。購買団の不首尾により当局も了解せざるを得なかったが、むつかしい条件をつけられた。

即ち部隊の装備を急がねば予算が流れるから、試作は来年度末まで待つが、それが不成功であれば断念の外ないと言うのである。

期間は余すところ一年九カ月に過ぎず、初めての戦車試作のためには、あまりにも短い。本部長は、それでも引受けるか、と問われたが、騎虎の勢、それは不可能と言う訳にはゆかぬ。部品の基礎研究もできず、冒険ではあるが、全力を尽くして要望に副うことを答えたので、本部長は断乎として陸軍省の要望を受諾し国産第一号戦車の設計を命令された。

予算は一台分だけで、失敗を許さぬ背水の陣であった。》

こうして、戦車の国産化が決定された。技術本部の覚悟のほどは、なみ大抵のものでなかったろう。当時、歩兵学校の戦車隊長の三橋済少佐が「今から一〇年の間に国産の戦車らしい戦車ができたら首をやる」と、雑談中に言ったという話が伝わっているような時であった。

こんな戦車を作る

大正十四年八月十九日、陸軍技術本部は「陸軍技術本部管掌兵器研究方針追加、改訂事項」として、戦車の研究を開始することに関して陸軍大臣に上申した。これが検討され、陸軍技術会議で審議されて翌十五年二月二十五日に技術本部長鈴木孝雄に指令された。日本陸軍で初めての戦車についての用兵上からの要求であり、陸軍としての戦車使用構想を示すものであった。

それには「欧州列強の大勢に鑑み、左記諸元を有する型式の戦車の研究を要すると認めたればなり」と理由がついて、次の諸元が示されていた。

戦車
一、全重量　約一二トン
二、最大速度　二五キロ／時
三、超越し得る壕幅　約二・五メートル
四、全長　約六メートル
五、幅および高さ　そのまま内地鉄道輸送に支障なきを目途とす

六、装甲鈑の厚さ　主要部において少くとも五、六〇〇メートルの距離よりする三七ミリ砲の斜射に抗堪し得るを目途とす
七、武装　五七ミリ砲一、重機関銃一以上
八、携帯弾薬数　砲弾一〇〇発、銃弾一銃につき三〇〇〇発
九、攀登し得る傾斜　三分の二
一〇、運行距離　一〇〇キロ以上
一一、軌道装置　壕の超越を妨害せざる限りなるべく柔軟性を有せしむ
一二、機関馬力　一二〇馬力（回転数一三五〇／分に対し）
一三、熱帯地における使用を顧慮す
特殊戦車
一、水陸両用戦車を研究す
理由　上陸、渡河掩護、架橋支援および偵察に供するものを必要とすればなり
二、分解搬送式の重量大なるものを研究す
理由　作戦上の威力大なるものを必要とすればなり

ルノーFTや「ホイペット」戦車などしか実際にいじくっていないのに、机上の勉強だけでこれだけの性能のものにとりくんだことは、大正十四年としては立派なものである。

戦車の大きさに関する制約

ところで、日本で戦車を考える場合に、終始ついてまわっている条件がある。それは「予想作戦地の地形の状態、輸送の難易」という問題である。

当時、日本陸軍の予想作戦地はどこか。言うまでもなく大陸が主戦場である。ロシア革命後のソヴィエトは赤軍創成期で、さしあたりこれが攻めてくるとは予想されないが、これと事が起こるとすれば満州や沿海州であることは明らかである。

帝政ロシア軍がなくなり、海軍のワシントン軍備制限があって以後の情勢から、日本陸海軍が大正十二年に改訂した「国防方針、用兵綱領」では対米作戦が主として海軍の主唱で検討され、用兵綱領にも「陸軍は海軍と協力して速かにフィリピンおよびグァム島を占領す」とされていた。このように戦場を予定してみると、そのどれをとっても道路は未発達であり、雨期、寒期の影響を受けること多く、とうてい、ヨーロッパの戦場のようにはいかないという、アジア的特徴がある。

この戦場に戦車を送るには、陸路、海路という長い輸送が必要である。日本内地の狭軌の鉄道輸送力が、まず障碍である。輸送船の起重機の能力もあれば、埠頭の設備も問題である。予想戦場の河にかかる橋の耐久力も、渡河舟艇の荷重の制限も問題である。日本軍の戦車の大きさを考える場合、これらが致命的とも言える要素なのである。今日、国内での戦いを前提として三〇トン、四〇トンの戦車や重車輌のあるのとは全く情況がちがう。第二次大戦で四〇トン、五〇トンの戦車が縦横に走りまわるにいたったヨーロッパの戦場とは同日に論じ得ない点が、日本陸軍の場合にはあったのである。これが、あとあとまで尾を引く、言わば日本陸軍の〝泣きどころ〟であった。

「戦車の研究方針」に「南方熱帯地での使用を考える」と書かれたり、「分解して輸送し、大陸で組立てる」重戦車の構想が出たりするのは、こういう理由からである。

苦心の試作

技術本部は、戦車研究方針を上申した大正十四年六月から設計作業を開始した。方針が大正十五年二月に示達されたので、それに基づいて、ほとんどこの「方針」の諸元をもった戦車の設計書を上申し、これの認可があって試作の発注へと進んだ。その設計書には、この戦車の目的と用途は「砲および機関銃を併用し、相当の攻撃力を有し、かつ軽快なる運動性を有する兵器を設計す」と書かれていた。

大正十五年五月、この試作が発注されたのは大阪砲兵工廠であった。汽車会社、神戸製鋼所をはじめ阪神地区の民間会社の協力を得て、この日本で初めての戦車を作ったのだが、その苦労のさまは日本戦車の育ての親ともいうべき原乙未生中将がその著『日本の戦車』に詳述されている。その一部を拝借して紹介する。

《国産戦車の完成が急がれていた。整備当局は大正十五年度予算に戦車の試作費を計上したので、年度末の昭和二年三月末までには、ぜひともこれを完成せねば予算返上という難しさがあった。技術本部は大正十四年六月、設計に着手、大正十五年五月、大阪砲兵工廠に試作発注、昭和二年二月はぼ完成、同年六月には供覧試験を行なった。設計着手から完成まで一年九カ月であった。こうした難しい仕事を期限的にも要求を充足したのだから、それだけでも非常な成果といわねばならない。これがために技術本部の車輛班は全力を傾注し、といっても班長以下将校、技師四名、製図師一二名の小人数であったが、残業をかさね、計算し考案し設計して図面を完成した。ことに製作図面は一万点におよぶ部品をボルト、ナットの細部にいたるまで正確に設計しなければならなかったから、その作業量は厖大なものであった。

試作を担当した大阪工廠の努力もまた、技術本部に優るとも劣らないものであった。同工廠は、四トン自動貨車の生産工場として民間会社に対しても指導的役割をもっていたので、技術には自信があったが、その設備は歯切機械でも旋盤、フライス盤でも自動車より数段大形の戦車の工作には適しない。そこで汽車会社、神戸製鋼所をはじめ阪神地区にある多数の民間会社の協力をもとめて部品を製作し、これをとりまとめて組立を行なった。これらの計画、指導、作業はなみなみならぬ苦労であった……。》

開拓者の苦労はさもあろう、と痛感される。こうして苦労の末二月末にはほぼ完成し、六月には富士裾野演習場ではじめての野外試験を行なう段階にすすんだ。

性能試験

《設計者、製作者ともに、はじめての性能試験なので、一抹の不安もあることから、ごく内輪に行なうつもりであったが、陸軍省、参謀本部、実施学校などの関係者の関心がきわめて深く続々と視察見学の申込があり、最初から公開の性能試験となって担当者を当惑させたのであった。

御殿場《ごてんば》駅から板妻《いたづま》廠舎にいたる七〜八キロの間を戦車が自力運行したのを見て、まず見学者の間に歓声が上った。初誕生の戦車は、動けるかどうかすら心配されていたのである。翌日からの野外試験でも上乗の成績であった。三分の二の急傾斜をやすやすと登り、堤防や塹壕《ざんごう》の超越も予定通りの性能を示した。不整地を闊歩《かっぽ》する有様は、ルノーや英中型戦車を知る人の目には格段の踏破性で、緩衝機構の効果によって速度も速く、操作は軽快、乗心地もよく、射撃支台としての安定性も良い。試験はこのように好評を博した。視察者などから成功の讃辞を送られて、担当者一同大いに面目を施したが、わけても技術本部長鈴木孝雄大将、第一部長黒崎延次郎中将の喜びは、ひとしおであった。両将軍は、この試作に職を賭《と》する決意で臨まれ、かねて辞表を懐中にして試験に臨まれたということであり、技術に長《た》けたる人の責任感は、平時も職場における覚悟と変らぬものと感銘したものであった。

しかし、ただ一つの、しかも大きな誤算があった。それは予定重量一五トンを超過して一八トン以上となったことで、そのために二五キロの速度は無理で約二〇キロとなった。それでも従来のルノーや中型戦車を見慣れた目には、一八トンの巨体が二〇キロの速度で地響をたてて驀進《ばくしん》する有様は、壮観そのものであった。》

筆者が先にあげた要求諸元は、当時公式のもので、第一回試作諸元はこうであった、と原氏は語っている。ともかく、わが国の技術で優秀な戦車が完成したことが確認されたわけである。しかし一八トンでは主力戦車としては重過ぎるので、要求性能を検討しなおすことになった。

軽戦車の開発

日本陸軍の戦車についての構想は既述したように、初めから軽、重両戦車の二本立であった。従って、この重い戦車を重戦車の候補とすることにして、昭和二年十二月、技術本部は研究方針の改訂を上中し、重かった戦車を基礎として重戦車を研究し、さらに軽戦車を開発しなおすことにして重、軽二種の戦車を開発したい、としたのであった。

昭和三年四月、技術本部は、軽戦車に関し、「別紙要領書のとおり設計の上、試製審査

試製一号重戦車　これにつづいて九二式、九五式重戦車が開発されたが、実戦部隊に配備されなかった

国産の初めての試作軽戦車　制式採用され八九式中戦車（甲型）となる（この写真は軍需審議会提出の原写真）

するを適当とする」と上申した。これによる設計上の要件は次のとおりである。

重量　一一トン以内
速度　毎時二五キロ
超越壕幅　二メートル
全長　四・三メートル
幅、高　そのまま内地鉄道輸送に支障ないこと
装甲（前回の記事におなじ）
武装　五〇ミリ付近の砲一、重機関銃（その他、前回の記事におなじ）
機関「ダ」式一〇〇馬力航空機関を修正使用し前進四段、後退二段
武装　全周回転砲塔に前に砲、後に重機関銃を装備し、かつなし得れば戦闘室前面に重機関銃を固定装備す

この軽戦車の試作は四月に着手され、大阪砲兵工廠に発注されて昭和四年四月に完成した。

試験を重ねて軽戦車として優秀な成績を得たので、六月に技術会議の審議を経て参謀総長や教育総監の同意を得た後、「八九式軽戦車」として制定された。日本陸軍の初めての

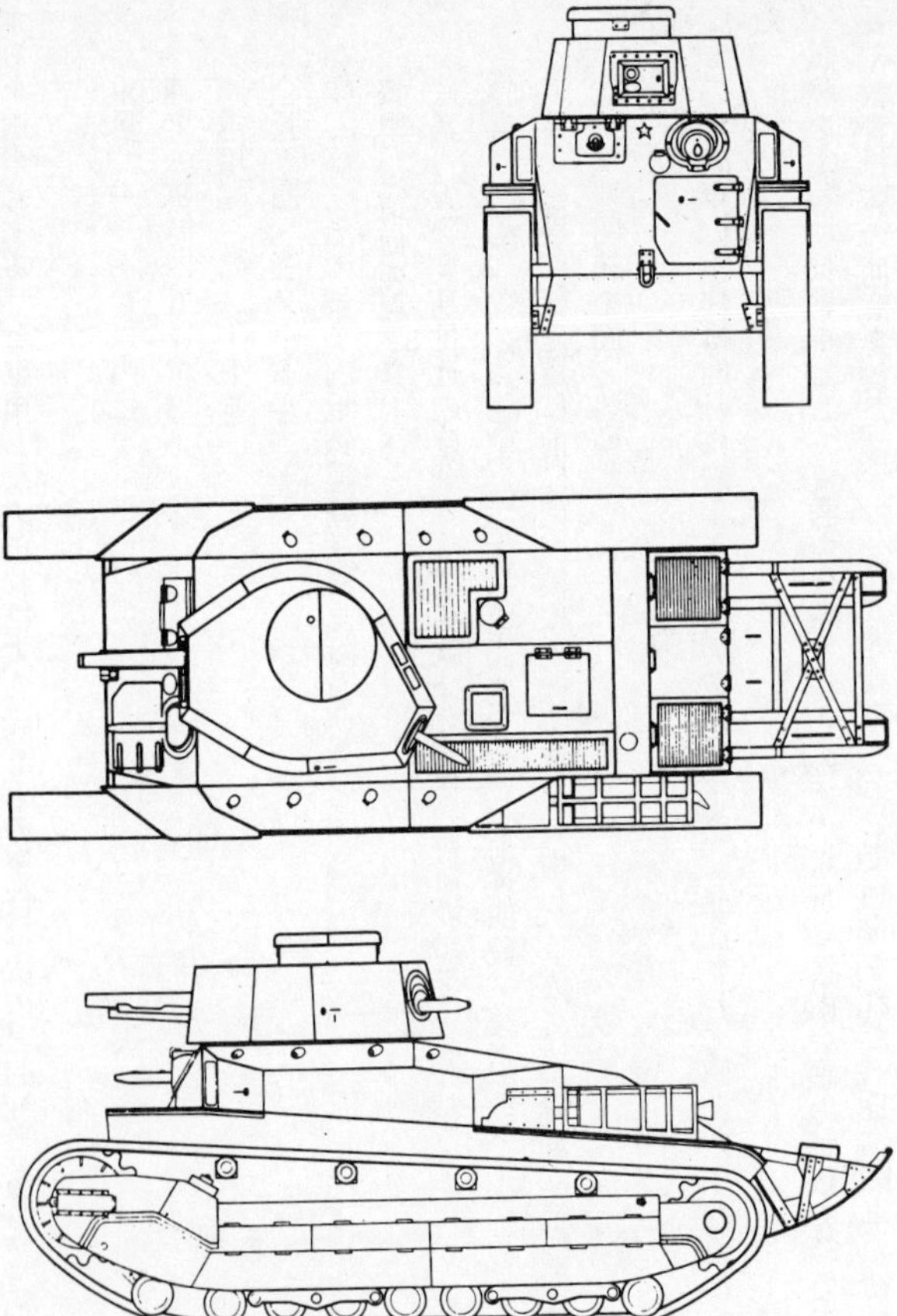

八九式中戦車（原乙未生監修　竹内昭著〝日本の戦車〟所載）

国産制式戦車の誕生であった。

時に昭和四年(一九二九年)十月であった。皇紀二五八九年にあたるので「八九式」と名づけられた。この戦車の制式制定時の性能は次のようである。

重量九・八トン。最大時速二六キロ
超越壕幅二メートル。全長四・三メートル
幅二・一五メートル、高さ二・二メートルで内地鉄道輸送に支障なし
装甲、優良鋼板一七ミリ、一五ミリ、一二ミリを適宜配置しあるを以て三七ミリ砲の近距離よりする直射に抗堪し得べし
武装五七ミリ砲一、重機関銃一を全周旋回砲塔の前後に装備し、機関銃一を戦闘室前面に装備す
携帯弾数、砲弾一〇〇発、銃弾各二五〇〇発以上
攀登し得る傾斜、三分の二、長傾射
発動機一〇〇馬力。運行距離一二〇キロ
熱帯地における使用を充分に顧慮しあり。

戦車と装甲

ところでこの戦車の装甲であるが、陸軍技術会議に技術本部から提出された説明書には、こう書かれてある。

《世界各国の有名なる防楯《ぼうじゆん》鋼板を試験したるもののうち、良好なる日本製鋼株式会社製「ニッケルクローム」防楯鋼板を採用し、正面一七ミリ、側面の一部、後面および砲塔一五ミリ、側面の大部分は一二ミリおよび二ミリの二重装甲となし上面一二ミリ、底面五ミリの厚さとし、近距離より発射する三七ミリ榴弾にたいして安全なる強度をあたえあり》

この戦車は、前述のように制式戦車として採用されたのであるが、教育総監部は、異存ないかとの照会にたいして、教育総監武藤信義の名をもって次のような修正意見を述べている。この兵器を使用する軍隊の側の意見を代表するものであった。

《修正意見

一、本戦車にして純然たる歩兵用随伴兵器たらしむるには、その速度を若干犠牲にするも装甲を完全ならしめ、堅牢をもって主とする。

二、戦車戦闘のため最も困難とするは車内よりする展望通視の不便なり。防護力を害せざる程度において展望通視を一層容易ならしむること。

三、予想作戦地区を考慮し、泥濘地における履帯幅員を増加すること。

（この試製戦車の履帯幅は三二センチであった）》

当然のことながら、第一号戦車のスタートから装甲の厚さが焦点となってくる。装甲の厚さは鋼板の種類にもよるが、総重量をおさえられているから難しい問題である。技術本部は試作戦車いらい、主要部一七ミリ、基準は当時の三七ミリ平射歩兵砲の榴弾の近距離斜射としていた。

歩兵と直接協同して陣内戦闘を考える軍隊側から注文のでるのは、当然であったろう。

戦車の火砲

歩兵直協用として敵の機関銃巣を破壊する任務の戦車だから、装備する火砲は、当初から五七ミリ砲というのが統帥部の方針であった。

五七ミリ砲は大正十五年三月、設計に着手、四月試作発注、十月に完成して試験をくりかえし、昭和二年七月には、試作戦車に搭載して試験射撃もしていた。しかし肝心の戦車の方が重過ぎるとして設計変更になったので、この方も設計変更、再試作となり、昭和五年四月に完成し、八九式軽戦車に装備されることになった。九〇式五七ミリ戦車砲とよばれる。

八九式中戦車

戦車が完成したとなると実用部隊からの注文も出るし、用兵側の後知恵もある。これに基づいて数次の改修を行なった結果、重量は一一・五トンに増加した。当然この戦車は、当初考えたほど速度は出なくなった。重量増加の原因の一つに超壕能力の増加があった。二メートルの要求を二・五メートルに増加されて、尾体のついたものが作られた。

重量一一・五トンになったこの戦車は名も「八九式中戦車」と改められた。昭和七年から戦車のエンジンを空冷式ディーゼルに変更する研究が開始されて、昭和十年にはこれが量産に入ったので、ガソリン・エンジン装備の車を「八九式中戦車甲型」と呼び、ディーゼルのを「乙型」と呼ぶことになった。

これが満州事変、第一次上海《シャンハイ》事変にからくも間にあった国産主力戦車であったが、当時の生産能力や、軍事費予算の関係から、生産台数は多くはなかった。ディーゼル乙型出現までの生産台数は、兵器工業会の資料によると、次のとおりである。

昭和六年	一二輛
昭和七年	二〇輛
昭和八年	六七輛
昭和九年	一二一輛

八九式中戦車　甲型

昭和十年　　五八輛

国産戦車第一号の設計が開始された大正十四年からかぞえて、実に七年目に量産に入ったわけである。これは実に重大な問題をはらんでいる。当時の世界情勢は、戦争が起これば、頭脳戦争、生産戦争となる時代になっている。つまり、兵器の採用にあたって、それが採用されるときの軍事情勢は、どうなっているかの見通しを誤れば、第一線将兵は時代おくれの兵器で戦わねばならぬということになる。

兵器生産までに要する時間は、経験をつみ、生産設備が整備されれば、もちろん大幅に短縮されるであろうが、ともかく戦闘の運命は、はるか以前に机の上で決まっていることにかわりはない。事実、日本の戦車部隊は、昭和四年に制式となった戦車をもって、一〇年の後、強力なソ連軍とノモンハンに戦うこととなる。

ともあれ、技術面からみれば昭和四年（一九二九年）

の時点で、第一次大戦を体験していない日本陸軍が、これほどの戦車をつくりあげたことは賞讃されるべきことであろう。

ところで昭和五年には、従来からのいきさつがあってフランスからルノーNC戦車を購入し、戦車隊に装備した。欠点を技術本部が改修してルノー乙型(従来のFT戦車を甲型)と呼んだが、これが昭和七年の第一次上海事変には八九式戦車とともに戦い、はからずも日仏戦車の比較実験のような形となったのである。そして一九一七年以来の経験をもつフランス戦車よりも、国産戦車の方が、はるかに優秀なことを実証したのである。これを装備した戦車隊将兵の信頼を得たことは勿論で、この初期の戦車をたたえる戦車関係者は今も多い。

戦車はどう使うか

すでに見てきたように、大正十四年の戦車隊戦時編制の決められた時に、日本にはまだ戦車隊はなかったし、昭和三年の「新歩兵操典」や昭和四年の「戦闘綱要」の現われた時には、わずかの外国製の中古戦車が戦車隊にあるだけで、国産戦車は開発の最中であった。従って、いずれも紙の上だけのことだが、戦車用法についての規定が初めて登場している。これは、言うまでもなくフランス式である。

まず戦闘綱要。

《第二六。戦闘に最終の決を与うるものは歩兵なり。故に諸兵種の協同は歩兵をしてその目的を達せしむるを主眼として行なわるべきものとす。……

第三三。戦車隊を配属せられたる師団長は、これが使用にあたり、なるべく多数の戦車を重要なる方面に集結使用し、かつ歩兵との協同を最も緊密ならしむるため、適時、第一線歩兵の指揮官に配属するものとす。

戦車隊は攻撃に在りては、突撃にあたり歩兵に最も危害を与うる敵を撲滅もしくは制圧し、あるいは障碍物に通路を開設し、防禦に在りては主として攻勢移転に使用し、以て歩兵の戦闘を容易ならしむるものとす》

次は歩兵操典だが、昭和三年の改訂にあたって第八篇「戦車を伴う戦闘」という篇が新しく加えられた。配属された戦車を使う方法であり、戦車の戦闘法でもあり、かつ戦車と歩兵その他の兵種との協同戦闘の要領を規定したものである。まず第一条から歩兵に対してくぎをさしている。

《第八二三。歩兵は戦車の配属を受くるも、その戦闘法には根本において変化をきたさざるものとする。

歩兵は戦車の威力を利用するにつとむべきも、いたずらに戦車の協力に依頼し、攻撃の遂行を躊躇するが如きことあるべからず》

大戦の戦訓から歩兵に対しては至当な戒めだが、これが昂ずると、戦車などあってもなくてもよい、ということになりかねない。

《第八二四。……戦車は突撃にあたり歩兵に最も危害を与うる敵、なかんずく機関銃、側防機能などを撲滅、もしくは制圧し、あるいは障碍物に通路を開設し、以て歩兵の攻撃を容易ならしむる如く使用するものとす》

《第八二六。……配属すべき兵力は通常、歩兵一大隊に対し戦車一小隊を標準とす》

《第八三三。連隊長は戦車の配属を受くるや……通常一部の戦車を予備として控置するを可とす》

《第八三四。予備として控置せる戦車は第一線に配属する戦車の交替または増加に使用し、あるいはあらかじめ予備隊に配属して戦果の拡張に任ぜしむるものとす。……》

《第八三八。大隊長は戦車一小隊を配属せられたる場合においては、通常これは分割することなく一途に使用するものとす。二小隊以上を配属せられたる場合においては、通常併列して使用し状況、とくに地形によりこれを重畳《ちょうじょう》し、もしくは一時その一部を控置することあり》

歩兵一個大隊の正面に戦車五輛ほどが動く場面が想定されている。

日本の重戦車

さてここで、八九式戦車誕生の際に研究すると決められた日本の重戦車の行方を見ておこう。

試作第一号戦車の、重量一八トンとなったものが基盤であった。研究は八九式軽戦車の誕生の後も大阪砲兵工廠で続けられ、その結果「九二式（昭和七年制式）重戦車」と呼ばれるものが誕生した。この戦車は昭和七年から十年にかけて毎年一輛計四輛が作られたという記録がある。そしてこれがさらに改良されて「九五式重戦車」が作られた、と前出『日本の戦車』にあるが、これが量産されたという記録はない。後に述べるように、日本陸軍の方針が「軽い戦車を多数」という主義に進んだ時期だからであろう。

第六章　停滞混迷

日本陸軍の歴史を顧みると、大正の末期から昭和六年にいたるまでの一〇年近くの間の停滞情況は、驚くほどのものがある。

第一次大戦に伴う軍備の遅れに、愕然として大正八年、軍近代化への警鐘を鳴らしたものの、その後の〝平和の風〟に吹きちらされて〝山梨軍縮〟となり、自力変身を求めて大正十四年、〝宇垣軍縮〟を断行したものの、それまでであった。世は昭和と移っても、そのあとの前進も変身も、全くなかったのである。

戦車隊にしても、大正十四年に本部と一個中隊の戦車隊が生まれ、昭和四年までの間に国産戦車もつくったが、それだけであった。

とにかく「金」がないのである。

資材整備計画

陸軍省は昭和二年十一月十日付「陸機密第九〇号」をもって「作戦資材整備永年計画策定要綱」を定めているが、その動員用資材整備要求の中に戦車に関し左表がある。

戦車隊（昭和二年資料）

整備目標	昭2末整備数	第一期 昭7まで	第二期 昭12まで	第三期 昭13以降
軽戦車九個中隊（三個大隊）	1	2	4	2
重戦車三個中隊（一個大隊）		1	1	1

外国から買い入れた戦車にせよ、昭和二年末に軽戦車一個中隊分は、すでにもっている。ところが、この「整備永年計画」によると大正十四年の戦時編制で目標とした、軽戦車三個大隊（九個中隊）重戦車一個大隊（三個中隊）は、なんと昭和十三年を過ぎなければ戦車が整備できない、という計画である。軍近代化などと言っても、これが当時の陸軍予算の実情の反映であった。

しかも、なお悪くなる。

これが、一年あとの昭和三年十一月十三日付の「陸機密九一号」に発令された「作戦資材整備要領」では、さらに縮小されている。

戦車隊（昭和三年資料）

整備目標	昭3末整備数	第一期 昭7まで	第二期 昭12まで	第三期 昭13以降
軽戦車六個中隊	独立中隊 2	既整備とも 2	3	1
重戦車三個中隊	0	0	1	2
戦車牽引用自動車九個中隊分	0	0	軽5 重1	軽1 重2
戦車輸送用自動車六個中隊分	0	0	0	5

一年にして早くも戦車整備目標の縮小である。軽戦車大隊は二個大隊に減らされた。昭和七年までは、新規の整備はしない。すでにもっている外国戦車だけで昭和七年まで行くほかない予算なのである。戦車牽引用自動車とか戦車輸送用自動車とか、勿論紙の上のものだけである。とにかく戦車が相当数整備されるのは、昭和八年以後のこととされたのである。

戦車界の停滞は、前に述べたようにヨーロッパ先進国でも同様であったが、この間、軍機械化の先駆者と言われる人々は、均しくこの時期、将来戦を論じて軍人の意識改造を図っていた。ところで、日本陸軍の内部では、どうであったろうか？

日本の騎兵に目を注いでみよう。

騎兵よ、何処へ

話は先に飛ぶが、昭和七年（一九三二年）、満州事変で日本軍が各地で戦闘をつづけているころ、ロスアンゼルスで第一〇回オリンピック大会が行なわれた。南部忠平、北村久寿雄、西田修平らが大活躍をしたときである。

この大会最終日の馬術競技、大障碍飛越で西竹一騎兵中尉がみごと優勝し、大会の棹尾をかざった。後年、硫黄島で戦死した戦車第二十六連隊長西中佐の若き日の姿である。

この大会には馬術の神様のようにいわれた遊佐幸平《ゆさこうへい》大佐を団長に、騎兵、砲兵将校六名が選手として参加した。日本軍騎兵将校のオリンピック参加は、これがはじめてではない。前回アムステルダム大会に、はじめて遊佐中佐以下四名の騎兵将校が参加している。このとき、騎兵のなかからも「軍隊教育には関係ない。軍務などやらぬ専門馬術家のすることだ」と反対するものもあり、当時、陸軍省軍事課の東條英機高級課員が「むだ金だ」と言って反対した、という話もつたえられている。しかし馬術というものは、白馬銀鞍、貴公子然として、いわばカッコいい。騎兵学校の馬術長期学生というものが、騎兵将校の一つの目標であった時代であった。

筆者が陸軍士官学校に学んだころ、歩兵を〝バタ〟と呼んだ。身体は丈夫だが頭は空っぽ、バタバタ歩くだけが能の歩兵、という悪口である。工兵は〝土方〟。そして騎兵は〝馬狂《バキ》〟である。「馬気狂い」という悪口なのだが、馬気狂いけっこう、とむしろそれを誇りとして「馬上豊かに」と意気がっていたものである。

決勝兵種としての騎兵

騎兵には、軍の決勝兵種としての有史以来のながい伝統がある。古来、殲滅戦の範例と言われるハンニバルのカンネの戦役から、フリートリヒ大王やナポレオン一世の時代にいたっても名将の事績は、すなわち騎兵の編制やその運用、戦闘の実績である。普仏戦争（一八七〇〜七一年）となると、すでに火器の威力が乗馬集団の白兵襲撃を許さなくなり、決勝兵種から捜索、警戒兵種に転落してゆくのであるが、兵科としての伝統はつたえられていた。

日本陸軍も明治の建軍以来、ろくな馬匹資源もない国で、乗馬の慣習のない兵をもって苦労して騎兵隊をつくりあげた。日露戦争には二個旅団の騎兵と師団騎兵連隊だけで、生まれた時から馬に乗って育ったようなコサック騎兵の大集団を相手に戦った。

数的には格段の違いがあるから両軍激突する大白兵襲撃を挑めるわけはなかったが、挺進行動や明治三十八年に入っての黒溝台会戦における満州軍左翼を掩護しての防禦戦闘など、兵力以上の立派な戦績を残している。これを指揮したのが〝陸軍騎兵の父〟とよばれた秋山好古将軍である。

戦後、騎兵は日露再戦にそなえ兵力拡充に苦心惨憺して、明治四十二年には騎兵第三、第四旅団を増設し、砲兵のなかに騎砲兵大隊も設置されて、騎兵旅団の演習に協力することとなった。また大正八年、第二十師団の新設されるにいたって全軍の騎兵は騎兵四個旅団と師団騎兵二一個連隊をかぞえ、合計騎兵一〇三個中隊、機関銃四個中隊にこぎつけた。しかし、これが騎兵兵力のピークであった。

第一次大戦の騎兵

第一次大戦は運動戦ではじまり、独仏両軍とも、一〇個師団におよぶ騎兵を騎兵団に編成するなどの大集団をもって、前進する軍の前方にすすめ、捜索、警戒にあたらせたが意外に成果あがらず、きびしい批判の的となってしまった。そして戦いは陣地戦に移行した。騎兵大集団をもって戦線突破のあとの戦果拡張、つまり第二次大戦での装甲兵団のようなことをねらったこともあったが、威力ある火器の前に成功するわけもなく、機動は馬力を

戦闘配置についた騎兵部隊

襲撃にうつる騎兵

利用するとしても、戦闘は徒歩で行なうより他に騎兵の生きる道はない、ということになり、第一次大戦の教訓は、騎兵の存在価値すらを疑わしいものにしてしまった。

こうした世界的風潮のなかで、日本にも当然これに関した声が起こった。

第一次大戦の経験や教訓を研究していた陸軍が、その兵備がまったく旧式になってしまっていることに気づいて苦悩しはじめたころ、騎兵界のなかに「今後の騎兵は、いかにあるべきか」を論ずるもののあったのは当然である。また騎兵界の外から「騎兵は必要なのか」という疑問が公にされるにいたったのも、無理からぬことであった。

大正八年、俄然、今後の騎兵のあるべき姿についての意見の発表で、騎兵界そして陸軍部内が賑やかになってきた。

「騎兵を機械化せよ」などという意見ではない。そんなことは、まだまだ先のことである。

騎兵関係者の討論的意見は「騎兵の乗馬戦は、もうあり得ないから、騎兵は徒歩戦を主体とするように装備も訓練も変えるべきである」という主張と「いや、そうではない。ヨーロッパ大戦は陣地戦が大部分であったが、あれは特異な情況である。将来とも乗馬襲撃の可能性はあるし、それよりも、乗馬襲撃こそ敢為な騎兵精神の象徴であり、徒歩戦を主とするなど騎兵の堕落である」とする反対意見の、言わば騎兵界内部の体質改変論争であった。

ところが、こうした論争に、爆弾的テーマを掲げて議論を吹っかけてきた者がいたのである。

騎兵を廃止せよ

それは当時、参謀本部第四部長であった歩兵出身の国司伍七少将（後、中将）で、軍の研究誌に「乗馬騎兵など価値はない。騎兵は廃止すべし」という意見を発表したのである。

その意見は「徒歩戦を重視すべし」とする側の意見を大戦の戦訓の正当な解釈である、

と支持し、さらに「大戦中の騎兵は準歩兵的よりも純歩兵的に動いて、その任務を果たすことができたのだ。馬は単に兵器輸送の手段にしかすぎない。大部隊の乗馬襲撃が将来もあり得るというが、襲撃戦を挑むなど、騎兵みずから壊滅を求めるに等しい。さらに航空機の発達した今日、捜索について従来期待されていた騎兵の任務は、飛行機で知り得たことを確認するにすぎなくなった。騎兵などいらない。歩兵に乗馬訓練をすれば足りる」という騎兵廃止論であった。

それは勿論、個人的意見であったが、主張している者が当時、威勢隆々たる長州出身の現職の参謀本部部長であるだけに、騎兵界に与えたショックは大きなものであった。騎兵部内の体質改変研究が、その存亡論に進展したのである。

当然、騎兵界の者が黙っているわけはない。騎兵の首脳者たちは、これを暴論として個人の資格で、と断りながら反論する。この騎兵側の反論にも騎兵廃止論者の方が、一歩も退かずにさらに反対する。

この論争は大正八年四月に始まって、翌九年夏におよび、全騎兵界を揺がせる事件となった。そしてその夏、関係者の一人が、論争の影響するところをおそれ、かつ憤激のあまり割腹自殺をするという事態にまで進展してしまった。騎兵部隊の長老である現職の第四騎兵旅団長吉橋徳三郎少将であった。

これで論争は、ぴたりと止んでしまった。騎兵問題を公に口にする者はいなくなった。個人的論争であったから、軍令軍政当局がどう方針を決めたかなどという問題ではなかったが、騎兵界としては衝撃は大きかった。しかし、騎兵界の将来をどうするか、という問題は、騎兵界内部の意見さえまとまらず、これで騎兵は自力変身を策する時機を逸することになってしまった。

騎兵無用論、廃止論が陸軍内部に底流として残ったことは言うまでもない。事あるごとに、これがいぶりだすのである。

この論争事件の後も騎兵界が、騎兵の将来をどうするかに悩んだのは当然である。すでに大正九年以来戦車、装甲車に関する研究も行なわれていたから、若い将校たちのなかには根本的に改造して、馬をすて機械化騎兵とすべし、とする意見や、外国を見てきた中堅将校の改革の具申もないではなかったが、騎兵界の主流はこれに反対で「乗馬騎兵のままで装備を改善し、重火器を装備し戦力を強化する」という線をとったのである。

大戦後ヨーロッパ各国でも、騎兵が一挙に機械化されたわけではない。カッコいい馬上から油くさい運転席に移るなど、どこの国の騎兵でも簡単に納得するわけはない。多くの紆余曲折があって変身していったのだが、このころ機械化の方向にあったことは間違いない。しかし日本の騎兵は、これに耳をかそうとしなかったのである。

停滞する騎兵

これから日本騎兵の停滞期が始まる。大正十一年の軍縮では歩兵の中隊数を減らしたが、このとき各騎兵連隊から一個中隊、総計二九個中隊が減らされた。師団騎兵連隊は二個中隊編制になってしまった。そしてこの年、騎兵は騎兵操典を改正して「騎兵の戦闘は乗馬戦、徒歩戦を併用する」ということになり、乗馬戦と徒歩戦が同じウエイトになった。騎兵は「機動戦闘兵種」であるという言葉もつくられた。

大正十四年の軍縮では、軍備改善の経費捻出のために四個師団が廃止された。当然、その師団所属の騎兵四個連隊が廃止され、全軍の騎兵中隊は六六個中隊になってしまった。この整理は少しでも新しい兵備を目ざしたのであったが、騎兵をどうしたらよいのか、という騎兵界の意見もまとまらず、したがって軍政当局も決めかねたまま、騎兵についてはなんの戦力増加の施策も行なわれなかった。数を減らされたまま放置されたわけである。先の騎兵価値論争が尾をひいたことは間違いない。徒歩戦も平等に重視すると操典に書いても、持っている重火器は騎兵旅団に機関銃隊が一隊あるだけで、軽機関銃、機関銃が師団騎兵に正式に装備されるようになったのは、実に支那事変前夜の昭和十一年になってからであった。

満州事変では、実際上、全部の連隊は臨機に装備して戦ったのだが、これまでの間、正式の火力装備問題の検討となると、不思議なことに騎兵の側でほしがらぬのだから冷遇とばかりは言えない。

「火力装備を増強すると、部隊としての動きが鈍くなる。これでは騎兵精神がなくなる。師団騎兵はわずか二個中隊。これに機関銃をつけては鈍重になり、騎兵の特性を失う。兵数を増すなら別だが、現在のままでは中隊の戦力はおちる。機関銃や軽機関銃を増して、騎兵銃や軍刀の数を減らしては、機動兵種である騎兵の本質を変じて、騎兵は火器を運搬する兵種となり、先に騎兵問題の論争のときに強く反対した乗馬歩兵みたいなものになってしまう」というのが、騎兵自身の考え方であった。

騎兵とは、軍刀をふりかざして襲撃するもの、というイメージがぬぐえないのだ。「機動兵種」という言葉から「機動戦闘兵種」という良い名を発明したのだから、これが「(車輛)機動、(戦車)戦闘兵種」に発展すれば国軍のため大きな幸せになったのだが「(乗馬)機動(徒歩)戦闘兵種」であったことは、残念なことである。

日本で、いずれは軍機械化の主翼を担うべき騎兵が、変身を渋り、将来軍備に背を向けているころ、戦車の先進国イギリスにおいては、将来軍備の論議がさかんであった。

戦車という戦力を、どう発展させるか。これをめぐって一九二〇年代の後期から一九三〇年代の初期にかけて、活発な論争と具体的な争いが展開されていた。英国の場合、すでに戦車兵団が独立の兵種として設けられている。従って争いは戦車、歩兵、騎兵の三つ巴である。歩兵が戦車を持っている日本には、こんな争いは、まだ起きない。

英国の将来軍備論議

大戦が終ると、勝った英仏両国軍は、戦前と同じような姿に復員縮小された。将来戦に備える軍の体質についての論議もないではなかったが、実を結ばなかったことは先に述べた。

ところが一九二三年に、フランスがドイツの賠償不履行を名としてルールに出兵、これを保障占領したことから始まってヨーロッパに再び危機が訪れた。

イギリス陸軍は伝統的に大陸に派遣されて戦う。平時は、わずかの陸軍で平和を謳歌しているが、一九二五年以後またも大陸出兵の可能性があらわれ、「将来戦における陸軍の体質は、どうあるべきか」が問題になってきた。一九一八年以後、フラー将軍らが唱えていた〝将来の陸軍〟に関する論議が再燃する余地が、イギリスにあったわけであり、その主導的立場をとったのは、英国戦車兵団関係者たちであった。

この将来軍備論議のムードの起こってきたころ、イギリスで、世界で初めての機械化部隊の実験演習が行なわれた。一九二七年（昭和二年）のことである。

〝装甲師団の母〟

この機械化部隊は、実験演習のために臨時に集成されたものである。実験機械化部隊（Experimental Mechanized Force）と呼ばれた。

リデル・ハートは、その著『英国戦車隊史』の中で《この部隊の編成は世界で初めてのものであり、すべての〝装甲師団の母〟であるから、その編組は歴史的な記録である》としてそれを掲げている。

英国戦車隊第三大隊（装甲自動車、タンケット）

　大隊本部　装甲自動車二個中隊（一個中隊は各四輛の二個小隊、一個中隊は各三輛の三個小隊）タンケット一個中隊（四個小隊でマルテル八輛、カーデン・ロイド八輛）

英国戦車隊第五大隊（中戦車）

　大隊本部　三個中隊、各三個小隊、小隊はヴィッカース二型中戦車五輛）無線戦車小隊（無線戦車四輛）

サマセット軽歩兵第二大隊（機関銃）

　大隊本部　三個中隊（各三個小隊、小隊はヴィッカース機関銃四。車輛は半装軌トラックと六輪トラック）

英国砲兵隊第九野戦旅団

　本部　牽引二個中隊　半装軌トラック搭載一個中隊　自走砲一個中隊

英国砲兵隊第九軽砲中隊

半軌装トラック搭載三・七インチ榴弾砲中隊

英国工兵隊第十七野戦中隊（六輪トラック搭載）

これに英国空軍第十六中隊（陸軍直協）、第三中隊（戦闘機隊）、第七、第十一中隊（爆撃機隊）が参加した。

まことに〝装甲師団の母〟である。この部隊の戦力の主体は装甲車輌である。装甲自動車、豆戦車が従来の騎兵の役割をする。主役は中戦車である。歩兵も自走砲も機動砲兵もついている。空軍との協力も考えられている。

この実験部隊は、この当時すでに機械化されていた諸兵種の部隊をよせ集めたものであったが、この部隊には歩兵は必要でないのか、サマセット軽歩兵は機関銃が主兵器で、戦車の獲得した地域の確保など、言わば防勢的なものだから、一般歩兵が必要ではないか、という意見が多く、実験の大半には別に歩兵一個大隊が参加している。この歩兵大隊の戦列用には半装軌トラックや六輪トラックが装備されていたが、この〝機械化歩兵大隊〟が移動する場合には、普通のトラック縦列が主力であったという。

ちんばの機械化部隊

実験機械化部隊の編成上の大きな問題は、車輌が各種各様で、その速度が違う点であった。しかも路上と路外で適応性と速度が異なる。

部隊が発令した行軍規正のための命令は、各隊の速度を次のように規正していた。快速のグループは装甲自動車隊だけである。これは普通行軍速度四〇キロ／時、一日の普通行程一六〇キロと規定された。中間速度のグループは機関銃大隊、砲兵隊の軽砲兵、工兵隊野戦中隊、それに六輪トラックで、その速度は一六キロ／時、一日行程八〇キロ。遅いグループは戦車大隊、〝タンケット中隊〟、砲兵隊野戦旅団で、その速度は一一キロ／時、一日行程四八キロと定められた。

車輌の運行性能が違うから、機械化部隊としての運用の計画が容易でないのは明らかである。全体的速度は見るとおり意外に遅い。

未経験の旅団長に指揮されたこの実験部隊の訓練、演習は初めてのものであったし、機動性がこのとおりだから、たいして目を引くようなものではなかった。攻撃の演習で関係者が期待していたのは、大規模な戦略的機動力の発揮であった。ところが実際にやれたのは普通の師団や軍団の戦術的機動くらいにすぎず、その攻撃も直接的な、短い〝ジャブ〟であり、その指揮のやり方も〝歩兵式〟ののんびりしたものだった。

《これらはすべて、この部隊の将来に希望をかけていた者を失望させ、陸軍省に在って参謀本部の考えを至当な線に向けさせようと努力していた人達にとっては、その努力の助けになるどころか、妨げになったのである》とリデル・ハートは書いている。

軽く動きまわった豆戦車

ところでこの演習で縦横無尽に動きまわったのが、装甲車とタンケット装備の捜索隊の英国戦車隊第三大隊であった。

この演習で、機械化部隊対一般兵団の対抗演習が行なわれた。一般兵団は第三師団と第二騎兵旅団の主力で編合された。一般兵団が前進するのに対して機械化兵団がこれを妨害し、その前進を挫折させ得る能力をテストしようとするものであった。

このテストの結果は、在来の〝馬と足〟の部隊は機械化部隊の圧力の前には麻痺してしまうであろう、という予言を確認したものであった。騎兵は、こうも速く動き、こうも深く突進してくる敵に対して、歩兵旅団を掩蔽することは出来なかった。それで、歩兵旅団は「戦車に対して安全な」地区から地区へと、小刻みに躍進するしか方法がなかった。

装甲車の快速グループは、従来の訓練以上に大暴れした。敵の騎兵の掩護幕を大きく迂回する。一時間に六〇キロ近くも突進して橋梁をつぎつぎと無傷で占領する。これで機械化部隊は何の妨げもなしに行軍して、敵騎兵の掩護幕と敵の主力の中間に入り、側面攻撃をかけられる位置に進出した。快進グループは引きつづいて、神出鬼没の行動で攻撃を加える。当時の一般将兵にとっては、この機械化部隊の攻撃点転換の速さとその融通性は、まことに驚くべきものであった。

第三師団は最初の「戦車に対して安全な」地区に到着できないうちに、縦隊の先頭が装甲車とタンケットで邪魔されて動けなくなり、後方から来る歩兵や馬で動いている部隊などがつかえてしまった。この混雑している所を空から低空攻撃を受ける。ちょうど夕闇が迫ろうとするこの時、強力な戦車攻撃のパンチを受けた。これで混乱は倍加した。態勢を立てなおして夜半に動き始めたが、この時には進路を機械化部隊がガッチリと押えていて、師団は動けなくなっていた。この師団は、計画した距離の半分しか進めなかったのである。

リデル・ハートは、こう書いている。

《……結果は、まことに印象的であった。機械化部隊の前には旧式の軍隊が、いかに不安定なものであるかを明らかに示したものであった。最も明瞭な教訓は〝普通の〟軍隊は、機械化部隊と空軍部隊の総合攻撃の前では麻痺してしまうということである。これは、こんな小さな実験であり、また平時の条件下での非現実的な制限もあったが、明白なことであった。将来戦の戦場では、馬と足でノロノロと動く縦隊は、戦車と空からの攻撃とで押しつぶされてしまうであろう。この実験は一二年後にポーランドの平地で起こった事態の前兆であった》

この第一回の実験は、イギリスの戦車推進論者を失望させた点が多かったにもせよ、画期的な実験であった。

誤った結論

しかし、物には両面がある。英国の戦史家ケネス・マクセイは、その著『戦車戦』で、この一九二七年の実験演習を評して、こう歎いている。

《この一九二七年の実験から、誤った教訓が学びとられた。とくに、軽戦車が勝者として過大に評価されたことである。これは演習の設定と、非現実的な審判とで、これらをあまりにも勝手に走りまわることを許したからであった……。

この当時は戦車の戦闘を海戦にたとえるのが流行で、軽戦車は魚雷艇のようなものだ、と言われたものである。これは非常な誤解を招くものであった。なぜなら、魚雷なら戦艦でも沈めることができるが、軽戦車につんでいる機関銃や小口径砲にそんな威力のあるはずはないからである。リデル・ハートは当時、軽戦車を騎兵的な考えで見て、こう述べた。

「軽戦車は先頭をきって進み、敵の火力を引きつけ、その防禦を確認することによって、進路を探る。弱いとなれば、全力をあげて突破する。強ければ適当な場所に止まって火線をしき、火点幕になるのである」と。このあと軽戦車部隊の将兵で、この手を使った人たちは、すぐに盤面から消されたのである。ある批評家は言っている。「鳥の速度が速いからといって、それで名射手の射撃を免れることは出来ない」と》

この指摘は誠に適切なものであると思う。これがこのあと、英国陸軍において「どんな戦車を作るか」の方針に影響して、第二次大戦となって苦悩を味わうことになるさきがけをなした、と考えられるからである。理由は違うのだが「すぐに盤面から消されるコマ」

の軽い戦車を作る問題が、日本陸軍にも起こってくるのである。

英国を見つめる日本の戦車界

昭和二年、まだ日本軍では戦車をどうするか、という時期である。

しかし、戦車関係の将校たちによって、欧米戦車界の動きや英軍戦車隊の実験演習のことなどは、大きな関心をもって追われていた。現在、筆者の手もとにある当時の陸軍の啓蒙誌「軍事と技術」の昭和二年の分を大観してみても「マルテル一人用戦車」の写真もあれば、一九二七年の英軍戦車操典も紹介されている。また、このマルテル戦車の創始者マルテル少佐の「機械化軍の戦術的用法」という英国軍事誌の論稿を歩兵大尉井上芳佐が翻訳解説している。勿論、一九二七年の英軍戦車隊の実験演習は、画期的なものとして注目を浴びている。

戦車は歩兵のものと決められて、手もとには英仏の中古戦車しかないにせよ、日本陸軍の目がこれだけに限られていたのではないことは明らかである。

ところが、この画期的な戦車主体の機械化部隊の演習で内外を驚かせたイギリスが、しだいに脇道へそれて行ったのである。

騎兵の変身

英軍の機械化部隊の実験演習は一九二七年以後、毎年夏期の訓練期を中心に行なわれている。しかし総括して言うと「装甲軍」などという機械化兵団創設の方向には全く進まなかった。軍内部の歩兵や騎兵の反対があり、上層部も厳しい予算的制約の下で、ボチボチやろう、という態度であったし、だんだんにおかしな方向に進んだのである。

一九二八年には騎兵の機械化〝変身〟が一部行なわれた。騎兵二個連隊が装甲車連隊に改編された。自ら進んでやったものではない。チャーチル大蔵大臣（彼は騎兵出身である）が、騎兵を機械化せよ、そうでなければ廃止せよ、と陸軍に強圧を加えたからである。騎兵保存論者たちが大あわてで講じた対策であった。地方軍の騎兵八個連隊も装甲車中隊に改編された。これで戦車隊の装甲車中隊が廃止されてしまった。戦車兵団が、しだいに戦車だけに細ってゆくのである。

歩兵に戦車をつけろ

一九二八年の機械化演習でも、使用車輌が多種だったことが悩みの種子《たね》で、戦術的運用上の苦労は前年同様で、全部で二八〇輌の車輌には一五の車種があったという。

この演習でも戦略的機動性は勿論、戦術的機動力にも大きな可能性を示すことは出来なかった。指揮、機動に悪い点だけが目についた。それに悪いことに、機械化部隊と一般徒歩兵団が対抗演習をやると、一般兵団がひどい目にあうので、これを何とかせねばならぬ、ということになったのである。

その結果、英軍戦車兵団を分散させて一般兵団に分属させることになった。〝実験的な試み〟と言われたが、この一九二八年の末に歩兵二個旅団が「実験歩兵旅団」と名づけられて、それぞれ歩兵三個大隊、軽戦車一個大隊で編成され、各歩兵大隊の機関銃中隊は、銃の運搬用として装甲車輛を装備することになったのである。

機械化部隊を骨幹とする新軍の研究どころではない。歩兵強化のために戦車をつけるという方向に動き出してしまったのである。

〝純血〟戦車部隊に

そしてこの一九二九年に、英軍戦車兵団の方向づけが行なわれた。この年の三月に陸軍省が初めて戦車戦の便覧を発布した。「機械化装甲部隊」という名のものであった。それは軍内だけでなく、一般にも公刊された。戦後一〇年間の理論的研究と最近二年間の実験の結果をまとめたものである。

この便覧には、戦車だけの部隊が規定されていた。機械化部隊には、一部の歩兵部隊を装甲車に乗せて、これに組み入れるべきではないか、という意見もあったが、この便覧には《……情況によっては一ないし数個の歩兵大隊をトラックに乗せて、機械化部隊に付属させることがある》とだけ書かれていた。戦車部隊と歩兵部隊は、はっきりと区別すべきであり、機械化部隊の戦闘部隊は、戦車だけの部隊であるべきだ、とする方針を明確に打ち出している。この便覧で新しい機械化部隊の編制というものが性格づけられ、従って車輌も、その速度、防護力、路外踏破力などがほぼ同一なもので編合されることになった。

この便覧で明らかにされた戦車部隊の編制は、こうであった。軽戦車旅団の場合、軽戦車三個大隊と装甲車一個大隊から成っていた。軽戦車大隊は軽戦車五〇輌（五輌で一個小隊）と無線戦車四輌から成っていた。中戦車旅団の中戦車大隊は中戦車三二輌（三輌で一個小隊）で、全車に無線電話が装備された。中、軽戦車大隊の火力支援は砲戦車が担任することになっており、軽戦車大隊に砲戦車一個中隊、中戦車大隊に二個中隊が編合されていた。この砲戦車は一八ポンド自走砲か、あるいは三・七インチ砲塔載の中型戦車が予定されていた。

英国の戦車兵団は単位は旅団に昇格するものの、その固有編制としては軽戦車、中戦車の〝純血〟戦車団という方向に進んだのである。そして「必要があれば」臨時に歩兵をトラックに乗せてこれに付属させる、ということになってしまった。

英国戦車兵団の動きを考える

フラーの夢想した〝将来軍〟は、戦車の大集団を中核とする諸兵連合の軍である。英国戦車兵団の第一回の実験演習は、小さいながら諸兵連合軍であった。それがしだいに〝純血〟の戦車団になってしまった。戦車部隊だけで戦場での各種の任務を果たすことをねらって、英国戦車兵団は訓練に励むことになる。

後年のドイツのように、伝統ある英国陸軍の内部に、さらに戦車を主兵とした諸兵統合の〝軍中の軍〟を作るようなことは許されもしなかったろうし、また主張する者もいなかったわけである。従って、一九三四年になって決定的な姿を現わしてくるのだが、たとえば敵の後方を目ざして突進するような独立運用法などは、それは騎兵の役割である、と反対をうけ、騎兵を機械化して、これをやらせればよい、とされ、また、一方、歩兵は自らの戦車と対戦車砲によって身を固めるという方向に進んでしまったのである。

およそ、第二次大戦にいたるまでの列国の戦車隊の建設論議は、軍の主兵としての歩兵を戦車で強化して、その戦闘威力を増強せよ、という意見、戦車を主兵、あるいは骨幹とし、これに歩兵、砲兵、工兵などを支援兵種として配して突破、機動などの各種任務を遂行し得る兵団を作るべきである。とする意見、そして騎兵を機械化し、その軽快な機動、戦闘という伝統を活用して大いに走りまわらせるべきである、という主張の三種につきる。

英国戦車兵団は第二説を主張しながら、既存諸兵種の反対によって、第一説、第三説論者に押し切られたものと見ることができよう。

この戦車運用理論の変移は、これを戦車自体に見ることができる。英軍における中戦車のおくれである。第一説の論者は、歩兵直協用戦車を要求した。第三説の論者は、軽快な戦車、つまり軽戦車や巡航戦車に走った。

後に英軍は一九四〇年、フランスの戦場でドイツ装甲部隊に立ち向かった時、一九四一年に北アフリカでロンメルのアフリカ軍団と戦った時、「戦闘戦車」としての中戦車を持っていなかったのである。

軍の機動力についても、この運用理論の影響は大きい。第一説の論者は、歩兵を装甲した。歩兵直協戦車の厚い装甲と火力は、確かに歩兵の戦闘力を増した。しかし、その速度は依然、主兵である歩兵の速度を基礎とした。第三説の論者は、軽快な戦車で近代騎兵が走りまわれるようにはした。しかし、その戦闘威力は、しょせん軽戦車級である。その火砲は小さく、装甲は薄い。この近代騎兵機械化兵団に突破、穿貫力は望むべくもなかったのである。

歩兵の足の速度では戦争に勝てない

これらの理論の相剋と、その利害得失を、綿密に検討し思索していたのが、ドイツ戦車界の先覚者たちであった。彼らは、歩兵の足の速度では、戦争には勝てない、と正しくみてとった。グデーリアンはフラーには学んだが、その後の英国戦車界の愚は追わなかったのである。

さて、何の将来軍備をする余地もないほどにおくれ、停滞を続けていた日本陸軍は、昭和六年（一九三一年）を迎えて、俄然、満州事変に突入する。

第七章　大陸を征く

昭和六年（一九三一年）九月十八日、満州に戦火揚がる。「満州事変」と言う。日本の大陸武力進出の開始であった。日露戦争以来、父祖が血をもって購った特殊権益を断乎として守れ、という意識をもったこの一撃によって、日本の方向は大転換をした。これまで沈滞そのものであった日本陸軍は、変わりゆく強硬積極の世論の中に、にわかに生気をとりもどしてきたのである。日本軍は大陸の曠野を縦横に動き始めた。

戦車隊の初陣

事変勃発と同時に関東軍自動車隊の装甲自動車小隊が活躍し始めたが、十二月に歩兵学校教導戦車隊や第一戦車隊からルノーFT戦車、ルノーNC戦車など数輛の一小隊をこれに加えて臨時派遣戦車第一中隊（長、百武俊吉大尉）が編成され、ハルピン付近で戦っている。足の遅い戦車だから、装甲自動車のように軽く動けるはずはなく、また一方で堅固な陣地攻撃があったわけでもないから、ルノー戦車に関する限りでは、示威行動であったろうが、ともかく日本の戦車隊として、初の戦闘参加であった。

戦車の協力を受ける歩兵の方も、初めての実戦である。ハルピン付近の戦闘に関して、こういう記録がある。

《……吾人が欧州戦争で教えられたものに、戦車を伴う戦闘では戦車に跟随《こんずい》して前進せよ、とあったが、今次の戦闘では某歩兵連隊は、この方法に疑問を持ち始めた。と言うのは、戦車が前進すると敵の射弾が戦車に集中する。そのため後方を進む歩兵は自然に損害を蒙るのである。この結果、ハルピンの戦闘では戦車を側方に使用している。勿論、これは敵陣地に障碍物がないため、必ずしも戦車を先頭に立てて前進する必要を認めなかったからである。……》

ヨーロッパの戦争から一五年おくれて、日本軍は戦車の戦闘を体験したわけである。

戦車はこの冬、北満の厳寒を体験した。自動車隊はシベリア出兵を体験していたが、やはり不凍液の準備がなくてエンジンが凍ってしまうことを経験している。火砲の駐退機の液も同様であった。ルノー戦車に、こんな酷寒地の準備はなかったであろう。機関部の凍結、部品の折損などで悩んだのであった。

上海での戦い

満州での作戦の後に当然のように戦火は上海に飛んだ。昭和七年一月、上海に火の手が揚がった。第九師団、混成第二十四旅団が派遣され、戦車は第一戦車隊から独立戦車第二中隊（長、重見伊三雄大尉）が出動した。

この時、国産の八九式戦車が初めて使われた。この戦車は、昭和四年制定されて生産に移り、乏しい軍事予算の中で作られ始めていた。これが実戦に参加したわけである。フランスから買いこんだルノーNC型戦車も使われ、国産戦車の優秀性を示したと言われている。

この上海の戦闘は、村落やクリークなどを利用した堅固な中国軍陣地に対する攻撃であった。戦車の運動に容易な地形ではない。戦車中隊自体は、第九師団や海軍陸戦隊などの攻撃に協力してよく働いたが、何といってもわずか一個中隊である。それが機動の余地の全くない、しかも運動困難な地形をノソノソと動いていたのであるから、見る者をあまり感銘させるものがあったとは思われない。後から考えると、戦車の初陣としては、不運なものと言わざるを得ない。

一九一六年、イギリス軍がソンムの戦場にわずか五〇輛たらずの戦車をデヴューさせたのと大差なく、その時にはまだ奇襲兵器という要素があったが、昭和七年となってはそれもなかった。強襲以外に手のない戦場で、戦車中隊はあちこちと便利に使われて苦労しただけのことであったと思われる。

昭和七年七月、上海事変が片づいた後、陸軍歩兵学校はそれまでの満州、上海での歩兵の戦闘の教訓をまとめ教育資料として全軍に明らかにした。その中に、乏しい経験からではあるが、戦車についてこう示している。

《戦車は各歩兵部隊に分散配属することなく、要点に集中使用するを要す》

《我が国の戦車隊は、楔入攻撃の要領により使用するを要す》

《戦車は、その活動に最も適当なる地区を選び、かつ充分な掩護を付し……使用するを要す》

《戦車を使用せんとせば、特に陣地内部の地形その行動に適するや否やを考察すること必要なり》

戦場での初体験から、戦闘法にいたるまで細かく書かれているが、それ自体、初歩的な戦訓であることはやむをえないことであろう。

日本の戦車の評価

上海事変は列国環視のもとで戦われた。満州事変とて列国軍事界の注意をひかぬはずはない。日本軍隊の、そして日本の戦車の初の戦闘ぶりを列国軍はどう見たか。時は一年後になるが昭和八年、ソヴィエト軍の批評が「戦争と革命」誌にのっている。後述するように当時、ソ連は猛烈な勢いで軍の機甲化に邁進していた。

《……防禦陣地に対する日本軍隊の攻撃は、実際において典範の要求を無視して実施せられたること多し。この種の作戦準備に関する日本軍の欠陥は、陣内戦の経験不足なる点に存す。即ち部隊の混淆、歩・砲ないし歩・飛の連絡杜絶、歩・戦両者の相孤立は、日本軍のこの種作戦にしばしば看取せらるる現象なり。戦車の敵陣内突入の深度は通常不充分にして、敵砲兵陣地線に到達するは稀なり。しかも戦車攻撃は一度敵陣内に入るや混乱の状態に陥るを常態とす……》

世界大戦を体験していない日本軍の戦闘実力は、あまり高く評価されていないようである。

《日本軍諸兵種の戦術的訓練は……現代戦の要求になお若干及ばざるところあり》と総括批評されている。装備も非近代的なら、戦闘法もまだまだというわけである。日露戦争以後の安穏、停滞がその欠陥を露呈し出したと言うべきであろうか。

生気をとりもどした騎兵

日本の騎兵は火力の増強もせず、機械化にも進まずという姿勢であったことは前述した。

その間、戦車は歩兵の一部ときまって戦車隊が新設され、自動車は輜重兵《しちょう》の主管となって、自動車隊、自動車学校が生まれるにいたったのに、騎兵は停滞したままであったが、こうした間に満州事変となった。当然日本の騎兵は満州の広野を縦横に走り始めた。

師団騎兵連隊は平時兵力のままだから、シベリア出兵時代と同じ編制、装備で、なんの改善もない。第一、第三、第四騎兵旅団も満州に出動した。

騎兵旅団の大部分が満州に移ったのである。昭和八年になって騎兵集団も編成された。砲火の洗礼をうけたこのときには、旅団および集団には戦時編制による機関銃隊、騎砲兵隊のほか装甲車隊がつけられ、自動車歩兵大隊を配属させるなど、当然ながら戦力増強がはかられたのであった。

満州の野は、日本騎兵にとってよい活躍の舞台であった。しかし、これがかえって日本騎兵の機械化をおくらせることになる。

「満州や蒙古は、道路の整備されたヨーロッパとはちがうのだ。戦車や自動車など機械化部隊の行動は困難な地形である。騎兵なればこそ威力を発揮できるのだ。その証拠には、国境の向こうのソ連は、なお多くの乗馬兵団をもっているではないか。騎兵の乗馬主体の路線は誤りではなかったのだ」

騎兵は、このように確信したにちがいない。

こうして、軍機械化の基幹となりうる潜在的可能性を持つ一兵種である騎兵は、ヨーロッパ列強の趨勢に背をむけて、鞍にしがみつき、頑として機械化への道を進もうとはしなかった。

そして、日本陸軍には、歩兵と歩兵直協戦車からなる機械化部隊が、まず誕生することになるのである。

騎兵用戦車

ところで、満州事変が始まってから、騎兵に豆戦車が装備された。

これより先の昭和六年五月、陸軍技術本部は「こんな装甲車をつくりたい」と研究方針を追加上申した。

《装甲自動車　全重量　六・五トン以下。武装　一三ミリ砲一、機関銃一。装甲　八ミリ以下。最大速度　四〇キロ以上。

理由　欧州列強の趨勢に鑑み右諸元を有する装甲自動車の研究を要す》

この装甲自動車は、後に九二式重装甲車（完成時、三・二トン）として騎兵の偵察用車として採用されるものであるが、このころ騎兵部隊戦力強化の一環として騎兵の側から要望されたわけである。

これは明らかに豆戦車である。だが、その名前は「装甲車」とされた。戦車となると歩

九二式重装甲車
13ミリ機関砲と7.5ミリ機関銃装備。騎兵部隊用としてつくられこの名が付されたが、実質的には軽戦車である。

兵のものということになるからである。

熱河作戦

満州事変は、すでに知られているとおり、昭和六年末にはチチハル方面の作戦、昭和七年に入ってハルピン方面を掃討、三月には新国家建国宣言を発して、国号を満州国と称し、薄儀が執政に就任した。

昭和八年、張学良の最後の牙城熱河省に対する作戦が開始された。満州国の国境内での最後の大作戦である。

この熱河作戦には第六、第八師団、混成第十四、混成第三十三旅団、騎兵第四旅団、それに関東軍飛行隊、関東軍自動車隊など関東軍の主力を注ぎこんだ。戦略兵団を併列した機動作戦は、日本軍としては日露戦争以来、初めての大作戦であった。

第六師団と騎兵第四旅団は通遼、彰武、朝陽から赤峰に向かって分進合撃し、第八師団は朝陽を占領してから承徳に向かい、混成第十四旅団と混成第三十三旅団は熱河省南部の山岳地帯を前進し長城線をめざした。

この時、日本軍は初めて大規模にトラックを軍隊輸送に使った。第八師団の、川原侃歩兵第十六旅団長の指揮する歩兵第十七連隊をトラックで輸送し、これを師団の先遣隊として挺進させたのである。臨時編成の自動車化部隊であった。おりから冬季、未開の熱河の平地や山地地帯の悪路は泥濘や水に没する時期ではない。

川原挺進隊

昭和八年二月二十七日、朝陽を発した川原挺進隊は随所に敵を蹴ちらしながら三月二日に凌源、三日に平泉を占領し、四日昼前には承徳に突入した。この迅速な攻撃に敵軍の態勢は一挙に崩れてしまった。車輛部隊ならではの速さであった。この時、挺進隊の先頭をきって走ったのが臨時派遣戦車第一中隊で、八九式戦車五輛と九二式重装甲車二輛からなる中隊であった。

この朝陽からの前進の時、百武中隊長の隊長車は「愛国一号」と呼ばれた八九式戦車であった。国民の国防献金による戦車で、愛国戦車数輛が従軍したが、その第一号は戦車隊発祥の地久留米市民の献金によるものであった。

朝陽を発した中隊は三月一日、葉伯寿という部落の前方で敵の防禦線にぶつかった。兵力約二〇〇〇、山砲、重迫撃砲、軽迫撃砲をもって挺進隊の前進を阻んでいた。同夜、百武中隊長は独力で敵線を突破して敵の司令部を急襲する決心をした。午後九時、「愛国久留米市号」を先頭に敵陣に向かって突進を開始した。敵の機関銃弾、砲弾はことごとく戦車に向けられる。「久留米市号」は雨と降り注ぐ敵弾と暗黒未知の地形の中を、氷結した川を越え鹿砦《ろくさい》を蹂躙し壕を越えて、敵の第一線陣地を突破した。さらに挺進して深く敵陣内に侵入し、午後十一時ころ、葉伯寿部落の敵の本拠地を急襲した。神経中枢を襲撃されて敵の防禦は一挙に崩壊した。全軍たちまち敗走する。小部隊ながら戦車ならではの戦果であった。「愛国久留米市号」は敵弾数一〇発の弾痕を残していた。

戦車の可能性

翌三月二日、百武大尉は乗車を「愛国二号」（敦賀）九二式重装甲車にかえて他の一車を指揮し、またも川原挺進隊の尖兵の先頭を走った。敵の防御線突破の余勢を駆った戦略追撃である。名は重装甲車だが、これは騎兵用戦車で、最高時速四〇キロという快速である。敵が崩れたとなれば一三ミリ機関砲で充分であり、装甲六ミリという弱さは機動力でカヴァーする。ところで、この「愛国敦賀号」は昭和七年に献納されたもので、その九月以来、百武部隊であちこちの討伐作戦に活用していたものである。

百武中隊は二日昼前、凌源城内に突入、敵を潰乱敗走させてこれを占領した。さらに「敦賀号」は他の一車とともに午後一時、凌源を出発し平泉に向かって追撃する。この間一〇〇キロ。装甲車とこれに続くトラック搭載の挺進隊は、しゃにむに突進する。退却中の山砲、迫撃砲は敵の大縦隊を捕捉した。歩兵約四個団、砲兵二個団の数梯団であった。長径一〇キロにもおよぶ輜重縦列もある。これらを急襲、はねとばしながら進む。戦の勢いというものは恐ろしいもので、わずか二輛の軽戦車に敵軍は潰乱逃走するだけであった。三日午前一時には平泉北端を占領した。

この調子で装甲車を先頭に立てた川原挺進隊は三日午後二時、平泉を出発し一〇〇キロ先の省都承徳を目ざして突進を開始した。途中、敵の抵抗を受けること三回、四日午前十一時には承徳にとびこんだのであった。敵の本拠崩れて、今度は長城線古北口に向かう攻撃前進となった。

筆者は、この戦闘の一年後の昭和九年、所属の第七師団がこの第八師団の戦闘の跡を継承して熱河省の警備につくことになったのに伴って、古北口に約一年駐留したことがあるので、この方面の地形はいまだによく覚えている。山岳地帯で隘路多く、道路は起伏はげしく、自動車はもとより戦車、装甲車とてやすやすと動けるような所ではない。

果たして、諸所に頑張る敵を追う歩兵、装甲車部隊の攻撃は苦戦そのものであった。「敦賀号」も敵弾によって機関部をやられて行動不能になること二度におよんだ。こういう戦況になると重装甲車ではつらい。

いみじくも百武大尉は、白ら戦車の可能性というものを体験したのである。八九式戦車は陣地攻撃の主役には適当だが足が遅い。重装甲車は快速だが攻撃力も防護力も足りない。戦闘の要求に合わせて百武大尉は車を乗りかえたのだが、普通はそうはいかない。攻撃力、機動力をかねそなえた戦闘戦車と言うべきものがなくてはならない。

古北口の戦闘は激戦であった。六〇〇〇の中国軍が万里の長城と天険を利して頑強に抵抗したのである。しかし、川原旅団は再三再四、攻撃を反復してこれを占領した。これで熱河作戦は一段落であった。

この熱河作戦における川原挺進隊の戦闘ぶりが、日本陸軍に新しい目を開かせるきっかけになった。

局部的な作戦であるとは言え、その作戦速度は全く従来の考え方をくつがえすものであった。

諸外国の情報で、とくに英国陸軍の機械化部隊の各種の実験については承知していたが、これを自軍が実証したわけである。それまで戦車は歩兵の陣地攻撃用支援兵器だと考えていた日本軍主流の中に、戦車に支援された歩兵の機械化部隊的用法という目が開けてきたのである。これが翌昭和九年の、日本で初めての機械化部隊、独立混成第一旅団の誕生につながるのである。

軍備、ようやく動き出す

大正末期から陸軍の軍備は、長い停滞を続けてきたが、満州事変の勃発に伴って、軍備の増強は切実なものになってきた。不景気に悩んでいることは依然たるものだが、長らく鬱積を続けてきた満州問題に大きなメスの加えられたことが、国民の気分を大きく変えた。

陸軍は昭和七年「時局兵備改善案」を立案した。とりあえず五億数千万円を必要とする規模であったが、国家財政はこれを許さない。大正十年以来の設定継続費の残額三億数千万円をくりあげて引きあてるなどのやりくりをして、在満兵力の充実を図り、飛行隊、戦車隊、高射砲隊の増加、化学戦学校(習志野学校)の新設その他、応急の兵備充実を行なった。大正十四年の軍備改編以来、ほとんど停滞していた陸軍は、軍近代化に向かって再び動き出したのである。

しかし、大陸の戦場で日夜戦いは続き、消耗を続けつつの軍備の充実であり、体質の改変であるから、容易なことではなかった。

軍備充実の重点は、飛行部隊であった。軍の機械化には、大陸の地形がこれを許すのか、というようなブレーキをかける者も少くないが、航空の威力の増強の必要性については誰も疑う者はなかった。

戦車界も動く

しかし航空とともに、すでに今日の戦闘の花形になっている戦車部隊の兵備の増強も開始された。大正十四年に戦車隊が創設されてから八年目、昭和八年であった。

この年八月、内地に戦車二個連隊、満州に戦車一個大隊が作られた。戦車第一連隊は、久留米の第一戦車隊の格上げで連隊長は浅野嘉一大佐。戦車第二連隊は歩兵学校教導隊戦車隊を分離独立させたものので、初代連隊長は関亀治大佐であった。戦車第三大隊は戦車第一連隊で編成されて満州に移り、関東軍の隷下に入って公主嶺に駐屯した。初代大隊長は石原常太郎大佐であった。大隊と呼んだのは当時、戦時編制に連隊はなく、外地への出動であったからであろう。編制は三隊とも同一で本部、二個中隊、それに材料廠から成っていた。戦車は八九式である。

戦車第二連隊には、別に練習部が設けられた。学校の役目をする組織で、歩兵学校から独立したわけである。教育総監の区処を受けて戦車に関する研究と教育とを担当するもので、渋谷安秋中佐が部長、矢崎勘十少佐、当山弘道少佐らが部付となって戦車の典範編集のための基礎研究や、戦車隊の幹部になる者の教育を行なったのである。

こうして日本の戦車隊は、ようやく形を成してきた。だが、軍隊を増加するには、まずその幹部を作らねばならない。

ところで、軍の増強は予算をもらったからといって、おいそれとできるものではない。第一に人がいない。戦車隊が生まれてかれこれ一〇年にもなるのだが、二個戦車隊といっても実力は二個中隊である。これに関係した将校は誰と誰、と数えられるくらいで、下士官、兵にしても数はきわめてわずかだった。事変となっても二個中隊しか出動させられない実力である。

珍重されぬ兵種

さて、戦車関係者は、新兵種だ、近代兵器だ、と意気ごんでいるのだが、こんなちっぽけなグループは、評価は必ずしもたかくはないのであった。

こんな話がある。筆者の同期生に久保達夫という男がいる。これも戦車の発展の功労者の一人となるのだが、旭川の歩兵連隊の出身であった。

昭和八年、戦車の補備教育（戦車兵に変身させるための教育である）に応募する決心をした。補備教育が開始されて二回目の学生で、戦車兵急速養成期の初期であった。ところが連隊の上司は「やめろ」という。「戦車などに行ったらかたわになるぞ」というのである。

これには二つの意味があった。一つは「ゆくゆくは軍旗を奉じた連隊長にもなれる身が、なんで戦車兵のような先の見込みのないかたわ者になるのか」という意味である。もう一つは「歩兵学校の戦車隊に行ってきた奴をみてみろ、五体満足な奴がいるか」というのでである。

歩兵学校へ行ってみて久保中尉は驚いた。当時、学校には八九式やルノー、装甲車などがあったが、このルノーなど始動のための大転把《だいてんぱ》（クランク棒）の逆転でもくったら大変、大怪我という代物であった。

それでも補備教育はさかんに行なわれた。戦車だけではない。まず急速養成の筆頭は航空であり、通信も、化学戦も、新兵種はみな人員不足である。これからしばらくは、こうしたことで陸軍は大童《おおわらわ》であった。士官学校をおなじ歩兵で出た同期生が、アレヨアレヨという間に転科していく頃であった。下士官、兵の教育も同様であった。

忙しくなった技術陣

「満州に戦火あがる」となって、技術本部も関係当局も急に忙しくなってきた。おくれていた装備を、いそいで改変充実しなければならぬから当然である。制式の制定があいつぐ。

昭和六年　九〇式七・五センチ野砲

九一式一〇センチ榴弾《りゅうだん》砲

昭和七年　九二式歩兵砲

九二式重機関銃

騎兵用の装備として九二式重装甲車が制式化されたのも、このときである。

翌昭和八年になって、九四式軽装甲車と呼ばれるものが誕生した。

第一次大戦後、英国の新軍論議の中から、いろいろの理由でマルテルやカーデン・ロイドの一人乗り、二人乗りの豆戦車の生まれていることは、すでに紹介した。

この兵器は日本軍の興味をひいた。大陸の山野を戦車や装甲自動車が走りまわるようになってから考えてみると、まことに便利そうな兵器である。捜索、警戒、連絡のような戦闘的任務から敵弾下の弾薬補給、あるいは通信線の架設、また当時、頭痛の種子になっていた化学戦対策として敵弾下での撤毒地帯の消毒作業など、何にでも使えそうである。カーデン・ロイドを買い入れて研究した技術本部は、歩兵学校などの意見をとり入れてカーデン・ロイドにはない砲塔をとりつけ、これに軽機関銃一挺を装備することにした。東京瓦斯《ガス》電気工業株式会社に、この試作が発注されて昭和八年に完成した。

九四式軽装甲車

翌年「九四式装甲牽引車及九四式¾屯《トン》積被牽引車」として仮制式が上申された。あきらかに補給用が主目的で、装甲車は牽引車であると同時にトレーラーをはずせば、豆戦車の性格を持っていた。歩兵用の装甲車または戦車隊の補助車輛とする意図であった。これを制式決定の照会に対して参謀本部から「異存はないが、名前を九四式装甲牽引車から九四式軽装甲車にかえろ」という注文がでて、戦闘車輛らしいこの名に決まったのである。こ

九〇式野砲　三八式（改）野砲より射程の大（13,890 メートル）なることを求めて制式とされたが抗堪試験で落第、主力野砲とならなかったもの。車輪をタイヤにしトラクター牽引とし機械化部隊用に使用した（制式決定審議の時の写真）

九四式軽装甲車　制式決定審議の書類につけられた試作車の写真

れは、このあと非常に便利に使われ、日本軍の機械化は豆戦車から始まった感がある。これの最初の要目は次のようであった。

九四式装甲牽引車要目

全装軌前方起動、旋回砲塔つき

全重量　約二・七トン

全長　三・〇八メートル

全幅　一・六二〇メートル

全高　一・六二〇メートル

最低地上高　〇・三メートル

履帯幅　〇・一六四メートル

装甲　一二〜六ミリ

発動機　空冷式四気筒

標準馬力　三二馬力

最大速度　単車　四〇キロ

一・五トン牽引三〇キロ

行動能力　約一〇時間（平坦地平均速度一六〜二〇キロで）

徒渉水深　〇・六メートル

九四式軽装甲車は改造され、おおくの目的に使用された。これは延線車とよばれた電線架設用の車輛である

武装　車載機関銃一
乗員　二名
被牽引車　自重〇・七四トン
　積載量約〇・八トン

軽装甲車訓練所

九四式軽装甲車を得た陸軍は、全軍的に軽装甲車訓練を行なうことにした。これは当時としては一石数鳥の名案であったと思う。自動車の発達していない日本のこととて装軌車など、とくに少ない。操縦や取扱いの教育から、国民全般に対する戦車の普及にもなる。

師団軽装甲車訓練所を第二師団(仙台)以下、在鮮第十九、第二十師団までの計一一個師団に設けた。大阪、広島、旭川、弘前、金沢、岡山、善通寺、宇都宮、羅南、龍山などでこの豆戦車の訓練が行なわれた。

まず各師団から訓練所幹部要員を戦車第二連隊練習部に召集して教育する。この人たちが帰って教官として軽装甲車隊要員を訓練した。これらの教育に関する訓令は、昭和十四年四月二十五日付で教育総監真崎甚三郎から出されている。日本陸軍の全軍的装甲車教育の開始であった。

軽装甲車は小型であるし安くもある（当時の価格で八九式戦車が八万円、軽装甲車は五万円）のと、こうして全軍的需要ができたので、ただちに量産に入り昭和十年に一挙に三〇〇輛、昭和十一年に二四六輛、昭和十二年に二〇〇輛というテンポで作られた。

昭和十年度の動員計画令では、軽装甲車隊の動員が早くも計画されている。この年の動員可能の戦車関係部隊は次のとおりである。

戦車（甲）大隊　五個大隊	第一師団担任	二個大隊
	第十二師団担任	二個大隊
	関東軍担任	一個大隊
独立軽装甲車五個中隊	第一師団担任	三個中隊
	第十二師団担任	二個中隊

九七式軽装甲車へ

昭和十二年になって「支那事変」が勃発すると、軽装甲車は戦闘に参加することになった。独立軽装甲車隊も戦車大隊とならんで動員され、重要な師団に配属されて出動した。しかし、本来の目的のように敵前弾雨下で弾薬補給にあたるようなケースは少なく、むしろ戦車のように使われる方が多かった。戦車大隊の数が少なく、これを配属される師団が少なかったから、この〝豆戦車〟は大いに珍重されたのである。

こうなってくると武装も軽機関銃一挺では、もの足らない。砲塔を改造して三七ミリ砲を装備したものも作られた。戦車や牽引車のエンジンのディーゼル化に伴って、これは三七ミリ砲装備の「九七式軽装甲車」へ発展する。これでも重量四・二トンという豆戦車である。この軽装甲車が基盤になって、ささやかだが軍の装軌化が行なわれ、この車体は通信建設車、化学兵器の消毒車、撒毒車、気球繋留車など、かなり多目的に使用された。

この軽装甲車隊が支那事変に入ってから統合され、装備を改められて戦車隊に変身していったのである。

第八章　独立混成第一旅団

昭和九年にも、戦車部隊が増加された。戦車第四大隊である。これは戦車第二連隊から生まれ奉天に作られた。そしてこの時、日本陸軍は戦車一個大隊を増加するだけでなく、諸兵連合の機械化部隊を創設したのである。独立混成第一旅団と呼ぶ。歩兵一個連隊、戦車二個大隊、機動砲兵一個大隊、工兵隊から成るものであった。

諸兵連合の機械化部隊

諸兵連合の機械化部隊については、すでに述べたように一九二七年（昭和二年）、早くも英国陸軍が実験演習をしている。これ以後、将来戦を論じ今後の軍備を説く場合に、かならず論議の種子となったテーマである。そしてどの国でも、戦車界と騎兵界から、それぞれ「機械化部隊」的要求が出て、その相剋のうちにどちらに決めるべきかを悩んできたのである。騎兵の場合、難点は〝馬〟を捨てない点にあった。馬を持ったまま装備を強化して、機動戦闘力を発揮しようとする方針にしがみついたので、機械化が進まなかったのである。

日本の騎兵もその類であったが、これはちょっと変わった立場にあった。前大戦以来、その存在価値を疑われ冷遇され続けてきた騎兵であったが、満州事変の勃発以来、大陸の野を縦横に走り始めた。そして満州の地は、馬であればこそ、という土地が少なくないから、騎兵の機動力はかけがえのない貴重なものであった。騎兵の価値論などは東京での議論である。任務を受けた作戦軍の騎兵部隊の将兵は、冷遇されてきて兵力装備の劣弱なのにもかかわらず、いたるところで立派な働きを示している。こうして「全騎兵機械化」の線には進まなかった。

そして、この独立混成第一旅団の誕生である。

ところで筆者は、日本の機甲部隊史を考えるにあたって、この旅団の興亡について痛恨きわまりないものを感ずるのである。

たしかに、その内容に不充分なものはあり、試験的な試みではあったろうが、この旅団はわずか四年にして消えてなくなるのである。昭和九年（一九三四年）と言えば、はやくから機械化部隊を試みていたイギリスは別として、ドイツやソヴィエトにくらべ、こうした機動兵団を持つ時機としては、そうおくれた時ではなかった。歩兵師団主体の陸軍にあって、しかも野戦部隊としては二個しかない戦車大隊を全部投入して機械化兵団とした着想は、世界の趨勢に応じたものと言えるのである。

昭和九年三月、陸軍省副官から軍事課起案の次の通牒が、関東軍や関係師団参謀長あてに出されている。

《軍事上の機密保持に関する件

……特に近く実施せらるべき独立混成第一旅団の編成派遣に関しては、編制、装備、派遣先等は勿論その部隊号についても一切部外に発表を避け、機密保持上遺憾《いかん》なきを期せられたし。命により通牒す》

まさに陸軍の〝虎の子〟として生まれたのである。関係者の意気ごみのほど見るべしであった。

昭和十年、昭和十一年と在満兵備を改善する機あるごとに、この旅団は増強された。昭和十一年の在満兵備改善を終った段階で、この旅団の編制・装備は次のようになっている。

旅団の編制・装備

旅団司令部　参謀二名を有し、修理車、附属車をもった材料廠を付す。

独立歩兵第一連隊
本部
三個大隊、大隊は各三個中隊（軽機、擲弾筒各九）、機関銃一個中隊（九二式重機八）
歩兵砲一個中隊（九二式歩兵砲四）
速射砲一個中隊（三七ミリ対戦車砲六）
軽装甲車一個中隊（九四式軽装甲車一七）
連隊総人員二五九〇、車輛二九七

戦車第三大隊
本部
軽戦車二個中隊｝八九式戦車二六
材料廠　二｝九四式軽装甲車一四
大隊総人員三七六、車輛九二

戦車第四大隊
本部

軽戦車三個中隊 } 八九式戦車四五
軽装甲車一個中隊 } 九四式軽装甲車四一
装甲自動車一個中隊 } 九二式装甲自動車一七
材料廠 一
大隊総人員八五六、車輌一九二

独立野砲兵第一大隊
本部
三個中隊 各中隊九〇式野砲四
大隊総人員六六七、車輌一三〇

独立工兵第一中隊
人員一九四、車輌一六

総計してみると、この全車載旅団は人員約四七五〇名、車輌七四四輌になる。定数上はトラックは全部六輪とされているが、これらが充足されたはずはないから、紙の上だけのものであろう。

これが試験的部隊にせよ、軍機械化のよび水とも、たたき台ともなってゆくことが期待されるのであった。

ところで、この旅団の主戦力というのは依然、歩兵であって、戦車ではない。

旅団の主戦力

この次の年の昭和十年十二月六日、渡辺錠太郎教育総監は、軍・師団教育主任参謀などを会同させた席で訓示を与えている。

「今般、戦車隊教練規定を発布して、国軍戦車に関する教育の劃一《かくいつ》を期せんとす。そもそも国軍の戦車は一般歩兵との協同を緊密にし、歩戦一体よくその威力を発揚して全軍戦捷の途を開拓するをもって、その本質とす……」

だから、混成旅団の中の戦車第三大隊も第四大隊も、主兵たる歩兵連隊を支援する協同戦闘が主務であった。従って、この〝虎の子〟はドイツで生まれた「装甲師団」のミニ版ではない。むしろ「軽師団」のミニ版と言うべきものである。戦車大隊はまだ戦闘の根幹として「歩兵よ、ついてこい」というのには、ほどとおい存在だったのである。

つまり、日本陸軍は最初の機械化兵団として、イギリスの一九二七年の実験機械化旅団のような、戦車主体の機械化兵団ではなくて、乗車させた歩兵を主体とした機械化旅団を選択したのである。明らかに熱河作戦の川原旅団の成果に大きく影響されたのであろう。

ところでこの当時、陸軍一般が、自動車に載せただけの歩兵主体の部隊の威力を買い被っていたのではないか、と思われる史料がある。

昭和九年の特別大演習

昭和九年の特別大演習は、関東平野で行なわれた。特別大演習というのは毎年秋、天皇の親臨を仰いで数個の師団で行なう軍の対抗演習で、この年十一月のものは近衛、第一（東京）、第二（仙台）、第十四（宇都宮）の四個師団を基幹として、栃木県、茨城県、埼玉県、群馬県につながる利根川南北の地区で行なわれた。東軍の軍司令官は阿部信行、西軍の軍司令官は荒木貞夫の両大将で、満州国からも参観者がくるなど、時局がら新聞も派手にこれを扱って、なかなか話題になった大演習であった。

この演習では勿論、東西両軍に戦車部隊がつけられたが、何しろ日本内地に二個連隊しかない戦車部隊なので、演習部隊としては兵力二個師団半基幹の東軍に戦車一個大隊、兵力二個師団の西軍に戦車一個中隊であった。この他、東軍には騎兵集団（騎兵二個旅団）が、西軍には「機械化部隊」と銘うって「独立歩兵第百連隊」というのがつけられていた。これは臨時に集成した車載歩兵連隊で、この種の部隊が大演習に参加したのは、これが最初である。

この独立第百連隊の編成は次のようであった。

連隊本部、歩兵一個大隊、機関砲一個小隊、戦車一個中隊、山砲兵一個中隊、工兵一個小隊、連隊段列

演習第一日、この部隊に与えられた軍命令は「……方面より敵騎兵団を突破し、速かに古河町に向かい驀進し敵の背後を擾乱すべし」というものであった。歩兵一個大隊基幹の兵力を臨時即製的に集めてトラックに乗せれば、こんな任務が果たせると思っていたらしい。この地方は水田や畑の多い地方だから、路上は快速で走れたと思うが、戦場でそう器用に動きまわれるはずがない。路外機動力、つまり戦場機動力のあるのは、戦車中隊だけである。

戦術機動には適しない

演習連隊長村上啓作大佐は演習後「機械化部隊は作戦機動には適するが、戦闘場裡の戦術機動には適しない」と軍の機関誌に書いている。兵学の大家と言われたこの人が、こういう結論を出す程度の機械化部隊であったのだ。

つまり、戦場では動きまわれないから駄目だ、という判決である。

この独立第百連隊はこの大演習中、前述のような調子の任務をもらい、夜間の機動では八九式戦車の中隊も夜間平均時速一六、七キロという自動車縦列なみの速度で動くなどよ

く活躍したが、その演習中には自動車部隊に特有の欠点を暴露したことも多かった。

主力の足が速いから、捜索部隊が動いている間に、つまり敵情が充分にわからぬうちに敵陣地前につめかけてしまう。多数の車が敵前で渋滞する。おいそれとあちらこちらへ機動するわけにはいかない。乗車のまま戦闘が出来るわけではないから、下車のタイミングが難しい。降りてしまうと、乗馬も輓駄馬もない歩、砲兵となるのだから、みな徒歩で重火器も砲も人力で運搬するしかない。これでは普通の部隊よりも鈍重なのは当然で、戦場戦闘力など求むべくもない。

だが、演習を統裁した参謀本部は、どう見たか。「独立歩兵第百連隊の夜間機動ならびに戦闘動作は可なり」「独立歩兵第百連隊の行動は、よくその特性を発揮し得たるものと認む」と講評では参謀総長からほめられている。

日本陸軍全体が、こんな程度の機械化部隊認識だったのである。

歩兵が主戦力でもそれはそれでよいのだが、次の難点は、この機械化混成旅団はチンバだと言うことである。歩兵は自動車搭載だから当時でも平均時速二〇キロくらいで動ける。問題は八九式戦車である。部隊としての平均速度は車輛の最高速度の半分ほどだから、最高時速二五キロの八九式戦車では、自動車搭載歩兵や他の軽快な装甲車とは一緒に動けないのである。

およそ機械化部隊という以上、これが同じ速度で動けなくては問題にならない。これは英軍の一九二七年の演習の雑多な速度の混成部隊と同様で、要するにチンバの部隊では、集団としての戦力発揮は、おぼつかないのである。

機械化部隊用の戦車を……

日本陸軍の作戦・軍政当局は〝虎の子〟として機械化部隊を作った。ところが驚くべきことに、これが事前に技術本部の当局者には何の相談もなかったというのである。原乙未生氏は今にこれを痛歎する。当時、戦車第四大隊長の渋谷安秋大佐が原氏に歎いたという。《混成旅団の六輪自動貨車は六〇キロ走る。砲兵牽引自動車は四八キロでる。それなのに旅団の中核の八九式戦車は最大二五キロだ。総合戦力として動けない。どうしたらよかろうか》

作戦を考える側が、言わば時流を追う形で新しい部隊を作った。しかし戦車をはじめ技術的実情には合っていない。技術方面を無視しているのである。

原氏はここで案をたて、七トン、最大時速四五キロの見当のものと構想して、技術本部の当事者に提案した。歩兵当局の指令を待たず、技術本部の部案としてやれ、というわけであった。《出来上がったものは七トン戦車としては、もったいないぐらいのものだった》と回想する。

これが九五式軽戦車が生まれるにいたったいきさつである。

昭和十年十二月十六日、東京の技術本部で「第十三回軍需審議会」が開かれた。いつから名前が変わったか詳《つまび》らかにしないが、まえの技術会議の機能をもつ会議である。議題は「九五式軽戦車仮制式制定の件」その他である。会長は陸軍次官古荘幹郎中将、委員として技術本部、造兵廠、兵器本廠の関係部長、参謀本部の編制の主任課長、陸軍省の軍事課ほか関係課長、教育総監部の第一課長らが列席、幹事長は陸軍省統制課長の木村兵太郎大佐であった。騎兵監の蓮沼蕃中将もオブザーヴァーとして参加していた。

さて、この会議は、軍機械化の眼目となる兵器、すなわち戦車を、どのような発想で造るかを決定した重要な会議なので、議事録によってその経過を追ってみたい。

出席者の手許には「九五式軽戦車審議経過の概要」「九五式軽戦車概説」などの資料が配布されている。

幹事長「さる十三日、幹事会を開き審議いたし、仮制式とするを適当と認む、という意見であります。」

会長「質問をどうぞ」

河辺正三大佐（委員・教育総監部第一課長）「審査の起因には、『本邦戦車の体系中に機動性を主とする快速戦車を必要とする要望あるに鑑み、技術本部案として本戦車の研究に着手す。本戦車の目的は機械化部隊の機動戦車とし、あわせて騎兵装甲車隊の核心とするにあり』とあるが〝機動戦車〟というのは何ですか？　機動性を主とする快速戦車の意味ですか？」

幹事長「そうです」

つまり日本陸軍は、この段階で軽戦車、重戦車という戦車体系の中に機動戦車を加えようというのである。

そして、この新戦車の性能の審議において委員の論議は当然、速度と装甲という問題に集中した。

速度と装甲

河辺大佐「この戦車は戦車としての性能を持たせつつ、なお速度を快速にするというためには、どちらかに犠牲をはらっていると思うのですが、これらに関して、依然この戦車は戦車としての性能を持っているのか、例えば装甲の威力などについてです。これらについて実用試験者側の意見を伺いたい」

この河辺大佐の冒頭の質問は、問題の核心をついている。「戦車としての性能」というのは、歩兵の直接支援が出来る、という意味である。当時の日本の戦車運用理念から、これが出来なければ戦車としては欠陥戦車と言わざるを得ない。実用試験を担任した戦車第二連隊長木村民蔵大佐がこれに答えた。戦車第二連隊は練習部を持ち、当時、戦車側としては唯一の研究機構であった。

木村民蔵大佐（戦車第二連隊長）「この戦車は機動力と武装の点では、機械化部隊用戦車としては適当だと思いますが、装甲の点は不充分であって、戦車としての価値は、低いと考えております。装甲（六ミリ〜十二ミリ）を、もっと厚くしなくては現在の七・七ミリの鋼心弾や対戦車砲に対して、抵抗力がないのであります。戦車隊といたしましては、機動部隊と行動をともにし得るだけの速度は、ぜひ必要とは思っていますが、その範囲内で、出来るだけ装甲を厚くしていただきたいと思っております」

会長「馬場大佐はどうです？」

馬場正郎大佐（委員・騎兵監部高級部員）「騎兵といたしましては、その性能が速度を要求する兵種でありますので、若干装甲の威力は落としても現在の速度（最大四〇キロ）、武装で今後も大丈夫と思っております」

つまり、騎兵は歩兵戦車の要求するような戦闘はしないから、軽快な戦車の方がよい、装甲は薄くてもかまわない、と言うのである。

河辺大佐「もう一つ質問します。ただいまのようなことだとするならば、つづいておこる疑問は、いま要求されている程度の速度を持たせて、なお何とか装甲の威力を増すことが出来ないか、という疑問です。虫がよい注文と思うが、どうでしょうか?」

土岐少佐(技術本部の主任者)「戦車隊からの実用試験の判決にある『装甲三〇ミリを要す』というのと、『なるべく増せ』というのは、おなじなのでしょうか?」

河辺大佐「戦車隊の方がどれだけ要求しているか知りませんが、たとえ装甲を犠牲にしても速度がほしい、というのが騎兵方面の実用試験の結果ときいておりますが、いまの速度を持たせてなお戦車隊の要求されるところの装甲が得られぬものか、という疑問なのです」

土岐少佐「それは対戦車火器の標準をどこにおくかによってちがってくるので、ある標準に対して抗堪性を得るなら、それ以上一ミリ二ミリ厚くなっても無駄でありますから『なるべく厚くしてくれ』ということは、あまり意味がないと考えます。われわれの考えでは、まず七・七ミリの鋼心実包(重機関銃弾)に対するまでを標準として、その上のものはやむをえないとしています。そうすると、この一二ミリ程度がいちばん能率の良いところである。こう考えております。なお部分的に一、二ミリ増すということは、速度を著しく犠牲にすることなしに実行することは、技術上可能であります」

つまり、一九三五年の時点で、明らかに重機関銃弾にしか抗堪能力のない戦車を機械化部隊に持たせようとしているのである。古荘陸軍次官が戦車隊側に質問する。

会長「戦車隊の方では、いまのような防禦威力では、編制なり用法なりをどうしてみても、こんなものが機械化部隊の中にあってはいけない、という御意見か、あるいはまた、これでも編制とか用法とかによっては、あった方がよいと思われるのでしょうか?」

戦車としての威力不充分

木村大佐「現在の装甲自動車隊に装備するのならよいが、これを戦車隊の主力戦車とすることは適当でない、と思っております。その理由は、装甲が薄ければ戦車としての威力を発揮できないからであります。

戦車としての威力を発揮するには、対戦車砲に対する能力がなければなりません。具体的に申しますと戦車がその威力を発揮するためには、どうしても敵前二〇〇メートルにせまる必要があります。したがって、少なくとも二〇〇メートルまでは対戦車火器を制圧しつつ接近せねばなりません。また一方、速度、速度と申されますが、いかに速い速度を持っていても、部隊として行動するならば、その速度は一〇〜一五キロ以上には発揮できません。たとえば習志野原でどんな速い速度のものでも最大限二〇キロで、それ以上は出せません。敵の陣内に入れば五、六キロであります。

そういう状態において、戦車の威力を発揮するためにたのみとするのは装甲であります。その装甲が薄いために対戦車砲にやられるならば、戦車としての価値はないことになるのであります。元来、欧州大戦において戦車が生まれたというのは装甲でございます。その装甲が弱いようでは、戦車としての価値はないと考えております。

従って常速二〇キロ内外の速度、要するに自動車部隊と行動をともにしうる速度は、ぜひ必要なので、最大速度は三〇〜四〇キロにならねばなりませんが、この速度を保ってなおかつ、なるべく装甲を厚くしていただきたい。具体的に申し上げると三〇ミリほしいのであります。従って現在の戦車（審議されているものは六・五トン）より二トン程度増加するのは、やむをえないと考えております。いまの戦車は現在の軽装甲車を大きくしたにすぎないものと思っております。戦車としての威力は不充分と考えております」

騎兵側も歩兵側も、言うべきことは言ったようである。

〝儀式〟のしめくくりは、こうであった。

会長「これは〝機械化部隊の機動戦車〟と書いてありますね。いまの軽装甲車に代わるべきものとか、あるいは装甲自動車に代わるべきものとかいう意味では有効であるのか、それはどうでしょう」

木村大佐「それは有効と考えております」

会長「いまの機械化部隊の編制、あるいは装備、あるいは用法において、こういうものが国軍にあった方がよいかどうか、ということになれば……」

木村大佐「それはあった方がよろしゅうございます」

会長「それではほかの御意見をうかがいましょう。御意見がありましたらどうぞ御遠慮なく……ありませんか？（発言者なし）御意見がないようでありますから、九五式軽戦車仮制式制定の件は可決をみたものと思います」

九五式軽戦車

戦闘の運命は、はるか以前に、机の上で決められる。

古荘陸軍次官が、装甲車にかわるもの、機械化部隊の中で〝機動戦車〟の役割を果たすであろうとして統裁可決したこの軽戦車は、四年後の昭和十四年、ノモンハン事件に登場することになる。前記の審議会で木村大佐が「こんなものは戦車としての価値はないのだ。戦車隊の主力戦車とされては困るのだ」と言いきった、機関銃にどうにか対抗できるようにつくられた、装甲一二ミリの九五式軽戦車は、戦車第四連隊に装備され、ソ連軍の四五ミリ対戦車砲と対決することになる。またこのとき戦車第三連隊は、さらに旧式の八九式（軽）戦車（昭和三年設計、六年に量産。装甲一五〜一七ミリ）で戦い悪戦苦闘するのである。戦場に臨んで部隊指揮官は武器の遅れをあげつらうことはできないし、将兵は黙々として操縦桿をにぎり、銃砲を操作する外ないのだ。

木村戦車連隊長が審議会の席上、敢然として述べたその意見は、数年後のノモンハンの悲劇を見通した言葉と言うべきものであった。そして、この木村連隊長の危惧は現実となり、太平洋戦争にまで続くのである。

英国陸軍戦車兵団が軽戦車、機動戦車を偏重する空気の中で第二次世界大戦を迎え、真の戦闘戦車の欠如から手痛い打撃を受け、大戦中ついにその欠陥をいやすことが出来ないことになるが、日本の戦車もこの道を進み始めたのである。

ともあれ、この新軽戦車は「九五式軽戦車」として制式兵器となり、量産に移り昭和十一年三一輛、昭和十二年八〇輛、昭和十三年五三輛、昭和十四年一一五輛、昭和十五年四二二輛が製作された。昭和十二年の支那事変には、これが登場した。

日本軍で「装甲」の問題が、何となく消極的で、攻撃精神のないかのような態度や考え

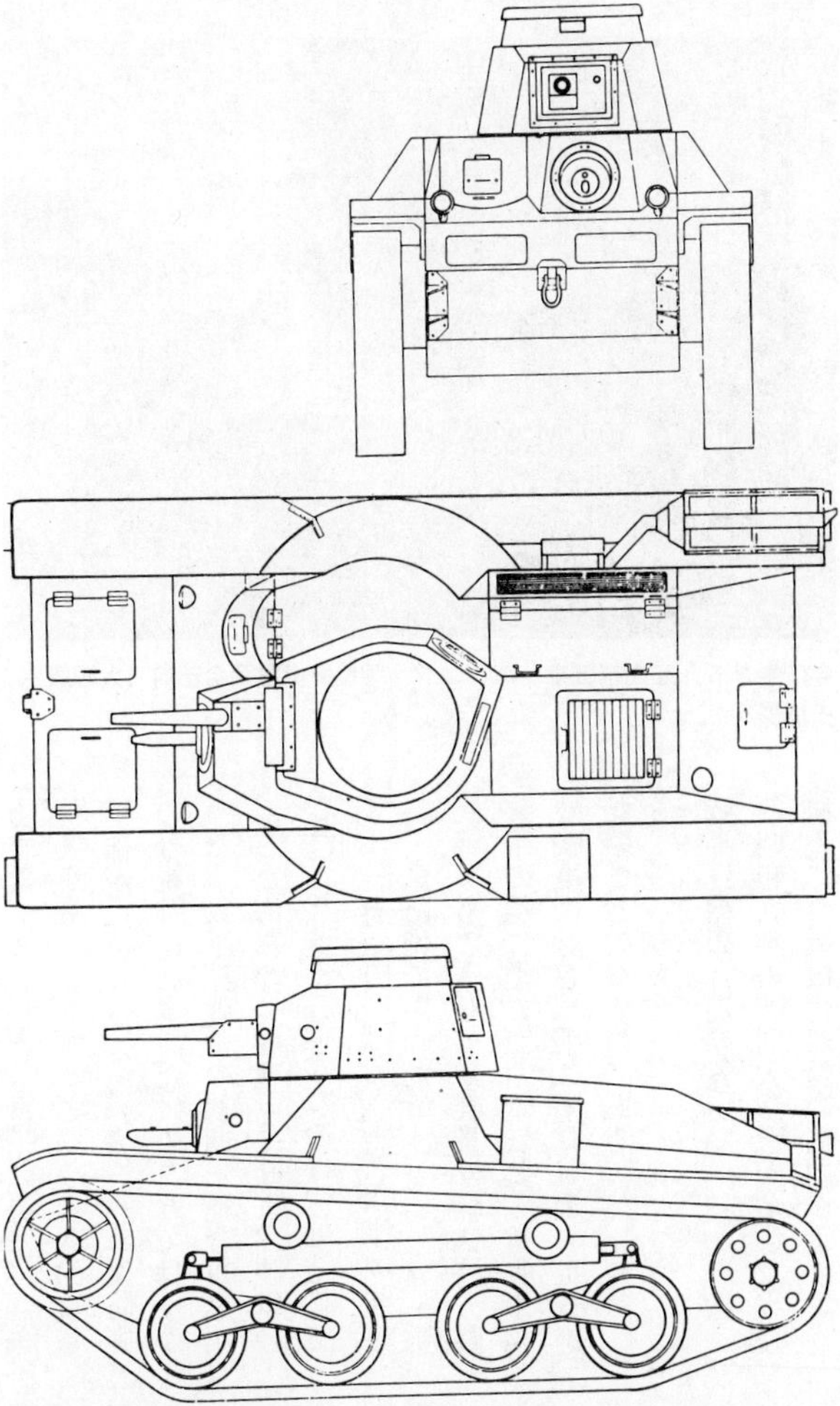

九五式軽戦車（原乙未生監修　竹内昭著“日本の戦車”所載）

今に生きる九五式軽戦車　バンコク、国境警備隊司令部前（大塚康生氏撮影）

方で論じられたことは否めない。「矢《や》弾丸《だま》をものとせず」という歩兵的攻撃精神からそうなるのだが、「防護防弾の軽視」は戦車界だけのことではなかった。太平洋戦争の初期、連合軍を圧倒した海軍の「零戦」にせよ、陸軍の「隼」にせよ、悩んだのは、軽防備であり、手こずったのは米軍機の重武装・重防備であった。

戦車もこうして、軽量、軽武装、軽装甲の線に進んだ。重武装・重装甲の敵戦車に対し、手こずり、手も足も出ないことになるのである。

戦車は満州では使えない

昭和九年の特別大演習が示すように、初めての機械化部隊の編制が示すように、そして九五式軽戦車審議の席での対話が物語っているように、当時の陸軍はまだ、戦車というものはどう使うものか、どんな戦車が必要なのか、機械化兵団はどういうものが作戦上必要なのか、という理念において混迷状態にあったように思われる。

満州事変以後、国防の第一線は満ソ国境に推進された。攻防いずれにせよ、戦場は人跡まれな不毛の地域である。この広い大陸の戦場での戦車運用の理論は、どうあるべきか。諸外国の理論的研究の情報には事欠かぬから陸軍でも戦車界の人ばかりでなく、いろいろと研究されてはいた。

星野利元中将は、日本の戦車発展の功労者の一人であるが、昭和五年から十年まで陸軍大学校の兵学教官であった。この間、戦車運用を研究すべき任務をもらって、これに専念したことがある。主題は勿論、戦車は歩兵直協か、機動的用法か、ということであった。研究してみると、どうしても「戦車が主体、歩兵はこれに随伴」の決勝部隊としての用法でなければならぬ、という結論になってくるのだが、当時、中央省部でこんな考えは受け入れられるものではなかった、と回想している。

当時、戦略家の第一人者と言われていた小畑敏四郎将軍が、陸大幹事の頃であったろうか、星野氏に対して「満州で戦車が使えるものか。西尾さんも駄目だ、と言っているよ」と言ったそうである。西尾寿造将軍は昭和九年三月から二年間は関東軍参謀長、それから一年は参謀次長、後に教育総監になった人物である。こんな西尾将軍や、参謀本部の作戦課で育って作戦課長も勤めた小畑将軍から戦車無用論が出るくらいだから、陸軍部内で戦車に関する意識統一をすることは困難であったに違いない。

自動車の状況

今日の目をもって見れば、軍の機械化など、あたり前のことを何をボヤボヤしていたのか、と思われるだろうが、こうした混迷の基礎には、やはり当時の日本全体の自動車工業面での立ちおくれや、今日でも誰もが疑わない石油の国産量の問題も、一つの要素としてあったことは間違いない。「保護自動車」の制度を作ったのは、すでに久しい前のことであるが、国の経済力の関係もあって、そんなに多くは増加しなかった。

機甲を論じ、機械化を唱える場合「日本工業の現状から機械化などということは夢のようなことだ」と、まるで歯牙にもかけない将軍が少なくなかった。

実際、こう言うのも無理もないと思われるほど日本の自動車は貧弱であった。

昭和十年度の動員計画令に基づいて動員を準備すべき戦車関係部隊は左の表に示したが、その自動車は徴発（強制借上）によって充足するという計画である。

わずかこればかりのトラックも陸軍が常備していないのか、と笑ってはいけない。そんな時代なのであった。

徴発管区	動員部隊数	六輪乗用車	六輪トラック	サイドカー
第一師団	独立軽装甲車隊三隊分	三	二四	二一
	戦車大隊（甲）二隊分	一二	九四	五四
	騎兵旅団装甲自動車二隊分	二	一四	三二
第十二師団	独立軽装甲車隊二隊分	二	一六	一四
	戦車大隊（甲）二隊分	一二	九六	五四

そしてこの補充源となる民間自動車は、どれくらいあったのだろうか。自動車が多すぎて困っている現在の日本の状態からみれば、桁を間違えているのではないか、と思うほどである。

全国の自動車

昭和十年（一九三五年）十月末日調べの陸軍省による「全国自動車、自動自転車集計表」というのが残っている。資源調査令による調査結果で、年度の自動車徴発規程の基礎となるものである。その概要を見ると左表のとおりである。車の大部分は、アメリカ製のフォード、シボレーであった。

車種		営業用	自家用
乗用車	四人乗	三一六	一、一七三
	五人〜七人乗	四四、七八五	五、三二三
	八人乗以上	二一、二一四	一〇四
貨物自動車	一トン積未満	七八三	六八九
	一〜一・五トン	六、四六四	八八五
	一・五〜二トン	二三、九〇〇	三、〇九八
	二トン以上	九、八三七	八六四
小型自動車 小型貨物自動車	オースチン　など ダットサン	二七六	三、四一二
自動自転車	単車、側車付、 後車付	区分不詳　計一六、六八四	

わずかに、これだけである。官庁用や消防自動車などは徴発対象にならぬから含んでいない。このほか油槽自動車が全国で営業用、自家用合わせて二一四。患者輸送自動車五七

という数である。そして自動車総数は、日本内地、朝鮮、台湾、関東州（旅順、大連など）、南洋庁地域まで含めて総数一三万五一七輛であった。東京府で二万八八七五。名古屋を含む愛知、岐阜、静岡三県で一万一三一三。北海道、樺太、千島で三六五七輛であった。

一三万台の自動車で、しかもその大部分がフォード、シボレーなどとあっては、軍の機械化など大それたことである。どうしても国産自動車工業を振興しなくてはならない。国防上からみてもそうだし、経済活動の舞台が満州にも広がったとあっては、産業上からみてもそうである。

これも早かったとは言えぬが、昭和十年に陸軍省が閣議を動かして、昭和十一年にいたってその方面に一歩の前進をみた。昭和十一年五月二十九日公布の「自動車製造事業法」がこれである。ほかの事業法と同様に、自動車または自動車部品の組立、または製造をなす事業を政府の許可制とし、期間を限って国税、地方税を免除する他、輸入資材の輸入税免除、増資、社債発行などにも優遇処置をする。また、この国産工業確立のため必要があれば外国製品の輸入制限、輸入税の賦課などを決めたものであった。

戦車などは民間の需要の全くないものであるから、これは軍の施設を主とする他ないが、自動車は民間の需要を促進しつつ、軍の需要をみたしてゆく方針であり、これが国家的助成のもとに、このころようやく発足したのであった。

日本工業の実力からみて「夢だ」としても、ほっておける問題ではない。おくればせながら官民の努力が積み重ねられ、日本の自動車工業界はかなりの発達をとげた。前出の集計表の出された昭和十年から六年後の昭和十六年には、陸軍だけの注文分、乗用車、トラック合わせて二万輛以上を、らくにこなせる程度に育っていた。

さて、戦車に対する期待が混迷している折柄ではあったが、一部の人たちの大きな期待をもとに満州に作られた独立混成第一旅団は、その後どう育っていったであろうか。

作戦部隊である混成旅団

言うまでもないが、満州に作られた混成第一旅団は、戦車界からすると実験部隊的期待もないではなかったろうが、関東軍隷下であるだけに、演習訓練さえやっていればよいという部隊ではない。作戦部隊であった。戦闘も訓練の一部ではあるが、実験演習どころではない忙しさなのである。

当時、関東軍は、すでに着々と戦力を増してきたソヴィエト軍と国境に対峙する形になっており、一方、華北、内蒙方面に勢力の進展を図っている時期であった。

この旅団は昭和九年四月から編成を始めたのだが、全旅団が公主嶺に集合したのは、その年十一月であった。翌十年六月には寺倉支隊（寺倉歩兵連隊長の指揮する独立歩兵第一連隊主力、戦車第四大隊、野砲兵と工兵の一部）は、熱河省古北口方面に派遣された。梅津・何応欽協定となって現われる、中国側との交渉に圧力をかけるためであった。

この部隊は八月に帰還したが、続いて十月には旅団主力が山海関に出動した。冀東政府という親日政権を華北に作ろうという謀略の後楯であった。これは十一月末に成立して、旅団は十二月に公主嶺に帰った。

そしてこの頃、満ソ間の国境紛争も起こり始めていた。東部方面は国境をめぐっての捜索、警戒の小部隊の衝突をきっかけとするものであったが、西方国境、外蒙方面が、国境そのものの見解に差のあったことから紛争の種子となることが多かった。後年のノモンハン事件がその最たるものだが、同種のことは何度も起こっていた。問題となるのは、いつもハルハ河付近であった。当時、主力をハイラルに駐屯させて、このホロンバイル地方を担任していた騎兵集団は、昭和十年以来、何度か出動し、時には外蒙兵と銃火を交えるという事件も起こっていたが、昭和十一年二月、公主嶺の独立混成第一旅団に、その一部を騎兵集団に増加派遣の命が下った。出動したのは、戦車第四大隊長渋谷安秋大佐の指揮する戦車第四大隊主力、歩兵一個大隊、野砲一個中隊、工兵一個小隊であった。

タウラン事件

ハイラルで騎兵集団長の指揮下にあったこの部隊に昭和十一年三月十日、渋谷大佐の指揮する歩兵、機関銃、戦車各一個中隊、連隊砲、歩兵砲、工兵各一個小隊に、ボイル湖東方で監視任務についているわが騎兵と交替して警備にあたるべき任務が与えられ、ここに進出して捜索、偵察にあたる間に、外蒙軍との衝突が起こってしまった。外蒙軍飛行機が参加して戦闘となった。捜索任務の日本軍の軽装甲車小隊が湿地にはまり込んだところを外蒙軍の装甲自動車に包囲攻撃されて車体は炎上し、小隊長の死体が持ち去られるという椿事が起こった。

ついでながら、ソ連軍の装甲自動車は火砲装備である。この時の装甲自動車は三七ミリ砲装備と記録にあるが、ソ連軍のBA10装甲自動車は一九三五年に早くも四五ミリ対戦車砲を装備している。当時、列国の装甲自動車は機関銃装備だった頃である。ソ連軍の攻撃力重視の現われである。これでは機関銃装備の九四式軽装甲車では戦闘にならない。

すわこそ、と渋谷支隊主力は戦闘を準備するし、ハイラルから九〇式野砲中隊の残りがかけつけ、飛行隊も偵察機が飛び、戦闘機隊が待機するという情況になり、また、戦車を含む敵軍近接などという情報も入ったが、支隊主力との戦闘にはならなかった。

この事件は機甲対機甲の戦闘にもならず、航空戦も起こらずに終りを告げたが、わが軍は戦死一三名、捕虜一名を出し、軽装甲車二輛が大破し、トラックのほとんど全部が損傷を受けている。「タウラン事件」と呼ばれたものである。

この事件は言わば小さな出来事だが、よく考えると、戦車の問題にも火砲装備の問題にも、考えねばならぬものが多い。ところが関東軍も中央部も、戦った部隊を不甲斐なしとするだけで、抜本的な考慮など何もしなかったのである。こうした態度でなかったら、日本軍戦車隊の弱点は、昭和一四年のノモンハン事変を待つまでもなく明らかになったはずである。

ホロンバイルの大草原は、自動車輛の運動に支障はなかったであろうが、ここで敵機や敵の機甲部隊との戦闘となれば、トラックのほとんど全部が損傷を受けることになるのは当然である。どうしても戦闘を考えて作られた車でなくてはならない。

ところが陸軍では、こうしたものの研究分野にも縄張りがあって、すんなりとはいかなかったのでる。

こういう史料がある。

昭和十一年六月の軍需審議会のとき、議題に「自動車学校自動車研究方針」があった。日本陸軍の自動車の研究は、第一次大戦当時からの経緯があって、自動車隊、自動車学校は輜重兵の所管であった。その研究方針は、機械化部隊にとっても見のがせないことである。

《自動貨車（トラック）

第一線部隊用　左の二種につき研究す。

イ　卓越せる路外行動能力を有するもの

ロ　不良道路通過に際し要すれば路外行動に耐えうるもの

後方部隊用　主として民間使用の自動貨車につき、これが利用を研究す

乗用自動車（小型乗用自動車）

路外行動に耐えうる第一線部隊の指揮、偵察および連絡用自動車ならびに民間使用の乗用自動車の利用を研究す

自動二（三）輪車

民間使用のものにつき、これが利用を研究す》

議題として異議のあるものではない。その研究はきわめて重要なことである。

混成旅団の自動貨車

ところでこの席上、こういう問答が行なわれた。質問するのは委員である教育総監部第

一課長本多政材大佐。

「いま満州におります混成第一旅団ですね、機械化兵団。あれから、いま持っている自動貨車は第一線用としては具合が悪い。運搬用としてはよいが、第一線用となると戦闘というものを加味せねばならぬから、何とか新しいものがほしい、という意見が出ている。そ

九三式乗用自動車　以下、何れも軍用として製作されたもの

九三式六輪乗用自動車（後方四輪二軸起動）

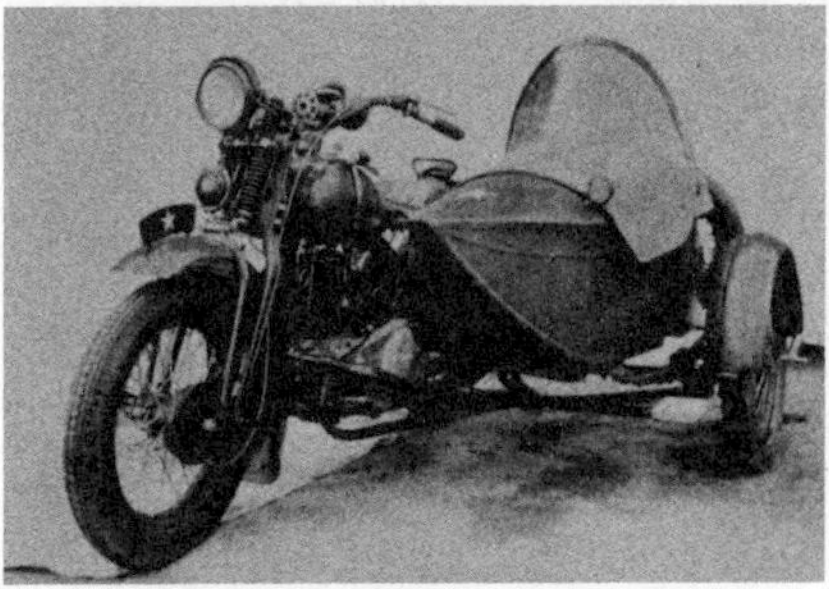

九三式側車付自動二輪車
ハーレー・ダビィッドソンに似ているが地上高がたかい

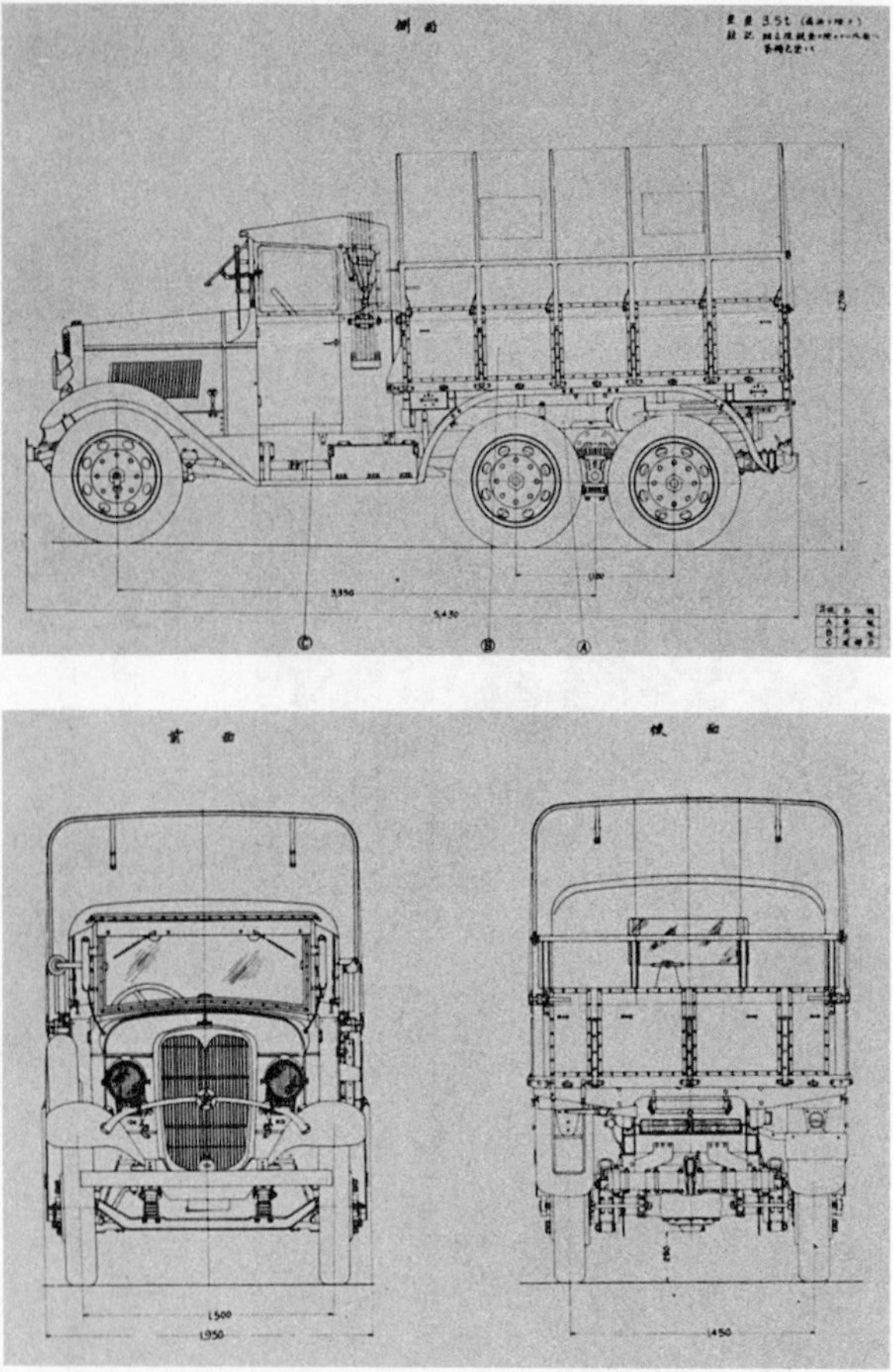

九六式六輪自動貨車（軍需審議会に提出された原図）

れでこの研究要領の一番初めの『自動貨車』というところで、第一線部隊用というのにイ、ロとあるが、これだけでは第一線用にはならないので、貧弱でも装甲をするとか、あるいは対空射撃の準備をするとかいうふうになるべきで、その簡単な装甲を張るということになると、自動車学校でなくて技術本部担任となるものでしょうか？　その辺の見解はどんなものでしょうか？」

会長「それはその自動車の目的が運搬ということであれば装甲をつけても自動車学校の範囲、戦闘という方面であれば技術本部。こういうことになる」

大島大佐（陸軍省銃砲課長）「装甲自動車となりますと、技術本部の試験範囲になります」

本多大佐「装甲自動車といっても、いま申し上げたのは、現在あるものとちがって、ただ運搬自動車のままであって、人の乗っている所は簡単な小銃弾に対抗する薄い装甲を張るとかいうふうな要求なのです。装甲自動車というようなものではあるまいと思います」

会長「防楯をもって後を備えたようなものですか？」

本多大佐「そうであります。要すれば行進間でも射撃ができる、そういうものがなければ機械化兵団として兵の乗る自動車としては適当でない。こういうわけであります」

清水大佐（参謀本部第三課長）「なお、機械化兵団では、斥候車というようなものをつくりたいと、しきりに言っております」

このように、機械化部隊の必要とする兵器を整備するにも、その担当部局がないという有様であった。

ちなみに飛行部隊をみると、その面倒をみる航空本部というものがあった。新設の機械化兵団には、これがなかったのである。

要するに、せっかく機械化旅団を作ってみたものの、その戦闘力の実態を深く考えて、総合的にこの面倒をみていく組織も、育てあげる熱意も欠いていたと見ざるを得ない。どうやら〝虎の子〟のように意気ごんで作ってみたものの、〝継子〟扱いで育てられているようである。

第九章　主力戦車をどうする

日本陸軍の戦車技術界は忙しく動いていた。

ディーゼル・エンジンの開発

これより先、日本の戦車技術陣は、世界にさきがけて空冷式戦車用ディーゼル・エンジンの研究に着手していた。

戦車は火や地雷に対して防護するため、機関室を密閉する必要があったから、室内に気化ガソリンがもれて発火しやすい状態になる。のちにノモンハンで日本軍がこの弱点をついて、火炎ビンでソ連戦車をたやすく焼きはらった実例がある。ガソリンよりも発火しにくい重・軽油を使用することができればきわめて有利だし、石油資源に乏しい日本としては得策である。熱効率が高くて燃料消費量も少なくてすむから貯蔵、補給の面でも助かる。

そこで昭和七年からディーゼル・エンジンの研究が開始された。満州で使用することを計算し、冷却水の凍結などを考慮して、空冷式エンジンが取り上げられた。これは世界に先例のない画期的なことであった。

苦心研究のすえ、昭和八年末に試作完了、昭和九年の厳冬期に北満州でテストし、昭和十一年に制式採用された。これは八九式戦車に装備され、これを乙型、従来のガソリン・エンジンのものを甲型と呼ぶことになった。そしてこの成功で九五式軽戦車にも、これが装備された。

わが戦車工業の誇るべき業績である。今日、ディーゼル自動車がわが国の自動車工業の特徴として普及し大いに輸出されているのも、このときの軍用車輌のディーゼル化が基礎となった、と高く評価されている。

主力戦車を決定すべき時

新しい戦車のディーゼル・エンジンも完成するし、機械化部隊用の〝機動戦車〟も誕生した。こんどは、一〇年も前に考えた国産第一号車八九式中戦車にかわるべき、歩兵支援用の主力戦車を研究すべき時期となった。

すでに昭和十一年である。日本陸軍が本格的軍備充実を、と大車輪で進んでいる時期であった。

九五式軽戦車の審議のあった日から約半年たった昭和十一年七月二十二日、技術本部で

第十四回軍需審議会が開かれた。議題は「陸軍技術本部の兵器研究方針に新様式の中戦車研究方針追加の件」などである。

会長は陸軍次官梅津美治郎中将。委員は例によって技術本部、造兵廠、兵器本部などの設計製作の担当部長や、参謀本部、陸軍省、教育総監部の関係課長。幹事長は前回と同じく木村兵太郎陸軍省統制課長であり、整備局長山脇正隆、兵器局長多田礼吉の両少将もオブザーヴァーとして列席した。

制式決定などは大体が儀式みたいなもので、すでに関係各課から出ている幹事の案を幹事長が統裁して打合わせ、前回の審議会のように「可決しかるべし」と発言するものなのだが、今回の「戦車研究方針」については、そうではなかった。下打合わせで、どうしても意見の一致が得られなかったのである。

それも作戦・編制を担当する参謀本部第三課と、陸軍の編制・予算のもとじめである陸軍省軍事課の意見がちがっていたので、技術本部の主任者でも統制課長の幹事長でも、どうにもならなかった。

そこでこのときは、両意見併記の議案を出して審議するという、まことに異例の審議会となった。

どちらの戦車にするか

提示された議案は次のとおりである。

《新様式中戦車研究方針

第一　研究方針

八九式中戦車にかわるべき歩兵支援用主力戦車を研究す。想定能力を八九式に比較すれば次の如し。

第一案

一　装備を改善す。すなわち五・七センチ戦車砲および車載機関銃を新様式に改む。
二　装甲は三七ミリ級対戦車砲に近距離において対抗するを目途として増強す。
三　速度は陣前、陣内の地形における実用速度をも考慮して増加す。
四　重量は八九式より著しく増加せしめず。
五　超越壕幅、登坂能力などはおおむね八九式を標準とす。
六　展望装置および無線装置を改善す。
七　戦闘室容積は八九式と同等ならしむ。

第二案

一　武装を減少す。すなわち砲塔内の機関銃を除く。
二　装甲は三七ミリ級対戦車砲に中距離において対抗するを目途として増強す。

三　速度は陣内、陣前における実用速度をも考慮しやや増加す。
四　重量は八九式より小ならしむ。
五　登坂能力および超越壕幅はおおむね八九式を標準とす。
六　現制無線機を改善す。
七　戦闘室は乗員一を減じ、かつ狭隘をもってしのぶ。

第二　理由の概要

第一案　武装、装甲および速度を増大し、超越壕幅、登坂能力などはおおむね八九式に準ぜしめ、これにより生ずる重量の増加はやむをえざる程度にとどむ。

第二案　重量を小ならしむるを主眼とし、装甲、速度を増大し、機関を九五式軽戦車と共通ならしめ、武装の減少、ならびに車内の狭隘をしのぶ。》

説明用として「新様式中戦車予定主要諸元表」がついている。要約すると次頁の表のようになる。

内容は一見明瞭であり、その優劣も自明のように思われる第一、第二案だが、これがどうしてこうも大がかりに討議審議されねばならぬのだろうか。

当時、戦車についてどんなことが考えられていたかを知るために、この審議会の経過を追ってみよう。

種類	第一案	第二案	参考 八九式諸元（八九式乙）
方針	八九式を基礎とす	九五式軽戦車を基礎とす	
重量	約一四トン	約九・五トン	約一二トン
武装	五七ミリ戦車砲一 機関銃一 }（砲塔内） 固定機関銃一	五七ミリ戦車砲一 固定機関銃一	五七ミリ砲一 機関銃一 }（砲塔内） 固定機関銃一
弾薬	砲弾一〇〇、銃弾三〇〇〇	砲弾六〇　銃弾一〇〇	砲弾一〇〇　銃弾三〇〇〇
装甲	前面及側面要部三〇ミリ 砲塔及側面大部二五ミリ	前面及側面要部二五ミリ 砲塔及側面大部二〇ミリ	最大一七ミリ
発動機	空冷ディーゼル二〇〇馬力	空冷ディーゼル一二〇馬力	空冷ディーゼル一二〇馬力
最大速度	路上　約三五キロ 路外　一二キロ以上	路上　約三〇キロ 路外　一二キロ以上	路上　約二五キロ 路外　約一〇キロ
超越壕幅	約二・五メートル	約二・二メートル	約二・六五メートル
乗員	四名。車長、砲手（砲塔内） 固定銃手、操縦手	三名。車長兼砲手（砲塔内） 固定銃手、操縦手	四名。車長、砲手 （砲塔内）固定銃手、操縦手

一二トン以下とせよ

会議は梅津会長の新任挨拶に始まり、ついで木村幹事長がこれまでの事情を説明した。

これを要約すると、用兵責任をもつ参謀本部は、第二案寄りの意見だが、馬力を二〇〇馬力とし不整地通過能力を高めて一二トン以下にする。そのためには三人乗、装甲二五ミリ戦車で我慢するという。これに対し陸軍省軍事課は、第一案の四人乗戦車が望ましいが、一二トンを超すなら装甲や速度はおとしてもやむをえないといい、戦車関係その他の部局は一四トンの第一案を支持している。

これについて各委員が討議し、結論を出そうというのである。以下、前章同様できるだけ発言にちかく記述する。

会長「御意見をどうぞ」

清水規矩大佐（参謀本部第三課長）「第二案が適当であります。理由は、これを運用する参謀本部の側から考えて、できるだけ軽いものを必要とする。そして、一つの戦車としての戦闘力がやや低下するという点は、外形の小さいという点を利用し、また数を増加するというような手段によって、これを補う、という意見であります」

幹事長「さらに修正する点は？」

清水大佐「こまかい点で二点ばかり……。超壕能力ですが、それを大体八九式を標準としていただけないかという点、もう一つは無線機を改良していただきたい。なお第二案採用の場合、さきほどの理由から、高さをできるだけ低く。これはただ希望であります」
幹事長「参謀本部の修正意見に対して技術者側からみて、この諸元がどうなるか、御説明ねがいます」

超壕能力を八九式なみにすると……

原乙未生中佐（技術本部の主任者である）「だいたい今の御要求にあうようにすれば、第二案にあげている速度が少し落ちると思います。それにともなって、およその諸元を申しあげます。

重量は約五〇〇キロ増して、約一〇トンとなる見込み。武装は第二案どおりとして、砲弾を約四〇発増加して一〇〇発といたします。装甲の厚さは、砲塔前面と側面垂直の大部分を二〇ミリで張ります。重量が許せば、もう少し厚いものが張れるかもしれません。

発動機は一二〇馬力。最大速度は路上二七キロ、路外一〇キロ以上、これは約三キロの減少であります。超越壕幅、掘拡散兵壕をこすことを基準として、第一案よりやや落ちますが、二・四メートルくらいに増加したいと思います。そうすれば長さも五・一メートルにする必要があるので、このため尾体をつけます。幅の方は第二案の二・二メートルから二・一メートルとし、それによる減少重量を長さを増すことに用います。高さの方は、つとめて低くなるよう研究しますが、その具体的数字は、すぐには言えません」

会長「参謀本部側は、そういう条件で御異議ないですか？」

参謀本部側は、これをおよそ諒承した。すなわち三人乗、装甲二〇ミリ、一〇トン戦車でよいというのである。そして第一案戦車と第二案修正案戦車とを同時につくって研究せよ、という条件をつけた。

質問は、当然装甲と対戦車砲の威力の問題に注がれる。特に参謀本部側が「二〇ミリでよろしい」となったところで発言があった。

装甲は大丈夫か

本多政材大佐（教育総監部第一課長）「いまの第二案で研究方針の第二、つまり『装甲は三七ミリ対戦車砲に中距離において抵抗することを目途とす』というのは、これで充分なのでしょうか？……最近、ドイツでもどこでも対戦車砲の優良なものが開発されているようですが、戦車の数が貧弱な日本の装備で、戦車がすぐやられてしまってあとがないとなっては心細いのですが……。二〇ミリの鋼板では、各国とも急速に発達してくる将来の対戦車砲に対して心細い気がするのであります。そういう懸念がないものならば小さいにこしたことはないが、その点はどうでしょうか？

いままでのように一三ミリとか、二〇ミリの対戦車火器を相手にしていたときには、むしろ速度とか武装とかいうものがどんどん伸びていったのですが、すでに対戦車砲が三七ミリで、それも各国とも良いものができ、数も非常に増してくるとなると、装甲というものが大切になってくると思われます。二〇ミリでよいでしょうか？……戦車の必勝の信念は装甲があるからだと思うのですが……」

原中佐「少なくとも二五ミリはほしいのですが、重量が非常に制限されておりますので、やむをえず鋼板で減らさねばならぬと考えております」

本多大佐「その重さというのは橋梁の関係でありますか？」

原中佐「大きい壕をこえるために長さを長くしたからであります。それで重くなった分を、幅を若干減らしましたのと鋼板の厚さを若干おとすことで補う、大体こう考えております」

清水大佐「ただいまの本多委員の言われたことは、ごもっともでありますが、整備できる戦車の数の方が第二案では第一案に比べ三対二くらいに増加するのでありまして、また予想する戦場から申しまして、御懸念の点は大丈夫と思っております」

「御懸念の点は大丈夫」と、判ったような判らないようなことを言う参謀本部側は「出来るだけ軽い、小型のものを多数」というのが真意であった。戦車の重量については第一案を支持している軍事課も、こう主張する。

町尻大佐「この前、軍事課の幹事から出した意見としては、戦場付近の渡河だけではなく、道路の状況、小さい溝渠にかかっている小さい橋の状況などから考えて、これは一〇トンないし一二、三トンというところで、たとえ五〇〇キロでも減らしていただきたいという希望であります。幹事会での軍事課の意見に対して一三トン半でなければできないという技術本部の意見ですが、五〇〇キロでもよいから減らしていただきたい。

このためには速度なども、これより低下しても良いのではないか、またその他の要目の中でも減らし得るものは減らして、少しでも軽くしていただきたい。それでいま参謀本部から提案された一〇トン程度の軽い戦車、これもその意味からいうと非常に希望するものでありますから、一度試製でもしていただいて両方比較していただきたい。趣旨はなるべく軽いもの、少しでも軽くしていただきたいと希望しております」

第一案が軽くならぬか

会長「いまの軍事課長の案に対する、技術本部側の御所見はいかがですか？　第一案を主として武装、発動機、最大速度その他はなるべく第一案を採って、できるだけ重量を軽減せよ。そうなるとその軽減の程度は……」

林少将「大体ここに書いてありますような武装その他を充足すれば、この重量一四トンというのは、まず動かぬものと考えております。設計にあたって極力軽くするよう努めますが、また一面脆弱なものとすることは避けねばなりませんので、それらを顧慮すると、ここに書いてある一四トンというのは、まずギリギリいっぱいで、なお二〇〇～三〇〇キロの重量の誤差はあろうかと思います」

幹事長「いまの軍事課案は、若干装甲の厚さを減らすとか、速度を落とすとか、こういうような条件はいらないのでありますか？」

町尻大佐「装甲は二五ミリの滲炭鋼板で大丈夫というならば、無論二五ミリまで減らしてもかまいません」

幹事長「速度は？」

町尻大佐「速度はいらんと思います」

幹事長「そういう条件を加味されたときはいかがですか？」

原中佐「概算ですが、鋼板を二五ミリに減じて約五〇〇キロ、速度が減ってもよろしければ、その点でも二、三〇〇キロは減らし得るかもしれませんので、総重量は一三トン二、三〇〇で収まるかもしれません」

戦車の性能の問題であるから当然、戦車側の意見を求めなければならない。戦車側は勿論、第一案の支持者である。

歩兵直協の戦車として……

町尻大佐「これを運用する戦車学校の方の御意見は？」

矢崎勘十中佐（戦車学校）「装甲と乗員の関係と無線機の三点です。装甲については、この戦車が歩兵直協用である関係上、戦車自体が敵の戦車と戦闘するというようなことにはあまり頭を向けず、敵の対戦車火器に対しては装甲で守り、歩兵のために働くというようになりたいと思います。その点から、装甲は少なくとも三〇ミリはほしいと思います。二五ミリの新しい装甲板で充分であるということですが、その点は確信がもてませんし、対戦車火器の将来もはかり得ない現況ですので、わずかの重量の差で著しく戦闘力を落としたくないと思います。防禦力と言いますけれども、戦車らしい活動のできるのは装甲が強いためですから、ぜひ、この装甲三〇ミリはほしいと思います。

乗員は第二案では車長一人が砲塔の中にいて、敵を見、地形を見、しかも射撃をせねばならぬので、第二案では射弾の数が著しく落ちます。その戦闘力は第一案から一人減らした四分の一減でなく半減、あるいはそれ以下に低下すると思います。

通信器材は、現在の無線機では力が足りないので、その能力を向上していただきたい。そうすると形が大きくなるので、第一案にしていただきたい。そこで第一案の『前面および側面の要部三〇ミリ』というのも、要部でなくて、側面、前面の全部を三〇ミリにしていただきたい。また第二案では、砲塔に一人しか収容できませんが、これは戦闘上非常な欠陥であります。第二案は戦車側としては戦闘力の関係上希望いたしません」

この矢崎中佐の説明の中に、注意すべきことがある。それは、歩兵直協戦車というものの性格の説明である。

「……この戦車が歩兵直協用である関係上、敵の戦車とは戦わず、敵の対戦車砲を射撃することはせず、これに対しては装甲で身を守り、自分の戦車砲は歩兵の行動を妨害する敵を射撃する」のである。だから歩兵直協戦車である限り、備砲が対戦車砲でなくてはならぬとか、対戦車砲撲滅火器とかという意見は出てこないのである。

町尻大佐「速度については？」

矢崎中佐「速度については、現在の八九式程度で歩兵直協用としては間にあうと思っておりますか。かりに、機械化部隊のために使うとしても、第一案であれば相当に機関に余裕があるので、機械化部隊用としても使用できると思います」

林少将「装甲板については、古い鋼板の三〇ミリと最近できた二五ミリと比べるとむしろ後者の方が強いという結果になっているので、ただいま御心配になったようなことはないと思います」

町尻大佐「砲塔のなかに二人おらぬと戦力が半減するという理由がはっきりしませんが」

矢崎中佐「八九式だとすると砲塔内に二人いて、一人は射撃する。一人は車長であって地形、敵情、小隊長戦車に目を向けていて、射手、操縦手を指揮しています。ところが砲塔内に一人だと、その車長が射撃もし、敵情も見、小隊長戦車にも注意するということになります。射撃をしているときには、こんどはこれができなくなる。操縦手も車長も、ただ前面の一点に向かっているだけで、部隊としての行動は全然できなくなります。半盲目です。小隊長車や中隊長戦車では、ほとんど射撃をするひまがない。これで戦闘力は著しくおちるのであります。これは現在の六トン戦車（試製された九五式軽戦車を指す）でも同様で、その前のルノー戦車でも、乗員が少ないため行動に支障をきたしています」

この戦車で戦闘をする部隊の側に立って考えると、まことにもっともだと思われるのだが、この主張に対して参謀本部側は、〝木で鼻をくくった〟ような返事をした。

会長「参謀本部側はいまの戦車学校の意見に対して何か……」

清水大佐「まえに総括的に申し上げましたが、さらにもう少し上の段階での運用という点を考えているので、つとめて軽いことを希望している次第であります」

戦車を戦場に持って行けなくては問題にならない。持って行った戦車が動けなくては何にもならない。限られた予算の制約の中で数を作りたいということも一理あろう。だが戦車の場合、軽いということは戦闘力の低いことを意味する。戦闘力のないものを数多く作る、というのは、まさに英国戦車隊が犯した過失である。

「運用の段階で」とうそぶいても、戦闘となって苦労するのは実戦部隊なのである。

両案を試作研究

結局、第一案(重い戦車)については、技術的にできるだけ重量を軽減する、第二案(軽快な戦車)については、超壕能力、攀登能力は八九式にちかづけ、無線機を改良すると修正し、両案を並行して研究開発するということになった。

日本陸軍の歩兵直協用主力戦車の決定は、両案を試作研究の上ということになって、その出現は一段階おくれることになったのである。

技術責任者の原乙未生中佐は、参謀本部、陸軍省の主張と、実際にこれを使う戦車側の意見との間にたって、ずいぶんとつらい思いでこの審議会を聞いていたことであろう。結果は二種の競争試作ということになった。原氏はその著『日本の戦車』の中で当時を回想して《二案の利害は図面の検討によっても明瞭であって、技術者としてはこのような競争試作はとりたくないのであったが、二案に対する支持はいずれも強硬であったから、実験結果に訴えることになったのである》と書いておられる。さらに当時の戦車技術陣がこの困難な要求を苦心充足していった状況を原氏は次のように述べている。

《従来の戦車の構造を検討して、最も重量を節約する余地のあるのが懸架装置であると考え、コイルバネを巧妙に配置した新構造を考案した。その結果は緩衝作用も良好で、重量も軽減することができた。また車体構造にはつとめて溶接接手を採用し、補強のための骨組を省略して強度を得る方法を考えた。これらの改良案をもとにして軽重二案をたて、大阪工場（チニ車一台）および三菱重工業（チハ車二台）に発注し、その比較試験の結果によって採用を決することになった。

しかし設計者としては軽量にしてかつ優秀なことは望むところであるから、極力両案の性格を接近させることに努力し、苦心の結果竣工時の諸元は左表のようになった。

種類	第一案（チハ車）	第二案（チニ車）
重量	一三・五トン	九・八トン
速度	三五キロ	三〇キロ
超越壕幅	二・五メートル	二・五メートル（尾体を付す）
馬力	一七〇馬力	一三五馬力
装甲	二五ミリ	二五ミリ
武装	五七ミリ砲一 機関銃二	五七ミリ砲一 機関銃一
全長	五・五五メートル	五・二六メートル

技術本部は昭和十一年両案の設計に着手し、昭和十二年試作竣工、数次にわたり技術試験を行なった。その結果、正確に予定重量のとおりに完成したのみならず、戦術性能は表に示すように両案共速度において予定性能を凌駕し、装甲厚および超壕幅は同等となった。

また懸架装置の機能が非常に良く、安定性も良好で乗心地がよく、操縦も軽快であった。またその形態は第二次大戦後、各国こぞって採用しており、本車は世界の標準形態に先鞭をつけたものであり、ここに我国は新式戦車として会心の作を得たのであった》

両戦車を戦車学校に委託して試験し、実用上の適否を検討した結果、実用者側の意見は戦闘動作の難易を重視して第一案を支持し、参謀本部は依然第二案に魅力を感じていて容易に決定できなかった。

九七式中戦車

この段階で昭和十二年、支那事変が勃発した。戦車の整備は緊急の問題となり、整備予算にも平時的制約を受けることがなくなったので、生産を急げ、と第一案採用と決定された。このとき試製が完成していたのは時機を得たものであった。これが「九七式中戦車」である。

エンジンの改善によって速度は四〇キロ以上に増大し、また展望視察用として、パノラマ眼鏡、反射展望鏡を装置し、戦車用無線通信機も新たに制定されて設備するなど、付属設備も近代化した。この戦車は部隊に支給され、実用されるにしたがって種々の要求もあって改修し、また一部の装甲を五〇ミリに増強するなど漸次完璧のものとなっていったの

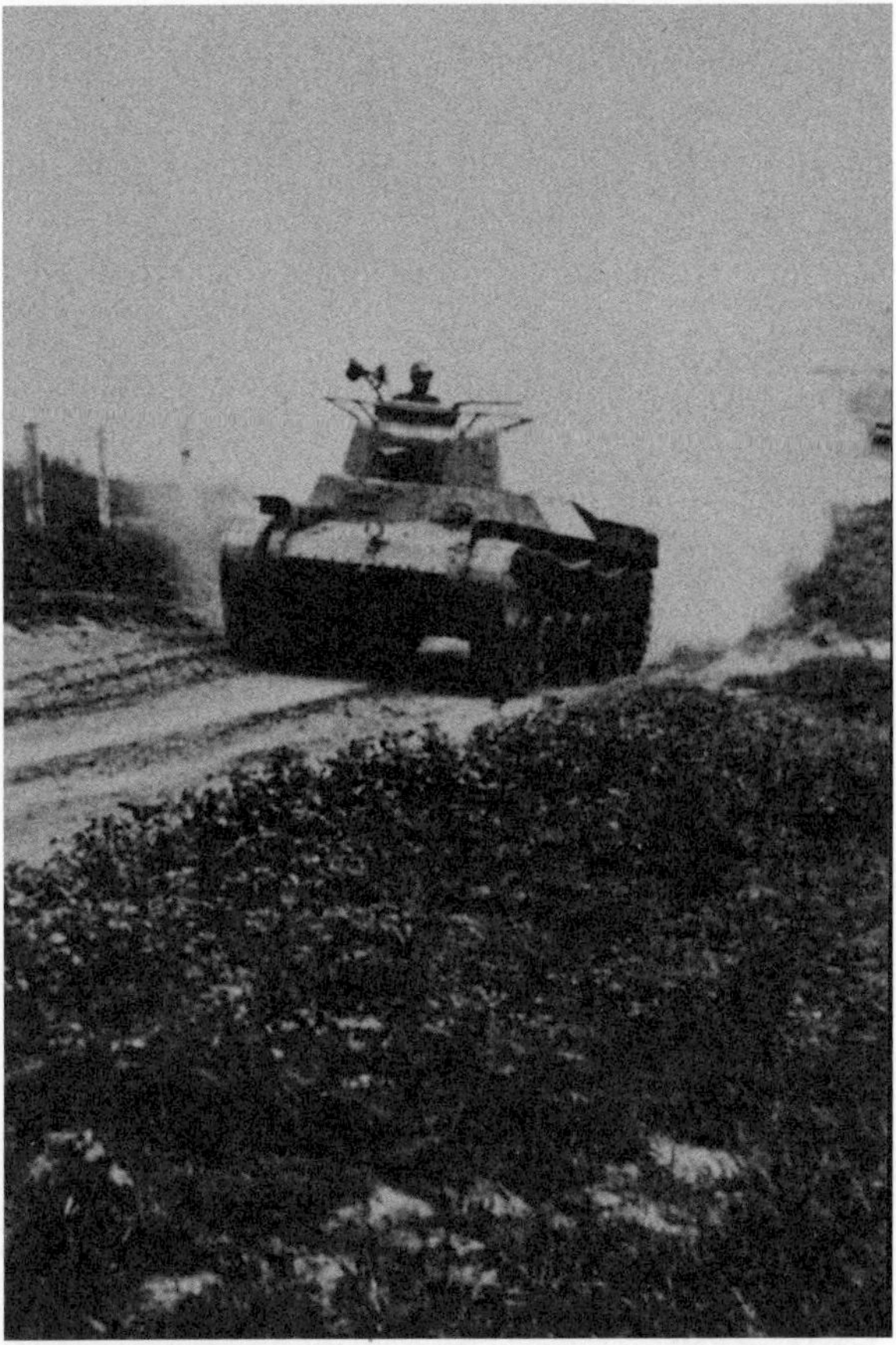

日本軍の主力戦車となった九七式中戦車　外形的にも性能的にも世界の水準をぬく優秀なものであった

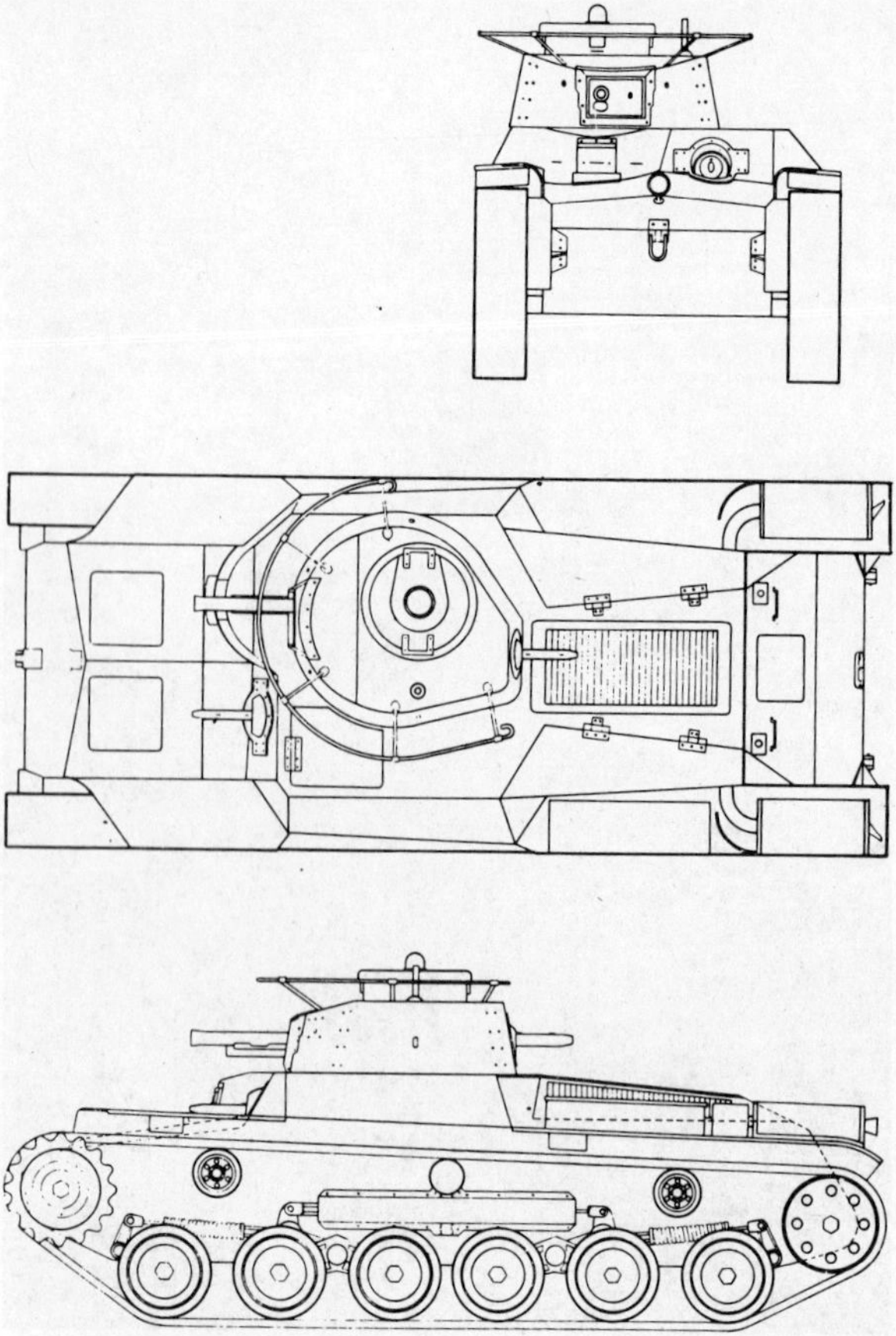

九七式中戦車（原乙未生監修　竹内昭著“日本の戦車”所載）

皇居前の観兵式における九七式中戦車

であるが、その結果、最終的には重量が一五・三トンとなった。

この新戦車は、さっそく量産に移され、昭和十三年度二五輌、昭和十四年度二〇二輌、昭和十五年度三一五輌、昭和十六年度五〇七輌が生産された。昭和十四年のノモンハン事件に、少数が使用された。

肝心のことが閑却されていた

いかに軽い方がよいと言っても、戦闘力が弱くては兵器としての力はない。結果論だが用兵当局はつまらぬことを論議して、肝心のことを忘れていた、ということになる。肝心のこととは何か。それは戦闘力としての最も大切な火砲威力である。これこそ、用兵当局が将来の戦争様相を洞察して、適切な要求を技術当局に示すべき大問題だったのである。

ソヴィエト軍は「戦車に対するには戦車」という方針である。これは日本側も知っている。この審議会のときに配布された情報資料（下表）のように一九三三年に生まれたT26Bは、九トン軽戦車ながら四五ミリ砲で、しかも対戦車砲である。一九三三年以後のBT戦車も四五ミリ対戦車砲装備である。だが日本の陸軍ではこの時期、戦車の備砲について戦車対戦車の戦闘が浮かび上がってきていない。戦車の体系と戦車運用の理念が混迷していたのである。軍中央部の考え方の中に「将来戦では対戦車戦闘の余儀なき機会多かるべし」というのが公式に現われるのが、何とノモンハン事件の数カ月前の昭和十四年三月になってからであった。

原中将は、このチハ車の備砲について、こう回想する。

《……五七ミリ砲は、八九式に装備したものと同じ短加農で（将来の九〇式五七ミリ戦車砲

名称	日本 九五式軽戦車	日本 八九式戦車	T26B 戦車	BT 戦車
重量（トン）	6.5	12.0	8.4	11.0
武装	37 ミリ砲 1 MG 2	57 ミリ砲 1 MG 2	45 ミリ砲 1 MG 1	45 ミリ砲 1 MG 1
装甲（ミリ）	最大 12	最大 17	主要部 13	主要部 15
馬力	120	120	80	400
最高速度（キロ）	40	25	35	装軌 50 装輪 70
乗員	3	4	3	2
全高（メートル）	2.25	2.56	2.2	2.16
全長（メートル）	4.3	5.74	4.56	5.35
超越壕幅（メートル）	2.0	2.65	1.8	2.0

の初速三五〇メートルのものが、初速四二〇メートルの九七式に改造されてはいたが）、初速は小さく穿貫威力に欠けていたので、新戦車においては、さらに威力あるものに変更するよう希望をもっていたのであるが、用兵上の方針は歩兵直協にかわりなく、五七ミリ砲で充分であると認められたので、変更することができず、こうして火砲問題が将来に残されたのは遺憾なことであった。しかし近い将来において、攻撃威力増大の要求が起こるのは必至と予想されたので、これに対応できるように第一案は砲塔の中径を大きくとった……》

原氏のこの戦車火砲の心配は、すぐに現実となり、戦車対戦車の戦闘の時代となって、装甲威力が勝負どころとなってくるし、歩兵にとっては対戦車砲の威力が頼みの綱ということになるのであるが、日本は明らかにこれでたち遅れた。

軍用兵当局の目が、戦車の価値を対戦車砲とすることに向けられなかったことが、このあと戦車砲の開発の遅れを招来した原因となった、と筆者は考えている。と同時に、こうしたことが歩兵部隊の持つ対戦車砲というものを威力のないままに経過させた一因でもあった。

日本の対戦車砲の遅れ

ここに、そのころ日本の持っていた三七ミリ対戦車砲の劣弱なことを示す一つの証拠がある（戦史室の近藤編纂官の資料による）。

昭和十四年四月二十一日（ノモンハン事件の直前である）、技術本部は実物の九七式中戦車に対し、日本の三七ミリ対戦車砲とドイツのラインメタル社の三七ミリ対戦車砲の実験射撃を行なった。試験の結果は、下表のように記録されている。威力がまるで違う。つまり日本のものが、ひどく劣っているのである。

さらに問題は、ラインメタル砲は射距離を倍の三〇〇メートルにしてみたが、効力はほとんど同じであったことである。

九七式中戦車は日本の三七ミリ砲に対しては、審議会席上の説明どおり「三七ミリ砲の装甲弾に近距離で抗堪」はね返すということを実証した。いうまでもないが、日本の戦車が相手にすべき外国の対戦車砲、戦車砲で、同じ三七ミリ砲でもドイツでは、こうしたも

砲　種	ラインメタル37ミリ砲	九四式37ミリ砲
装薬量	149グラム	103グラム
初　速	699メートル	648メートル
射距離	150メートル	150メートル
命中点	下部側板	下部側板
鋼板厚	25センチ	25センチ
命中角度	90度	90度
弾着景況	破貫後内部にて炸裂	凹痕
外部効力	穿貫孔 長径40ミリ　短径37ミリ	凹痕 径30ミリ　深12ミリ
内部効力	侵入後炸裂 破片にて反対側内側を破壊す	効力なし
判　決	炸裂破片による 破壊および殺傷 効果甚大なり	効力なし

のが生まれていたのである。審議会の席上でお偉方がいくら「御懸念はなかろう」と言っても、性能の低い火砲で実験していてはどうにもならない。新しい対戦車砲が出てきたら、という実験部隊の心配の方があたっていたのである。そして一面、日本の歩兵は、こんな低性能の対戦車砲を持って、すぐれた対戦車砲に対抗できるようにつくられた敵戦車と戦わねばならなかったのである。

前線の将兵の苦難の運命は、はるか以前に机の上で決められていくのである。

第十章　混迷つづく軍機械化

元皇族の閑院宮春仁王《かんいんのみやはるひとおう》、現在の閑院純仁《すみひと》氏は陸軍少尉、騎兵科陸士第三十六期生、終戦時は戦車第四師団長であった。この方が戦後『私の自叙伝』という本を書いておられるが、その中に、陸軍時代のことをきわめて率直、明快に回想しておられる。

五里霧中の騎兵

閑院宮は昭和九年八月、陸軍大学校卒業後の一年間の中隊長勤務を終って、陸軍騎兵学校研究部主事兼教官となった。そのころのことを、こう書いておられる。

《そのころ土居明夫少佐が、ソ連駐在から学校に転任してきた。赤軍の実力の軽視すべからざるをしきりに説いた。私たちは意気軒昂《けんこう》な時代であったから、土居さんに〝恐ソ病患者〟という失礼千万なニックネームを奉って、いささかこれを軽視した。しかし土居氏の観察は正しく、所説もまた適切なのだが、いたずらに敵を過大評価するのは敗北主義に通ずるというような観念なのであった。……この当時の研究の重点は、変革期にたつ騎兵の編制装備およびその運用をいかにすべきか、ということにあった。……我々研究部員としては、中央官衙《かんが》に対して相当不満もいだいている状況であったが、こうしたこととも関連し、編制、装備問題にしても、いかに結論すべきかについて、まったく五里霧中であった……》

機械化兵団についてはどうか

閑院宮春仁王は、昭和十一年八月に陸軍大学校研究部主事になった。与えられた課題は「機動兵団の運用」であった。氏は、こう回想する。

《これは私の興味から言っても経歴から言っても、はなはだ適切な問題と思ったが、手をつけてみると予想外の難問題で、はたと困った。……参謀本部で実務にあたっている主務者にも聞いてみたが、それらの人々にもほとんど成案はなく、かつ機甲問題には大した熱意を持っていない。暗中模索であること私と大して変りはない。石原莞爾《かんじ》大佐の意見もたたいてみたが、大佐は大陸経綸の大抱負は述べるが、機甲問題などにはふれてくれない……》

軍事大国のソ連と接壌国である満州国の国防を引き受けて、対ソ軍備の充実に狂奔している用兵当局も、機甲部隊のことなどには熱意もなく、大陸軍備の未来像については全く五里霧中であった。こんな情況だから、戦車や機械化部隊に関する建設と運用の理念の統一など求むべくもない。

機動兵団視察団

日本陸軍は、戦車をどう使い、機動兵団は何をめざすか、まだまだ定説のない時期の昭和十一年、ヨーロッパに「機動兵団視察団」を派遣することにした。目的はその名の示すとおりで「わが陸軍において企図しつつある機動兵団の根本的かつ画期的改善の完璧を期するとともに、向後における列強機動兵団の趨勢に先進せしむるため、欧州諸国において所要事項を調査研究する」というのであった。団長が戦車学校の井上芳佐歩兵大佐、騎兵学校から工藤良一騎兵少佐、陸軍省から吉松喜三少佐であった。

派遣されたのは歩兵、騎兵の側で戦車の権威者として認められる人たちであり、戦車学校、騎兵学校の意見の代弁者でもある。吉松少佐の場合、陸軍省の兵器関係の責任者であった。

視察団は昭和十一年十一月五日、東京を出発、ウラジヴォストーク、シベリア経由でポーランド、ドイツ、イタリー、フランス、イギリス、ベルギーの各国をまわり、軍隊、学校の見学、各国機動兵団関係当局者との会談や機械化関係文献の収集により、列強における機動兵団の真相をうかがい知ろうと努力を続け、帰路もシベリア経由で北満の地形を観察しながら昭和十二年三月、東京に帰った。

視察した各国とも軍備改編拡張の途上であったし、秘密も多かったろうが、その趨勢は察知することができたとして、報告書を提出した、機動兵団は、その国軍機械化のシンボルとも言えるものだから、報告書はひろく機械化の状況を報告している。ソ連軍の状況は、視察国に入っていないから、収集した情報によるものであった。

筆者の手もとにこの「機動兵団視察報告」が残っている。二〇〇ページにおよぶものだが、これによって井上大佐以下が見てきた、この昭和十一年末から昭和十二年初め、すなわち一九三六〜三七年ころのヨーロッパ各国の機械化部隊はどんな状況であったか、そして歩兵から戦車、機械化部隊の道をあゆんできた井上大佐と、騎兵、しかもいまだに馬をすてきれない騎兵界主流をバックにもつ工藤少佐とが、視察団として、どんな報告を提出したかを見ることにしよう。以下は報告書を多少わかりやすくなおしたものである。

ドイツの状況

《ドイツ軍は一九三五年、再軍備を宣言すると、かねて研究準備していたものにもとづいて、ただちに軍の機械化に着手した。現在の軍隊配置は、その重点を西方国境においているが、つとめてフランスを刺戟することはさけ、東方、東南方に向かう大規模の機動作戦を企図しているようである（こののち、実際にドイツの手は、オーストリア、チェコスロヴァキア、ポーランドへとのびた)。したがってイギリスとおなじく運動戦による速戦速決を主眼としているが、イギリスが少数の高度機械化軍の建設を企図しているのに対し、ドイツ軍は広汎な機械化によって全軍の機動性増大を企図しているのが特色である。

決戦的機動兵団としては、騎兵師団を全廃し、戦車を骨幹とする装甲師団を創設した。現在、乗馬騎兵団としては東プロシアに一旅団を有するにすぎない。

戦車は再軍備直後には装甲師団の骨幹である戦車旅団を持つだけであったが、歩兵師団に協同する戦車隊の必要は認められていて、昨一九三六年初頭に少くとも一個旅団を有することは確実である。

ドイツ軍は列強におくれて機械化に着手したが、その技術、編制、装備ともに列強の粋をとり、再軍備宣言以来準戦時体制のもとに挙国軍備の充実に努力している。その自動車工業は曜進的発達をとげ、自動車製造数は一九三三年には一〇二パーセント、三四年には二二〇パーセントを増加し、三五年にはついにフランスを抜いた。新軍の建設は秘密裡に行なわれていて、その編制はたびたび改変されるから現況は明確でないが、その将来の進展は注目に値する。

とくにドイツで学ぶべきことは、単に機械化された軍隊そのものだけでなく、機械化に関する中央機関の創設、急速に膨張する装甲部隊要員の養成、準装甲部隊とみなすべき「ナチス」自動車隊の訓練(陸軍と併行してこれがSSの自動車化や装甲部隊に進展する)、自動車工業の振興助成、戦時ただちに軍の修理工場に転換利用できるように予想戦場の後方に配置した自動車工場、燃料およびゴム問題の解決、作戦用自動車道路の開設（世界の高速道路のはしりとなったアウトバーンは、すでに着手されていた）など軍の機械化を促進し、また機械化軍の能力を発揮させるための、かくれた諸施設がある》

もたもたしている日本の機械化の状況にやきもきしていた視察団の人たちには、ドイツの機械化の躍進ぶりは羨望のきわみであったろう。

ドイツ装甲師団

視察団の主任務は、各国の機動兵団の内容である。

まず先鞭をつけているドイツには、すでに装甲師団が三個つくられている。

《フランスの雑誌によれば、一九三七年には六個となり、将来一一個に拡張すべしという》

師団司令部
戦車旅団
連隊二―大隊二―中隊四┬軽三
　　　　　　　　　　　└中一

軽歩兵旅団

- 連隊一（将来二）
  - 大隊二─中隊五
    - 側車　一
    - 歩兵　二
  - オートバイ大隊一
    - 機関銃一
    - 砲　一

機械化捜索隊─四中
- 装甲　一
- 乗車歩兵一
- 重中隊一

対戦車砲隊─三中─三小─二門

軽砲兵連隊─大隊三（または二）─軽榴三中

通信隊

工兵大隊

装甲師団を軍団とするかどうかは状況による。

堂々たる編制である。日本軍が持っている戦車大隊全部を一個師団が持っている。

それでは戦車大隊の編制の細部を見よう。これらの大隊は下表のような混合編制である。報告書は続く。

《再軍備直後のドイツ軍は、敵の戦車に対しては対戦車砲をもって対抗させ、わが戦車は自主的に要点に集結使用すべく、このためには、多数の小型戦車を持つ方が有利であるとし（日本の参謀本部も、これとおなじ考えであったのであろう。重くては動きが鈍いという点もあったろうが）、軽機関銃を有する小型戦車の単一編制をとっていたが、現在では下のような混成である。これは当初は短時日のうちに隣接諸列強に対して所要量の戦車を持つためには、大量生産可能な軽戦車でやるしか方法がなかったからであるが、すでに軽戦車での第一練部隊の充実をほぼ終ったし、他方で軽戦車にひとし

<table>
<tr><td>戦車大隊</td><td colspan="8">戦闘本部、本部中隊（指揮班小隊四個）、通信小隊一個、戦闘中隊四個、（軽三個、中一個）、軽戦車小隊一個、戦闘、給養、荷物の各行李、戦車軽段列</td></tr>
<tr><td colspan="4">軽戦車中隊</td><td colspan="5">中戦車中隊</td></tr>
<tr><td>戦車（火器）／編成</td><td>一号（MG）</td><td>二号（20ミリ）</td><td>三号（37ミリ）</td><td>戦車／編成</td><td>一号（MG）</td><td>二号（20ミリ）</td><td>三号（37ミリ）</td><td>四号（75ミリ）</td></tr>
<tr><td>中隊長</td><td></td><td></td><td>1</td><td>中隊長</td><td></td><td></td><td>1</td><td></td></tr>
<tr><td>指揮班</td><td>2</td><td>1</td><td></td><td rowspan="2">軽戦車小隊長</td><td rowspan="2"></td><td rowspan="2">1</td><td rowspan="2"></td><td rowspan="2"></td></tr>
<tr><td rowspan="2">第一～第三小隊長</td><td rowspan="2"></td><td rowspan="2">1</td><td rowspan="2"></td></tr>
<tr><td>小隊</td><td>2</td><td>2</td><td></td><td></td></tr>
<tr><td>各小隊</td><td>2</td><td>2</td><td></td><td rowspan="2">第一～第四小隊長</td><td rowspan="2"></td><td rowspan="2"></td><td rowspan="2"></td><td rowspan="2">1</td></tr>
<tr><td>第四小隊長</td><td></td><td></td><td>1</td></tr>
<tr><td>小隊</td><td></td><td></td><td>4</td><td>各小隊</td><td></td><td></td><td></td><td>2</td></tr>
<tr><td>中隊計</td><td>8</td><td>8</td><td>6</td><td>中隊計</td><td>2</td><td>3</td><td>1</td><td>12</td></tr>
</table>

い運動性を持つ中型戦車の研究の完了した現在、逐次混合編制となったものと考えられる》

情報の判定は難しい

視察団は、ドイツ軍戦車大隊の詳しい編制を入手分析しているが、今日になって考えてみると、情報の判定は難しいものだ、と痛感させられる。この編制表を見る限りドイツ軍は各種戦車の混成編制を有利とみていると判断し、また一号、二号戦車などという軽装備の軽い戦車も戦力ありと考えている、と判定したのではなかろうか。こうした情報が、当時の日本陸軍の用兵・軍政当事者に影響したものと考えられる。前章、主力戦車決定の論議に見るとおりである。

ところが実際は、こうだったのである。ドイツ装甲部隊の父、ハインツ・グデーリアンは、その回想録に次のように書いている。彼は早くも一九三一年（昭和六年）頃、将来の戦車をこう予定していたのである。

《当時（一九三一年頃。グデーリアンは自動車兵監部参謀長）の我々の意見では、装甲師団の決定的な装備として、二種類の戦車が必要だった。その一つは、徹甲加農砲一門および砲塔と側板とに、それぞれ機関銃一挺を備えた軽戦車（これが三号戦車となる）、もう一つは大口径の加農砲一門および前者と同じく二挺の機関銃を備えた中戦車（これが四号戦車となる）である。軽戦車は戦車大隊の軽戦車三個中隊の装備にあてられ、中戦車は各大隊に分属される中戦車中隊を構成することになっていた。後者の役割は二つあって、その一つは軽戦車の支援であり、第二に軽戦車の小口径砲の主砲では破壊できない目標を射撃することであった》

英軍の場合、すでに述べたように基幹になる戦車そのものが、中型戦闘戦車の考えを離れて、機動戦車という思想に偏していた。ドイツ軍の場合、戦闘戦車としての戦車の線を採った。これは妥当なことであったし、三号戦車の備砲を徹甲加農砲、すなわち対戦車砲を考えていたことも正しい。

一号戦車、二号戦車は次の理由で生まれた。こんなもので戦闘をしようと考えたものではない。日本軍の軽装甲車と同様である。グデーリアンは回想録で、こう述べる。

《こうした先を見こした計画を練りあげたものの、我々はこうした新しい戦車を野戦において使いこなせるようになるまでには、まだ相当の年数を要するということを充分に承知していた。その間に訓練用の戦車を作らなければならなかった。その目的にはカーデン・ロイド社の車台がぴったりだったので、それをイギリスから購入した。……この車台は一九三四年までには野戦用として充分に実験をつみ、少くとも制式戦闘用装甲車が完成するまでの訓練用装甲車として役立つことになった。

「一号戦車」と命名されたのがこれだが、一九三二年当時は、こんな小さい訓練用戦車で後日、対敵進攻することになろうとは、誰ひとり考えていなかった。

そして、計画されていた主要戦車の完成が予定よりずっと遅れたので、中間的解決案として二〇ミリ機関砲一門と機関銃一挺装備の「二号戦車」を製作することを決めた》

一号、二号、三号、四号戦車というドイツ軍戦車の体系の出来上がる経緯は明瞭である。つまり井上視察団の見てきた当時の一号戦車は、訓練用の一号戦車、間に合わせの二号戦車なのであった。

そして、三号戦車の備砲三七ミリ砲にも、陰の事情があったのである。

グデーリアンの筆を借りる。

《火砲の口径の問題については、兵器本部長および砲兵監との二人の専門家のいずれもが、軽戦車には三七ミリ砲で充分だとしたのに対し、私は諸外国において予想される装甲の強化を凌駕するために（日本では、対戦車砲の強力化の趨勢から装甲の強化を論じた）ぜひ五〇ミリ砲を採用することを望んだのだが、歩兵がすでに三七ミリ対戦車砲を装備しつつあったし、また制式を簡素化するという見地から、対戦車砲と弾薬を一種以上製造することは望ましくない、とされていたので、譲歩せざるを得なかった。

しかし、我々は将来を考え、軽戦車の砲塔をいずれ五〇ミリ砲を装備できるように、あらかじめ大きくしておくことにした。中戦車については七五ミリ砲が認められた》

一九三一年頃の論議である。用兵理念がはっきりしているから、戦車の性能に対する要求も明確である。ここで再び視察団報告書にもどる。

イギリスの状況

《イギリス軍は近東および中東での小戦、ヨーロッパ大陸で他の強国軍と協同して行なう大戦を準備しているようで、その予想作戦地は、概して自動車の行動を許すから、高度の機械化による運動性、機動性の増大によって速戦速決を企図している。一九三五年以来軍備充実五カ年計画を実行中で、その核心は空軍の充実と軍の機械化である。

決戦的機動兵団としては大戦直後、中型および軽型の両種戦車旅団につき実験し、それから歩兵と戦車との混成師団、戦車師団、騎兵師団の三者を併用する主義をとったようだが、一九三五年以来騎兵師団の編制をといて、戦車を骨幹とし、これに機械化騎兵(馬匹なし)、砲兵、工兵などを結合した機動師団を編成した。

戦車は従来、もっぱら決戦的機動兵団として使用する主義であったが、一九三五年改訂の野外教令では歩兵協同戦車の必要は認めていて、これに適する重装甲戦車を実験中なのは確実である。

各兵種の運動性を増大するため、逐次機械化が行なわれていて、将来は歩兵は小銃小隊長以下が徒歩するだけで、他はみな自動車を利用することになろうと言われている。

イギリス軍で注目すべきものは、創造的機械化思想の発展と、軍部内外での機械化思想の普及徹底である。大戦以来フラー将軍、リデル・ハート大尉らの機械化の先覚者があらわれて、軍部を指導しただけでなく、全国民が軍の機械化に大きな理解をもって軍部を鞭韃している有様である。イギリス軍が列強の機械化に先行しているのは、その国力にくらべて常備兵力が少ないからだけではなくて、全軍、全国民の機械化思想をその推進力としていることによるのである》

《イギリス軍は一九三五年、戦列騎兵一五個連隊、近衛騎兵二個連隊のうち、五個連隊と近衛騎兵とを残して、その他をもって機動師団一を編成した。

師団司令部
機械化騎兵旅団二┬騎兵連隊二―三中
　　　　　　　　└軽戦車連隊一
戦車旅団┬混合戦車大隊三―三中
　　　　└軽戦車大隊一―三中
機械化騎砲兵大隊―四中
機械化野砲兵大隊一┬榴弾砲二中
　　　　　　　　　└野砲二中
工兵隊、通信隊、輜重

フランスの状況

《フランス軍はマジノ要塞線を突破侵入するドイツ軍に対し、国境線を確保する絶対守勢作戦を準備している。したがってその機械化は、軍隊の機動性を増すことと、優勢な砲兵火力と併用する重装甲威力というものを重視しているのが特徴である。

決戦的機動兵団としては一部機械化した騎兵師団を持っていたが一九三六年、その一部を装甲車を骨幹とした軽機械化師団に改編した。戦時には、必要に応じて騎兵師団、軽機械化師団、自動車化歩兵師団、ときによっては歩兵師団などをもって騎兵大兵団を編成するとのことで、機械化師団を騎兵師団とともに同一大兵団内に加えようとするのは、ソ連軍とちがった特色である》

フランスの戦車

《戦車は大戦以来、もっぱら歩兵用兵器として、歩兵に協同する戦車だけを持っていたが、戦車の統一機動的用法も認め、これに応ずる快速重装甲の戦車が完成されて装備交換が行なわれるという。優勢な火力と重装甲威力尊重主義であったフランスがこうした線にすすむのは、その機械化思想の一大飛躍と言えよう。

フランス軍で特に注目すべきは、その天才的技術である。フランス軍はながく大戦末期型の戦車を改造して使っていたが、この間、研究をかさね、約四〇種の戦車を試製し、ひとたびドイツ軍の再軍備となるとただちに制式を決定し、まったく独創的な最新鋭戦車をもって戦車隊の改装に着手した》

歩兵直協を建前とするとは言いながら、弱装甲の戦車しか与えられていない日本軍歩兵戦車の立場からみるとこのとき視察したフランスの直協戦車は重装甲、快速で羨望にたえないものであったろう。視察団が報告書にとりあげている戦車は、下表のものである。

フランスでも、騎兵が鞍からおりて車に乗っている。

《フランス軍は一九三六年、騎兵師団五個のうち二個を軽機械化師団に改編した。

師団司令部

名称	任務	重量	装甲	最大速度	武装	その他
B型 重戦車	突破 対戦車戦闘 対戦車砲の撲滅 砲兵との戦闘など	30トン	45ミリ	30～35キロ	75ミリ砲1 37ミリ砲1 (47ミリ?) 機関銃2	視察設備良好 懸架装置及無限軌道の上部装甲 斜面攀登能力大
D型 中戦車	統一機動 歩戦協同用 (ルノーNC改造型)	10トン	30ミリ以上 〔40ミリに達す〕	20キロ	37ミリ砲1 (47ミリ?実際は47ミリ) 機関銃2	視察設備良好
R35型 戦車	歩兵直協 統一機動用 (最新型)	約10トン	30ミリ以上 〔45ミリまで〕	25キロ	37ミリ砲1 機関銃1	形態に全然隅角なく外部にネジ頭一本もなし 視察設備良好

捜索連隊一┬装甲車一中
　　　　　└乗車　二中
軽機械化第一旅団―龍騎兵連隊二―装甲車四中
軽機械化第二旅団―龍騎兵連隊二―大隊二―三中
自動車牽引または車載砲兵連隊一┬野砲六中
　　　　　　　　　　　　　　　└一〇榴三中
工兵、高射砲その他》

龍騎兵が、その名前を誇らかにもったまま車に乗っているのである。

ソ連軍の状況

視察団はソ連には入れなかったので、諸情報によって報告しているが、まずこう書いている。

《ソ連軍は東西両正面（東は勿論、日本である）同時作戦において、大規模な機動作戦で速戦速決を期し、装甲機械化部隊の価値を重視し、機動性と戦闘威力の増大につとめている。決戦的機動兵団としては騎兵軍団、戦車軍団、独立戦車旅団を持っている。騎兵師団以上には機械化部隊がついていて、戦車軍団と旅団は強大な戦車隊を骨幹としている。ソ連は最近、野外教令を改正し、優勢な空中勢力とともに強大な砲兵、戦車隊、戦車兵団、それに騎兵団をもって、立体的完全包囲による殲滅戦を強調している。現在の推定戦車数は五〇〇〇以上であるが、その後方機関は完備しているのか、また戦時には戦車一万、トラック二〇〇万が必要となるのだが、これの運用補給が可能なのかなど幾多の疑問がないではないが、その機械化はますます進展すべく、その物質的威力は断じて軽視できない》

ソ連の機甲兵団については、こう報告されていた。

《戦車軍団

司令部

機械化捜索隊——装甲自動車、水陸両用戦車、自動車化狙撃、各一大隊

第一戦車旅団

軽戦車大隊（T26）三

自動車化狙撃大隊　一

自動車化砲兵大隊　一

第二戦車旅団

中戦車大隊（BT）二

重戦車大隊　一（?）

自動車化狙撃大隊一
自動車化砲兵大隊一
第三自動車化旅団
自動車化狙撃連隊一—大隊三
自動車砲兵大隊
特種部隊—連絡大隊、工兵大隊、高射砲大隊、偵察飛行中隊など》

《機械化独立旅団
司令部
機械化捜索隊一—水陸両用または豆戦車一〜三中隊
戦車大隊三—五　内一—二大はBT　他はT26
自動車化歩兵大隊一（三ともいう）
自走または自動車化砲兵大隊一》

ソ連の戦車

井上視察団は、ソ連の戦車についての情報を次頁表のように報告していた。
ソ連の機械化の状況は、次章に詳しく補足する。

名　　称	T32 超重戦車（別称 T35）	T30 重戦車（別称 T28）	BT 中戦車	T26 軽戦車	水陸両用（T37）
重　　量（ト　ン）	35	18	8.5	6.5	3.5
武　　装	76 ミリ砲-1 45 ミリ砲-2 MG-5	76 ミリ砲-1 MG-3	45 ミリ砲-1 MG-1	45 ミリ砲-1 MG-1	MG-1
装　　甲（ミ　リ）	25-30	25	18-8	15-10	10-6
馬　　力	380	200	360	95	45
最高速度（キ　ロ）	30	20-30	装軌　45 車輪　65	35	陸上　35 水上　9
乗　　員	11	6	3	3	2
全　　高（メートル）	2.70	2.93	2.15	2.15	1.95
全　　長（メートル）	9.03	8.70	5.15	4.55	4.28
超越壕幅（メートル）	／	／	2.20	2.0	1.60
	独人の設計 42 トンとも 60 トンともいう	英ヴィッカース重戦車改造型	米クリスティー戦車改造型	英ヴィッカース無線戦車改造型	英カーデン・ロイド水陸戦車改造型

（T32、T35、T30、T28 はそれぞれ別のものだが「別称」という情報が入っていたのであろう）

各国さまざま

さて、視察団はヨーロッパ列強の機動兵団の状況を、このように見た。どの国も、ドイツもふくめて、歩兵直協も大切だし、機動兵団もつくられている。戦車は歩兵直協か統一運用か、という背反的なものではない。ソ連軍のように、すべてをめざしているものがある。

日本の歩兵界は言うまでもなく直協戦車が主で、陸軍の主流は戦車の直協用法である。戦車界の一部には、数少ない戦車は統一運用すべきだ、という論議がある。しかし、その主流と思われていたドイツにさえ、直協戦車が復活している。これが実情と見られた。

騎兵をどうする

ヨーロッパの機動兵団は、騎兵からの変身を主体に生まれている。日本も、ただちにそうすべきではないか。しかし、すぐにそうとは見ないのである。視察団の報告は、こう書いている。

《ドイツ軍騎兵師団廃止の理由については二説ある。一つはドイツ軍は大戦中すでに騎兵の価値を否定していたが、ヴェルサイユ条約の制限下で、これを持つことを強要されていたにすぎない。だから再軍備とともに、すぐこれを廃止したのは不思議ではない。もう一つは大戦中、騎兵の戦績のかんばしくなかったことはもとよりだが、馬匹資源の欠乏が、その大きな原因だと判断するものである。現在、一部には騎兵師団廃止を非なり、とする論者もあり、また目下外国より馬匹の購入につとめている状況だから、果たして装甲師団のみをもって満足するかどうか、その将来の帰趨は注目に値する。

イギリス軍における騎兵師団廃止の理由は、作戦上、騎兵団よりも機械化兵団を有利とし、予想作戦地の特性もまたこれを許すとの判断によることは勿論だが、国内馬匹資源の減少(最近一〇年間で四〇パーセント)したことと、機械化部隊は馬匹編制部隊よりも経費を節約できることもその一因であろう。

フランス軍は、大規模の攻勢を考える独英軍が騎兵団を全廃したに反して、これを残しているが、これは予想作戦地の関係上、乗馬騎兵をきわめて重視していることと、守勢作戦を企図しているからだと判断される。

ソ連は騎兵軍団を単位とし従来七〜八個であったが、近時これの大拡張を行ない、すでに三一、二個師団に達している。ソ連軍は騎兵軍団と機械化軍団とを併立併用している。これはこの両者を作戦地の地形に応じ、それぞれの特性を発揮せしめようとするためであろう》

満州は車の容易に動けるところではない。予想作戦地の地形は馬を必要とする。騎兵廃止の理由は必ずしも戦力がないからではない。文脈からこの考えは明らかである。要するに「騎兵を車にのせた機動兵団をつくるべきである」という判決は出てこないのであった。出したくなかった、というのが正確かもしれない。

戦車は、どうあるべきか

視察団は各国の戦車の趨勢をどう見てきたか。これが、またまことに歯切れが悪い。

《歩兵直協用戦車は、機動兵団内の戦車にくらべ重装甲、低速なのが一般である。そして歩兵直協戦車と、敵陣内に独力侵入する機動戦車とに同一の戦車を使用する国と、機動戦車にいっそう重装甲、高速の戦車を使用する国とがある。ところで、この両者にちがった戦車を使うなら、装甲の厚い方を歩兵直協に使うべきだ、という意見がある。機動戦車に重装甲の方を、という論者は、陣内では他の援助を期待できぬから、というのであり、歩兵直協に重装甲のを、という側は、敵の対戦車火網の濃密なのは、敵の第一線陣地だから、というので、それぞれ相当の理由があるのであろう。別種の戦車を使えば、その使用目的に適合するの利はあるが、有限の戦車の経済的使用に適せざるの不利あり》

要するに、日本の戦車は、という意見ではない。日本の実情をふまえているこの人たちからは、敵陣内突破用の重装甲、高速戦車を作らねばならぬという意見は生まれるべくもない。すでに昭和十一年七月の「新戦車研究方針」の審議の経緯は周知のことなのである。

結論は……

で結局この視察団は、どういう結論を報告したのであったろうか。

《結言

列強は現在、軍備改編の途中で、短時日の視察では充分にはわからぬし、一度決まった編制、装備も、急速な技術の進歩にともなって変えられるから、列強の情況はたえず調べることは大切だが、国軍としてはいたずらに列強の模倣におちいることなく、あくまでわが国情に応ずる独特の機械化を実施すべきで、一触即発の危機に処するため、緊急の処置を講ずるとともに、至大の可能性を有する機械化の将来を達観し、徹底せる対策を即時確立断行するを要す》（傍点原文）

これは全く、下駄を軍中央部にあずけた答申である。

「……いたずらに列強の模倣におちいることなく……、わが国情に応ずる独特の機械化」を求めるための視察ではなかったか。それなのに、現在の機械化軍団をどうせよ、とも騎兵の将来はどうあるべきものとも「独特の機械化」の示唆はない。

一視察団の報告ぐらいで、軍首脳部のとっている方向が変わるものではないと考えていたのであろうか、視察団も「大急ぎで思いきってやりなさい」と具申するにとどまっている。

終戦後「陸軍の編制推移の概要」をまとめられた、この方面の権威者である山崎正男少将は、そのなかでこう書いている。

《従来、戦車の研究は歩兵学校内で研究されていたが、昭和十一年、戦車学校がつくられて、戦車関係者独自の機械化部隊、機甲部隊の研究も行なわれ、騎兵学校にも装甲車中隊がつくられ研究が行なわれた。

しかし、歩兵学校関係者は、ややもすると歩兵支援戦車に偏し、戦車学校、騎兵学校関係者は、機甲独立部隊の編成という点では一致しても、戦車関係者は突撃兵団の思想が濃く、騎兵関係者は機動的に動きまわる機甲部隊を考えることに傾いていた。

昭和十一年、機甲関係編制研究の目的で視察団がヨーロッパに派遣されたが、視察団そのものの意見も必ずしも一致しなかった》

日本の機甲部隊を、どう発展させていくのか、まだ「五里霧中」なのであった。

指導者を欠く

「至大の可能性を有する機械化の将来を達観し……」と井上視察団は軍中央部に訴えたのであるが、さて軍内ではどうであったろうか。

「満州では戦車などは使えるものではない」

陸軍の錚々《そうそう》たる人びと、大将になった西尾寿造とか陸軍大学校長の小畑敏四郎などという将軍が、こう言った。

その満州で使用することもねらって、ソ連ではトハチェフスキー元帥が自ら先頭にたって戦車をつくり、はじめての機械化兵団が昭和五年には編成されていた。昭和七年には機械化軍団がつくられた。

ドイツでは、グデーリアン将軍がヒトラーの支持を得て、自ら装甲部隊の建設にあたっている。

日本では、戦車も機械化部隊も、強力な支持者を欠いていた。このころ日本軍の要路にあった将軍で、軍の機械化を主導、推進にあたった人は一人もいないのである。満州の〝悪路泥濘〟という観念から、ついに離れなかったのだ。

日本の機甲は、どの方向に進むべきなのか、用兵当局も戦車、騎兵関係者も「五里霧中」のうちをさまよっていたのだが、この時期、大勢はおくればせながら、陸軍全部の本格的軍備充実へと前進していたのであった。


新しい兵器を……

昭和十二年五月三日、第十七回の軍需審議会が開かれ、陸軍技術本部兵器研究方針の改訂が審議された。どれもこれも遅れている陸軍の装備だから、かなり広汎に改訂せねばならぬ状態であった。戦車に関し、また陸軍の対戦車装備に関係ある事項を摘記して、当時の考え方をうかがうこととしよう。

《第一、銃器

戦車、装甲車用機関銃

現制に比しさらに威力を増し、かつ給弾様式便なるものとす。

主要諸元

一、口径 七・七ミリ

二、重量 約二八キロ

三、ガス利用式

四、箱弾倉式（三〇発）

第二、火砲

二〇ミリ対戦車砲

軽量かつ使用便なる近距離用対戦車火器とす。

一、重量 約四〇キロ

二、徹甲威力 約三〇〇メートルで一五ミリ特殊装甲板貫通

三、一馬駄載

四七ミリ対戦車砲
現制対戦車砲に比し、さらに威力ある新様式のものとす。
一、初速八〇〇メートル
二、徹甲威力　約一〇〇〇メートルにおいて二五ミリ特殊装甲板を貫通
三、放列砲車重量　繋駕約六〇〇キロ、牽引車約八〇〇キロ
四、運動様式　二馬繋駕および牽引車による
五七ミリ戦車砲
現制火砲よりいっそう使用便にして構造機能を向上するごとく研究す。
自走式戦車支援砲
戦車隊と行動をともにし、火力による直接支援に任ずる自走式火砲につき研究す》

対戦車火砲の増強が挙げられているのは当然である。だが、戦車の備砲は対戦車、対歩兵両用とは進んでいない。

自走式戦車支援砲は、「砲戦車」ということになろう。対戦車砲を撃滅し、戦車を支援する。ドイツの四号戦車はこの目的だが、どんな戦車用法をとるにせよ、戦車支援のために緊急の兵器である。

戦車は……

《第七、戦車および自動車

重戦車

作戦上の要求にもとづき現行方針を修正し、武装および装甲板の厚さを変更し、したがって重量を増加す。

主要性能

一、全重量　約二六トン

二、最大速度　二二キロ

三、超越しうる壕幅　三メートル

四、全長　約六・五メートル

五、幅および高さ　そのまま内地鉄道輸送に支障なきを目途とす

六、装甲　最大三五ミリ

七、武装　七センチ砲一、三七ミリ砲一、機関銃二

八、攀登しうる傾斜　三分の二

九、運行範囲　一〇時間以上

十、熱帯地における使用を顧慮す

中戦車（これはすでに試作検討中の新中戦車第一案、第二案である）

指揮戦車

戦車隊指揮官用として必要な観測、通信および指揮装置を完備した戦車とし、まず中戦車連隊長、大隊長用のものを研究す。

主要性能

一、外観および運動性を中戦車と同様とし車台をつとめて共通とす

二、重量、速度　中戦車と同様とす

三、乗員　四～五名

四、武装　三七ミリ砲一、機関銃

五、装甲　中戦車と大差なからしむ

六、装備品　無線機、展望装置、指揮装置など

水陸戦車

上陸および渡河援護、架橋支援ならびに偵察に供する水陸両用戦車とす。

主要性能

一、重量　約五・五トン

二、速度　地上四〇キロ、水上約一〇キロ

三、武装　三七ミリ砲一、機関銃一
四、装甲　最大一二ミリ
五、乗員　三名

新軽装甲車

九四式軽装甲車の武装を変更し、機関の馬力、および路外運動性を増大し、独立軽装甲車隊用および軽戦車隊の偵察、指揮用に適する車輛とす。

主要性能
一、重量　約三・五トン
二、武装　七・七ミリ機関銃一または三七ミリ砲一
三、装甲　七・七ミリ徹甲実砲に抗堪するを目途とす
四、速度　約四五キロ
五、馬力　約六〇馬力

いずれも緊急の兵器である。

戦車を歩兵協力の突破戦力と考える場合、重戦車の必要は井上視察団も充分に見てきたところであり、世界の趨勢である。

右の重戦車は、さきの九二式重戦車以来研究されていたもので、九五式重戦車と呼ばれ

るのがこれであるが、少数試作されただけで実用にはなっていないのである。
新軽装甲車というのが九七式軽装甲車となる。

《機械化歩兵車
機械化歩兵搭載用として車体に簡易なる装甲を施したる自動車とす。
主要性能
一、搭載人員　武装兵一五名
二、運動能力　路上五〇キロ以上として優秀な路外性能を有せしむ
三、必要に応じ、軽（重）機関銃の車上射撃を可能にす
四、様式、四輪駆動とす
小口径砲搭載車
九四式三七ミリまたは二〇ミリ機関砲を搭載または牽引し、車上射撃をなし得る装軌車輛とす。
主要性能
一、全備重量　約四トン
二、速度　四〇キロ以上》

機械化歩兵車は、一年前に本多政材大佐が審議会の席上要望したものであるが、やっと計画としてあらわれている。

欲をいえば限りはないが、この昭和十二年の時点で、そして「五里霧中」の中にあってでも、こうした兵器に向かって技術本部が専心することは結構なことである。

「……一触即発の危機に処するため……」と井上視察団が結言に述べている情勢である。

「一触即発の情勢」とは勿論、極東ソ連軍である。そしてソ連軍はすでに恐るべき機甲大国となっていたのである。

第十一章　機甲大国ソ連

大正の末期に日本陸軍が軍の近代化を焦った頃には、仮想敵国として目に角をたてるほどのものはなかった。

革命後のソヴィエトは、国自体生きられるかどうかの苦難時代で、これは革命輸出の動きは別として、帝政ロシアのように日本の脅威ではない。

中国大陸では、政情は依然落ちつかず、満州の情勢も必ずしも日本の期待するとおりに進んではいなかったが、それでも、近代軍でなければどうにもならない、という相手ではない。

関東軍だけで応急の処理に事欠くものでもなかった。

接壌国の苦しみを知った日本陸軍

ところが昭和六年九月、満州事変となり、翌七年三月に満州国の成立となって、情勢は俄然一変した。日本陸軍にとっては、おそらくこれまでに考えてもみなかったような情勢の変化であった。

昭和七年九月、日満議定書の調印によって日本は満州国を承認した。そして、この議定書に従って日本は事実上、満州国の国防を担任することになった。

満州国はフランス本国の二倍もある。そしてその大部分は、ソヴィエトとその衛星国外蒙古と国境を接していた。この広大な国境で日本陸軍は、初めて接壌国としての立場に立ったわけである。

日本は有史以来、接壌国としての軍備競争の苦しみを知らないし、緊張も味わったことはない。日露戦争後、樺太でロシアと境を接し、朝鮮合邦でロシアと清国と隣合うことになったが、それとて大した力を必要とする時機ではないし、また相手でもなかった。それが今や、かつては世界最大の陸軍国であったソヴィエト・ロシアと隣合う満州国の国防を担当することになったのである。これは容易ならぬことであった。事実、この後の日本陸軍の大陸での動きは、接壌国陸軍の悩みという一点を中軸として展開された観がある。

そしてソヴィエト・ロシアは、日本軍が大陸を駈けまわる以前から、国家の近代化、国防の強化充実の面に大きく踏み出していたので、日本軍が北満の地を走り始めたことが、これを強く刺戟した。そしてソヴィエトは、その一党独裁の力にものを言わせて、たちまち軍事大国、機甲大国にのし上がってしまったのである。

満州に在る日本陸軍は、昭和九年にわずかに三個師団、機械化一個旅団、騎兵一個集団と独立守備隊三個、飛行機約八〇機、兵力五万に過ぎない。

一方、昭和九年夏のソ連極東兵力は狙撃一一個師団、騎兵二個師団、戦車六五〇輛、飛行機五〇〇機を数え、極東総兵力は二三万と推定された。

満州事変から、わずか三年でこんな状態になってしまった。昭和九年から十年にかけて、均衡破綻の徴候は顕著になってきたのである。

軍備増強を急げ

満州事変の立案者であり、実行者であった石原莞爾大佐が、参謀本部の作戦課長になったのは昭和十年八月であった。はじめて陸軍の用兵作戦の主任者の位置についてみて、大佐は驚いた。アジア大陸で使用できる兵力が輸送、集中競争の面でまったく不足していることを知ったのである。

何はさておいても、満州、朝鮮の兵力を増加しなければならぬ。満州での作戦指導上、こちらは内戦の態勢にあるから、航空戦備は絶対に増強しなければならぬ。大佐は、ただちに急速な軍備拡張を主唱した。この人の精力的な主張にもとづいて、第一次大戦後の軍縮以来まったく停頓していた日本軍の近代化が始まった。その構想や経緯は、陸軍近代化の大きな要素をなすのだが、本書では機甲部隊関係のみにとどめざるを得ない。

石原大佐の考えは「現在のような兵力では戦争はできない。単に兵数をそろえるだけの問題ではない。全国軍の作戦に必要な軍需工業が日本と満州になければ、戦争はできない」というものであった。そして在満兵備の移駐、充実や航空兵力の増強などを陸軍部内で要求する一方で、「日満経済力拡充計画」の立案などを開始し、まず満州で「満州産業開発五カ年計画」が、昭和十二年度から開始されるように手を打った。

ともあれ、石原大佐の推進力によって兵備改善に活が入れられた。その概要は次のとおりである。

昭和十二年から昭和十七年までの六カ年計画である。昭和十七年までに戦時兵力を四一個師団とその付随の部隊二、飛行隊は当時五四個中隊計画であったのを一四二個中隊に拡張する。これにともなって平時兵力は満州に一〇個師団、内地、朝鮮一七個師団の態勢にするとともに、作戦資材は戦時兵力に応ずるものの大部分を整備する、というものであった。

一口に師団を増やし、飛行中隊を増やすといっても、これは大仕事である。兵器や器材を作らねばならぬのは勿論だが、そのまえに人を準備せねばならぬ。将校、下士官の採用数を増加する。士官学校、そのまえの幼年学校を拡大する。少年兵制度も拡張する。少年戦車兵制度が採用されたのは、このときであった。

増（新）設部隊の要員は、士官学校をいくら拡張してもすぐは間にあわない。自然に航空、戦車、そのほか拡張する兵種には、さかんに転科が行なわれた。どこから出すかというと、主として最も数の多かった歩兵からであった。

しかし、それ戦車だ、機甲部隊だ、といって転科をさせても、すぐには役に立たない。特に部隊を指揮する将校についてこれが言える。兵種に関する基礎的な事のわからぬ高級指揮官ほど始末の悪いものはない。

とにかく上から下までの体質改変をはからねばならなかった日本陸軍は、まことにテンヤワンヤの大さわぎであった。

戦車の状況

こうした間に戦車部隊では、すでに述べたように、内地の二個連隊の他に満州に第三、第四大隊が新設され、ともに昭和九年には連隊に昇格した。しかし、この連隊は名称の格上げであって、その下には大隊はない。ドイツ装甲師団の場合、連隊は下に大隊を持っているが日本の場合はそうではない。連隊といっても三個中隊か五個中隊という兵力である。

しかし、ともかく戦車は四個連隊になった。

昭和十一年八月に、戦車第二連隊の練習部を廃して、千葉に陸軍戦車学校が設けられた。

教育総監のもとで、戦車に関する研究と教育に当たることとなった。校長安岡正臣少将、幹事木村民蔵大佐、研究部高級主事井上芳佐大佐、教導隊長細見惟雄中佐という顔ぶれであった。みな歩兵出身である。

ところで、もう一つの機甲部隊化潜在力をもつ騎兵は、どうしていたのだろうか。満州事変が始まって日本軍の四個の騎兵旅団のうち三個旅団が満州に移った。昭和十年には第一、第四騎兵旅団からなる騎兵集団は、大興安嶺の西、ハイラルにおかれることになった。ホロンバイルの大草原地帯である。

ホロンバイルと騎兵

この地方は、昭和四年の関東軍の石原参謀統裁の現地演習旅行でも「騎兵を使用するに適せず、自動車部隊を使用すべし」とされていた所である。この方面には、すでに昭和八年、大規模な築城をする計画がすすめられていた。そして、対ソ戦備上、それこそ猫の手でもほしい関東軍と参謀本部は、適当であろうがあるまいが、そんなことはいっておられぬ、とばかりに騎兵集団をここに配置したのであった。

地形の特性から、ここに置くのならこの際、一挙にこれを自動車化することは出来なかったものだろうか。それが行なわれなかった。

騎兵内部に反対があったのでもあろうし、関東軍はじめ中央部が乗り気になれなかった理由もあったのだろう。事実、昭和十一年ころの参謀本部での編制に関する会議で、騎兵廃止が主張されていたという。

　騎兵の名誉や名称や伝統を残して機甲化することは、すでに各国で行なわれていたが、「幸い、これに反対する者があって事なきをえた」（傍点、筆者）と『日本騎兵史』は述べている。国軍として〝幸い〟だったろうか。惜しい時機を逸したものだ、と筆者は思う。昭和十六年になって機甲一元化するまで五年を空費し、結局、おそすぎたという結果だけ残るのである。騎兵集団は依然「（乗馬）機動（徒歩）戦闘兵種」のまま、戦闘となって後方の手馬をかくす地物すらない、この大草原に配備された。

騎兵は何が出来る？

　筆者が陸軍大学校の一年学生の時、実習の隊付訓練が満州で行なわれた。昭和十一年秋のことである。初めチチハルに駐屯していた第一師団の野砲兵連隊付となり、ついで大興安嶺をこえてハイラルの騎兵集団の隊付となった。

　精鋭を誇る騎兵連隊での訓練を体験することになった我々は、まず騎兵中隊の夜間機動演習に参加した。十月、夜ともなれば、もう厳しい寒さである。

「出発！」――〝バタ〟出身の足の短い私には、騎兵のりっぱな大きな馬に乗るということからが難題である。兵営からの出発だから、兵隊さんに尻をおし上げてもらって防寒装備の重い体を、やっこらさ、と馬に乗る。騎兵中隊が四列の縦隊で広野を動きはじめる。星で目標をとっているのか、磁石をたよりに走っているのか、草原の上を速歩、駈歩行進。何のさえぎるものもない。馬のつまずくところもない。中隊一団となって斉々たる行進である。

やがて停止して休憩！　下馬したら乗るのが大変だから、私は下馬しない。尻は少々痛くなってきているが我慢、我慢である。馬も水が飲みたいだろうと思うが、水のあるところではない。この大草原で人間は水筒携行でも馬の水をどうするんだろう。そんなことを考えているうちに、「乗馬！」「前へ！」

夜間機動の再開である。朝になって兵営に帰ってきたころには股がはれ上がって、見られた姿ではない。

「騎兵はカッコいいが、なかなか大変なもんだな」と感嘆したものだが、さて、水もない大草原で、敵の飛行機にあけっぱなしのこんな地形で、騎兵はいったい何ができるのだろう？

関東軍は騎兵集団をこの大興安嶺の西に駐屯させているが、この大草原地帯でどんなことをやらせようとしているのだろうか、という疑問が残った。

ソ連軍戦車界の状況

驚くべきテンポで増大するソ連の軍備、とりわけその機械化の状況については、日本陸軍は躍起になって情報の収集に努めていた。

ソ連陸軍と日本陸軍との間には、昭和五年以来「日ソ将校隊付勤務交換協定」が成立しており、中央勤務の若手の優秀な将校が多数留学したが、戦車関係からは、昭和九年に角健之大尉が派遣されていた。

ソ連に駐在する将校たちが帰国して、大いにその脅威を力説する。前出の閑院宮の回想のように「恐ソ病患者だ、敗北主義者だ」とけなす声はあったにしても、その実情をうかがい知る資料には事欠かなかった。問題は用兵・軍政当局者が、どうこれを読みとるか、であった。

井上機動兵団視察団は《ソ連は東西二正面、同時に大規模の機動作戦を準備す。機械化の価値を重視し、機動性および戦闘威力の増大を期す》と書いている。東西二正面の同時作戦とは、すでに一九三六年に参謀総長トハチェフスキー元帥が公言していることで、ヨーロッパと極東とで相互に援助することなしに独立して戦争できる力を赤軍は持っている、ということである。

ソ連の戦車軍備の方針は、歩兵にも、騎兵にも、そして集結した機械化軍も、というのであるが、そうした装備の表裏をなす戦車運用の理念が、この井上視察団の派遣された当時には、すでに明らかにされていた。

一九三六年赤軍野外教令

一九三六年十二月に、赤軍野外教令が改訂発布された。縦深戦略理論が、教令の上に具体的に現われてきたもので、日本陸軍も翻訳し、筆者なども陸軍大学校の学生の時から大いに研究したものである。今も手許に持っているが、この第九条にこういう文章がある。赤軍が「縦深戦略」として誇示したものである。

《現代戦における資材の進歩は、敵戦闘部署の全縦深にわたり、同時にこれを破摧することを可能ならしむるにいたり、迅速なる兵力移動、奇襲的迂回および退路遮断による急速なる後方地区の占領は、いよいよその可能性を増大せり。敵を攻撃するに当たりては、完全にこれを捕捉殲滅せざるべからず》

これは独立運用の機械化軍だけで行なうという趣旨ではないが、フラーの「一九一九年計画」を思わせる思想であり、機械化部隊なしには成立しない戦略である。

また、各兵種の特性と運用の方針を示して戦車に関し、こう書いてある。

《戦車の使用は、すべからく集団的ならざるべからず。機械化兵団は戦車、自走砲兵および車載歩兵より成り、独立または他兵種と協同して独立任務を遂行することを得。その特性は、高度の機動力と強大なる火力と偉大なる打撃力とを備うる点に在り。機械化兵団の

戦闘の主体を成すものは、戦車の襲撃にして、戦車の襲撃は必ずや組織的砲兵火力の支援を伴わざるべからず。……》

規定するところ、まことに明瞭である。

その機械化兵団は、戦車を骨幹とするものであって、日本の機械化兵団が歩兵の戦力を主体としているのとは違う。また戦車の襲撃に、必ず組織的砲兵火力をもって支援せよ、としていることも当を得ている。戦車は、対戦車砲を前にしては、独力突進すべきものではない。

機械化兵団の機動についてはこの教令発布の前、一九三五年のキエフ大演習、一九三六年のミンスク大演習で実施して見せて、各国観戦武官を驚歎させるみごとな成績を示したという。

ともあれ、労農赤軍が建軍わずか二〇年足らずで、これほどの自信を持つ機甲軍備を作り上げたその足跡をここでたどっておこう。何時かは日本陸軍が相手にせねばならぬ敵である。

新生の意気に燃える赤軍は、列国の戦車用兵理論に影響され、早くから機甲化の努力を始めた。いろいろと部隊の編制を工夫し、赤軍内に機甲部隊中央本部という組織も作られたが、要するにソ連の機械化は第一次五カ年計画に入るまでは一九二〇年型に過ぎなかった。なぜなら、持っている戦車が〝ルスキー・ルノー〟という二人乗り、重量六・九トン、最高時速は路上で一三キロ、路外八キロ、装甲一六～八ミリという戦車しかないのだから、これではどう戦法をひねくってみても、大した成果のあがるはずはない。

ソ連の騎兵

帝政ロシア陸軍の一つの象徴は、コサック騎兵であったが、その伝統は赤軍にも受けつがれていた。国内戦の場合、革命軍が悩まされたのはデニキン軍など白衛軍の騎兵団であり、これを撃破して国内統一に大きな役割を果たしたのはブジョンヌイの指揮した騎兵第一軍であった。何しろ国が広大であるから、作戦速度が歩兵の足以上のものがなくては決勝戦力にはならない。赤軍においても、騎兵の威望は絶対的と言ってよいほど大きかった。

ソ連軍の機械化の場合、英軍やドイツ軍のように、保守派の老将軍やお偉方が何かと反対し邪魔をするというような事例は少なかったが、騎兵だけは別であった。騎兵は、すでに赤軍の中に確乎たる地盤を築いていた。言うまでもないが、その威力の原動力は馬である。そして騎兵が鞍からおりようとしないのは、列国の場合と同様であった。

前出の「一九三六年野外教令」には騎兵団については、こう書かれている。

《戦略騎兵は、機動性大にして強大なる技術装備および打撃威力を具備し、独立して各種の戦闘を行なう能力を有す。敵の火網組織いまだ完《まった》からざる場合、もしくはその崩壊せる場合には、騎兵は常に襲撃を行なう……》

まだ乗馬襲撃を捨てていない。実際に一九四一年末、モスクワ反撃戦で騎兵師団は、時こそいたれり、と乗馬襲撃を敢行して大損害を受けるのである。

ソヴィエトの第一次工業化五カ年計画

ソヴィエトは一九二八年（昭和三年）から、五カ年計画で重工業を中心とする国家への大規模な国家改造に乗り出すことになった。これに先立つ一九二六年から、そのやり方なり目標なりについて研究討議が行なわれた。

国防人民委員ヴォロシロフは、赤軍内に大戦車部隊を建設することの必要を力説した。この頃、実質的に赤軍を動かしていたのは参謀総長トハチェフスキーである。

この一九二七年、五カ年計画における軍事面の計画が規定されたが、当時の主目標は歩兵、砲兵、騎兵および飛行機の強化であって、戦車の方はまだあまり考えられない時期であった。

しかし一九二七年にはMS一型という戦車を作った。歩兵直協の軽戦車である。重量六・七トン、最高時速は路上二〇キロ、路外一三キロ、武装は三七ミリ砲と機関銃で、装甲は二二〜八ミリと随伴戦車らしく強化されていた。これがT18と呼ばれたソ連の量産戦車第一号で、一九二八年に量産に入っている。

ソ連の戦車用兵理論の原点

戦車そのものの研究開発はこんな状況であったが、戦車、機械化部隊の編制や運用法についての理論的研究は、きわめて活発に行なわれた。一九二八〜二九年の間の赤軍の戦車運用理念の主流的な考え方は、イギリスのフラーらの主張と、歩兵直協一辺倒のフランス式理論をミックスしたものであった。

すなわち、主任務は二つである。

一つは、敵の砲兵陣地帯および予備陣地帯まで突破する戦車群であり、他は歩兵攻撃部隊を直接支援する戦車群であった。

この間に諸兵連合機械化部隊を論じ、その中核としての戦車を論ずる者も少なくなかった。カリノフスキー大佐は、その主唱者として有名である。

この頃の赤軍の戦車に関する思想は、「一九二九年赤軍野外教令」によると次のようなものであった。

《戦車は通常、歩兵に配属せられ、歩兵の武器として決戦部隊と共に行動す。敵砲兵およびその他の遠距離目標に対し攻撃するため、多数の戦車を有する場合には、その一部を以

て特別遠距離射撃梯隊（遠距離射撃戦車群）を編成することを得》

五カ年計画は発足したばかりであり、ろくな戦車はないから、これでもひかえ目な理想の青写真だが、戦車を重畳して縦深にわたって使うという思想が明らかに現われている。

第一次五カ年計画は、討議に一八カ月もかけて一九二九年四月から発足した。そして戦車は各種車輛三五〇〇を作るということが目標とされた。まことに野心的とも言うべき数である。

最初の機械化旅団

第一次五カ年計画の期間内にはソ連軍の戦車は、これというほど増加しなかった。しかし、イギリスでの戦車に関する実験演習を見ては、ソ連も黙ってはいなかった。一九三〇年五月、初めての機械化旅団がモスクワ軍管区に設けられた。日本陸軍がまだ沈滞の極にあった昭和五年である。

この旅団の編制は戦車二個大隊、車載歩兵二個大隊、捜索大隊、砲兵隊その他の支援部隊であった。戦車はMS軽戦車で、他に装甲自動車などから成る。イギリス陸軍の一九二七年の演習を思い出させるものである。これの実験演習の一年後、旅団は再編増強された。捜索グループは車隊編制をとり、豆戦車大隊、装甲自動車隊、車載歩兵大隊、砲兵隊となり、主力である攻撃グループも連隊的戦力（戦車二個大隊、自走砲隊二隊、車載歩兵一個大隊）になった。また、支援グループは七六ミリ砲と一二二ミリ榴弾砲を持つ砲兵三隊と高射砲一隊となった。

旅団の総人員四七〇〇、戦車一一九、豆戦車一〇〇、装甲自動車一五、それに自走高射機関銃、自走七六・二ミリ砲、一二二ミリ榴弾砲、自走三七ミリ高射砲、自走七六・二ミリ高射砲などを備えた豪勢なものであった。

戦車や車輛そのものは、まだ完全なものではなかったが、こうした編制の部隊をもって一九三〇〜三一年の間、実験演習を重ねたことが、機械化部隊運用の理論的研究に大きく貢献したことは疑いない。ソヴィエト陸軍は、すでに全軍をなるべく速やかに自動車化し機械化するという方針を決めているのだから、イギリス陸軍のように方針的に右往左往することはなかった。

これが一九三一年、すなわち日本が満州事変を起こした時のソ連軍機械化部隊の実態である。

よい指導者

五カ年計画で工業化は大きく前進した。イギリスやアメリカから模範とする戦車も買いこんできた。独ソの軍事協力のおかげもあって、兵器工場の建設をはじめ軍需工業は育ち始めている。各種の条件は整ってきたのだが、やはり軍の機械化に大きな力となったのは指導者である。

幸いにソ連では、フルンゼ亡き後の軍の実力第一人者トハチェフスキー将軍が一九三一年に兵器総監になって先頭に立った。スターリンとさしで話せる人物であり、自らの体験と思索からソ連軍の「縦深戦略理論」の創始者となる彼が、自ら赤軍の戦車の体系を検討し、その生産を計画し実行を監督したのだから、ソ連軍の機械化は大きく前進した。

ソ連の戦車体系

この一九三一〜三二年の戦車計画で、ソ連の戦車体系についての理念が確立された。次のとおりである。

一、偵察戦車——豆戦車、水陸両用戦車を当てる。

二、破壊および追撃戦車——対戦車、対砲兵および対機関銃戦闘に任ずる。不整地通過能力、超壕能力を要求する。重装甲、重武装なること。一二〜二五トン。運行距離が大であるべきこと。

三、突破戦車——陣地突破用である。追撃戦車ではフィンランド国境のマンネルハイム陣地は突破し得ない。障碍踏破性大で重装甲、重武装であること。運行距離は大であるべきこと。

四、特殊用途の各種戦車——砲戦車、技術車など。
五、装甲自動車——歩兵、騎兵の掩蔽、偵察、通信連絡など。
一九三一年の時点で、将来戦の様相の予測、採るべき戦法などから、この戦車体系の構想は正しかったと思われる。これをこの頃のイギリス、フランスの戦車体系の動揺、不安定さに比べれば非常な差である。不整地通過能力や大運行距離の要求など。ソ連という国に適合した要求である。

戦法が兵器を生み、兵器がまた新しい戦法を可能にするのである。

戦車を右のような体系で整備すると決めれば、これを基礎として新しい戦法に応ずる部隊編成が可能である。赤軍は一九三二年（昭和七年）には、次のような機械化態勢にあった。

一、独立作戦任務を担任する機械化部隊
二、最高司令部直属の戦車、自動車化部隊
三、歩兵部隊、騎兵部隊用として編合される戦車部隊

軍の希望のように国の総力をあげて軍備の充実を図るというお国柄だから、必要と思われる部隊はすべて作るという贅沢さである。

この年、カリノフスキー旅団は機械化軍団に拡大された。世界最初の機械化軍団である。この軍団は機械化旅団二〜三個、車載歩兵旅団一個、砲兵連隊一個を中核とした部隊で、

戦車約五〇〇輛、装甲自動車二〇〇輛であったと言う。

赤軍は一九三三年初めには機械化二個軍団、独立自動車化六個旅団、独立戦車四個連隊と歩兵、騎兵用戦車隊とを持っていた。

ソ連軍の戦車

ソ連軍の戦車に関する方針の特徴は「火砲威力の尊重」である。ソ連の戦車は他にどんな欠点が多くても、火砲を軽視したという批判をうけることはない。フランスのルノーFTを改造して三七ミリ砲を搭載したことに始まっている。そして戦車体系の考察の上で、戦車対戦車の戦闘を重視するとなると、戦車の備砲は対戦車砲でもある。たとえば日本の戦車が敵機関銃巣や砲兵などを射撃することを主目的として三七ミリや五七ミリの榴弾射撃用の短砲身低初速の砲を備えたのとは違うのである。

ソ連が、何とかして火力を増強しようとしたことを示す資料がある。T26は原型がヴィッカース六トン戦車で、T26シリーズと言われる各種の戦車が作られたが、その武装の変化をみると次表のようである。

型の変遷には歩兵直協用、騎兵直協用など、用途上の理由がある。だが総じてこの軽い戦車にずいぶん無理をして、不相応とも言える火砲を積んでいるのが特徴である。

型	砲塔数	武装	重量	速度
T26A	二	七・六ミリMG二	八・六トン	三〇キロ
T26B	一	四五ミリ対戦車砲一、MG一	九・四トン	二八キロ
T26C	一	四五ミリ対戦車砲一、MG一	一〇・三トン	二七キロ
T26D	一	七六ミリ砲一、MG一	一〇・五トン	二六キロ
T26E	一	四五ミリ対戦車砲一、MG一	一〇・三トン	二七キロ

赤軍戦車のホープ

赤軍戦車のホープは、軽快な装輪装軌両用のBT戦車（快速戦車）である。その初期の型は、重量一〇・二トン、時速は装輪で路上一一〇キロ、装軌で路外六二キロ、運行距離三〇〇キロ、三四三〜四〇〇馬力の航空機用エンジンを備え、トン当り三四馬力という強力なものであった。T26は戦車自体はよいが、機動力は赤軍の希望に沿わなかったので、BT戦車がしだいに改造されてT34の設計につながった。日本軍はこのBT戦車に一九三九年（昭和十四年）にノモンハンの戦場でお目にかかることになる。

BT二型は三七ミリ対戦車砲と機関銃一であったが、三型、四型では四五ミリ対戦車砲が装備されている。五型が一九三五年に現われたが、これには七六ミリ榴弾砲を積んだも

1935年キエフ付近大演習におけるBT-7-Ⅱ戦車

のもあった。これは用途的には機械化砲兵である。七型（一九三五年）になって装甲も最大二二ミリと従来の型よりも増加され、火砲は依然四五ミリ対戦車砲であったが、一九三九年に現われたBT七M型は五〇〇馬力のエンジンを備え、運行距離六〇〇キロという驚異的なものであった。重量一四・七トン、トン当り三五馬力、路外の最高時速六二キロと、すばらしい踏破力をもった車であった。こうした戦車を使った経験が後年T34の製作につながるのである。

井上視察団が報告したとおり、T28という七六ミリ砲を備えた歩兵支援戦車があった。またT35という重戦車もあった。これは一九三二年に作られている。戦車体系上、突破戦車としての要求から作られたもので、フランスの七〇トン2C戦車の影響をうけている。この特徴はそ

ソ連軍の軽戦車 T26B-Ⅱ　45ミリ砲搭載、第二次量産型

ソ連軍の主力戦車となった T34／76A　初期量産型

の武装にあった。砲塔が五つある五塔式である。このT35の前の重戦車はT32と呼ばれ、一九三〇〜三一年に作られたものだが、これも五塔式である。

この五つの砲塔に装備された七六ミリ榴弾砲が主砲塔に、主砲塔をとりまく補助砲塔に四五ミリ砲二門、機関銃五挺という豪勢なものであった。これだけの兵器を動かすのだから乗員も多かった。よい戦車ではなかったらしい。

用兵理論に適した戦車の性能

このように、ソ連軍はすでに一九三四年の初めには、作戦用兵理論に適応するタイプの戦車を備えていた。これが彼らの「縦深戦略」理論の完成の基盤になったのである。そしてこの頃のソ連軍の戦車を大観してその特徴と言えるものは、前述のように火力と機動力である。装備火砲はすでに七六ミリ級におよんでいる。明らかに戦車対戦車の戦闘を想定しているから、戦車砲には出来るだけ対戦車砲としての性能を具備することを要求している。

速度の速いことと運行距離の長いこと、道路も発達せず、春秋にはソヴィエト特有の泥濘期のあることなど、地形や気象上の不利がある点から、一般に発動機出力が大きくトン当り馬力を強くする一面で、キャタピラの幅を広くして地上に対する圧力を減少するなど、不整地通過力の向上を図っているのが目立つ。日本のように、戦場の地形は、戦車の使用には適しないのだ、などとは言っていられないのである。

すべてを無に帰したもの

一触即発の態勢にある隣邦は、容易ならぬ強敵である。

日本陸軍が本格的軍備を目ざして動き始めたのは当然であった。

そして、この矢先、この大切な時に、これらを一挙に無にしてしまう大椿事が起こった。昭和十二年七月七日、華北の一角で起こった日中両軍の小競合いに端を発して、支那事変という戦乱になってしまったのである。

この支那事変は、日本陸軍の本格的軍備充実を吹きとばしてしまった。百万の大軍を大陸の野に戦わせながら、新軍備の蓄積をする力は、日本にはない。

第十二章　支那事変

日本陸軍部内では大部分の者が、支那事変があのような大戦乱になるとは予想もしなかった。〝火種〟は早くからあり、危いと心配する人も少なくなかったが、ともかく戦火は北京の一隅から、そして蒙疆、華北の全域へと急速にひろがっていったのである。

独立混成第一旅団出陣

支那駐屯軍は戦車一個中隊を持っていたが、まず華北の地へつめかけた戦車部隊は、関東軍隷下の独立混成第一旅団であった。関東軍はいち早く華北に増援し、蒙疆に出動する手を打ち始めたのである。

この時の旅団長は酒井鎬次中将で、七月十一日、応急派兵を命じられた旅団の編成は次のようであった。

旅団司令部（参謀二）

独立歩兵第一連隊（長谷川美代次大佐）
戦車第四大隊（村井利雄大佐）
第一中隊（香田大尉）九五式軽戦車　三個小隊一三輛
第三中隊（林田大尉）八九式中戦車　三個小隊一二輛
第四中隊（久保大尉）九四式軽装甲車　三個小隊
独立野砲兵第一大隊　機動九〇式野砲
独立工兵第一中隊（装甲作業機を携行）
後に、第二中隊（百武大尉、九二式重装甲車）が参加している。

すでに述べたように、この旅団の主戦力は、歩兵三個大隊で、それを支援する戦車大隊は、各種装甲車輛の混成である。足の遅い八九式を含んでいるから、戦車大隊としても、旅団としてもチンバである。運用をうまくやらないと旅団バラバラとなりかねない。自動車類は九六式六輪自動貨車、「いすゞ」「フォード」など内外製が混淆して、従軍者は〝車の品評会〟のようだった、と回想する。

それにも増して具合の悪かったことに、この旅団は平時部隊の応急出動であるから、作戦戦闘行動に応ずる必要な整備隊も補給部隊も持っていなかった。

ともあれ、創設以来満一カ年にわたる訓練の成果を見せるべき時がきたのである。

旅団は七月十七日、北京北東地区に到着したが、七月二十七日になって日中の交戦は不

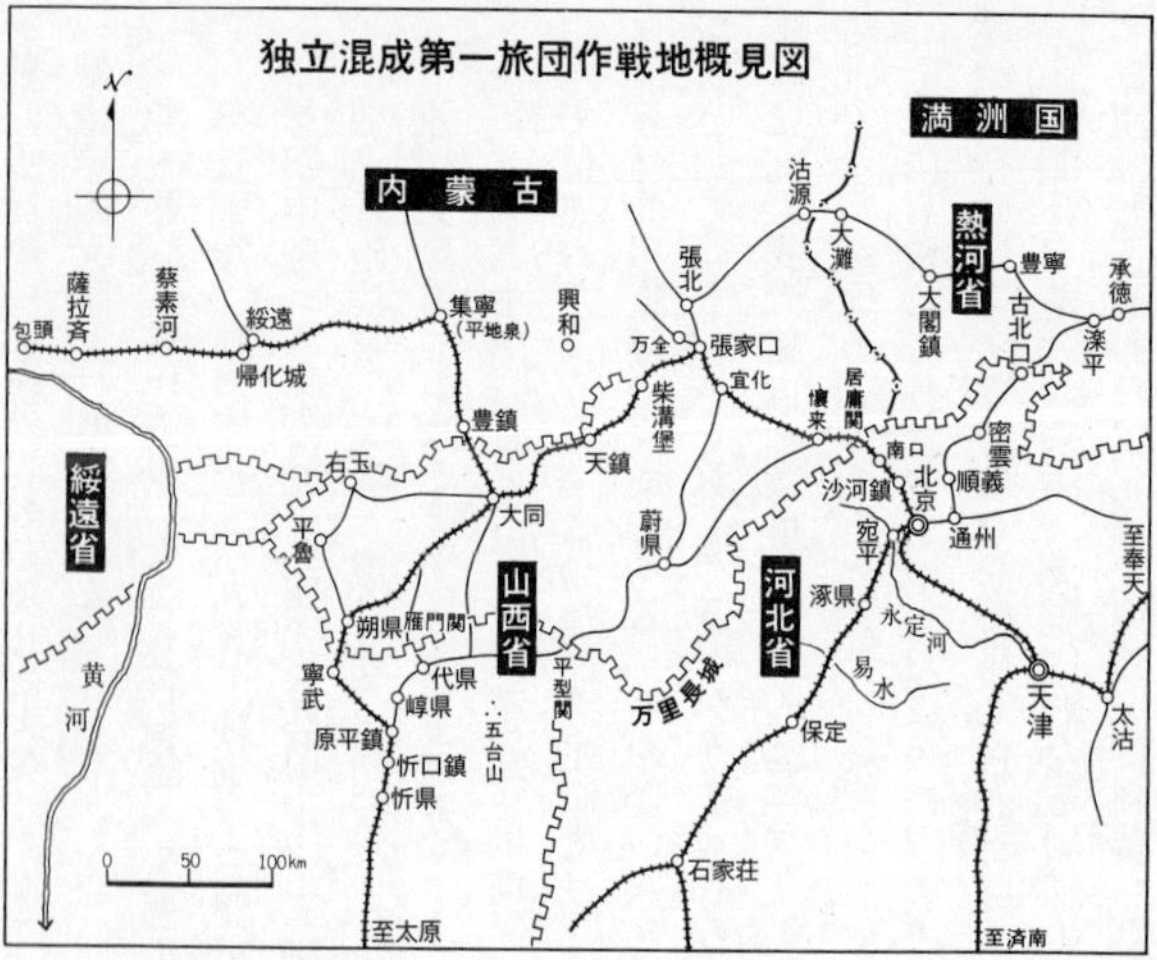

独立混成第一旅団作戦地概見図

可避となった。混成旅団の最初の任務は北京西方、西北地区の掃蕩戦であった。七月二十九日、通州で冀東政府保安隊の叛乱が起こり、この方面の警備に転用されたが、順義に在った旅団の残留部隊は叛乱のために全滅し、軍需品も焼かれるという、思わぬ事態も起こった。通州付近を掃蕩し警備にあたっていた旅団に、蒙疆方面に転進すべき命が下った。関東軍の指揮下にもどるのである。八月十八日、熱河省を通って張家口北方に転進を命じられた旅団は、同日通州出発、古北口を経て大転進を開始した。

戦車部隊の総動員

こうした間にも華北方面の戦況は、急速に進んでいた。七月二十七日には内地から第五、第六、第十師団が増派されることになり、戦車第一大隊（馬場英夫大佐、八九式中戦車）、戦車第二大隊（今田俊夫大佐、八九式中戦車）が動員された。さらに日本陸軍は八月三十一日には、北支那方面軍（寺内寿一大将）の編成を令し、第一軍、第二軍および方面軍直轄部隊を合して八個師団、混成一個旅団をもって「敵の戦闘意志を挫折せしめよ……」という任務を与えたのである。

この時の戦闘序列に前記の戦車二個大隊の他に、独立軽装甲車五個中隊が含められていた。各師団で教育してきた成果がここに現われたわけで、第五（第五師団担任）、第六（第六師団担任）、第七（第七師団担任）、第十（第十一師団担任）、第十二（第十四師団担任）の五個中隊であった。

北方に事が起これば戦火は上海に飛ぶ。満州事変の起こった時もそうであった。上海の居留民保護のために八月十五日、上海派遣軍（松井石根大将）が派遣された。この時、戦車第五大隊（細見惟雄中佐、八九式中戦車）と独立軽装甲車第八中隊（第八師団担任）が動員されて出動した。南北合して、戦車第三大隊が満州の留守居役をし、日本内地に軽装甲車中隊が少々残っている他、日本戦車隊の全力出動であった。

蒙疆地区作戦

関東軍の蒙疆派遣部隊は、独立混成第一旅団の他に独立混成第十一旅団（熱河省駐屯部隊)、第二旅団、第十五旅団、堤支隊(独立守備隊からの部隊)などがあり、関東軍の集成飛行団が協力した。鉄道部隊も集結されて鉄道を活用して迅速な作戦を目ざす。指揮するは関東軍参謀長東條英機中将。このチャハル方面作戦兵団に対して彼は、軍司令官の名において命令したのである。

酒井旅団は張家湪付近に到着すると二十六日、張家口西南の孔家荘、二十九日から柴溝堡の掃蕩戦を開始し、九月四日には張家口付近に集結した。ところが、このあたりからチャハル兵団首脳部と酒井旅団長との間が、しっくりいかなくなったらしい。そして旅団が旅団らしく使われなくなった。

旅団バラバラ事件

まず、戦車第四大隊長村井大佐に、その大隊の第一中隊(九五式軽戦車)、歩兵一個大隊、砲兵一個中隊、工兵一個中隊を集成して、張家口の西北方の南壍壕を攻撃させた。砲兵を有する敵であったが、戦車中隊は大いに活躍した。この戦闘は九月十一日に終わり、村井支隊は反転して天鎮に向かい、ここから鉄道に沿って大同に向かう作戦に移ったが、問題はこの時の旅団の使い方であった。

堤支隊が先頭をきるこの攻撃前進に、旅団の歩兵、戦車、砲歩、工兵が増援させられて、旅団長は工兵一個小隊をもって張北に残されたのである。酒井中将はカンカンになって怒ったと言う。それは当然であろう。旅団の将兵は、これを〝張北バラバラ事件〟と陰口していた。

大同は九月十三日に占領したが、敵を捕捉することは出来なかった。酒井旅団長と工兵小隊はここに到着して旅団の指揮をとり、右玉―寧武方面への作戦に移った。九月二十八日には早くも朔県を占領したが、この戦いは激戦であった。

九五式軽戦車は大いに活躍したが、中国軍側にこの時、初めて対戦車砲が現われた。三七ミリ級であった。実際のところ、これまでは敵に大砲があっても当たらないし、軽装甲車でもまるで無人の境を行くように進撃してきたのだが、これからは戦車隊も慎重になりだした。

さらに進んで十月一日には寧武を占領したが、ここで関東軍は内蒙古方面、平綏線（平地泉から包頭に通ずる鉄道）方面に対する作戦を開始することになり、旅団は反転して右玉を経て直路、帰化城方面に向かうことを命ぜられた。東條中将は九月下旬には新京に帰って、後は参謀副長が代行していたが、この時、旅団はまた二つに分けられた。

戦車第四大隊は、山西省を太原に向かって南下攻撃する第五師団に配属されて、南方の原平鎮方面に向かい、その他の旅団主力は、第二十六師団とともに北方平綏線方面に向かうことにされたのである。

敵が弱いからではあるが、戦車と歩兵を離してしまった。何のための機械化旅団か判らない。

戦車隊激戦

平綏方面の作戦は、難なく終った。十月十四日に帰化城、十月十七日には包頭を占領し、歩兵の主力は長谷川支隊として十月二十七日に出発して鉄道により、まず大同に向かった。ところが、先に南に向かっていた戦車第四大隊の戦闘が容易ならぬものであった。

山西省の北境を守る中国軍は必死であった。第五師団など、これを攻める部隊は苦闘を続けた。原平鎮では一五センチ加農砲まで加えて、三日間におよぶ激戦であった。戦車第四大隊はここと、その南の忻口鎮の戦いで百武、林田の両中隊長戦死、久保中隊長重傷をはじめ将兵に多くの損害を出した。びくともしない敵に対する強攻の場合、戦車に損害の多い実例である。満州事変以来の百武俊吉大尉も、ここに散ったのであった。

忻口鎮を突破すると太原に向かう追撃である。この時、車載部隊の長谷川支隊が十一月一日、吹雪の中を雁門関を越えて追及してきた。ここで先頭に立った支隊は五日、小戦の後に太原に迫ったが「太原城一番乗りは、武士の情けで第五師団の部隊に譲れ」と辻政信参謀に言われたという話も残っている。長谷川支隊は太原を攻めず、第五師団に連繋して作戦したこの山西省攻撃戦の後、さらにその西南、清原に進出して十一月八日からここで警備にあたった。

ところで、平綏線方面に残っていた旅団司令部やその他太原攻略に向かわなかった部隊は、これより先、原駐地に帰還を命じられて、綏遠から鉄道で十六日には公主嶺に帰っていた。残る長谷川支隊や戦車第四大隊も反転し、朔風強烈なさなかを大同に集結し、鉄道輸送で二十六日には公主嶺に帰った。

わずか歩兵三個大隊を基幹とするこの旅団は、しまいまでバラバラであった。旅団全力が公主嶺に集結を終ったのは十二月も末である。

独立歩兵第一連隊の走行距離は、約三〇〇〇キロにおよんだ、と連隊史に書いてある。車も人も、容易なことではなかったであろう。他の部隊でもそうである。岩山の地帯をかけめぐった軽装甲車のキャタピラは薄くなって、「まだ動かすつもりかな」と乗員を欺かせたという。

戦車隊将兵の敢闘

蒙疆や山西省方面の戦況が、このように展開するに先立って北京から南、京漢線方面に向かう作戦は、きわめて迅速に進んでいた。この方面を担任する第一軍は九月十四日から、右から第二十、第十四、第六師団を連ねて永定河を渡って攻撃を開始した。そして涿州付近で当面の中国軍の右翼を包囲し、これを西方山地に圧迫し、次いで保定付近の敵陣地を逆に山手から攻略して、九月二十四日には保定南方に進出するという快進撃ぶりであった。

戦車第一大隊は第二十師団に配属され敵陣地の攻撃では中国軍の対戦車砲や機関砲の弾雨をおかして突進し、馬場大隊長が鉛粉で失明するなど損害は少なくなかったが、立派にその任務をはたした。

第二大隊は、おくれて進出した第十四師団に属していたが、敵の退却を追って猛追撃に移った。前には永定河の障害があった。「何くそ」と敢然これにとびこんだ大隊は戦車四輛を失ったが、これを渡り対岸に橋頭堡を占領して師団主力の進出を援護する一方、戦車の小隊を挺進隊として敵の後方にまわらせ、京漢線の鉄道を破壊するなど目ざましい働きぶりであった。

十月十日には石家荘を占領し、黄河に向かって南下したのであるが、第二大隊は諸兵を集成した臨時戦車団となって先頭を切って進出する。一方、戦車第一大隊と独立軽装甲車三個中隊は、中支方面の戦況から大本営が作戦の重点をこの方面に移したのに伴って十月中旬、中支方面に転用された。

上海の戦場では、戦車第五大隊が戦っていた。八月二十三日、上海派遣軍の部隊は急遽、上海に上陸を開始したが、すでに防備を固めていた中国軍に対し苦しい戦闘であった。

上海付近の戦場は昭和七年にも経験したように、クリークの多い、戦車の動きには不利な地形であり、中国軍の既設の陣地の強固な戦場で、戦術的には最も正統的な歩・戦・砲三者の緊密な協同攻撃で一歩一歩、崩してゆくしか方法のない戦いであった。

八九式中戦車を使用するこうした攻撃は、進歩した対戦車火器を有する敵に対して容易でなかったであろうが、戦車大隊は善戦健闘した。

事変は、すでに本格的な日中全面戦争になっていた。上海方面で苦戦を続ける一方、三個師団から成る第十軍が十一月五日、杭州湾に上陸し、上海派遣軍正面の敵の側背を衝く態勢となるにいたって、中国軍側の態勢が崩れた。ここで全軍、中国の首都南京を目ざして総追撃に移った。

敗退とは言え、自主的に退却する敵を追いかけるだけでは、これを捕捉することは難しい。華北方面でも華中地区でも、これは同じであった。敵に優る機動力をもった部隊が、突破なり迂回なりで突進して退路を遮断せぬ限り、退却する敵を捕捉することは出来ない。日本陸軍にその力はないし、逃げる足と追う足では、逃げる方が速い。

豆戦車の活躍

しかし、追撃となっては、捉えられぬにしても、敗退する敵の混乱を助長し士気を沮喪させるのは、戦車部隊の独擅場である。この方面の軽装甲車隊は、一斉に大活躍した。

こういう地形では装甲や武装はともかく、軽く動ける軽装甲車隊の方が都合がよい。越せない川にでもぶつかると、歩兵が「お先に」とばかり進んで行く。架橋が終って車が通れるようになると、この〝豆戦車〟が歩兵を追いこして南京城に向かって突進する。〝豆〟とはいっても装甲がある。南京城の攻撃では、第二中隊長の藤田実彦少佐をはじめ各隊の将兵は歩兵に協力してよく働いた。

軽装甲車隊の軽快機敏な活動は、南支方面に戦火が拡大してからの広東《カントン》方面の作戦時（昭和十三年十月）も同様であった。この方面には三隊の独立軽装甲車中隊が参加したが、上陸兵団の先頭をきって軽装甲車隊や騎兵の装甲車隊が突進し、広東市街に近づいたときに、まさか敵とは思わなかったのであろう。中国軍の将校がサイドカーでやってきて敬礼したという話が残っている。とにかく、走りまわる戦となれば、手頃で便利な、豆戦車部隊であった。

混成旅団の評価

中国軍の戦意の固いままに、戦争は持久・対峙状態に入ってしまった。あちこちの戦いぶりが評定されるべき時となった。

戦車部隊は全般的には、よく戦った。ところが、独立混成第一旅団の評判が、すこぶるよくないのである。

ずいぶんと走りまわったものの、どこでこんな激戦に耐えぬいた、あんなびっくりさせる大戦果をあげた、ということがなかったのである。悪評ばかりが残った。

戦闘を交えて敵が退却する。当然、息もつかせず追撃に移るべきである。ところがこの旅団では、自動車が到着するのを待っていて、歩兵は徒歩追撃しようとしない。前進して敵にぶつかる。無防備のトラックだから、かなり離れて下車せねばならぬ。重火器などをかかえて前進し、やおら攻撃となるのだから、普通の歩兵の敏捷さにはかなわない。部隊がとまって燃料の補給や車輛の整備でもしていると「ほかの部隊が不眠不休、血を流して戦っているのに、戦車や自動車は何だ。車輛が動かねば徒歩ででも前進しろ」と声がとんでくる。

旅団の方にも勿論、言い分がある。あちらへ行け、こちらにまわれ、と簡単に命令は下すけれども、上級司令部の方で燃料の補給や部品の補給など、さっぱりかまってくれない。機械化部隊には技術的な限界がある。使い方がなっていない。上級司令部の理解や準備が足りないのだ。

まだ具合の悪いことがあった。旅団長の酒井鎬次将軍は学識高いことで有名で、陸軍大学校の兵学教官などを長く勤めた人であったから、上級司令部の参謀などの多くはその教え子であった。それに将軍の性格もあって「あのバカ者がこんな命令をよこす」と気に入らないのである。旅団の戦力をあちこちに分散、派遣の命令がくる。原則に外れる。「判っておらん」と御機嫌ななめである。こんな具合だから上級司令部に対して、とにかく

〝一言〟多い。

上級司令部からすると、文句ばかりいっていて、やらしてみるとろくなことのできない部隊ほどかんにさわるものはない。ましてや東條将軍自ら率いる気鋭の関東参謀たちである。酒井旅団長は満州に帰るとすぐ更迭、後任は安岡正臣中将となった。

機械化部隊は役に立たん

あれやこれが重なって、この旅団の初陣は「機械化部隊なんか役に立たんではないか」という結論を関東軍の首脳部にもたせることになった。

速度を必要とするなら、その都度、歩兵を車に乗せればよい。金のかかる機械化部隊など持っている必要はない。

ちょうど大正年間の騎兵無用論と同じである。騎兵など不要、歩兵を馬に乗せれば足る、という意見の再現であった。

戦車は歩兵直協を主として訓練しておき、必要がおきたらこれに他の兵種をつけて戦闘させればよいではないか。戦車、機械化部隊を使う大本《おおもと》の関東軍に、こうした考えが支配的となったのである。

電光石火

筆者は歴史をふりかえって、この旅団の行動、その批判にいたるたびに、この翌年昭和十三年（一九三八年）三月のドイツのグデーリアンのウィーン進撃を思うのである。ヒトラーがオーストリア併合を決心して武力の威圧を加え、イエスかノーか、と迫ったときである。ドイツ装甲部隊の生みの親、育ての親グデーリアン将軍は、第十六軍団長として自ら第二装甲師団を率いてウィーンに向かって進軍した。ドイツ装甲師団の初陣であった。

出動命令はヒトラー一流のやり方で、突如として下った。三月十日午後四時ころ、参謀総長のベック大将によばれたグデーリアン第十六軍団長は、第二装甲師団、SS「ヒトラー」連隊（自動車化）を率いてウィーンに進撃せよ、との内命を受けた。午後八時ころ、部隊に緊急出動命令。真夜中には第二師団は駐屯地ビュルツブルクから発進地、国境の町パッサウに向かって前進を開始する。

パッサウまで四〇〇キロ、さらにウィーンまでは二八〇キロ。SS連隊駐屯のベルリンからウィーンまでは九五〇キロの行程である。

翌十一日の日没時には軍団司令部パッサウに到着。ここで十二日午前八時侵入の命令をうけた。真夜中、第二師団到着、師団長がオーストリアの地図も持たぬし、師団にこの先の燃料もない。グデーリアンのわたせるのも旅行者用の地図だけであった。

パッサウには軍の補給廠があるが、これは西方軍の動員用で、この作戦を知らされていない廠長は、頑として燃料をわたさない。「力ずくでもとるぞ」とおどして燃料を手に入れる。後方縦列用の車輛は全然ない。パッサウの市長に要求して自動車を徴発し、臨時に補給部隊をつくるという始末である。第二師団が国境を越えたのは、命令よりおくれて午前九時であった。

沿道いたるところ住民の歓呼を浴び、戦車は花に飾られての進軍、いわゆる〝花の進軍〟であった。さすがドイツの道路、ＳＳ連隊もベルリンから疾駆して、このころには追いついた。

リンツでヒトラーを迎える。ここは彼の生地である。午後九時ころ、リンツ出発、午前十一時にはウィーンに入る。十五日には示威の大パレード。まことに電光石火であった。

故障続出

この機動で自動車には故障が少なかったが、戦車は多くが故障した。戦車は一号、二号の軽い戦車である。グデーリアンは、三〇パーセントには達しなかった、と述べており、この機動はスムーズに行なわれて満足である、故障はさほど多くなかった、と言っているのだが、戦車をよく知らない者には、とんでもない数だと思われ、参謀総長ベック大将もそう感じたらしい。

グデーリアンは、こう書いている。

《パレードが終った後、この若い機動部隊は各方面からのひどい批判の対象になってしまった。戦車は長距離を連続して移動することのできない兵器であることが暴露された、と言うのであった。だが、的を射ている批評は少なかった。ことはヒトラーの発意で、万事〝おっとり刀〟で行なわれた。この〝おっとり刀〟の進軍は、第二師団にとっては約六八〇キロの行軍なのだ。SS連隊では約一〇〇〇キロである。それも約四八時間のうちにだ。その行動は満足すべきものと見るべきである。

最も重大な弱点は、修理整備の機関のないことであった。戦車について、特にそうであった。この誤りは今後くりかえしてはならない。燃料の補給が基本的なことだということを証明した。弾薬は使わなかったから、燃料補給のシステムから類推する他ないが、大いに注意を要する》

偉大なる可能性

このように述べたあと彼は、こう結論している。

《いずれにせよ、この機動は我々の装甲部隊の、作戦的可能性についての理論的信念が、正しいものであることを立証したものである》

グデーリアンの場合、育ての親であるから編制装備の利害も、訓練の程度までも知っている。目前の現象など問題にしない。これこそ、ドイツ陸軍の〝虎の子〟の決勝戦力だ、と確信していたのである。

彼は、まだ一発の弾丸も射っていないのだが、頑として装甲部隊の可能性に関する〝理論的信念〟を失わなかった。しかし日本軍には、関東軍は勿論、参謀本部にも陸軍省にも〝理論的〟にその〝可能性〟を認める将軍は、一人もいなかったのである。

この後、ドイツ装甲部隊の将兵には苦難はあったが、ともかく栄光があった。日本軍の機甲部隊将兵には、不運、苦難が待っていただけである。

その原因がここにあったことを、日本の機甲部隊の苦難を味わった人びとは勿論、この本の読者もそれを否定しないであろう。

戦車隊はどんな戦いをしたか

日本の戦車隊は、わずかの部隊であるが、ほとんど全力をあげて支那事変の初期を闘った。そして、あらゆる地形で、防禦と退却以外のあらゆる戦闘をやった。吹けば飛ぶような雑軍もあったが、近代的装備の正規軍も相手にした。

この貴重な体験は当然、生かされなければならない。従軍各部隊からの意見が集められた。戦車学校はこれらを整理して、陸軍省や参謀本部の当局に送り、その一部でも採り上げてもらえるように努力したが、ここに編制、装備などについてのそれらの意見を引用して、第一線将兵がどんな戦さを闘ってきたかを見よう。

数少ない戦車隊が、変転する情況の中で各種の任務に使われたのだから、一般に指揮連絡の組織、装備、自衛的戦闘装備の不足を痛感しているし、全部を通じて補給と修理組織の充実、戦車や銃器の予備品の必要を訴えている。

《野戦戦車廠を設けよ。現在の野戦自動車廠は戦車修理能力は皆無に等しい。自動車修理能力を含めて大いに増強せよ》という声がある。「修理能力皆無」でこの長い戦闘をしたわけである。とんでもない話である。

中戦車については、すでに「チハ車」の誕生を知っているので、八九式の欠点を訴えるものは少ないが、新中戦車を待望していることは明らかである。九五式軽戦車は一部の大隊だけであったが、軽快な点で文句はない。軽装甲車は便利な点で戦車大隊自体の用に供しても異論なく喜ばれているが、九五式軽戦車に換えよとか、その装備は三七ミリ砲装備とするという意見が圧倒的である。戦車隊としては当然である。

独立行動のための装備を……

戦車大隊の、内外に対する無線通信能力の増強を望む声が圧倒的であった。日本軍の戦車隊は「歩兵直協」であると言っても、すべての戦車大隊が敵陣突破後の追撃突進や、敵中深く挺進する任務をうけて独立行動する戦闘を経験しているから、当然の要求であろう。

戦車第五大隊(八九式中戦車三個中隊)の意見が、昭和十三年一月付で出ている。上海付近の陣地攻撃で苦労し、続いて南京に向かう機動追撃戦を経験している。

《大隊本部の指揮機関、捜索、連絡能力を増加し、大隊本部の乗用車、サイドカーを廃し、指揮機関用車輛とする。大隊本部に軽装甲車九〜一二輛を付し、その三〜五割を三七ミリ砲装備とせよ。捜索のため各部隊より集成の要なき如く……》

《中隊本部に中戦車一輛を増せ。中隊長乗用予備であり、指揮、連絡、警戒用である。……》

《戦車砲弾薬を増せ。戦闘は三〜四、六〜七時間、甚しきは一〇時間に及んだことがあり、戦車内を整理し、さらに二〇発積むこと。軽機関銃は一対一で予備銃を要す。中隊段列、大隊段列には戦闘用として車載軽機を二挺と七挺を持たせること。南京に向かう追撃は敗残兵の中の突進であった。無線は小隊長戦車までは持たせること……》

これらの意見の裏に、この大隊がどんな戦闘をしてきたかが読みとれる。

《大隊段列を弾薬小隊、燃料小隊、修理小隊、予備小隊と区分し、予備小隊には少なくとも中戦車九輛、軽装甲車と被牽引車輛六輛、牽引車三輛を持たせること……》

大正十四年の〝戦車編制の原点〟の時には、予備車輛などはちゃんと考えられていた。

一二年後、戦場に臨んだ時に、これらは消えていたのである。

機械化旅団の戦車隊

機械化旅団の戦車第四大隊の意見は、昭和十三年一月に出ている。混成第一旅団の公主嶺帰還後である。各種の任務に走りまわった部隊の総括的意見であった。

《旅団戦車隊は軽戦車一個大隊、中戦車（この場合「チハ車」を考えている）一個大隊の編制とせよ……》

歩兵主体の機械化部隊とは言え、戦車部隊は軽すぎて非力であり、いかにも戦車の力不足を痛感したのであろう。

前線に在る部隊は戦闘にあたって、装備の不足をあげつらうことは出来ないが、この意見はすでに、軽戦車中心の機械化部隊などというものは、戦場で課せられる各種任務を担任し得るものではない、ということを明示している。いわんや、この機械化部隊が車に乗せられた反面、戦場機動力を持たない歩兵を主体とするものであってみれば、混成旅団将兵には誠に気の毒だが、ろくな働きの出来るはずはない。戦車大隊が次のような意見を出しているのも、戦った経験から当然であろう。

戦闘団編成を……

《……若干の増加を許されれば、乗車歩兵（最小限一個大隊）、自走砲兵（最小限一個中隊）を編制内に入れられたし。戦車のみの独立戦闘の成立せざるは明らかなり。もともと不足の砲兵力の戦車協力は、まず不可能。あっても成果のあがらぬこと忻口鎮の戦闘、これを如実に示す……》

戦闘団編成の主張である。またこうも言う。

《軽戦車大隊は九五式軽戦車で統一せよ。そして七五ミリ級の砲戦車一個中隊をつけよ……》

支援戦車の必要を痛感したのであろう。

こうした意見は、要するに現存の戦車での〝純血〟的戦闘などは全く問題外であり、戦う時には必ず歩・戦・砲の戦闘団でなくてはならぬ、従ってそれを平時から編制に組みこんでおけ、と言うのである。これを大きくすれば装甲師団に通ずる理念である。

運用がなっていない

戦争中の上級司令部の戦車運用についての批判には、手厳しいものがある。

《……戦車運用は統一使用を本則とす。機械化部隊において特に然り。然るに本事変の使用法如何。戦車大隊の中心たる軽戦車中隊などを前戦に配属し、大隊長の手許に残るは僅

かに戦力なき軽装甲車中隊、或いは行軍速度遅くして大隊長の運用に適せざる中戦車中隊に非ずや……》

戦術原則を無視するのは、上級司令部そのものである、と怒るのである。混成旅団は〝バラバラ〟に使われ、戦車大隊も〝小間切れ〟で戦う。これが日本の機械化部隊の初陣であった。

対戦車戦、対戦車砲戦の経験の欠如

この戦車各部隊の事変の教訓には、敵戦車とわが戦車の戦闘については現われていない。そんな場面は出現しなかったからである。日本戦車隊の総力を挙げてのこの戦争に、この経験をしなかったことは日本軍にとって不幸であった。

敵軍の対戦車砲あるいは火砲による損傷の経験は、各部隊いずれも味わったのだが、もともと、歩兵直協戦車は敵の対戦車砲に対しては装甲で身を守り、自分の戦車砲は他のものを射つという建前（第九章参照）なのであるから、戦車の備砲の考え直しや、戦車支援火砲の必要という意見は出ない。ましてや、戦車部隊側から「敵の対戦車砲を撲滅してからでなくては、戦車の任務達成困難」などという意見は出てくるはずはない。これは運用する当局が洞察すべきことなのであった。

第一次大戦で戦車が生まれて以来、戦車そのものや戦車の運用、戦闘法は一に、対戦車兵器（敵の戦車をも含めて）を対象として練り上げられてきた。ところが日本軍では、満州事変、支那事変と戦いの経験は重ねたが、戦車に関する限り、この肝心な敵に対して目を向けることが少なかったということになってしまったのである。

これらの意見は、前戦将兵の血と汗が生んだ貴重な教訓である。ところで、こうした各種の意見は戦車学校を通じて中央部の責任部局には届いていたが、さていくらかでも実行されたものであろうか。これを、この後の戦車界の発展状況やノモンハン事件の時の部隊の実情などから判断すると、ほとんど顧みられなかったようである。支那事変の最中で、それどころではなかったのでもあろうが、要するに戦車隊などは、そんな大切なものとは考えられなかったのであろう。残念ながら、日本軍上下に「戦車というもの」を教えるのには、もっと別の力を必要としたのである。

徐州会戦

さて、戦局は中国の首都南京の攻略へと進んだが、これを戦争終結のきっかけにすることが出来ずに昭和十三年を迎え、一月十六日には近衛内閣が「爾後国民政府を相手とせず」と声明するにいたって、戦争は前途の予測のつかぬものになってきたが、大陸で相対している両国軍の間に、戦火の熄《や》むはずはなかった。そしてさらに大きな火の手が、徐州付近に起こった。

昭和十三年春になって、山東省南部に達していた第二軍の先鋒に対して、強力な中国軍が反撃をかけてきた。その兵力は約五〇個師団とも考えられるもので、日本軍はここに、これを叩く戦機あり、と見た。中国側がこの反撃を「台児荘の勝利」として大々的に宣伝していることも新作戦を必要とする理由になった。ここで企図されたのが、いわゆる「徐州会戦」である。

臨時集成機械化部隊

この徐州会戦の経過中に、戦車を中核とする臨時集成部隊の挺進行動が行なわれて、これが従軍特派員によって華々しく全国に伝えられた。

南から北進する軍の左翼師団の第十三師団は五月三日、蚌埠を発進し敵軍の退路を遮断すべく出来るだけ西方に迂回しながら徐州を目ざして前進したが、師団長は退路遮断を決心して五月十日、配属されている戦車第一大隊を基幹に一部隊を集成し、これに挺進して朧海線上の鉄道破壊の任務を与えた。岩仲支隊という。

戦車第一大隊岩仲義治大佐の指揮する同大隊（一個中隊欠）、独立軽装甲車第十七中隊、歩兵第十四連隊第一大隊（一個中隊欠）、山砲第十九連隊の一個小隊、独立工兵第一中隊の中隊長以下約三〇名、師団通信隊の一部が臨時の車載部隊として集成されたのである。任務は、敵中を挺進して汪閣東方の朧海線の鉄橋を爆破することであった。

支隊は五月十一日、蒙城を発進した。五月十二日には永城に拠る敵を攻撃して城門を破壊、これを完全に占領した。これも包囲線上の要点を成す所である。十三日、さらに北進した支隊は、朧海線に迫ると敵が反撃してきて、夕刻には遭遇戦になった。軽装甲車中隊長はここで戦死したが、こんな敵にかまけてはいられない。これを牽制攻撃として支隊は十四日朝から東に転進し、十四日午後三時三十分、鉄橋爆破に成功した。

これで朧海線は完全に遮断された。十四日朝からの支隊の行動は空から友軍の飛行機が誘導し、作業中は上空から監視にあたるという協力ぶりであった。十五日夕、支隊は編成を解いた。


北方からも……


ところで、こうした戦車混成部隊の発想は、この岩仲支隊に限らなかった。奇しくもこの時、北方からもこの朧海線に向かって同じような部隊が進んでいた。これは戦車第二大隊であった。

北から南下する第二軍の右翼の第三十六師団も徐州西方を目ざしているが、関心は敵の退路遮断にある。師団長は五月十三日、今田支隊を編成し朧海線遮断を命じた。

戦車第二大隊長今田俊夫大佐の指揮する戦車第二大隊、歩兵第九連隊第一大隊、野砲一

個中隊、工兵一個小隊から成る自動車化部隊であった。発進した所が華北の平原の真っ只中であったから、従軍記者もいなかったのであろう。世間に伝えられることは少なかったが、この支隊は五月十四日午前零時、金城東北方地区を出発して途中の敵を撃破しながら急進して朧海線に達し、この支隊も汪閣東方で三個所ほどの鉄道爆破に成功したのである。支隊は十七日、編成を解いた。

ところで中国に出動した戦車大隊は三つであった。もう一つの戦車第五大隊はどうしていたか。上海戦の初期から南京戦へと戦ってきた大隊である。この大隊も徐州会戦には参加した。大隊は五月十一日、南京を出発して鉄道輸送で蚌埠へ、それから第三師団に配属され、各部隊と協力しながら南方からの包翼兵団の最内翼部分を南平鎮、宿縣など、部落による敵を力攻し、後半は主として追撃戦であった。おそく戦闘参加を命じられているから、蚌埠に到着するや否や集結のひまもなく逐次戦闘加入、後半は敗敵を追うため大隊を分割して各隊に協力させるという戦いであった。

常設機械化部隊はいらない

独立混成第一旅団の不成績に、機械化部隊など役に立たない、常設の機械化部隊など持つ必要はない、作戦上の必要があれば臨時に諸兵連合の部隊を集成して、これを自動車に乗せればよいのだ、と考え始めていた人々は、この岩仲支隊や今田支隊の活躍ぶりを見て大いに意を強くしたに違いない。

戦車は、歩兵直協を主として訓練しておけばよいのだ。戦車第一大隊は華北での陣地攻撃や、岩仲支隊のような働きをしている。戦車第二大隊にしても、黄河に向かう突進においても、この挺進行動も立派にやってのけているではないか。この人たちは、こういう受けとめ方をしたであろう。

しかし、足の遅い八九式戦車で戦車隊将兵が苦労していることや、まともな敵にぶつかった時の軽装甲車の弱さや、臨時に自動車に乗せた部隊の戦場機動力や戦闘力の実態にまでは目が行かないし、また考えようともしなかったのである。

戦車の増強

大正以来の陸軍の弱体を何とかとりもどそうとしていた矢先に起こった支那事変は、軍の体質改善のためには大きな障害となった。資材などはともかくとしても、精鋭な将兵がたくさん死んでゆく。とりかえしのつかない損失である。

軍の上層部の目は事変の遂行、終結策に釘づけにされ、地道な軍の再建に向けられる余地は少ない。

それでも既定の計画にしたがって、いろいろな施策が行なわれた。戦車部隊も増設された。

戦車第五連隊（長、星野利元大佐）、昭和十二年、久留米にて編成、十三年には満州に移って牡丹江省愛河に駐屯する。

戦車第六連隊（長、河村貞雄大佐）、昭和十二年、兵庫県青野ケ原で編成し、満州に移る。
戦車第七連隊（長、岩仲義治大佐）、昭和十三年、中支で、これまでの戦車第一大隊を基幹として編成する。
戦車第八連隊（長、今田俊夫大佐）、昭和十三年、北支で、これまでの戦車第二大隊を基幹として編成する。

これで戦車連隊も番号のとおり合計八個になった。

戦車部隊の数が増してくれば、その教育や研究を統轄する中央機関が必要となってくる。昭和十三年になって初めて教育総監部に第四課というのが設けられた。各兵監部のように戦車兵種の教育、研究の面倒を見るところである。初代の課長には星野利元大佐が任命された。

そしてこの頃、騎兵の編成にも根本的な変革が行なわれていた。従来の騎兵連隊をやめて捜索連隊とすることに決定されたのである。

支那事変開始とともに、騎兵はそれぞれの師団とともに中国大陸に出動した。地形が適していたせいもあって、騎兵はよく活躍した。こういう現状が目の前にあるから、まだ馬は捨てられない。

師団のための捜索、警戒などの広汎な任務をもつ捜索隊は、昭和十二年の末、独立混成第一旅団が内蒙古で戦っていたころに、あらたに編成された第二十六師団に初めて誕生した。その編制は乗馬一個中隊、装甲車一個中隊であった。この第二十六師団捜索隊を皮切りに新設師団に捜索隊がつくられ、従来の騎兵連隊も捜索隊に改変されていった。

編制は作戦の要度でまちまちで、名前も従来の騎兵連隊からのものは捜索連隊の名が用いられた。本書第一章の佐伯捜索連隊は、昭和十五年に騎兵第五連隊が軍旗を奉還して第五捜索連隊となったもので、編制は乗車二個中隊、装甲車二個中隊とされたものである。

時の流れは、いや応なしに騎兵を鞍から下して運転台に乗せることになるのであった。

騎兵集団、中国戦線へ

この頃、徐州会戦に参加させようとして、これまで満州の西境ホロンバイルの平原の警備にあたっていた騎兵集団（騎兵第一旅団、騎兵第四旅団基幹）は動員されて北支那におくられた。徐州会戦には間に合わなかったが、騎兵集団はこのあと国軍決戦場の満州にもどることはなかった。昭和十四年二月には集団のうち騎兵第四旅団は朧海線方面に残り（この旅団は、終戦まで乗馬騎兵旅団として、この方面を本拠として戦った）、集団の主力は蒙疆地区に移った。

この頃北支那方面軍は、兵力を増加されたのは有難いが、集団の馬糧を補給する自信はない、現地で自分で調達してくれ、と言ったという話がある。内蒙古は大草原であるが、生えている小さい草を牛や羊は食べて生きているものの、多数の馬に食わすものなどが手に入る場所ではない。日本軍唯一つの騎兵集団は、馬を持っているばかりに、まず馬に食わすものの心配をしなければならなかったのである。

だがそれよりも、北辺、ソ連極東軍の日々に増加する軍備に対して、自らの足らざるに日夜焦慮している関東軍が、なぜこの騎兵集団をあっさりと手放したのであろうか。

従来、騎兵集団が配置されていたハイラル方面には、国境陣地も拡大強化されており、昭和十三年四月には第二十三師団が編成されて、この方面を担任することになった。元来が騎兵の行動には適せず、給養給水に適しないホロンバイルの平原から騎兵をはずすのは当然とも言える。

だが、この機動兵種の〝可能性〟を考えるならば、これは手もとにとどめて〝決勝機動兵団〟として育成していくべきではなかったのか。答は簡単である。

その〝可能性〟を認めなかったのである。前出の山崎正男少将は、その著書のなかで《関東軍は騎兵旅団の用法について、あまり確信があったとは思われない。支那事変が勃発し、敵は装備が劣弱だから、ここに騎兵団を移すことにした。関東軍はこれによろこんで同意したかの感があった》と書いている。

厄介者がいなくなったとでも思ったのだろうか。この頃陸軍省軍事課にいた人の回想だから、まず間違いあるまい。いま戦いが起こったら、明日戦争となったら、と心魂をかたむけている関東軍作戦当局である。「騎兵集団の決勝機動兵団化」など遠い先のことは論じてはいられなかったのであろう。

新米の戦車兵

筆者は昭和十三年の五月、陸軍大学校を卒業した。歩兵科であったから将来も歩兵ということを前提に、陸大に学んだ。ところが卒業となって、陸軍戦車学校研究部主事並同校教官という長い肩書きが職務となった。教官などと言っても、戦車のことなど何も知らないから勤まるわけはない。学校の上司の意向も「まあ半年は学生と一緒に勉強し給え」というので、若い学生と共に操縦、工術、射撃と第一歩から勉強した。

岩仲義治大佐を高級主事とする研究部の庶務ぐらいは勤まらぬことはないが、当時、教官には重見伊三雄中佐や藤田実彦少佐をはじめ、歴戦の士が顔をそろえていた。教導隊長は細見惟雄大佐、筆者の士官学校の中隊長で、上海事変の戦火をくぐりぬけてきた部隊長である。若輩の私などが戦車を論ずる余地は全くない。

この新米の私に親身になって教えてくれたのが、研究部の主任の主事のような地位にあった、角健之中佐であった。昭和九年からソ連戦車隊に隊付留学して帰ってきた中佐は、当時ソ連戦車通の第一人者であった。その教えるところはソ連の縦深戦略であり、戦車の集団突破用法であった。機甲部隊の充実はもとより、全軍機械化の線に向かって今こそ邁進すべきときである、と彼は強調した。前に引用した閑院宮の回想ではないが、角中佐の所論について「現状無視の理論だおれ」と陰口するものもあり、〝恐ソ病患者〟とそしる者もないではなかったが、筆者は角中佐を大いに尊敬し、その所論まことにもっとも、と大いに傾倒、拝聴し、角中佐の弟子をもって自任していたものだった。

戦車運用理論の三派

筆者が戦車学校に補任された頃、日本陸軍の戦車・機械化部隊の運用についての考え方に三つあった。これは列強陸軍ともに同様であったが、まず歩兵と歩兵学校側である。これは当然ながら、歩兵に直接協同する戦車という範疇でしか考えない。そして戦車は歩兵の一部であって戦車の主任務は、歩兵直協であるということは、典範に明示されているところであるし、国軍主力戦車そのものは歩兵直協用の戦車として考えられており、戦車砲もまた「低初速の歩兵直協用火砲で充分」ということになっていた。戦車用法について疑いをはさむ余地のないほど国軍の方針は明瞭であるから、これへの挑戦は許さない態度である。

次は戦車学校側であった。これは戦車に関する教育、研究の機構である。教育の方は当然、歩兵直協教育をするのだが、研究の方となると列国の趨向からしても自然に機械化部隊になる。そしてここでの研究は、突破兵団でなくてはならぬ、と戦車戦力を骨幹とした機械化部隊に向かう。ソ連機甲界の影響によるものであった。だが、この所論は「戦車は歩兵直協のもの」となっている日本軍の中では「かくあるべし」という異説でもあり、〝挑戦〟でもあった。

三番目は騎兵で、騎兵学校側である。騎兵は列国の趨勢からいずれは馬を車に乗り換えねばなるまいと考えてはおり、その主張者も少なくなかったが、首脳部がまだ〝白馬銀鞍〟の夢を捨てかねていたから、騎兵を主体とする機械化部隊の範囲を出ない。論じられたのは精々フランスの軽機械化師団（ＤＬＭ）程度で、戦闘威力は知れたものである。それよりも悪いのは、フランス騎兵はソムア戦車を要求したが、日本の騎兵は九五式軽戦車で結構と言ったことである。

要するに軍内の意見として、まとまったものは生まれてこない。軍中央部は「軽量小型の戦車を多数作って、歩兵に直接協同させるという大方針」にしがみついている。それにしても、この〝大方針〟の招いた結果は重大なものであった。

戦車学校も迷っていた

それならば、戦車学校内では意見が固まっていたのか。

角中佐理論をもってするならば、独立混成第一旅団は、何ともならぬ代物である。歩兵三個大隊に、わずか戦車一個中隊を直協させた戦いだ。こんなもので何が出来るものか。戦力の中心は戦車であるべきで、それに歩兵も砲兵もついてくる。速度は戦車が歩兵に合わせるのでなくて、戦車に合わせる。戦車が固い頭で突進する。砲兵がこれを支援して対戦車砲を叩く、歩兵は戦車の踏みちらしたところを確保するように追っかけてくる。だからトラックなどでは駄目なのだ。戦車に近い走行能力を持つ無限軌道車に乗っていなければならない。こういう部隊であってこそ、ソ満国境突破も突破後の戦果拡張もできるのであって、混成旅団のような軽装備の機械化部隊は、日本軍の主決戦場では役に立たない代物なのである。こういう論理であった。

混成旅団をこきおろすことは、その戦車隊をこきおろすことにもなる。戦車主体のものでなくてはならぬことは異存はないのだが、戦場帰りの戦車の強者たちのかんにさわるものがあるのである。

堅陣突破の重機動兵団だなどと言っても、日本にそんな戦車があるか。新しいチハ車(九七式戦車)は現在、戦車学校で訓練用にも使っており、いろいろ実験もしているが、これが最新鋭のものではないか。部隊の持っているのは九五式軽戦車、古い八九式、それに〝豆〟の軽装甲車だけではないか。大風呂敷をひろげてみても、重戦車、BT中戦車、T26軽戦車と粒をそろえているソ連軍のようなわけにはいかないのである。これが現場組の声であった。どちらも、「新米の戦車兵」にはもっともと思われる。戦車学校でも〝迷って〞いたのである。

第十三章　誤った結論

井上大佐らの機動兵団視察団の人たちが、ヨーロッパで見てきたように一九三六、三七年頃には、世界列強の陸軍は戦車、機械化部隊の強化に向かって邁進していた。戦車部隊の実力や重要性については、すでに異論はなかったかのようである。ところが、実はそうではなかった。どこの国でも、新しいものを作るとなると、既存の勢力からの反発や妨害があった。

兵器の開発において攻撃力、防禦力のシーソー・ゲームは古来つきものである。攻撃兵器としての戦車がその威力を誇れば、対抗する対戦車砲や対戦車地雷などの防禦兵器が急速に進歩してきて、果たして戦車は呼号するほどの威力はあるのか、という疑問をまき起こす。

また戦車運用理論の上から当然、地形の問題が論じられる。戦場の地形から判断して、戦車は使えない、という価値判断も出てくる。

さらに、これは自国軍の装備にもよるし、訓練にもよることだが、指揮連絡の能力から、戦車の大部隊などは使えるものでない、と判断する国もある。こうした各種の理由から、各国の方針は一九三七〜三九年の間、すなわち一九四〇年春、ドイツ装甲部隊が電撃的威力を発揮して全世界を驚倒させるまで動揺を続けたのである。

そしてこうした動揺の最初は、戦車戦力がまだ何ほどでもない日本に、まず起こった。

独立混成第一旅団の解散

昭和十三年八月、独立混成第一旅団は解散を命ぜられた。

これに先立つ七月上旬、朝鮮とソ連の国境の付近の張鼓峯という所で、国境線の不確定に基づく国境紛争が起こり、日ソ間の本格的な戦闘になった。

当面の日本軍は朝鮮軍に属する第十九師団で、師団長は初代の戦車隊長であった尾高(旧姓、大谷)亀蔵中将であった。

戦闘は七月三十日に本格的に始まったが、中央部の方針は専守防禦であったので、ソ連軍の戦車、重砲、飛行機の圧倒的な攻撃のもとで、いわば叩かれっぱなしの戦闘であった。八月十一日の停戦協定成立でようやく苦境を脱したという戦いであり、ソ連側は赤軍の大勝利、とさかんに宣伝した。

このとき日本軍は、戦車をこの方面に持っていなかったから、戦車の戦闘はなかった。

しかしソ連軍の戦車は思うままに活躍しているから、これについてはかなりの情報を得ているはずだが、それは満州にあった戦車部隊にも伝えられなかったようだ。

この国境紛争で、これに隣接する満州国の琿春県方面も、急に防備を捨ててはおけぬことになってきた。この地区は従来、朝鮮軍の警備地区になっていたが、この張鼓峯事件のあと、関東軍の担任区域に変更されることになった。だが、それにしてもここを守る守備兵力が必要になってくる。どこからそれをひねり出せるのだろうか。

そしてこの独立混成旅団の解散である。その独立歩兵第一連隊は車から降ろされて、歩兵第八十八連隊と改称され琿春駐屯部隊とされた。つまり、この旅団の歩兵がほしかったのである。

棄て子にするつもりか、関東軍

部隊の解散という軍中央部の処置であるから、この決定は突然のものではない。はるか以前から検討されていた節がある。その根源は勿論、関東軍にあった。

満州国防衛の任務をもつ関東軍の首脳部には、機械化部隊を育成するなどという考えはなかった。先に足手まといの騎兵集団を、喜んで中国戦線に送り出した。次は独立混成旅団であった。

混成旅団解散を今日なお痛憤する人物が、筆者にこういう話をしてくれた。

「……昭和十三年の五月のことだったと思うが、公主嶺の混成旅団に突然、非常呼集がかかって、参謀長東條中将と参謀肩章をつけたお偉方がズラリと現われた。これは誠に異例なことで、旅団長は勿論、各部隊長ともびっくりした。ただちに全隊全車、新京街道上に隊形を整えよ、という命令である。平時、車は修理してるのもあれば故障車もある。全車集合と言っても無理な話だ。どうも狙われたのは歩兵と工兵であったらしい（語っているのは工兵隊の将校である）。道路上に縦隊を作ったら、とたんに空襲警報である。自動車部隊は、すぐに路外に散開というわけにはいかない。仮設敵に対して攻撃前進となると、橋梁が破壊されている。工兵が修理しようとすると「何時間かかる」と制令を言い渡されて動きがとれない。戦車部隊とてサンザンであった。……この講評が前代未聞の酷評であった。参謀は怠慢であり、部隊長以下なっておらんというわけである……」

関東軍の意図は教育、訓練であったのかもしれない。しかし、これをやられた方は、機械化部隊の無用を立証するための芝居ととる。そして、これが上司に対する不信と士気の沈滞をまき起こしたものとして、今に痛憤するのである。

これだけが第一混成旅団解散の原因ではないであろう。だが、関東軍の上申によって軍中央部が、これに踏みきったことは確実である。そしてそれは、この旅団のわずかの歩兵と工兵を他に使いたかっただけが理由なのである。その根底には、勿論、この機械化部隊が役に立たない、という価値判定がある。

第一戦車団編成

この混成旅団を解散させたあとに生まれたのが、第一戦車団であった。

第一戦車団（長、安岡正臣中将）関東軍直轄

戦車第三連隊（長、山路秀男大佐）公主嶺

戦車第四連隊（長、玉田美郎大佐）公主嶺

戦車第五連隊（長、井上芳佐大佐）愛河

工兵隊は工兵第二十四連隊となって関東軍直轄、砲兵は独立野砲兵第一連隊となって関東軍砲兵司令官の指揮下に入れられた。戦車第五連隊のほかはみな、いままでどおり公主嶺に駐屯するのだが、これまでのような一家のつき合いではない。戦車団は勿論、歩兵支援戦車団である。諸兵連合部隊の基幹部隊として動きまわることなど、その任務ではない。各戦車連隊は歩兵支援のための訓練に専心することになった。

この戦車団編成の理念というものは、全く〝後戻り〟のものであった。戦車威力の発揮は、編成が大であれ小であれ、諸兵統合の戦闘団でなければならぬことを、戦車隊の将兵

は支那事変初期に血と汗をもって体験しているのである。〝純血〟の戦車団は、それ自体で独立任務が果たせるわけはないし、さりとて中将の指揮する部隊を歩兵に配属のしようもあるまい。分散配属すれば、またぞろ〝バラバラ事件〟である。

こうして、日本陸軍の主決戦場満州から、騎兵集団も機械化旅団も姿を消してしまった。当時の軍主脳部の人たちは、あの広漠たる満州国を、攻勢にせよ防勢にせよ、歩兵の足で防衛することが可能だと本気で考えていたのであろうか。自動車化部隊の戦場機動力のないことくらいは、紙の上でも判る。適合した車輛や兵器の装備でこれを改善するという、どんな手を打ったであろうか。さらに、せっかくの諸兵の団結をバラバラにして、必要が起これば戦車部隊に諸兵を配属集成すれば足りるのだ、と考えたその短見は、軍の建制を尊重し、団結を強調してきた陸軍としては、まことに奇妙な脱線であると言わざるを得ない。

何故、短命であったか

混成旅団は見てきたように、陸軍の〝虎の子〟として生まれ〝継子〟として育てられ、そしてとうとう〝棄て子〟にされてしまった。

山崎正男少将は、この混成旅団の解体問題を回想して、こう書いている。

《この旅団はなぜ短命であったのか。この旅団は編制上からすると戦力はわずか歩兵三個大隊と砲兵一個大隊。これで正面攻撃に使って力不足を非難するのは、中国軍相手でもそれは無理というもの。機動力の不足したことは戦場の地形と当時のトラックの能力もあるし、車輛整備や燃料補給のための特別の編制装備を持たない。車輛にたよりすぎるという害は編制と訓練とに関することで議論のあることだが、当時としては各中隊みずから車輛を持つことになっていた。車輛を中隊から分離せよ、という論が多かった。

用兵上からいうと使う側に問題があった。部隊の特性を知り、期待度を適正にすべきであった。使用する側に特性を発揮させる必要条件を準備してやるという用意がなかったのである。

この経験後これの不用論がおこり、関東軍にそれが強かった。「せっかくの機械化部隊の芽なのだから、これを研究改変すべきだ」という意見もあったが、とうとう昭和十三年に廃止、その歩兵は新設の第七十一師団(琿春駐屯)に入れられた。従来の守備隊を師団にする必要が切実であったからである。関東軍の旅団廃止論にも「背に腹はかえられぬ」との考えがあったのかもしれない。芽をつぶすのは惜しいが「充分研究をつんで最初から出なおせ」という考え方が勝ったのであった》

こうして、井上大佐や工藤少佐が、その視察団報告に、《……至大の可能性を有する機械化の将来を達観し……と力説、要望した決勝機動兵団の芽は、あえなくも関東軍みずからの手で、そして軍中央部の手でつみとられたのであった。

「機械化部隊は駄目、騎兵集団も頼むに足らず」「充分研究して出なおす」として、一体どうしたらいいのだろうか。それでなくても〝五里霧中〟であった戦車界、騎兵界は、いよいよ迷うだけであった。

グデーリアンのように、手をひいてくれる人はいない。ソヴィエトでは、機械化の主導者であったトハチェフスキー元帥は、前年の昭和十二年夏、陰謀の罪を問われて処刑されているが、そのまいた種は大きく実って戦車戦力はどんどん育っている。

満州での戦力比を心配するのは、関東軍の首脳部や幕僚たちだけではないのである。

作戦要務令

筆者が戦車学校に勤めていた昭和十四年、作戦要務令が発布された。戦車に関する限り、筆者など若輩も、草案に意見を求められている戦車学校の討議で、これを聞いたことがある。

歩兵支援の任務に関する限り、支那事変の経験を加味しても、従来からの歩・戦・砲の協同の原則に何らの新味の出るはずもない。その基礎として考えている戦車にしても、「チハ車」が主力戦車であり唯一の戦闘戦車なのだから、この戦車から新しい歩兵戦術など生まれるわけはない。満ソ国境のソ連軍の国境陣地帯を、どうやって突破するつもりなのだろう、という疑問が残っただけのものであった。突破機甲兵団はおろか、ただ一つあった機械化旅団さえ潰された時期だったからである。

この作戦要務令には「陣地戦および対陣」という篇があり、その中に「……近く相対峙する状態より急襲をもって一挙に敵陣地を突破せんとする」戦法について書いてある。満ソ国境陣地の攻撃を前提としてのものであるが、ソ連軍「野外教令」の縦深防禦策と対照して考えて、どうやって突破が完成できるだろう、と思ったものである。「軽量小型の戦車を多数集結」してみたところで、あの国境陣地が突破できようとは、今でも思われない。

諸兵連合の機械化部隊の戦闘原則

作戦要務令には「諸兵連合の機械化部隊および騎兵部隊の戦闘」という篇がある。常設の部隊をなくしてしまったのだから勿論、将来、常設された時の指針であり、また臨時集成して作る機械化部隊の準条である。

戦闘原則は、部隊の組成によって違うのだから、まるで〝教科書〟のような基本的なことが書いてある。

《第二四六。機械化部隊における諸兵種の協同は、その部隊の編組および当時の情況に応じ、戦闘の主体たる歩兵、戦車をしてその任務を達成せしむるを主眼としてこれを行ない、

機動力異なる各部隊の戦闘力を巧みに統合発揮するを要す》

この文章には、歩兵を主体とする機械化部隊というものが、混成旅団を見捨てたのに、まだ残っている。おそらく歩兵側が主張して書かせたのであろう。諸兵の機動力が異なることを前提に書いている。機械化部隊の諸兵の機動力が同じであることこそが、総合戦力発揮の基礎だ、としてグデーリアンらが資材整備に努力を続けていた時期である。日本の軍中央部は、その努力をしないままに「巧みに統合発揮せよ」と命じているのだ。

《第二四八。戦車を主体とせる機械化部隊の歩兵は戦車を支援して、その攻撃を容易ならしむるとともに、戦車の収めたる戦果の確保、拡張に任ずるを通常とす。……》

「戦車を主体とする機械化部隊」とは書いてあるが、それを常設しようという考えなどはない。すでに〝純血〟の戦車団を作っている。岩仲支隊のように臨時集成した場合の歩兵の任務を示しただけのことである。

ところで、この機械化部隊が敵の機甲部隊と戦闘することを予想しなかったのか。

《第二六〇。機械化部隊、優勢なる敵の機甲部隊を攻撃するにあたりては、……主導の地位を確保しつつ、明断果決、速やかに敵の基幹たる部隊に決戦を求めてこれを撃破するを有利とす。……》

こうした美辞を連ねてみても、敵の基幹の戦闘戦車を撃破する対戦車砲を戦車が備えていないのをどうするのか、という疑問は解明されていない。

戦車に関する限り、明日の戦闘に備うべき「作戦要務令」は、この程度のものだったのである。

再出発

混迷している日本の戦車界は、すべて出発点にもどってしまった。だが国家非常のときである。あれも駄目、これも駄目と迷っているときではない。号令をかける指導者がいなければ、それぞれの主任者が協力しあって思想を統一し、ともに進もうではないか。当然起こるべき声は起こった。主唱したのは、戦車教育の責任をおう教育総監部第四課長の星野利元大佐であった。

陸軍省軍事課長の岩畔豪雄《いわくろたけお》大佐に呼びかけた。このさい非公式なものだが「戦車研究委員会」をつくって、中央部をはじめ関係部局の主任者の参加を求め、意志の統一と機械化の促進をはかろうではないか、という趣旨であった。岩畔大佐は一も二もなく賛成した。参謀本部側に異存のあろうはずはない。駒がそろって戦車研究委員会が発足することになった。

これまでの各方面手さぐりの前進に比べれば非公式の組織とはいえ、それぞれ担当責任者の集まりであるから総合的に能率のあがる組織である。ときはすでに昭和十四年三月であった。

防衛庁戦史室の近藤新治戦史編纂官は、戦車に関する研究を昭和四十六年五月号の「国防」誌上に発表しておられるが、以下これによって戦車研究委員会の実績をたどってみることにする。

第一回の委員会の会合は、昭和十四年三月四日に開かれた。委員会の構成メンバーは次のように用兵、装備、研究の全部局を網羅し、戦車界でこれまでも、この後も、主要な役割を演ずる人びとであった。

陸軍省軍事課　岩畔豪雄大佐（課長）

　中山中佐（編制班長）

　木下中佐（資材班長）

兵務課　向田宗彦中佐（後にマレー作戦の戦車第一連隊長）

戦備課　西村中佐（軍需動員の担当課である）

機械課　園田大佐（戦車整備の担当課である）

　吉松喜三中佐

参謀本部第二課　武居少佐（作戦の担当課である）

第三課　金子少佐（編制担当の課である）

教育総監部第一課　八野井少佐
　第二課　林　　少佐
　第四課　星野利元大佐
　　中村貢少佐
技術本部　原乙未生大佐
　中野　　少佐
歩兵学校　宇野　中佐
戦車学校　岩仲義治大佐
　重見伊三雄中佐

機甲体系

戦車の研究をするとなると、まず第一に、参謀本部は戦車の体系について一体どんなことを考えているのか、というのが問題であった。参謀本部側から提示した案は次頁表のようであった。

昭和十四年初めという時点で、参謀本部が機甲体系について、こんなことを考えていたということは、日本の機甲部隊の将兵の運命のために詳細に分析しておく必要のあることと筆者は考える。

		任務用途	名称	性能
戦闘戦車	支援戦車	戦車団の主体	新中戦車（やむなくば九七式）	一〇トン級 乗員三 火砲はやむなくば四七ミリまで低下 その他は九七式に準ず
		戦車団補助	砲搭載戦車	中戦車とおおむね行動をともにし、火砲は七五ミリとす （砲はすでに開発中）
		師団戦車隊の主体	新中戦車（もしくは新軽戦車）	
	機動戦車	戦車団 軽主体 中一部 騎兵団 戦車隊	新軽戦車 （もしくは九五式軽戦車）	新軽戦車は七トン級 火砲三七ミリ 装甲一八〜二〇ミリ 一二〇馬力程度
補助戦車	捜索連絡用	師団捜索隊 （軽装甲車中隊）	九七式軽装甲車	軽装甲車隊のものはできれば装甲をさらに増強
	水陸両用	捜索隊	水陸戦車	おおむね軽装甲車に準ず
	指揮用	各戦車隊	指揮戦車	各戦車隊用主力戦車に準ず
備考	重戦車は目下審査中のものを堅陣攻撃用として装備し得れば可とす			

独立混成第一旅団を解隊し、戦車団編制にしてしまっている折柄なので、戦車主体の諸兵連合の機械化兵団という考え方は望むべくもない。それにしても、前にも述べたが戦車だけの〝純血〟戦車団というのでは、支那事変の戦訓、実戦部隊が血と汗で学びとった教訓は、どこへ行ってしまったのであろうか。戦車団さえ持っていれば、臨機に歩兵、砲兵などと集成し、それで充分だと参謀本部が考えていたのであろう。

その戦車団は歩兵に直接協同する戦車団と、機動的に戦闘させる戦車団（軽戦車主体、中戦車一部）を考えていたらしい。

まだ、軽い戦車を……

機甲運用の構想は、当時の風潮からしてこうなったのだが、何とも納得しかねるのは、その戦車の性能に関する考え方である。

「新中戦車」「新軽戦車」という要求が出ている。その新中戦車の性能は「一〇トン級、乗員三、火砲はやむなくば四七ミリ級まで低下」という。九七式中戦車の生まれている現在において、なお昭和十一年の主力戦車論議の参謀本部案をむし返しているのである。

「乗員三名では戦闘力が低下する」と戦車隊側が反発した戦車を、また言い出している。実際のところあの当時と、この時の参謀本部の主任者が同じ人であって、いまだに「軽いものをたくさん」と頑張っているのである。

「やむなくば九七式中戦車」と言う。第一線部隊は九七式を喜んで、これが配当されるのを首を長くし待っているのである。その戦車砲の五七ミリ砲は威力充分とは言えない、と技術本部の責任者が首をかしげているのだが、それをさらに「やむなくば四七ミリに低下してよい」というのである。九七式を更に強くした「新」中戦車ではない。日本の戦車は「軽い」方はめざすが「強い」方には向かないのである。

筆者は、今日このように思うのだが、この機甲体系は、すでに〝軽い戦車を多数〟という方針を根底に持っている中央部当局者であるから、基本的には異論が出るはずはなく諒承されたようである。

対戦車砲

この時期になっての戦車の問題点は「武装」であったはずなのだが、それを見よう。「新中戦車」の性能について陸軍省機械課の委員から設計条件の説明があった。

まず武装であるが《砲はまず五七ミリ戦車砲とするも、対戦車砲または機関砲を備うることあるべきを予期すること。将来戦においては戦車は、対戦車戦闘の余儀なき機会多きを顧慮す》（傍点、筆者）とあった。これは今後の戦闘様相からすると、戦車の相手にするものは、敵の機関銃や火器などであるのか、敵戦車なのか、という点で、きわめて重要な問題であった。

これまでの戦車の審議では、五七ミリ低初速砲に異論は起こらずに経過してきた。しかし研究会の決議事項では、「一応五七ミリ砲とするが、火砲威力についてはなお研究す。対戦車威力のつとめて増大した新火砲を研究し、さらに口径に関しても研究す」とされている。

日本の戦車界は、この昭和十四年（一九三九年）の春という時点で初めて対戦車戦闘に目を向けた。しかし「対戦車戦闘の余儀なき機会多し」と判定したのである。

文脈からして戦車は対戦車戦闘をするものではない、歩兵の支援をするものだ、敵戦車は歩兵の対戦車砲部隊が闘うものだ、という考えは相変わらずなのである。

ソ連軍の戦車が、我が戦車に向かってくることは考えなかったのであろうか。ソ連軍の戦車は対戦車砲を備えている。これは井上視察団の当時から、すでに報告されているとおりである。

井上視察団は、こう報告している。

《ソ連軍戦車の特徴は、その形態小にして快速なると、独特の砲塔に優秀なる四五ミリ対戦車砲と無線器材を装備せるにあり。

戦車装備四五ミリ砲の重要諸元、左の如し。

砲身長　四四口径（二・六メートルとの説あり）
最大射程　五〇〇〇メートル
徹甲弾初速　約八〇〇メートル
発射速度　一分一二〜二〇発（自動装填式）》
実際は四六口径対戦車砲である。情報は大体正確だったわけである。
日ソ相闘うとなれば、日本軍戦車隊の九五式軽戦車と八九式戦車のぶつかるべき戦車は、こういう性能を持ったものであった。そして、日本軍の戦車は、敵機関銃などが主敵で敵戦車と戦うことは二の次のことと考えていたのだが、ソ連軍は対戦車手段の最も有利な方策は戦車である、という方針をとっていたのである。これもまた井上視察団のころ明らかに知られていた。こう述べている。
《対戦車戦闘に戦車を使用の趨向。英軍およびソ連軍においては、対戦車戦闘の最良の手段は、戦車をもって進んで敵戦車を撲滅するにありとなしあり。その他の諸国にあっても戦車には、必ず対戦車威力ある戦車砲を装備しつつあり》
相手は容易ならぬ強敵なのである。
装甲については「おおむね九七式中戦車程度として口径三七ミリ砲の徹甲弾の直射に対し射距離三〇〇メートル以上において抗堪し得しむ」と従来のような方針が説明されたが、

それにはあまり異論はなかったという。これも従来の経緯から当然と言えるが、この基準となったと思われる日本軍の三七ミリ対戦車砲の性能が悪かったのではないか、という疑問については、すでに述べたとおりである。

チャチな戦車

星野大佐主唱による戦車研究委員会は、このように軍政的施策の総合の役割を演ずることとなり、参加者はその決議に従って担当業務を推進することとなった。

星野中将は、このころを回想してこう語っている。

「このころ、岩畔大佐とどんな戦車を持つべきかについて話し合ったとき、彼はこんなチャチなものでよいのか、もっと装甲の厚いものをつくろうじゃないですか、と言う。私は装甲の薄いものでも多い方がよい、といういまの方針は止むを得ないのではないか。いや、装甲の厚いものを数多くつくれるか、第一そんな大きなものは日本ではつくれないよ。何でもこのころ一〇〇トン戦車がつくれぬわけはない、という問答をしたことがある。何でもこのころ一〇〇トン戦車がつくられたという話をきくが、私はあの実行力のある岩畔君なら、軍事課長でもあるし、ほんとに一〇〇トン戦車をつくらせたのではないかと思う」

原乙未生氏監修の『日本の戦車』にも《昭和十五年、重量一〇〇トンの超重戦車が試作された。外観は九五式重戦車をさらに大型にしたようなもので、主砲塔に一〇センチ加農を搭載し、前後にも小砲塔を備えた。製作は極秘裡に行なわれ、完成後、試験場への運行も夜間のみ利用され、日中は覆いをかけてカムフラージュした。しかしテストの結果は予期の性能をあげ得ず、車体は破壊された》という記事がある。これが果たして、星野中将の言うように岩畔大佐の発意によったものかどうか、確認はできない。しかし時期も符合するし、岩畔大佐という人はスケールの大きな人だったから、筆者はこの人ならやりかねないと思う。

一〇〇トン戦車などというバカでかいものは格別としても、本気で満ソ国境のソ連陣地を突破することを考えているのなら、「こんなチャチな戦車でよいのか」は、まさに痛烈な批判であったと思う。チャチな戦車をたくさん持ったとて戦力にはならぬからである。

また、この戦車委員会は軍内に対してだけでなく、戦車自動車工業関係の企業に呼びかけて、機械化国防協会という外郭団体もつくられた。昭和十四年初めは、日本の戦車界が原点にかえって総合的に再発足した時であった。

軍中央部が、あれこれと悩んでいる頃であったが、前線の部隊はよく働いていた。ここに、その一例がある。

臨時戦車集団

武漢攻略作戦後も華中戦域では、絶え間なく戦いは続き、戦車隊将兵もよく戦った。昭和十四年三月、この戦域で、「陣地の突破および爾後の追撃に戦車を集結使用し、偉大なる戦果を収めたる戦例」として、国軍戦術教育の模範とされた戦いが行なわれている。

第十一軍はこの時、第六、第一〇一、第一〇六師団をもって南昌占領を目的とする作戦を行なった。この時の戦車運用が右の戦例となったものである。

第十一軍はこの時、臨時戦車集団を集成した。戦車第五大隊長石井広吉大佐の指揮する戦車第五大隊、戦車第七連隊（楠瀬正美大佐）、独立軽装甲車第九中隊、歩兵第一四七連隊、独立工兵第三大隊第一中隊（二個小隊欠）、第八師団兵站輜重兵中隊の一個小隊という、臨時機械化部隊であった。

集団は三月二十一日午前二時から、舟艇によって修水河の渡河を開始した。渡河を終った第一梯団は第一〇六師団の攻撃に協力して午前八時三十分、歩兵を先導して当面の敵陣地に突入した。前日来の降雨によって前進は困難をきわめたが、その穿貫的威力でたちまち敵陣地を突破した。軍からは「全力の集結を待つことなく攻撃前進を開始し、奉新を占領確保」すべき任務をうけていたのである。

敵の第一線を突破したとなるや戦車連隊は、脇目もふらず前進を続けた。一挙に十数キロを突進して敵の後方陣地も突破し、進撃すること六〇キロ、午後四時には安義を攻略してしまった。

明けて二十二日、態勢を整理した集団は、新手の戦車連隊を先頭に立てて奉新に向かって突進した。あわてて退却している敵の縦隊に追及してこれを捕捉し、砲三八門（十加四門、十二榴三門、野山砲三一門）、自動車一〇輛を鹵獲するという戦果をあげている。夜間追撃を強行して午後九時三十分には奉新に突入し、これを占領した。

この集団の敵中突進は美事なものであった。だが、急速な突進の泣きどころは燃料である。この補給が続かない。燃料欠乏という事態になってしまった。だが使う側も一所懸命であった。空中輸送によって燃料を送ったのである。充分の量ではなかったろうが、戦車隊も前進を強行して先遣隊の戦車第五大隊主力は二十五日夜、烏鶏舗に進出し、二十六日に南昌北西の贛江橋梁に達して渡河せんとする時、この橋梁を爆破されて停止せざるを得ないことになった。集団主力は二十六日正午過ぎ、南昌対岸に進出した。

戦車隊将兵の士気も伎倆も上がってきているし、使う側の腕前も目立って進歩していたのであった。

さて、日本陸軍は前述のように迷いの道を進んでいた。

そしてこの頃、ドイツ、ソヴィエトの機甲理念に、まことに大きな影響をおよぼす実験が行なわれていた。それはスペインの内乱における戦車の働きである。この実験の誤った結論の被害をまともに受けたのが、機甲大国ソ連であったのだが、まず、スペイン内乱に目を注ぐことにしよう。

スペイン内乱の教訓

スペイン内乱というのは、人民戦線政府に対するフランコ将軍の率いる反乱という形で一九三六年七月に始まり、まずドイツ軍がフランコを助け、ソヴィエトが人民政府を支援し、イタリアもフランコ側に加わり、ともに義勇軍と称する兵員と兵器とを送って、今日各所で行なわれているようなイデオロギー対立の代理戦争を激烈に戦って一九三九年におよび三月、フランコ軍がマドリードを占領して終った国内戦である。ソヴィエト軍はT26軽戦車やBT戦車など七〇〇輛を送りこんだ。これに対してドイツ軍は送れる戦車としては一号戦車以外になく、イタリアは豆戦車を送っただけであった。

ソ連軍派遣の軍事顧問であり戦闘の指揮官でもある義勇隊の長は、戦車のエキスパートと言われたパブロフ将軍であった。後年、独ソ開戦劈頭にグデーリアンらの突破を受けた時の西部方面軍司令官で、敗戦によって銃殺された将軍である。ロコソフスキー、コーニエフ、マリノフスキーら後年の赤軍の大立物たちも、このスペインで戦闘を経験している。ドイツ側の義勇隊「コンドル軍団」の長はリッター・フォン・トーマ少佐であった。

この内戦は、独ソ両国にとって新兵器の実験場であった。独ソ両国の飛行機は、この内乱で無防備の市民に加えられた空襲が、非常な影響力を持つものであることを実証した。ところで戦車であるが、これがまことに不成績であった。「戦車恐るるに足らず」「戦車はあまりに役に立たぬ」という結論を各国にまきちらしたのであるが、この点では日本の戦車界も被害者であった。

これを当時の資料で見ることにする。井上芳佐少将は、昭和十四年六月号の戦車学校の機関誌に「六月六日ノモンハン事件の放送を聞きつつ」という脇書のついた一文を寄せて、こう警告した。

《……スペイン内乱戦における戦車については、若干の情報が伝えられている。……一九三六年十二月、人民戦線軍はマドリードに向かい作戦中のフランコ軍の某師団の右翼に対して、大規模の逆襲を行なった。この際、初めて戦車が使用され、二キロの正面に四〇輛(大部分軽戦車)が攻撃した。しかし短時間の準備砲撃後、逆襲に転じたが、随伴歩兵の行動不適切、歩戦分離に陥り、この逆襲は失敗した。……一九三七年七月、ブルネラの戦闘で人民戦線軍は、正面攻撃において戦車一〇〇輛を縦深に使用した。戦車は歩兵を蹂躙することなく濾過前進したるものの如く、国民軍砲兵陣地に突進して撃破された。……》

《……一九三七年における国・人両軍の戦車の損害は、砲兵および対戦車砲により破壊せられたるもの一四七輛、歩兵に焼却されたるもの二六輛と伝えられ、損耗は大きい。戦車対戦車の戦闘は稀に起こったが、人民戦線軍が有利であった（それは国民軍戦車に砲の装備なきため当然である）。

対戦車火器としてはホッチキス一三ミリ、エリコン二〇ミリ、……独軍三七ミリ、ソ軍四五ミリが使われたが、……ソ軍四五ミリは独軍三七ミリに比し優秀なりと認められた。揮発油を充塡せるビール瓶と手榴弾とを併用せる肉薄攻撃はしばしば実施せられ、某国民軍兵士は一人にて人民戦線軍の戦車二〇輛をこの攻撃法だけで捕獲したと言い、ついに伝説化するまでにいたっている。

本内乱戦の教訓として、次のことが伝えられている。すなわち戦車と対戦車砲の戦闘は、一般に対戦車砲に有利であった。また、厚装甲にして中等速度の中、重戦車は威力あり、とくに歩・砲兵と密に協同攻撃し来る時は、恐るべき兵器であるが、独伊の軽戦車は恐るるに足らず、かかる軽戦車は戦闘戦車にあらずして、捜索戦車に過ぎない、と……》

厚装甲の中、重戦車など持たぬ日本陸軍にとって、あまりうれしい戦訓ではない。井上少将としては当然、この「スペインでの戦車運用や戦闘の特異点」を明らかにして、このスペイン戦から「誤った結論」を出さぬよう警告せねばならなかった。井上少将は、こう述べた。

誤った判断をするな

《……初期の戦車乗員は未熟であり、指揮官もまた戦車用法を知らず、あたかも歩行の訓練をなさずして走らんとするの類であった。使用戦車は、戦場の地形に適合しなかった。戦場は、主要道路以外に道路と称すべきものに乏しく葡萄園、オリーブの森、蜜柑畑、森林など多く戦車の行動を妨害した。両軍の戦線は防禦拠点、築城陣地および防備を施せる村落で連綴されていた。ドイツの六トン戦車、イタリアの三トン戦車は勿論、ソ連のT26戦車も、こんな陣地戦に使用することを目的で作られたものではない。使用戦車数は戦線の広大と参加兵力に比し、すこぶる小であった。国民軍は比較的多くの戦車を持っていたが、……各所に二〇、四〇、五〇輛ずつ分散使用した。偶然、サンタルデルにおいて二〇〇輛を集結使用した時は、歩・砲の兵力は小であったが、完全に成功した。……》

こう説いて井上少将は、「戦場運用の誤り」を強く指摘したのである。

《戦車の用法は全然、誤用であった。初期、歩兵に協同すべき戦車が歩兵に顧慮なく、無謀に全速力を以て自己の目標に突進した。その上に砲兵力小にして敵の対戦車砲を制圧破壊することが出来なかった。運動戦用の軽戦車が、かくの如き情況において対戦車砲に破壊され失敗するのは当然であって、多少とも成功したことが、むしろ驚異に値する（傍点、筆者）。要するにスペイン戦は、戦車に関する限り「他兵種と緊密なる協同下の集結、同

時、奇襲的」用法という、欧州大戦以来の鉄則を覆すべき、何らの新原則も提供するものではないのである……》

パブロフとグデーリアン

傍観している日本の戦車界は、このスペインでの戦車の働きを誤って解釈されないように、「機械化部隊や戦車など役に立たない」と独立混成旅団を解散した空気の上に、さらに戦車軽視論の高まらぬように、と躍起になっていたが、ここに明らかに誤った結論を出した連中がいた。これがソ連からスペインに派遣されていたパブロフ将軍であった。ソ連で戦車のエキスパートと目されていたこの人が、「戦車は歩兵直協以外に使えるものではない」と判断したのである。

そして誤った観察をしたのはパブロフだけではなかった。砲を持たない一号戦車やイタリア軍の豆戦車で戦うリッター・フォン・トーマとてそうであった。彼からの報告は、とうてい大装甲師団の有利さを支持するようなものではなかった。彼は「戦車全部が無線装備をする必要はない」などと報告してきた。

だが、前線からどんな報告や戦訓が送られてこようが、ドイツにはグデーリアンがいた。彼は一九三七年にルッツの勧めで装甲反対派に対する反駁啓蒙のための本『注意せよ！戦車に！』(Achtung! Panzer!) を著して闘っていたのだが、スペインにおけるトーマの動きを心配しながら見守っていた。そして、井上少将と同様に、スペインでは誤った教訓が学びとられた、と彼は断定し、これを問題外だ、としたのである。スペインは一九三七年までは、同時に五〇輛以上の戦車が集結使用されたことのない戦場である。スペインの兵士は訓練未熟だし、地形も難しい地方である。マドリードのような都市周辺での戦車戦闘など、損害のみ多くて効果的ではない。グデーリアンは頑として、このスペイン内乱での戦訓を受けつけなかったのである。

井上少将は「ノモンハンのニュースを聞きながら」警告の文章を書いたのだが、そのノモンハンではどんな戦いが行なわれていたのであったか。

第十四章　ノモンハン

日本の戦車界が原点にかえり、再出発したのが昭和十四年（一九三九年）であった。その前年の十月に中国戦線では武漢三鎮を占領し、戦域は南にのびて広東を占領するにいたったが、戦争終結の決め手にはならなかった。

中国戦線に八〇万もの軍隊を動かし消耗を続けていては、軍備充実にさしさわることは明らかだが、事変終結の目途はたっていない。満州の戦備に不安を感じていた日本陸軍は政府の尻をたたいて、ソヴィエトを牽制するためにドイツ・イタリアと結んだ防共協定をさらに進めて、これを軍事同盟にもっていこうと躍起になっていた。

一方ヨーロッパでは、ヒトラーは昭和十三年三月、オーストリアを併合し、さらにチェコスロヴァキアの一部の併合を主張して戦争一歩まえとなる。九月にミュンヘンの会談で、どうにか決裂をまぬがれたものの、何をしでかすかわからず、まことに騒然、不安の中に迎えた昭和十四年であった。

国境紛争

満州にある日本軍の部隊は勿論、対ソ開戦の機に備えて、平時編制だが臨戦態勢である。国軍の主決戦場は何といっても満州、それも開戦となれば主力は東方国境の国境陣地を突破し、ウラジヴォストークや沿海州のソ連軍の空海の根拠地を占領しなければならないのである。

その作戦実行の可能性について関東軍も大本営も、すでに自信を失いかけてはいたが、部下の部隊は勿論それを知るわけはなく、関東軍としては絶対にソ連に弱味を見せるわけにはいかない。国境紛争ともなれば、なおさらである。強がりであったことに間違いはないが、満州国に対しても日本国内に対しても、関東軍の力に疑問をもたせるわけにはいかなかったのである。軍隊は黙々として訓練にはげみ、わずかな兵力ながら戦車団三個連隊は、東方国境の戦場を想いながら演習に専念していた。

昭和十四年五月、戦車第四連隊長、玉田美郎大佐は南満州地区で将校の現地戦術演習を行なっていた。

大佐は歩兵の出身、歩兵大隊長のときに短期の戦車補備教育を受け、戦車第四大隊付として一年余勤務して歩兵にもどり、また昭和十一年、陸軍戦車学校で師団軽装甲車要員の教官となって、十三年七月、戦車第四連隊の三代目の連隊長を拝命した人である。戦車拡張期における部隊長たるべき人の標準的コースを歩んでいる。後に少年戦車兵学校の校長として、多くの〝若獅子〟を育て上げた日本戦車界の功労者の一人で、現在も新潟県糸魚《いとい》川《がわ》市に御健在である〔一九八九年没〕。

演習を終って兵営に帰った玉田大佐は、留守を守っていた連隊副官から、国境のノモンハンで彼我の衝突があったとの報告をうけた。まったく聞いたことのない地名であった。

ノモンハン事件は、五月十二日に起こった。

玉田中将は戦後、ノモンハン戦を回想して手記を書いておられるが、ノモンハン会の機関誌「ノモンハン」にも「安岡兵団の作戦と血戦」と題して寄稿しておられる。これには、こう書かれている。

戦車団出動

《昭和十四年六月二十日、午後四時ごろであったと思う。突然、戦車団司令部から、隊長に至急出頭せよ、という命令があった。何事であろうかと自動車をとばして行ってみると、公主嶺の各部隊長が集まっている。兵団長から安岡支隊の応急派兵に関する命令が下された。行先はノモンハンである。

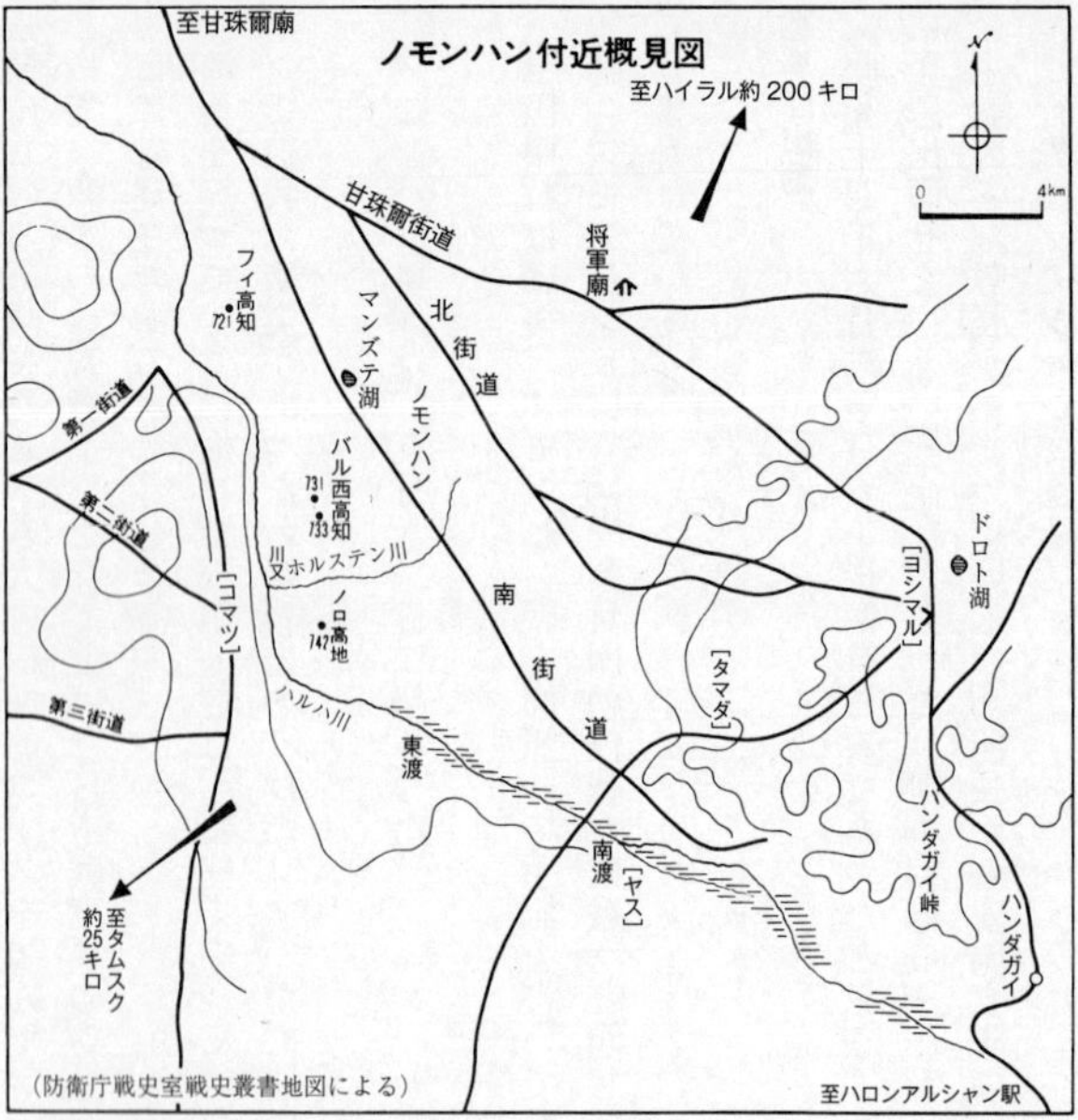
ノモンハン付近概見図
至甘珠爾廟
至ハイラル約200キロ
0
4km
甘珠爾街道
将軍廟
フイ高知
721
マンズテ湖
北街道
ノモンハン
第一街道
第二街道
バル西高知
731
733
川又ホルステン川
[コマツ]
ノロ高地
742
南街道
ハルハ川
東渡
第三街道
[タマダ]
[ヨシマル]
ドロト湖
ハンダガイ峠
南渡
[ヤス]
ハンダガイ
至タムスク約25キロ
(防衛庁戦史室戦史叢書地図による)
至ハロンアルシャン駅

それに続いて、支隊参謀として配属された関東軍の機甲主任参謀の野口亀之助少佐から、ノモンハン方面の戦況と関東軍の作戦構想の概要について、次のような説明があった。

「第一次ノモンハン事件（五月十二日朝来、ノモンハン地区で外蒙兵と満州国軍兵の衝突がおこり、ハイラルの第二三師団は捜索隊と歩兵一大隊とを派遣、五月二十八日、戦闘のすえ撃退したが、捜索隊は隊長戦死など大きな損害をだし、撤退した）以来、増兵していた敵は、去る十八、十九日、突如その飛行機をもって大挙越境、カンジュル、ハロンアルシャンを爆撃し、人馬軍需品に損害を与え、またハルハを奪い、在ツァガンオボ満州国軍を包囲攻撃中で、なおノモンハン方面にも有力な機甲部隊が侵入してきている。関東軍はこの敵を撃滅するため、安岡支隊をもってハルハ上流方面より、ハイラルにある第二十三師団をもって同下流方面より外蒙に進入、ハルハ左岸の台上にある敵の砲兵を挟撃し、一挙に勝を制せんとするものである」

聞くからに、放胆にして雄渾な作戦構想であった。

しかし、応急派兵の編成について一つの問題があった。それは今年八月一日に、かねての軍備計画で我々の戦車隊が母隊になって新戦車隊が新設されることになっていたことで、その転出人員を残していくことになると出動部隊の編成は、ずっと小さいものになってしまう。この点をどうするか、と野口参謀にただしたところ「その考慮はいらないでしょう。こんどの関東軍の出動は大規模だから、わが軍が行けば敵は戦わずして逃げるかもしれぬ。

戦場へ、ノモンハン（玉田連隊、八木中尉撮影）

事件は短期間で片づくでしょう」という答であった。そんな簡単にゆく見込か、と私たちが疑問をもつわけはなかった。》

臨時集成の戦闘部隊

戦車団のノモンハン出動であった。当時の関東軍の作戦当事者たちが、かねて考えていたとおり、戦いとなれば戦車にいろいろな部隊を配属すればそれでよろしいのである。

安岡支隊として臨機の編合を命ぜられたのは、独立野砲兵第一連隊（九〇式野砲二個中隊、八門）、工兵第二十四連隊（二個中隊、車輛編成）、これに戦車第三、第四連隊であった。これらの諸隊はともに公主嶺にいて、一年たらず前には混成旅団一家であったが、いまはわかれわかれの作戦任務に応ずる訓練をしている部隊である。あのときの歩兵は、もういない。しかし、こんどは戦車が砲兵陣地に突進する作戦だから、歩兵はわずかでよい。これに選ばれたのは当時チチハルに駐屯していた、第七師団の歩兵第二十八連隊の第二大隊、徒歩編成である。

安岡支隊の編制は、次のように命令された。

安岡支隊（長、中将、安岡正臣）

第一戦車団（戦車第三連隊、第四連隊）

配属部隊

歩兵第二十八連隊第二大隊
第七師団衛生隊
}第七師団（チチハル駐屯）

独立野砲兵第一連隊
高射砲第十二連隊の一個中隊
牽引自動車一個中隊
}関東軍砲兵隊

工兵第二十四連隊
独立工兵第二十二連隊の一個中隊
自動車第三連隊
電信第三連隊の無線一個小隊
}軍直属（徒歩）

「安岡支隊は、その部下部隊をハンダガイ～アルシャン間の地区に集中し、第二十三師団主力と策応しノモンハン方面における爾後の作戦を準備せよ」というのが六月二十日に下された関東軍命令であった。

〝無意味な消耗〟

ノモンハン事件は、日本軍にとって重大な事件であった。事件後の軍内における検討、戦後における各種の著書、また防衛庁戦史室編纂の公刊戦史も出ていて、これを研究する資料は豊富である。

本書では、この事件については機甲興亡史の範囲にとどめるが、筆者に言わせれば「何とも、つまらぬことを起こしたもの」で、また「何とも、つまらぬ終り方をしたもの」である。そしてすべて「判断が当たっていなかった」のである。敵を軽視した。情況を誤認した。部隊の戦力を誤判した。その作戦、戦闘の経過をみると「用兵作戦は、おれたち専門家にまかせておけ」と言っていた軍人連中の情況判断が、一つとして当たっていないのも、この事件の特徴と言えよう。

多くの将兵の血と汗で、何を得たかと言うと「日本軍は第一次大戦以前型のものだ」ということを、日本軍の内部に痛感させた効果だけである。

しかも、それは、どうしてもやらねばならぬ戦ではなかったのである。これは結果論的戦後の批判ではない。

《陸軍省では岩畔豪雄軍事課長は、前年の張鼓峯事件の場合にも増して強く反対した。「事変が拡大した際、その収拾のために確固たる成算も実力もないのに、大して意味のない紛争に大兵力を投じ、貴重な犠牲を生ぜしめるような用兵には同意し難い。ことに今や膨大な軍備拡充を要求している統帥部が、このような無意味な消耗を認めるのは不可解である」として、とくに六月二十一日の省部首脳の会同席上、強く反対した。しかし結局、板垣征四郎陸軍大臣の「一個師団ぐらい、いちいちやかましく言わないで、現地にまかせたらいいではないか」という一言で決まってしまった》と防衛庁戦史室編纂の公刊戦史『関東軍(1)』に明記されている。

筆者も翌十五年に軍事課勤務になったから、この間の事情を諸先輩から聞いてよくおぼえている。戦車委員会など大馬力をかけている岩畔課長が反対するのは当然である。何とも、つまらぬことをやったものである。

集中の難行

陸軍省軍事課長が〝大して意味のない〟紛争といったところで、植田謙吉関東軍司令官の命令を受けては、その部下部隊は〝無意味の消耗〟とは知るはずもなく、ノモンハンの戦場にかけつけるのである。安岡支隊がそれであった。だが軍命令による「爾後の作戦を準備するため」のアルシャン〜ハンダガイから戦場地区への集中そのものが、大仕事であった。

公主嶺にいた部隊は、応急派兵の態勢をととのえるとすぐ鉄道輸送を開始、戦車第四連隊を先頭に六月二十一日から続々と満鉄の四洮線、白温線によって大興安嶺のなかの終点アルシャン駅に輸送された。チチハルからこの支隊に加わる梶川少佐の指揮する歩兵大隊は二十日、早くもチチハルを発ってこの方面に輸送されている。

玉田大佐の戦車第四連隊は二十二日夕刻、ハロンアルシャンに到着、露営する。兵站部隊なども、すでに到着し始めていた。二十三日は整備と休養に当てていたが、その夜おそく玉田連隊に「すみやかにハンダガイに進出し支隊主力の進出を援護せよ」という命令が下った。ハンダガイは大興安嶺の出口で六〇キロ先である。ところが何とも大変なことになった。玉田中将は、その手記にこう書いている。

《明くれば二十四日、戦車一小隊を尖兵として戦備行軍に移る。途中、梶川大隊の重火器部隊に遇った。あえぎあえぎの分解担送である。車に余裕があれば載せてもやりたいと思うが、それもならずドンドン追い越して進む。だが進むに従って路面の泥濘は甚しく、一方気温は上昇して機関が過熱する。たびたび休止してこれを冷やすから行軍速度はおちる。やがてハンダガイに近づくと、長さ二〇〇〇メートルにおよぶ大泥湿路面にぶつかってしまった。故障車が続出する。僚車がひいても動かぬものが出て、行軍長径は著しく伸びて行進はおくれるばかり。ぐずぐずはしておれないから、連隊長は部隊には追及を命じてハンダガイに先行したが、到着した時は夕刻であった。連隊の落伍戦車が全部ここに集結したのは翌二十五日になってからであった。自動貨車の相当数と連隊段列（補給部隊）は、この日になっても着かなかった。後方で他の部隊の輸送や軍需品の集積輸送に使用されていたのである》

　六〇キロを前進するのに二日がかりという状態であった。二十五日に安岡支隊は、第二十三師団長小松原中将の指揮下に入れられた。第二十三師団はハイラルから南に向かって進んでおり、二十三日には、すでにノモンハン付近で地上戦闘が開始されていた。

　関東軍の考えでは、依然、安岡支隊はハルハ河の上流地区で左岸に渡って攻撃する予定であった。だがこの方面の地形などは、さっぱり判っていない。現地にでた部隊がみずから偵察して状況をたしかめなくてはならない。

　ふたたび玉田氏の手記による。

《諸情報を総合してみると、敵は十数日前から、ノモンハン西方ハルハ河両岸地区に築城しており、飛行偵察によると戦車、自動車約八五〇、砲約七〇、包《パオ》および天幕約四〇〇、軍橋五などを確認している。相当な兵力のようである》

　支隊の方面では斥候の衝突をくり返しながら敵情、地形の探索につとめる。

　後方は、悪路のため自動車連隊と戦列部隊の段列の総力をあげて燃料弾薬の集積につと

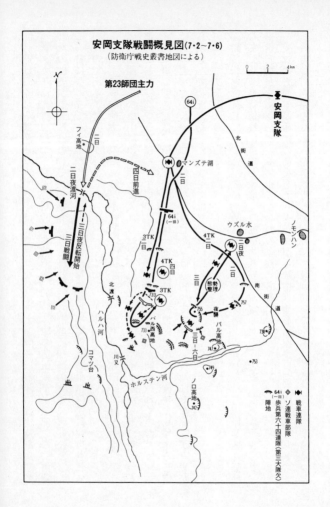

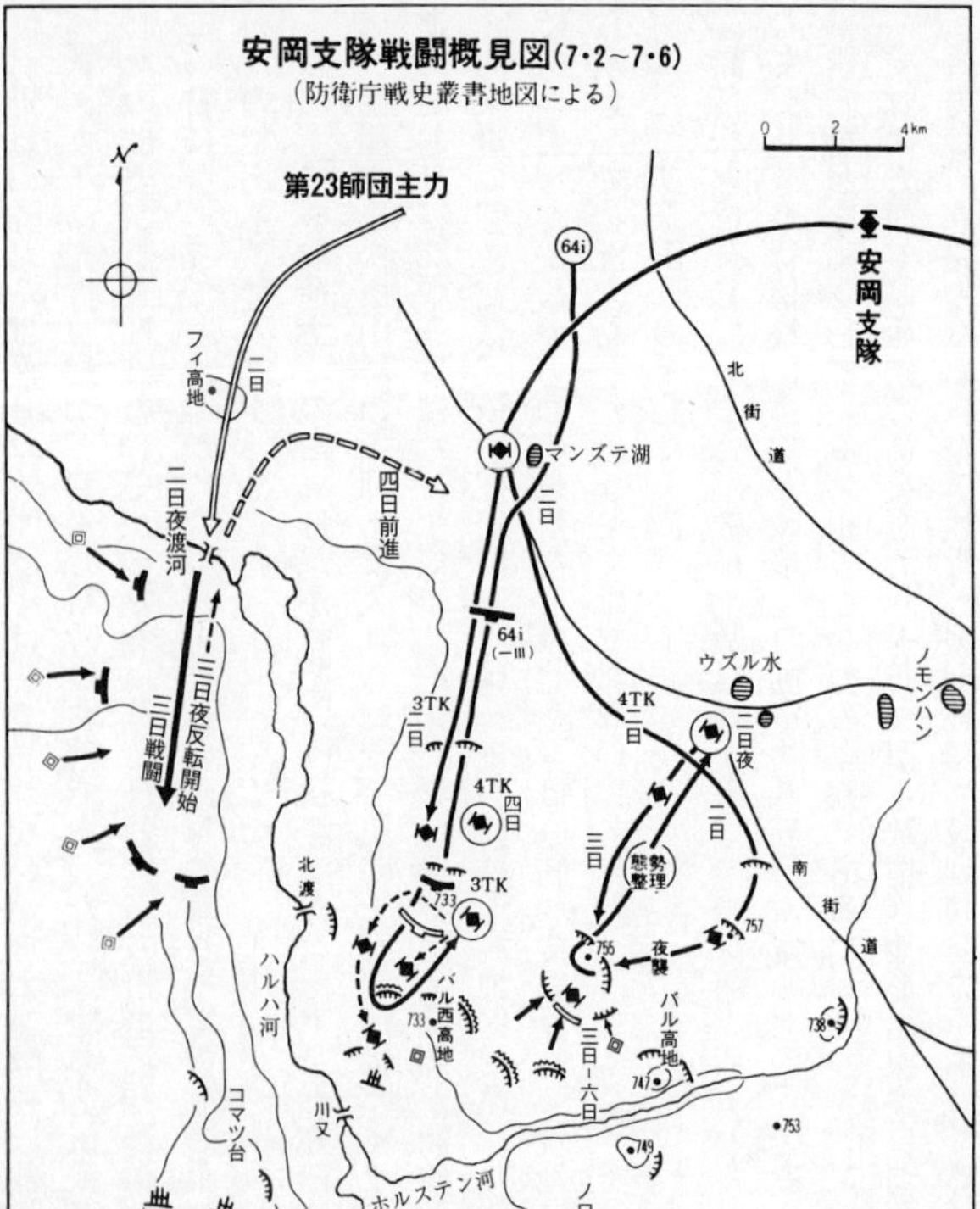

安岡支隊戦闘概見図(7・2～7・6)
(防衛庁戦史叢書地図による)

めていたが、二十九日になっても約半量を集積しただけであった。支隊長も参謀も頭が痛い。それよりも何よりも「ハルハ河を渡って左岸に進出する」という上司の意図なのだが、機械化部隊を渡すための渡河材料も湿地通過材料もわたされてはいなかった。一体どうすればよいのか。渡河場がみつからねば、臨機の材料が手に入らねば、どうしたらよいのか。

《二十九日夕刻、「敵退却の徴あり。すみやかに八九三高地方面（当時タマダ地区と呼ばれた）に前進」という命令が下った》

急げ、敵が逃げるぞ

この時期以後、さかんに「敵退却の徴あり」という言葉が使われている。もともと安岡支隊出動の当初から、これだけの大兵力の関東軍精鋭部隊が国境につめかければ、敵は戦わずして逃げるかもしれない、という推測があった。敵の謀略にひっかかったという説もあるが、とにかく「敵退却の徴あり」という空中偵察の報告もくるのであった。敵が退却するとなれば急いで追わなくてはならない。急げ、急げとなる。

命令を受けて各隊は急に色めきたった。

玉田連隊は第一梯団として六月三十日午前一時三十分、ハンダガイの農場を出発、その他の部隊は支隊長直率、二時間後これに続行することになった。

《だが、燃料不足のため吉丸、玉田両部隊の戦車各一中隊、高射砲、牽引自動車の両中隊、衛生隊の大部分を残さなければならなかった。また支隊司令部や梶川大隊、工兵中隊などに自動車を融通せねばならなかったので、連隊段列の主力、ことに増加携行した戦車砲弾までハンダガイに残留せざるをえなかった》

これが、いよいよ戦場に向かう部隊の実情であった。

支隊としての動きが機動部隊らしいとは義理にも言えない。車のある部隊、ない部隊、その車も充分とは言えぬ部隊を臨時によせ集めた集成部隊である。チンバの部隊となっては兵団全部の動きは、足のおそい方にひきずられるから、動きの鈍いのは当然と言える。しかもこの兵団が、地誌もよく調べられていない、この泥濘悪路の方面に使用されたのだから、部隊の将兵にとってはまったく不運というほかはない。六月下旬に入ってからの降雨で予想外にぬかっているところが多く、河は水かさが増しているという戦場の状態であった。

だが玉田連隊は命令のとおり午前一時三十分に出発。ハンダガイ西北方約七キロの地点に到達したのは、午前九時であった。約七キロ前進するのに七時間あまりかかった。当然、行軍長径はのびている。あとの車を待つため大休止。

直ちに戦闘参加

ここへ野口参謀がサイドカーをとばしてやってきた。「第一梯団はこれから、先遣隊、梶川大隊をあわせ指揮して、依然、前目的に向かい前進」と伝える。いよいよ戦闘部署である。

道路を離れて連隊は、併立縦隊で目的地をめざす。九五二高地付近で、尖兵中隊として先行していた北村軽戦車中隊から報告が入る。

「中隊は午前九時二十分、八九三高地西側地区でBT戦車八、九輛と遭遇し、目下これを攻撃中」という。

《時は午前十時三十分。事はすでに一時間余を過ぎている。信頼する北村大尉のことだから大丈夫と思ったが、八九三高地は戦術上の重要地点であるし、また敵兵力は北村中隊とほぼ同等ではあるが相手はBT戦車であり、なお後続部隊があるかもしれぬから、遭遇戦を予期して急進することに決心した》

午後十二時三十分、八九三高地に到着して北村中隊の報告を受けてみると、こうだった。この高地に急行していた同中隊は、午前八時ころ、高地に近づくと敵の騎兵一小隊ほどがここを占領していた。直ちに攻撃してこれを撃退して、この高地を占領した。ところが五分ほどたつとBT戦車八、九輛、装甲自動車三輛、速射砲二門の敵が東進してきた。わが射程内に入るのを待って好機をとらえて急襲、激戦の後これを西南方に撃退したのであった。

中隊長戦死

《望遠鏡でしきりに敵を求めていた北村中隊長は午後一時過ぎ、軽砲一門を引っ張ったトラック一輛が、この高地西方約八キロの七六三高地東方の松の疎林をぬって東進しているのを見つけた。

「よしあいつを攻撃しろ」「連隊長殿、ぶんどりましょう」「よしやれ」。北村中隊長は直ちに中隊を横隊にし、敵の退路を絶つように高地の斜面を下りつつ驀進《ばくしん》した。高地の上からジッとみていると、そのうち敵は我々に気づいたようだが西方に逃げないでかえって東へ疾走した。そこで北村中隊は完全に敵の退路を絶つ形となり、大きく右旋回し追撃した。やがて敵は見えなくなったが、同中隊はなおもこれを急追している。暫くしてドーンと一発かすかな音がして、淡い煙が立ちのぼった。「アッ、やられた！」と思ったが、あとに続くわが戦車が発火点に殺到攻撃し、逃げ散る敵を追いかけていたが、午後二時半過ぎ、戦闘は終った。

戦闘を終った北村中隊は損傷車を牽引し、捕虜や速射砲、トラックなどをもって引き上げてきた。その報告や情報などによると、こうであった。

敵は中尉以下一一名、速射砲一を有する斥候であった。わが戦車が迫ると見るや、かえって東方に走って凹地に入り砲を据え待ちかまえて、わが中隊長戦車が先頭に立って勢い込んで凹地縁に現われるや下から打ち上げ、至近弾一発をもって底板と操縦手、北村大尉の胸を貫き、二人は散華した。優勢な我と一戦を交えんとする自信と機敏さは、天晴れなものであった。

敵の速射砲は口径四五ミリ。わが戦車砲の二倍以上の長さがある。ゴムタイヤを装し運動性は軽快。弾丸は尖鋭の長弾で、徹甲弾は被帽を有し、見るからに侵徹力の大を思わせる。事実、射入角五度位で底板を貫いており、わが戦車砲とは雲泥の差である。敵の戦車は装甲自動車と速射砲と三者一体となって戦闘している》

ノモンハンで鹵獲したソ連軍の45ミリ対戦車砲（玉田連隊八木中尉撮影）

玉田連隊は中隊長の一人を失った。容易な敵ではないようである。

第二十三師団と併列作戦

これより先、支隊主力は午後二時過ぎには九四四高地西方地区に到着、ここで開進待機の配置につきつつあった。そしてこのころ、支隊の任務の変更が伝えられた。「安岡支隊は小松原師団と近くならんで作戦するため、まず将軍廟に前進せよ。燃料は、ドロト湖西南に集積せるものを使用せよ」というのであった。

玉田連隊長はホッとした。増水したハルハ河をどうやって渡るか、思い悩んでいた人たちも同様に救われた思いであったに違いない。関東軍の参謀たちも第二十三師団長も、ハルハ河上流地区から機動することの無理をさとって呼びよせたのであった。

機械化部隊を使う側の計画は、綿密周到でなければならない。図上で描いてみると、小松原兵団をもって北から、安岡兵団をもってハルハ河上流からノモンハン南方の外蒙に侵入、敵を挟撃するのは〝雄渾壮大〟と見えるかもしれない。しかし、ろくろく兵要地誌も調べないで、この兵団をアルシャン方面に集中してこの始末である。戦車、自動車が泥濘の中でアップアップしただけである。いま、後方兵站線も北に振ることになった。兵団出動以来の苦労は、北満鉄道一本だけでの集中輸送を緩和したことを除けば、まったくの徒労と言わざるをえない。

またも難行軍

安岡支隊の将軍廟方面への転進が開始された。まずドロト湖畔に向かう。

これも難行軍であった。道路は自然道であり、泥濘の状態は、これまでとおなじだった。

損傷した北村中隊長車をひっぱって進んでいるが、その車の機関が焼けついてどうにもならない。敵の手にわたらぬよう、途中で埋めた。

元来、戦車部隊長にとって、敵中に突進した戦車の損傷が悩みの種である。戦車隊の生命とも言うべき戦車を敵手に委ねるなど、とんでもないことであった。これは歩兵、砲兵にとっても同様で、兵器を失うのは最大の恥辱とされることだから、激戦となり戦車のように敵陣内を機動、戦闘する部隊としては、まことに頭の痛い問題である。戦闘による損傷車となれば、必ずその中には負傷者や将兵の遺骸がある。この救助収容が、これまたほっておける問題ではない。

午後八時三十分ころに行進を開始した連隊は、約二三キロの行程を七時間もかかる難行軍を続けて、東天の明るくなった午前三時三十分、ドロト湖畔についた。

《支隊出動以来三度難行軍をした。戦車団に改変されてから、機動の訓練を減じ、わが隊の将校の道路偵察、補修計画、作業指揮などの技能が低くなったこと、また戦車隊備えつけの土工器具、湿地通過材料の不足などが痛感された。また支隊の編成に牽引車中隊がありながら、燃料不足のため宝の持ちぐされに終ったのは残念であった。

梶川大隊は配属自動車が別の輸送にまわされたので、徒歩で重い機関銃を負い、速射砲を人力で引いて追及せねばならぬことになった。このため、その戦闘加入は二日おそくな

ることになった》

ドロト湖畔に梶川歩兵大隊をのぞく支隊の戦列部隊の集結は終った。ハンダガイに残した部隊も全部集結した。兵器の整備や、いろいろな整理でいそがしい。

いよいよ総攻撃

小松原師団長は、これまでの偵察などに基づいて、六月三十日夕刻、攻撃のための命令を下した。

当面の敵は後退しつつある、という飛行機偵察の報も入る。はじめから敵は逃げるのではないか、という頭があった。とにかく早急に攻撃する必要がある。

攻撃は、こう計画された。

師団主力はフイ高地方面から渡河し、まず左岸のソ蒙軍を撃破し、川又西方のコマツ台方面に進出して、右岸の陣地を背後から攻撃、これを捕捉撃滅する。左岸に向かう部隊は、七月一日朝、行動を始め、フイ高地付近に進出して渡河を準備、二日夜、渡河して左岸に進出する。三日払暁からコマツ台の敵を攻撃し、つづいて安岡支隊の右岸攻撃隊と協同して右岸を攻撃する。

右岸攻撃隊は安岡中将の指揮する戦車第三、第四連隊、歩兵第六十四連隊（一大隊欠）、独立野砲兵第一連隊、工兵第二十四連隊で、七月一日できるだけフイ高地近くに主力を移して、師団主力よりも一日早い七月二日、ハルハ河に沿うように南面して攻撃する、という任務であった。

戦車連隊の戦力

いよいよ戦機は迫った。ここで戦車連隊の戦力に触れておくこととしよう。応急出動したときの編成、装備は、次のようであった。すでに戦闘による損耗や損傷車なども出ている。

戦車第三連隊(長、吉丸清武中佐)
本部　八九式中戦車二輛、軽装甲車二輛
中戦車中隊二個
各中隊四個小隊。八九式中戦車一〇輛、九七式中戦車二輛、軽装甲車五輛
連隊段列　修理、補給、予備戦車(八九式四輛、軽装甲車三輛)の三個小隊
戦車第四連隊(長、玉田美郎大佐)
本部
軽戦車中隊三個
各中隊、九五式軽戦車九輛、二個小隊。各小隊四輛

中戦車中隊一個　八九式中戦車八輛、軽装甲車二輛、二個小隊

連隊段列は修理、補給の二個小隊。九五式軽戦車五輛の予備戦車をもつ

装備戦車は両連隊で八九式中戦車が三四輛、九五式軽戦車が三五輛、新しい九七式中戦車が四輛、合計七三輛、これが全戦力であった。このほかに軽装甲車が一九輛である。

主力となっている八九式中戦車は、一〇年も前の昭和四年制定の軽戦車である。戦車第四連隊の主力を成す九五式軽戦車は、昭和十年その制式審議の際に、木村戦車第二連隊長が「歩兵直協を主とする国軍主力戦車としてもらっては困るのだ」と力説した戦車である。八九式は歩兵直協用の五七ミリの短砲身火砲、九五式は対戦車砲ではあるが三七ミリ砲装備である。これが立ち向かう相手はソ連新鋭のBT戦車であり、その戦車砲は四五ミリ砲、これと同型の対戦車砲四五ミリ砲の威力は、玉田連隊は、すでに知っている。

安岡支隊の戦車二個連隊は、歩兵第六十四連隊や野砲兵連隊とどのように協同して、その戦力を発揮しようとするのであろうか。

壮観、大集団

小松原師団主力は、七月一日早朝、将軍廟付近を発して予定渡河点の北方地区に向かって進発した。

ハルハ河畔に戦雲動くのであった。

一日早朝に将軍廟東方の露営地を出発した安岡支隊は、戦車第三連隊を前衛として進む。マンズテ湖東方の攻撃発起位置をめざした。

この日の前進地域は大波状の無人の平原で、大きな樹木もほとんどないが、湖沼や湿地の多いところである。途中で広い重湿地にぶつかる。自動車も戦車も難行軍となった。午後一時三十分ころになってホズイ湖東方についたが、わずか三〇キロあまりの機動に九時間半もかかった。そのうちに山縣部隊、すなわち歩兵第六十四連隊からの伝令がきて、

「山縣部隊はマンズテ湖畔に進出し、正午から前面の敵を攻撃中」という。

《安岡支隊長は、直ちに山縣部隊に追及するに決し、適時適所、直ちに応戦し得るよう上図のような態勢で午後二時三十分出発、マンズテ湖東方地区に向かった。

二〇〇に余る機甲の大部隊が展開隊形をもって蒙古の大草原を圧して進む景観は、まことに壮絶であった。午後三時すぎ、マンズテ湖東側地区にピタリと停った。そのまま開進の態勢であった》

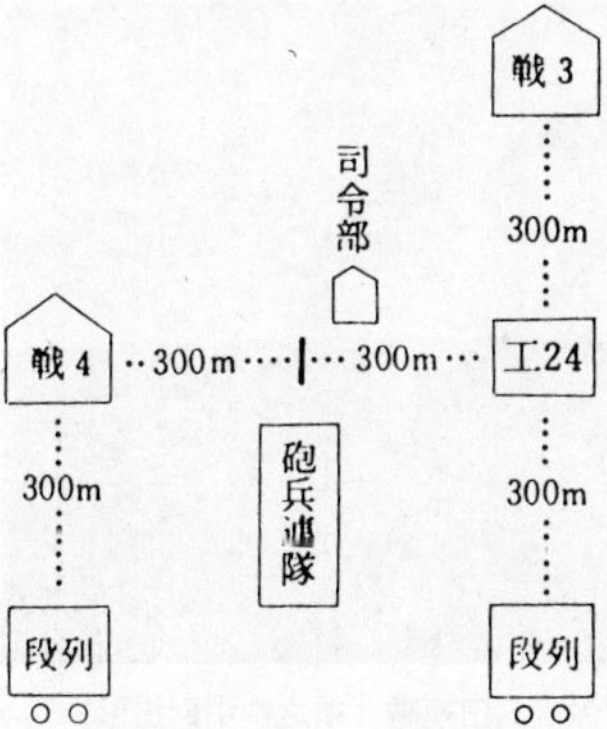

ノモンハン、戦車による第一線確保（玉田連隊、須之内中尉撮影）

やがて山縣部隊長がくる。歩兵単独でも前面の敵を夜襲する、と意気さかんである。師団参謀が連絡機で飛んできて「明三日払暁からハルハ河右岸の敵を攻撃し、川又に突進してこれを殲滅せよ」という命令を伝達する。そして「右岸の敵は退却の徴あり」と言う。そのあと飛行機から通信筒が落とされた。「右岸の敵は三々五々退却中」という。出動以来、そう聞かされ、思わされてきたのだから、誰もあやしまなかった。

これが誤りであり、敵は退却などしていなかったことは戦闘の経過が証明するが、玉田氏は今日では、これは関東軍参謀が、敵の後続部隊の来着に苦慮し焦った結果、攻撃をいそがせるために打った手ではなかったか、と疑っているようだ。戦後の野口参謀の手記に「敵は退却していないのではないか、彼（辻政信参謀）も相当焦ってきたな……」とあることから、そう考えておられるらしい。ありそうなことである。ほんとうに飛行機が誤認したのか、いずれにしても重大な結果をまねいた誤情報の連続であった。

しゃにむに突きかかれ

ここで安岡中将は、師団の命令と敵情に基づいて、明三日早朝を待たずにすぐに攻撃を開始する決心をした。

山縣部隊はすみやかに攻撃開始、川又に敵を圧迫するよう攻撃。吉丸戦車第三連隊は山縣部隊と協力、敵を捕捉殲滅するよう川又に突進。玉田戦車第四連隊は左翼の第二線、吉丸部隊に協力しつつ川又に突進、敵を捕捉殲滅。砲兵隊はハルハ河両岸の敵砲兵を制圧、歩兵と戦車に協力。これが支隊長の命令であった。

戦場付近は北緯四八度くらいだから、この時期、日没は午後八時すぎ、それから薄明が一時間半以上も続く。

午後五時、命令が下された。残る白夜の時間も四時間たらずしかない。簡単に歩兵、戦車の行動を打ち合わせて進発を準備した。

《はるか南方を見わたすと、ゆるやかな大波状の砂丘が漠々延々と連なる。顕著な目標はない。携帯地図は一〇万分の一方眼入りで、精確ではあるが地形の描写はあらく、敵情は飛行機偵察によるものが記入してある程度で、詳細は不明である。ただめざす川又は、地図と磁石で南々西約一六キロと見当をつけるだけであった。そしてこの攻撃は、ただ戦車戦力に期待し、遮二無二突きかかるもので、まさに追撃の部署である》

そのとおりであった。右岸の敵陣地の情況の細部や兵力などもわからぬが、敵を逃がしてなるものか、と一瞬の間に決定された薄暮追撃であった。そこへかさねて通信筒が投下された。午後七時四十分ごろ、雨をおかして飛んできた友軍機からの通信は「敵は続々川又渡河点を経て退却中なり。すみやかに追撃するを要す」という内容のものであった。

敵陣地奇襲

当時の訓練や運用の原則からして、戦車団が敵の陣地の前方に進出するや、とたんにそのまま夜陰に乗じて敵陣地内ふかく突進するなどは、まったく異例のことであり、「追撃」という特別の事態においてのみとられる応急の処置であった。しかしこれは明らかにソ連軍の意表を衝いた。わかりきったことをやったのでは奇襲にはならぬ。まさかと思っている手を打ったのが予想外の戦果を生むのである。

《午後六時十五分、攻撃前進の命令は下った。吉丸部隊は一斉に唸りをあげ、決河の勢いをもって驀進を始めた。たちまち南西はるかハルハ河河岸方面より砲兵の猛射である。爆煙は折柄の雷雨とまざって物凄い。ものともせずに連隊はたちまち歩兵部隊を追い越して、点在する敵陣地と反撃してくる敵戦車を撃破しつつ午後八時すぎ、七三一高地および西方高地にわたる敵の陣地前に達した。

第一中隊は宮武中隊長先頭に立って七三一西方高地の敵第一線、続いて第二線陣地を突破し、さらに深く進入して砲兵陣地に突進、集中火をもってその二門を屠り、つづいてその陣地に突入蹂躙、十榴（一〇センチ榴弾砲）と弾薬車各二を分捕ったが、この時指揮班の軽装甲車がやられる。

この時、十数名の敵が手榴弾をもって肉薄してきたので、第四小隊が直ちにこれを撃破、さらに後方の敵の陣地に突進すると、小隊長車が予期しないピアノ線鉄条網にひっかかった。履帯にからまって動きがとれない。それを見て敵兵がこれに集まってくる。古賀小隊長は軽機と拳銃でこれを迎えて戦ったが戦死、第三車もこれと運命を共にした。一方、中隊主力は集結中であったが、別の砲が射ってきたので清水第三小隊長は単車、突進してこれを屠り、さらに深くハルハ河まで進出したが帰途、砲弾で履帯をやられ、戦いつつ修理に努めたが、全員愛車と共に討死してしまった。中隊は薄暮となったので引き上げ、午後十時半頃、七三一高地東北方の部隊主力に合し、時々車軸を流すような雨中で露営した。左第一線であった第二中隊は中隊長木野本少佐、大日章旗を翻して陣頭に立ち、敵の第一線第二線陣地を突破して七三八高地の砲兵陣地まで突進したが、ここで中隊長戦死、小隊長以下二車もこれに殉ずるという戦であった。

日没となって吉丸部隊は、七三一高地の東側に集結し、雨の中で車陣を敷いて露営をし

たが帰らない車が相当あった》
接敵態勢から追撃であるから、歩兵と戦車との間、戦車連隊相互間の連繋もたちまち失われて、各隊各個の戦闘となった。歩兵が随行していないから敵中に突進しても戦果を確保することはできない。荒らしまわった戦果は戦車、装甲自動車各二〇輌内外のほか、対戦車砲、野砲、重火器などに甚大な損害を与えたと推定されているが、日本軍の損害も少なくなかったのである。

歩兵の山縣部隊は吉丸部隊に追いぬかれながらも、敵の弾幕下を勇敢に攻撃前進した。日没の午後十時すこし前、ようやく七三一西方高地前に達し、続いて敵の陣地を夜襲して攻略したが、夜襲後の集結困難のために川又に突進することはできず、占領した陣地の確保につとめて夜を明かした。支隊司令部は山縣部隊本部と同行していたが、戦車第四連隊とは連絡が絶えてその消息はわからない。梶川少佐の指揮する歩兵部隊は、この日は姿を現わさなかった。

戦車連隊の夜襲

玉田戦車第四連隊は、吉丸部隊の左翼後方を前進するのでは情況に合わない。ひたすら川又に突進しなくてはと決意して、地図をたよりにまず七五二高地に向かって急進することにした。しかし右前方から絶え間なく砲撃をうけたので進路はしだいに東にかたより、ウズル水をへて七五七高地にとりつくことになってしまった。すでに友軍との連絡は絶え、付近の情況もわからない。こうなっては仕方がない。連隊長は、東の方から草原を利用し機動性を発揮し、迂回して川又に突進しようと決心した。砲撃をうけながら、発見した敵を追いはらいながら前進を続けた連隊は、七五七高地にいた敵の速射砲も駆逐してその地を占領。凹地内に半遮蔽のまま停止して前面の敵情地形を偵察していると、突然、南方から敵砲兵が猛襲を始めて、部隊全部が火網をかぶった。さいわい損害は少なかったが、敵は一二センチ榴弾砲も持っている。前面は大開闊地で、南南西約二キロの稜線には敵陣地が確認される。この情況でこの開闊地に突進するのは、敵の火網にとびこむようなもので、得策ではない。

玉田連隊長は、ここで当面の陣地に夜襲をかけることを決意した。訓練もしていない夜襲である。夜襲には衆心一致を要する。各中隊長を集めて意見をきいてみると、全員「否」だという。当然であった。原則はずれのことをやろうというわけである。

連隊長は一般の情況を説明し、こう語った。

「夜暗を利用し決意前進すれば、あえて突破は不可能ではない。よって連隊はこれから川又に向かって突進する。夜間、敵情地形不明な中を戦車の大部隊を投ずるのは無謀なようだが、任務はこれを要求している。将校団の名誉にかけても連隊一丸となって、全滅を賭して邁進してもらいたい」

異論が出るはずもなく夜襲に決まった。

連隊は中戦車の第四中隊を先頭に軽戦車三個中隊を右、左、後方と菱形の配置、連隊本部は第四中隊の直後をゆく。中隊間の間隔は二〇メートル、両翼の中隊は梯次配置をとり、前方、側方に徒歩の斥候を前進させる配置を決めた。敵の寝込みを襲うため、突入の時刻を深更として準備を始めた。

豪雨中の突進

もはや日はとっぷりと暮れ、天候は険悪となり黒雲天をおおって東南の微風も冷気をおび、覚悟をかためた将兵の身をさらに引きしめるのであった。

《午後十一時半出発、最低速で静粛行進を始める。起伏きわめてゆるやかで、ほとんど平坦にひとしい草原、耳をすますと各機関の音があたかも地底でうめいているかのように聞こえる。真っ暗で、人影を認めうるのは十数メートル、目標とすべきものは何もない。……時々停止して連絡を確かめつつ進む。連隊長以下天蓋をはねのけて視察し、連絡は徒歩伝令によった。そのうち雷光がきらめき出したので、瞬間的に相互位置を確かめ得るようになった。……なお前進していると突然大雷雨となった。戦車の音さえうち消されんばかりになった。瞬間、前方近距離から閃光と爆音とがおこり雷雨に交って物凄い。各中隊は間髪を入

雷鳴、敵弾下を突進する戦車第４連隊
連隊本部潤田軍曹（手前の軽装甲車）が当時の印象を描写したもの。
中央右は連隊長車

れず銃砲を発射しつつ進撃突進した》

上の写真は「ノモンハン」機関誌によせられた玉田氏の手記にある絵で、このときの連隊の進撃の印象を連隊本部にいた人が絵にしたものという。

たちまち始まった戦闘は、勿論各中隊各個の戦闘となった。敵陣地にとびこんだ各中隊は手あたりしだいに猛射を加えながら後方の砲兵陣地をめざして突進する。

昼間は猛威をたくましくした砲兵も、夜間こう手もとに飛びこまれては、まったく無力である。砲に乗りあげ、周章狼狽逃げる敵を追いちらし、通信線を切り、反撃してくるやつは撃退し、思うがままにあれくるった。

だが各中隊ばらばらの戦闘となったから、みな連隊長との連絡はつかなくなってしまった。何とか連隊をまとめなくてはならない。夜襲が成功したことはたしかだが、敵中深く侵入していることだから、敵の逆襲に備えるため態勢をたてなおさねばならぬ。

後方約一キロと考えられる突撃発起位置に後退を命じた。暗黒の中での諸隊の集結は困難をきわめた。東の空も明けそめるころ連隊の集結は終った。燃料弾薬も底をつき始めているので、先進段列を求めて進むうち、ウズル水に達した。ここで段列から補給をうけ整備することになった。

天候の助けという幸運もあったが、奇襲は大成功であった。十二榴、野砲、速射砲各四門、戦車二、装甲自動車約一〇、トラック約二〇に損害を与えたと推定されている。わが方は負傷者一〇名、破壊戦車一輛を出したにすぎなかった。

苦戦

七月二日夜の安岡支隊の攻撃は、奇襲となって大きな戦果はおさめたものの、戦車単独であばれまわっただけで、歩兵がついていなかったから敵陣地はそのままで、「敵兵退却中」などとは誤報であることが明らかになった。三日、夜が明けてからの戦闘の困難さが予想された。敵の七三三高地線の陣地は、左岸台上の砲兵の掩護の下に堅固に確保されていた。

しかし、小松原師団主力は非常な困難をおかしてこの夜、ハルハ河を渡った。左岸での攻勢は三日早朝から開始される。助攻正面である安岡支隊としては、たとえ損害が多かろうとも攻めねばならない。七月三日朝の安岡支隊長の決心は「依然、川又に向かって追撃捕捉する」というのであった。ソ連軍の優勢な火力による抵抗を覚悟せねばならないが、これという対応策は講じられなかった。師団主力は左岸でこの日の朝から攻勢に移るはずである。右岸での圧力をゆるめるわけにはいかない。

吉丸戦車第三連隊長は、この日の苦戦を覚悟し、山縣部隊長と協議したのち、正午すぎ行動を開始した。連隊長みずから陣頭にたち、二個中隊を率いて七三三高地に向かった。途中で歩兵部隊を追いこした。戦車独力の突進である。ソ連軍の全火力をひきうける形となってしまった。

ソ連軍の対戦車砲は四五ミリの強力なもので、戦車の火砲も高初速の四五ミリ砲だ。これが地形を利用して砲塔だけをだして射撃する。それに敵陣地の前には始末に困るピアノ線鉄条網がある。戦車がこれにひっかかって動けなくなると、たちまち敵のよい射撃目標になってしまう。吉丸連隊の各戦車は七三三高地の北西の敵の第一線陣地に突入すると、たちまち熾烈な対戦車火網に捕捉され、連隊長吉丸大佐と副官の古賀少佐が戦死するほか、多数の死傷者をだし、戦車一三輛、軽装甲車五輛が破壊されてしまった。敵の損害も機関銃、速射砲各八、戦車三二輛、装甲自動車三五輛と推定されたというが、日本軍にとって、総戦力に与える影響では比べものにならぬほどの打撃であった。

この日、山縣部隊は何とか突進する戦車の戦果を確保しようと前進につとめたのではあったが、連日の戦闘による疲労もあり、力攻による損傷も多く、戦況は進展しなかった。この日もまったく歩兵と戦車の連繋を欠いた戦闘となった。もはや、こうした早急な攻撃を続けることの不可能なことは明瞭となってきた。

一方、玉田連隊はウズル水付近で整備につとめていたが、川又に向かう攻撃を続行すべく午前八時ころ行動をおこした。十時すこし前には七五五高地南西方に進出したが、七三三高地の南東に連接する敵陣地は有力な敵が占領していることがわかった。正午ころには歩兵を伴った戦車、装甲車七、八輛が砲兵の射撃に支援されて反撃してきた。玉田連隊はこれを急襲し反撃はしたものの、敵の陣地を奪取できなかった。

この夜、玉田連隊は敵前で夜を過ごした。歩兵部隊は前進してこないのである。右岸部隊の攻撃は七月三日、このように戦車第三連隊の苦戦だけという結果となり、山縣連隊も玉田連隊も、これまでのような追撃的戦法だけでは成功の見込みはない、と感ずるような結果となったのであるが、さて、非常な困難をおかしてハルハ河に架橋し、勇躍渡河していった小松原師団の主力は、どうしていたのであろうか。

長蛇を逸す

師団主力は工兵部隊や自動車部隊の非常な努力による架橋作業と漕渡作業とで、幸いに大きな妨害を受けることなく左岸に渡った。

渡河を終った歩兵第七十一、七十二連隊は、正面と外側に肉薄攻撃班、連隊砲、速射砲などを配置し、随時の接戦を準備しながら、ひたすら敵陣地の背後コマツ台に向かって進んだ。

行動開始して間もない午前七時ころ、優勢なソ連軍戦車部隊が反撃してきた。戦闘は午後四時ころまで続いた。予想をはるかに上まわる優勢な敵であった。敵の戦車は、ガソリン・エンジン装備のT26とBT戦車だったから、接戦となるや、日本軍の火炎ビンは有効な武器であった。数にものをいわせて来襲する敵戦車群も、日本軍の火砲、肉薄攻撃によって擱坐《かくざ》炎上する。大激戦であり、「戦車何するものぞ」と意気さかんな歩兵の力闘であった。この日、この方面の戦闘だけで、ソ連軍の戦車、装甲自動車、少なくとも一五〇輛を破壊、炎上させたという。

七月三日朝以来の左岸進出部隊の戦闘で、敵の機甲部隊に大きな打撃を与えたものの、数を誇るその攻勢は少しもおとろえず、情況は楽観をゆるさなかった。戦いのやま場であった。ところが、ここで日本軍は決心がぐらついた。

防衛庁戦史室編纂の公刊戦史は、こう書いている。

《この日、関東軍司令官から作戦指導の権限を付与されて戦場に進出した矢野参謀副長は終始、師団長と行動をともにしていた。……一五時ころ、服部、辻の両作戦参謀と爾後の指導について協議した結果、後方をただ一本の軍橋に託するのは危険であり、師団としては朝以来得た戦果で満足すべきだと判決し、師団長に対し「爾後の攻勢を断念し夜陰を待

って左岸を撤退すること」を指示したのであった》

まさに長蛇を逸することになった。

敵を軽くみて、鶏を割くに牛刀を用いるのだ、とうぬぼれて、急げ急げと第一線の尻を叩いていた参謀どもが、まず真っ先にびっくりしてしまったのである。

第一線部隊は、戦いはこれからだ、と意気さかんであった。後方には、すでに戦闘を始めてはいるが、歩兵第二十六連隊も砲兵大隊も、主力に追及しようと前進を続けていたのだ。だが作戦は放棄された。

公刊戦史も、こう書いている。

《判断を大きく上廻るほどの優勢な機甲部隊の反撃を受け、交戦半日余にして作戦の前途に希望を失い、背後の危険を重視して攻撃を断念するに至った。当時ソ連軍は全般になお歩兵が少なく、ことに前方至近の攻撃目標は自衛力に乏しい砲兵陣地であった。間もなく迫りくる夜間こそは、日本軍歩兵活動の独壇場ではなかったか。……この攻撃断念は、とりも直さず敵前における戦場退却を意味する。かくて作戦初動、一挙ソ蒙軍を捕捉撃滅すべき雄図は、関東軍みずからの攻勢意志の放棄によって空しく消え去ったのである》

戦場退却の困難さは進撃の比ではない。左岸進出部隊の苦戦は倍加されて続いたのであるが、この三日、右岸にあった安岡戦車団の戦いも左岸にある師団主力の攻撃に策応するための「急げ、急げ」であったただけに、総合してみると、いたずらに無理をしただけのことに終ってしまった。

そして、このあとが容易な戦いではなかった。

ソ連軍反撃

左岸部隊を撤退させるとともにこれを安岡支隊に増加し、この方面から攻撃を続ける以外に方途はない。師団長の決心はこうであった。安岡支隊は四日、「依然、川又に向かって攻撃せよ」という命令をうけた。支隊長は四日払暁からの攻撃を意図したが、第一線部隊の準備がととのわず、結局、四日は山縣部隊も、三日夜到着した梶川歩兵大隊も、両戦車連隊も大体これまでの位置にあって戦力回復にあたる情況で、攻撃前進はできなかった。

何としても攻撃を急がせねば、と焦慮する安岡中将にも、実行の困難さがわかってきた。そこへ活発なソ連軍の反撃をうけた。左岸からの転進部隊が勢ぞろいするのに先手をうった攻撃である。公刊戦史は、その情況をこう描いている。

《六日天明から敵は攻撃に移った。七五五高地に位置していた玉田戦車連隊に対する圧力が最も強く、その兵力は速射砲、軽砲各数門及び有力な戦車、装甲自動車を有する徒歩部隊少なくとも五〜六〇〇の敵と認められた。玉田連隊は安岡支隊長に歩兵の増援を要求すると共に、あまり前例のない戦車独力による歩戦連合部隊に対する防禦戦闘を行なった。

初めの間は工事も十分行ない得なかった。各中隊は稜線の遮蔽下において射撃準備を整え、急速に稜線直下に進出して、あたかも隠顕砲台の射撃の要領でこの衆敵に対し勇敢な戦闘を続けた。朝八時頃には歩兵が到着、十一時頃には砲兵も射撃を開始、玉田部隊はどうにか危地を脱することができた。敵に対し大きな損害を与えた反面わが方、ことに玉田連隊の損失も少なくなく、戦死一八、戦傷二四のほか、中戦車六輛、軽戦車五輛を失い、又多数の火器にも損傷を受けた》

戦車団帰還

こんな戦闘を続けていたのでは、いずれは戦車第三連隊も戦車第四連隊も戦車類はともかくとして、将兵がいなくなってしまう。

左岸から転進した第二十三師団主力は七月七日以来、右岸に対する攻撃を実行中であったが、この頃戦車両連隊は第一線の後方に退いて整備に専念せねばならぬ情況にあった。当面のソ連軍陣地がいっそう強化され、その戦力が倍加されている情況で、すでに相当の損傷を受けている戦車二個連隊ばかりを攻撃の矢面に使うことは、無理であったろう。

関東軍では、戦車なしでも第二十三師団の右岸攻撃は容易に成功すると、楽観していた関係もあって、七月十日、はやくも安岡支隊の編成をといて、戦車団の現駐地帰還を決定したのであった。

この主な理由は、玉田大佐が出動の際に野口参謀に質問したように、軍備充実計画で在満州戦車部隊拡充の母体とされていた戦車団に、これ以上の損耗をだすことが許されなかったことである。第一戦車団は、ノモンハン事件の前途なお予断を許さない七月二十六日に、関東軍命令によって小松原師団長の指揮下を脱し、ハイラルを経て公主嶺に帰還した。ノモンハンにおける安岡戦車団の損傷について、事件後の研究委員会報告は、次の表をかかげている。

	参加総数	吉丸	玉田	損傷計	損傷率
八九式中戦車（甲）	八	／	七	七	八八%
〃（乙）	二六	一〇	／	一〇	三九%
九七式中戦車	四	一	／	一	二五%
九五式軽戦車	三五	／	一一	一一	三一%
戦車計	七三	一一	一八	二九	四〇%
九七式軽装甲車	四	二	／	二	五〇%
九四式軽装甲車	一五	四	一	五	三三%
軽装甲車計	一九	六	一	七	三八%

概ね七月二日より七月七日に至る間の損傷を示す

不評、悪声

共に戦った第二十三師団や他の部隊が、まだ戦場に残っているときの帰還である。帰ることになった背後の事情はともあれ、去って行く者も後味の悪いものであったろうが、連隊長の遺骨を抱いて帰った部隊を送る者たちの声も、あたたかいものではなかった。「日本の戦車は何の役にも立たなかった」「日本戦車はピアノ線にひっかかり全滅した」「一戦にして敗れ、引き退がった」。甚しいのは「戦場から追いかえされた」という声もあった。

これは当時だけのことではない、今日まで及んでいる。ノモンハン会の会誌の座談会記事の中に、こんなのがある。

《――安岡戦車団が退がったのは、戦況にやまが見えたからですか?

――それはね、本当は役に立たなかったからだ。これを言うと戦車隊の者が怒り、物議をかもすから体裁よく処理した。まるで豆腐だった……》

答えるのは当時の歩兵連隊長である。おたがいおなじ戦場の生き残りの懐旧談だが、他人のこととなると、こうも手きびしい。

戦車がソ連の対戦車砲に対して豆腐のようであったことは、読者もすでに疑わないだろう。しかし、そんな兵器で戦った部隊将兵の苦戦力闘にこそ、大いに同情すべきであろう。

ノモンハンの戦闘を生きぬいた玉田連隊の九五式軽戦車

公主嶺に帰った第一戦車団の将兵にも、筆者のような戦車の一翼につらなる者にも、重苦しい屈辱感であった。前に述べた混成旅団の解散に続く打撃であった。

戦場で指揮をとった人や、命令によって戦った人たちとしては、口に出せない言い分は多かったであろう。

混成旅団廃止以来、訓練の重点は歩兵直協にかわっていた。大規模な機動の訓練など、二の次とされていたとしても無理ではない。せっかく集めて訓練されていた諸兵連合部隊は、団結的にもバラバラにされてしまった。臨時に集めれば機械化部隊として動けるのだ、という便宜主義がどんな結果になったか。

徒歩と車輛部隊とのチンバのかみ合わせが、どんな結果を招いたか。安岡支隊の歩兵大隊は、ついに戦車の戦闘には間に合わなかったではないか。

戦場ではじめて顔をあわす歩・砲兵部隊との協同、それでうまくいくものなら、平時からの団結、訓練は不要だ。精神主義を強調する陸軍の精神無視だ。そこへもってきて「敵退却の徴あり」だ。

関東軍以下、上司の指導は、ほとんど絶対的で、情況のよくわからない戦車団にとって疑いを抱かせる余地のないものであった。ひたすら突進して暴れまわって帰ってくるほか、どんな手が打てたであろうか。

従軍将兵の声は、こうであったろう。

そして結果的には〝無意味な消耗〟で終ってしまった。

ノモンハン戦の総括

機械化部隊を常設しておくことは無駄である。作戦上の必要が起こったら臨機集成すればよろしい。こう確信していた関東軍は、ノモンハン事件に際して臨機集成の命令を出した。

六月二十一日から急遽、大興安嶺の鉄道終点ハロンアルシャンに送りこまれた戦車団が、まずぶつかったのは大泥濘路であった。戦場に向かうのに六〇キロを二日もかかるという始末であった。兵要地誌もろくに調べていないこの方面に戦車団が投入されたのは、戦車隊の人たちには不運であった。

それから後の戦闘は、戦車団が戦線の一翼を担当した陣地攻撃であった。もっとも「敵兵退却の徴あり」として突進をうながされたのだから、まだ陣地攻撃という意識は少なかった。六月三十日、早くも敵と遭遇して砲火を交えた戦車団は、第二十三師団の七月三日からの攻撃に伴って、師団主力よりも一日早く、ハルハ河右岸の敵を攻撃することになった。戦車両連隊には「敵を捕捉するよう、ハルハ河に向かって突進せよ」という任務が与えられた。これは追撃の部署である。

悪路とたたかう日本軍補給部隊（アルシャン付近）

戦車第三連隊は、たちまち歩兵部隊を追い越して点在する敵陣地と反撃してくる敵を撃破しながら突進した。この急襲は敵の意表を衝いたであろう。敵の第一線、第二線と突破して砲兵陣地に突進する。

戦車第四連隊も、戦車第三連隊に遅れじと、この夜、夜襲を行なっている。軽戦車連隊としてはやむを得ない戦策であったろう。これまた、豪雨をついて敵陣内を荒らしまわり、戦果は大きかったが、戦闘は各中隊各個の戦いであり、戦闘後の態勢の整理も容易ではなかった。

七月二日夜の安岡支隊の攻撃は奇襲となって大きな戦果は収めたものの、戦車単独で暴れまわっただけで、歩兵がついて行かなかったから、敵陣地はそのままであった。左岸台地の敵砲兵が支援している。

しかし第二十三師団の主力は、この二日夜、非常な困難をおかしてハルハ河を渡って左岸に進出している。その攻撃は三日早朝から開始される。助攻正面である安岡支隊としては、どうしても攻撃せねばならない。七月三日朝の安岡支隊長の決心は依然「ハルハ河の線に向かって追撃捕捉する」というものであった。

戦車独力の戦闘

ソ連軍の優勢な火力による抵抗を覚悟せねばならないこの情況で、歩・戦・砲協同など、これという対応策は講じられていない。しかし、動揺していない敵に対する戦車独力の攻撃が、どんなことになるかは、戦車の誕生した世界大戦の時以来示されている。まして今や対戦車手段の方が、戦車よりも強力とさえ言われている時代である。果たしてこの戦車独力の突進は、ソ連軍の対戦車砲の的になってしまった。

歩兵は戦車を追って前進することは出来なかった。完全な歩・戦分離の戦闘をしたわけで、砲兵の協同動作とて何の成果もあげていない。戦車第四連隊も攻撃行動を起こし前進したが、その正面には敵の陣地があり、敵の歩兵と戦車、装甲車の一群が砲兵の射撃に支援されて反撃するのに対して戦闘するのに精一杯であった。この連隊の所には、我が歩兵はいない。戦車独力であった。

さて、安岡支隊が右岸でこうした戦いを続けている頃、ハルハ河を渡って左岸台上を進撃した第二十三師団主力はこの夜、自ら右岸に引き揚げたので、「長蛇を逸する」という結果になった。これから後のノモンハンの戦況は、右岸の敵陣地に対して、歩・戦・砲の協力による正面攻撃という戦いとなった。当然、戦車が大きな役割を演じなければならないが、攻撃の態勢整わず攻撃前進に移れないでいる七月六日に、敵が先手を打って攻撃に出てきた。その圧力は戦車独力で守っている戦車第四連隊の正面に最も強く、連隊はあまり前例のない戦車独力での歩・戦連合部隊に対する防禦戦闘を行なわねばならぬ事態になった。

こうした戦いのあと七月十日、戦車団は公主嶺に帰されることになった。その実施は延びて七月二十六日になったが、それまでは戦場の一翼で警戒などに当たりながら戦力回復に努め、戦闘には参加しなかった。結局、戦ったのは七月二日〜七日の数日間で、この間の戦闘で戦車団の戦車の損傷は全数七三輛中二九輛、軽装甲車は一九輛中七輛であった。

日本軍戦車隊は、確かに支那事変の経験から、誤った結論を導き出していた。対戦車火器の充分でない敵を相手にして、とくに士気の崩れた敵を縦横無尽に追い散らして「戦車の向かうところ敵なし」という自惚れに陥らなかったか。

このソ連軍を相手としての戦車団の運用に関東軍の指導は勿論だが、安岡支隊長以下の指揮に戦車を骨幹とする諸兵総合の戦闘団による戦闘という処置のなかったところに、成果のあがらなかった理由がある。

戦車団一丸となって突進したら……

戦車団の戦いぶりについて、筆者はどうも腑におちぬ思いでその戦史を調べるのであるが、たまたま、玉田連隊長の戦後の回想の記に、次のような意見を見出して、まったく同感の思いで読んだのである。

回想は七月二日からの戦車団の諸戦に関連してである。戦車団と言っても戦力は戦闘戦車七〇輛ほどしかない。これが併列戦闘でなく、一団となって突進することが出来なかったものか、というのが筆者の疑問であった。

《……この攻撃は後から考察すれば、支隊長が敵陣の一挙突破を企図するならば、自ら戦車団を直率し、両戦車連隊を重畳して配置し、かつ、歩、工兵、出来れば速射砲および砲兵の一部をこれに配属し、戦車に跨乗または自動車（戦車隊や工兵隊の）によって同行させ、歩・砲兵主力も出来る限り自動車を利用し前進させ、あくまで統一指揮して穿貫的威力を発揮したならば、あるいは突破作戦は成功したかも知れない。ただし、この場合といえども川又の橋頭陣地とハルハ河左岸の敵砲兵を撃破しない限り、完全な成功は困難であったろう……》

成功したかも知れない、成功しなかったかも知れない。しかし、安岡兵団としては臨時集成にもせよ諸兵総合の戦力を持っているのであるから、攻撃が七月三日になっても周到な準備の後に、玉田中将回想のとおりに、兵団一丸となっての突進を試みるべきではなかったか、と筆者も思う。惜しいことをしたものである。

ノモンハンで日本軍戦車隊は、いみじくも井上少将が「ノモンハン事件の放送を聞きながら」六月六日に書いた「スペインでの戦車の行動批判」で述べていることと同じことをやったわけである。勿論、将兵の士気や練度は比べものにならない。さればこそ「戦車の向かうところ敵なし」と意気さかんだったであろうが、要するに「多少とも成功したことが、むしろ驚異に値する」と言うべきであろう。ノモンハン戦もまたスペイン戦同様、言い古された戦闘の諸原則を再確認したものに過ぎなかった。

ソ連軍の縦深攻撃

そして、日本軍の、近代戦についての、機甲戦力についての誤判断の判決は、このノモンハン戦の最後の段階で決定的な結果として示されたのである。

安岡戦車団の引上げを内定した後、敵の手ごわいことを知った関東軍は、砲兵を充分に増加して砲兵戦主体の攻撃を行なうことにし、このいわゆる総攻撃が七月二十三日に開始されたが、案に相違して敵砲兵を充分に撲滅制圧する力は日本軍になく、歩兵の攻撃は成功するどころか、攻撃第三日になって期待はずれのまま中止せざるを得なかったのである。これから後は彼我両軍、互いに防備を固めて対峙となった。

そして今度はソ連軍の番であった。これまで密かに、そして大規模に兵力を集結し反撃を準備していたソ連軍は、この大草原地帯で約三七キロの正面にわたって陣地を占めていた日本軍に対し、八月下旬、その判断を大きく上まわる攻勢をかけてきたのである。

指揮するはG・K・ジューコフ大将。その戦策は機械化旅団、戦車旅団をもって日本軍陣地の側方を迂回し突破侵入する。目ざすは日本軍の砲兵陣地であり、後方地域であった。正面からは歩・戦・砲協同の部隊が日本軍にかかってきた。ソ連戦車部隊の攻撃を受けて日本軍砲兵がまず崩れ、陣地による歩兵、騎兵の諸隊は四周包囲を受け、激戦死闘は一〇日におよんだが結局、日本軍は莫大な損害を受けてソ連側の主張する国境線の外に態勢を整える他ない情況となったのである。

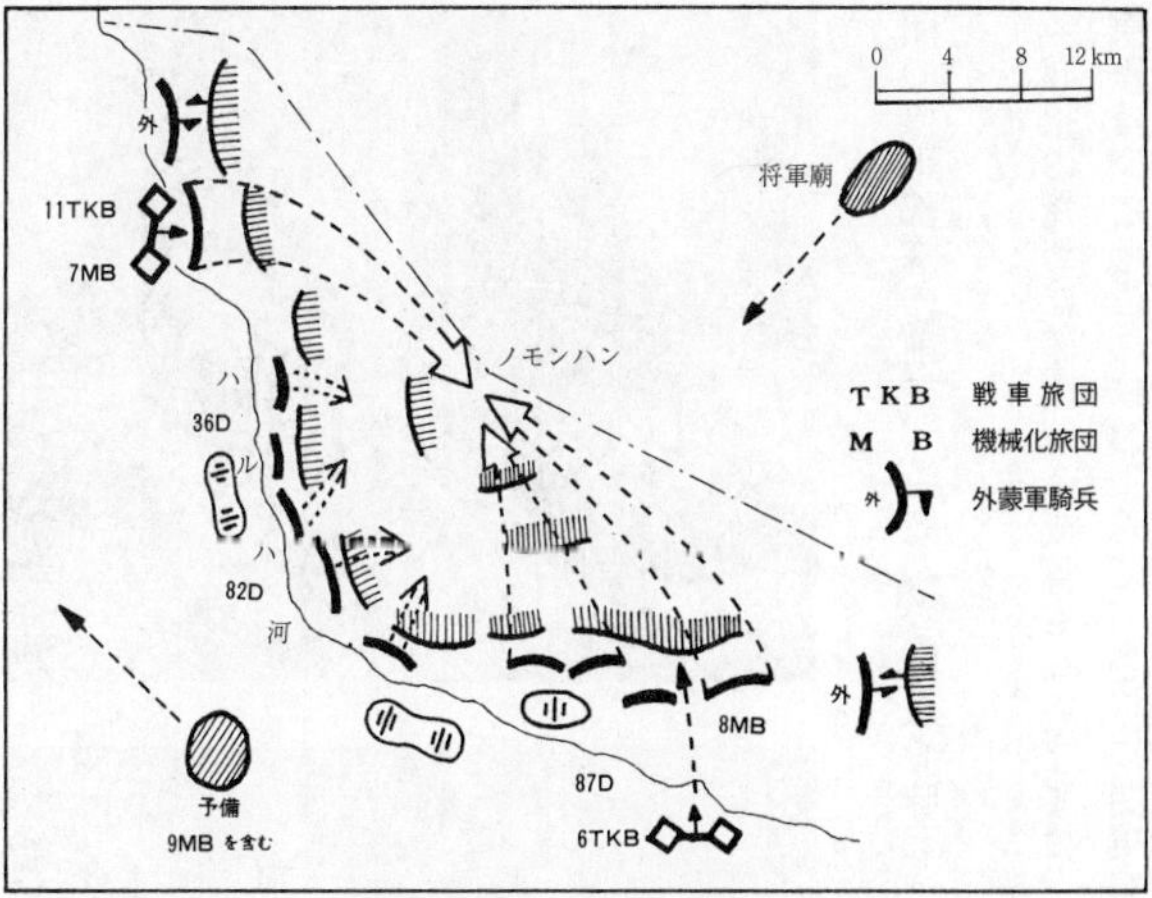

ノモンハン事件　ソ連軍の攻勢計画　1939年8月

このジューコフの攻撃こそ、ソ連軍野外教令の示す「縦深攻撃」であった。二〇年の昔、イギリスのフラーが夢に描いた「一九一九年計画」は、まさにこれであった。

戦車に敗る

この大草原の戦場で、足に頼るしかない日本軍が、機甲部隊に対して対応策に苦しんだことは、一九一八年に連合軍の戦車攻勢に悩んだドイツ軍や、一九二七年の英軍の戦車対歩兵師団演習の前例で、すでに判りきったことであった。満州事変から支那事変への安易な戦闘の経験で、近代戦の理解を怠り、将来戦の決勝戦力が何であるかの考察を誤った日本軍は、わずか数個旅団の機甲部隊の前に、みじめな敗戦を味わうことになったのである。

「収拾のために確固たる成算もないままに、大して意味もない紛争に大兵力を投じた」関東軍は、ことここにおよんで、さらに関東軍のほとんど総力をあげての攻勢へとエスカレ

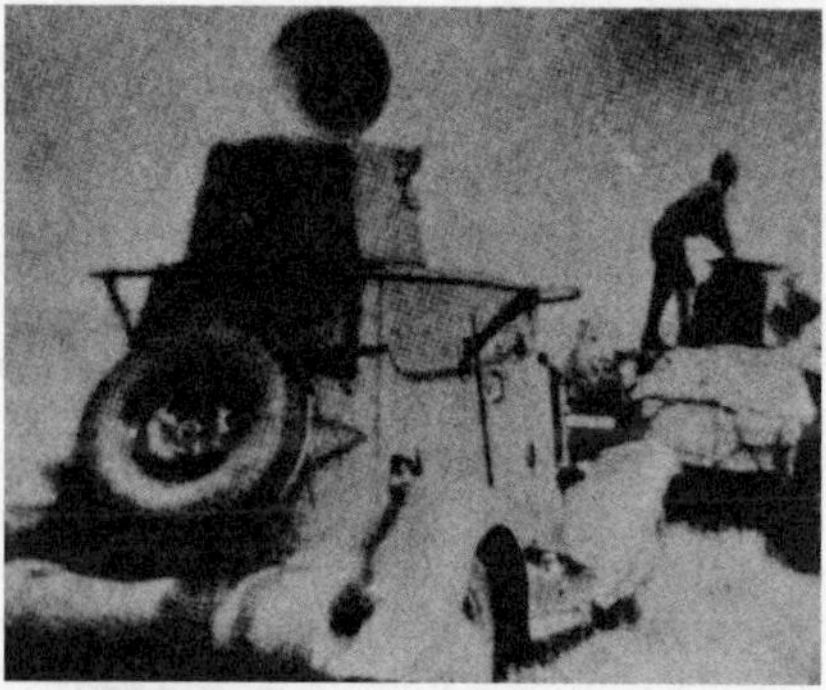

日本軍の手におちたソ連軍の戦闘車輌
（上）BA20 装甲自動車　（下）T26B-2 軽戦車

ートし、大本営との間ですったもんだのあげく、停戦となってしまった。

忿懣やる方ない現地従軍将兵とその遺族は、今日にいたってもこの〝水入り〟的停戦に納得しないのである。

第二次大戦で、ドイツ軍に対し国境会戦以来、苦戦敗退を続けたソ連軍にも、モスクワの大反撃があった。これと似たものを待った将兵の気持ではなかろうか。

そして、停戦交渉は「九月十六日休戦」と進展した。

翌十七日、スターリンは、待ちかねたようにポーランド侵略を開始した。

何ともつまらぬ終り方をしたものであった。

この戦いを、現地で経験した将兵に、そして陸軍の指導部の者にも、内心には「戦車恐るるに足らず」という感じはもうなかったであろう。だが、日本陸軍全部に機甲の威力を悟らせるには、まだまだ多くの事例を示す必要があったのである。

そして、それがヨーロッパで行なわれていた。九月一日に第二次世界大戦が始まっていたのである。

第十五章　ドイツ装甲旋風

昭和十四年八月下旬、ソ連軍の攻勢によりノモンハン方面の日本軍が大損害を受けたことは、日本陸軍に大きな衝撃を与えたが、衝撃はそれだけではなかった。八月二十三日、ドイツとソヴィエトの不可侵条約調印がこれである。これまでナチ・ドイツは反共産主義の巨頭であると考え、日独伊軍事協定を結んでソヴィエトを牽制しようと躍起になっていた陸軍も、開いた口がふさがらぬ始末であった。

この問題で当時の平沼内閣は「欧州情勢は複雑怪奇である」とお手あげの声明を残して総辞職する。そうこうしているうち、九月一日にはヒトラーは、装甲六個師団を先頭にたててポーランドに侵入、あっという間に勝利をおさめ、ソヴィエトとともにこれを分割占領してしまったのである。

このころ、ノモンハン事件のあと始末が行なわれていた。

関東軍司令官やその首脳部、参謀本部の責任者の罷免更迭などは一片の辞令ですむのだが、壊滅的打撃をうける惨状となった第一線部隊のあと始末は惨憺たるものであった。責任をとって自決する部隊長があいつぐ。絶望的苦戦のなかの行動でも、武人に対する批判の目はきびしかった。そして、この参戦部隊に対してとった陸軍の処置は決して温かいものではなかった。従軍将兵や遺族が、いまも釈然としないのは、このためである。

事件研究委員会

ノモンハン事件で大衝撃を受けた軍中央部は停戦となるや、ただちに研究委員会を設置し、戦略戦術、編制、装備など、ほとんどすべての面で検討を行なった。筆者は当時、北京にある北支那方面軍の参謀であったので、この研究会の一部に列席、話を聞いたことがあるが、今日、当時のいわゆる㊙資料を詳細に検討してみると、要するに「何から何まで、このままの日本軍では駄目だ」ということになる。

戦車関係者も委員として、この事件の教訓を書きならべているが、この頃になって、なぜこんな幼稚な原則的事項を書かねばならなかったのだろうかと思うほど、歯切れの悪いものである。「戦車たのむにたらず」というムードの中で、戦車とはこういうものなのだ、ということを弁解する気持もあったのだろうか……。

大本営や関東軍の作戦当事者は、実際どういう印象を受けたかを調べてみる。

この停戦直後に、ともに責任をとらされて更迭された参謀本部作戦課長と関東軍の作戦課長の手記と、おなじころ書かれた関東軍作戦課参謀の手記が残っている。これを見ると、彼等が痛感したのは、日本軍の火力装備の劣弱さ、とくに砲兵装備の弱いことで、戦車などは「わずかばかりのものは、あってもなくてもよい」と言っている。三人ともおなじ調子である。

関東軍作戦課長の手記は「機械化部隊、恐るるに足らず、戦車などなくても戦える」という評価である。

戦車の可能性は認めず

事件の研究委員会は、軍の全部門からの委員による合同研究であり、その戦訓は総合意見だから、軍の機械化や戦車のことが叫ばれているが、この事件の作戦を主宰したこの人びとの意見では、ノモンハン事件は戦車のおくれに警鐘を鳴らしてはいない。これを発見して筆者は驚いているのだが、肯けないこともない。研究委員会の結論の総論に、こういうくだりがある。

《ノモンハン付近戦闘の特殊性と将来戦。

この戦闘の特性は広漠地における運動戦で、ソ連の得意とする機甲戦の威力を十二分に発揮したところにある。作戦の（主要正面と予定する）山地における築城地帯の攻防、大

河の作戦とは趣きを異にする点あり》

あれほどソ連の機械化部隊に痛めつけられながら、あれは敵の土俵の上だ、こっちは、そんなところで戦をするのではないのだ、東方国境の山地帯である、ということである。研究委員会の検討にも、こういうたががはめられている。

昭和二十年八月、ソ連軍ザバイカル方面軍の機甲大集団が、この外蒙を根拠として大興安嶺をこえ、作戦第五日には平野部に頭をだし、作戦第十日には新京、奉天に達するというようなことが想像できなかったとしても、これは当然だが、とにかく、作戦関係者たちはノモンハンで、これほどこっぴどくやられても、戦車、機械化部隊の〝可能性〟を、頑として認めようとしなかったのである。

万事が駄目という結論

しかし、日本軍の装備の悪さは骨身にこたえたようだ。

こうなるとノモンハンの教訓は、全軍的装備の充実となってくる。研究委員会の結論は、こうなっている。

「軍備充実の焦点たらしむべきもの左の如し。

a　砲兵力、とくに長射程砲および大威力重砲の充実

b　突破後の戦果の拡大のため、または敵の翼側に進出せしむべき装甲、機動兵団の新

設

c　交通、通信、指揮連絡諸機関、工兵力の充実」

これでは「全軍にわたって、やりなおせ」ということである。日本軍は歩兵の夜襲だけで、正攻法的攻撃威力を欠く。至急おぎなわなくてはならぬ、という判決である。これ以外にも航空部隊の戦訓研究の方から、空軍力の増強が要求されている。

だが、軍備充実計画は、すでに一つの枠で始まっていた。陸軍の近代化のための軍備充実計画が昭和十二年度から開始されていたが、その年に支那事変の勃発となり、このため実現困難になるもののある一方で、緊急に増大しなければならぬものも多く、予算と物資との制約のもと、陸海軍戦備の競合という圧力下で、なんとか昭和十四年度の軍備充実計画に目途をつけたのが、この六月であった。

地上戦時兵力六五個師団、航空兵力一六四個中隊を基幹とする計画で、これで昭和十五年度の予算折衝に入ろうとしている。折も折であった。

この計画は、中国大陸にある兵力を減らし、その補給を減少し消耗を減らすことを前提として、新鋭兵器を装備する近代化部隊をつくろうとしていたもので、すでに割りこむ余地のないギリギリいっぱいのものであった。こうしたところに、対ソ戦備の欠陥が、こうも大きいことが血を流して明らかになってきたのである。

軍中央部にとっては、大きな衝撃であった。

戦車砲の弱さ

ところで、現地部隊の将兵にとっても大きな衝撃になったことがあった。この人たちにとっては、装甲機動兵団創設の提言など夢のようなことよりは、何とも我慢のならぬのは、現用戦車の火砲と装甲であった。ノモンハンで戦った日ソの戦車砲や対戦車砲については、すでにくわしく述べた。

玉田中将は、その手記にこう書いている。

《(七月三日の戦闘の時)九五式軽戦車の砲手がこう報告する。「隊長殿、私の射つ弾丸は、たしかに命中するのですが、敵戦車は跳ねかえします」。これは必勝の信念にも影響する重大事だ、と心中、ひそかに心配した》

敵の戦車と刺し違えの決闘である。喰うか喰われるか。腕は冴えて一発必中でも、弾丸が跳ねかえされる砲手の気持は、どうであろうか。「衆寡敵せず」という言葉もあるが、対等の力を持っている戦車なら「寡をもって衆を制す」の戦法もないではない。敵と対等に戦えぬ戦車を持った側が〝寡〟であっては、戦車部隊将兵としては、たまったものではない。

こんな力の弱い戦車砲で敵の戦車を相手にするのは、前出、戦車研究委員会の席上での

〝将来戦〟どころではない。さきに述べたように、対戦車砲については、技術本部も昭和十四年に現用の三七ミリ対戦車砲とラインメタルの三七ミリ砲を比較して、いかに劣っているかを実験している。全軍の対戦車砲として、三七ミリが駄目なことは明白だ。すでに昭和十二年、技術本部は四七ミリ砲の研究を方針としている。戦車搭載砲としても当然、四七ミリ以上でなくてはならぬ。十四年三月の戦車研究委員会の決定の結果なのか、ノモンハンの苦い経験からか、とにかく昭和十四年八月、技術本部は部としての案を決定して、四七ミリ戦車砲の研究試作にとりかかった。

これがのちに一式四七ミリ戦車砲となって九七式中戦車の改造砲塔に載せられることになるが、これの試作、実験が完了して制式と決定されたのは、なんと昭和十七年の四月であった。実に三年を要しているのである。

日本の銃砲技術界のおくれは戦車部隊にとって致命的であった。昭和十二年の技術本部の研究方針で、戦車支援自走火砲（この場合、砲戦車か、自走砲か判然とはしないが）の研究を決定してはいる。しかし、前戦の戦車隊に七五ミリ砲搭載の砲戦車が与えられたのは、実に昭和二十年になってからである。太平洋の離島に散った戦車隊に、これがわたされていたはずはない。その将兵の苦悩が目に浮かぶのである。

日本陸軍がノモンハンのあと始末に忙殺されていて、ほとんど目を向ける余裕のなかったヨーロッパの戦場では、この九月に、世界中を驚愕させる戦いが行なわれていた。ポーランドでの戦争であった。

ポーランド電撃戦

ポーランドに対するドイツ軍の攻勢戦略は、ドイツ参謀本部が得意とする伝統的戦略と、初めて用いる革新的戦策との混合であった。強力な攻勢の指向される方向は原則的には全く伝統的であった。北方では、ドイツと東プロシアに在る北方軍集団の第三、第四軍をもってダンツィヒ回廊を挟撃〝占領する。中央部では、南方軍集団の第八、第十軍の強力な二軍をもって、首都ワルシャワを目ざして攻撃する。そしてさらに第十四軍が、カルパティア山系を越えてガリシアに進入する。ドイツ軍得意の分進合撃であった。

それに、ドイツ軍の攻撃方法に、これまで思いもしなかったものが加わった。突破点の先頭を切って、集結された装甲師団が突進する。その後を軽師団と自動車化師団が続行する。戦車が深い楔として打ちこまれると、歩兵はそれを足場に突破を拡張する。そしてこの間、常に空からは爆撃機が、近くは敵の陣地から、後方は交通連絡の施設などに襲いかかったのである。

国防軍はドイツ軍が侵入した時、歩兵三〇個師団、騎兵一一個旅団、軽い戦車の戦車大

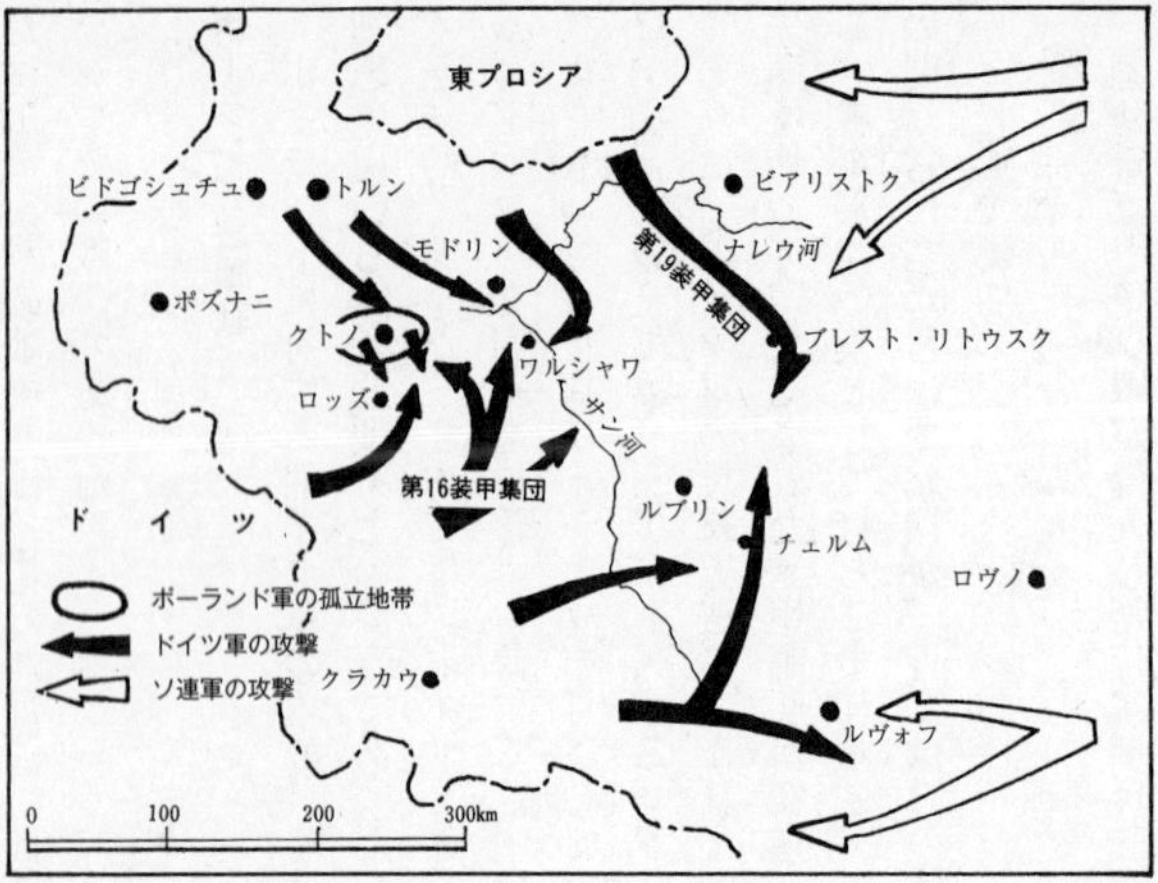

隊が一三個、そして戦車一個旅団が中央機動予備としてあるだけだった。歩兵師団はすべて馬匹編成で、これも足に頼るだけの陸軍であった。その決勝戦力は騎兵旅団である。

ポーランド軍将兵は苦しい戦況の中で、よく頑張った。

しかし開戦一週間とたたぬ九月六日にはドイツ軍は、ワルシャワ西南方の平地に進出していた。そして、ポーランド軍が、最後の集中反撃をかけてきた。ワルシャワに向かう南方軍集団の北翼に対して、ブズラ河に沿う地区で反撃してきたのである。南方軍集団は、すでにワルシャワ方面に前進していた装甲師団と軽師団に、反転してこのポーランド軍を北方および東方から、側面と背後を攻撃することを命じた。そして軍集団司令部が指揮して、たちまちこれをやってのけてしまった。

装甲兵団には、かくも機動性があり、融通性もあるのだ、ということが立証された。このブズラ河畔の戦闘は勿論、あらかじめ計画できる種類の作戦ではない。変転する戦局の間に好機を捉えて行なったものではあるが、装甲部隊あって初めて可能な戦法であった。“足の陸軍”には望むべくもないものである。

戦勢かくなって、大勢は決した。九月十七日には東方からソ連軍がポーランドに進撃してくるとなって、この戦役は終った。

わずか半月ほどの間の出来事であり、まさに速戦即決の「電撃戦」であった。

変わるムード

ノモンハンの衝撃をうけて日本陸軍のムードは、変わり始めていた。

筆者の同期生の久保達夫氏は、ノモンハン事件の前から昭和十五年まで、教育総監部の第四課（戦車兵種担当）に勤めていたが、こう語っている。

「ノモンハン事件までは、まったく虐げられた年だった。それがノモンハンから後となると手のひらを返したよう。戦車サマサマなんだ。言いだしてとおらぬことはないくらいだった。教育総監部の中だけではない、陸軍省でも、参謀本部でもそうだった」

ノモンハンに続いて、ポーランドである。

ポーランド進攻でのドイツの迅速な作戦ぶりは驚嘆すべきものであった。日本陸軍の内部、とくに機械化・装甲化論者には相当の影響を与えた。

特に、これは日本陸軍の騎兵界には衝撃であったはずである。日本と同様に、決勝機動兵団として「騎兵の価値、疑いなし」として、歩兵三〇個師団に対し一一個の騎兵旅団を誇っていたポーランド騎兵団は、何のなすところもなくドイツ軍の前に壊滅してしまったからである。

だが、それもこれも当時の政治、軍事情勢の中に埋没してしまった。ヨーロッパの戦争は〝たそがれ戦争〟の停滞期もあって、遠いところでの出来事のように思われたのだ。ところが、その日本陸軍を驚かせるような、そして、日本の運命を大きく動かすことになった大事件が突発した。

ドイツの対西方電撃作戦である。

昭和十五年五月十日、装甲一〇個師団を先頭に西方に進撃を開始したドイツ軍は、五日でオランダを降伏させ、一八日でベルギー降伏、軍事大国を誇っていたフランスは、五週間で首都パリを捨て、その一週間後にはヒトラーの軍門に降ってしまったのである。

これは大異変であった。それにしても、わずか四年たらずほど前に、井上大佐らの機動兵団視察団が見てまわって感歎して帰った、あのフランスやイギリスの機甲兵団や、戦車戦力は、一体どうなってしまったのであろうか。

そしてまた、これを圧倒したドイツ軍の強さは、どこにあったのであろうか。

それに目を向けて見ることとしよう。勿論、この昭和十五年当時に、こんな詳しいことが日本陸軍に判ったはずはないが「ドイツ軍強し」の情報には事欠かなかったのである。

誤ったフランスの機甲理念

フランス陸軍は、表面的には、きわめて強力であった。

まず、マジノ要塞線の陣地がある。アルデンヌ付近で終っているが、これが東の国境の支えである。フランス軍の戦車の量と質は、ドイツ軍の戦車に比べて恐るべき数字を示していた。その戦車は、武装も強力なら装甲も厚い。戦車のすべてが装甲が三〇ミリ以下というものはない。大部分の戦車の速度は、ドイツ軍のものよりは遅いし、運行距離は短いが、それは歩兵直協という方針には合っていた。他にDLM（軽機械化師団）が持っている四〇〇輛をこすソムア戦車は、機動戦車としては立派なものである。

フランス軍の難点は、戦車そのものではなく、戦車運用の理念と、それに基づく編成であった。DLMは騎兵特有の軽快機動師団であり、装甲師団のように独立的に突破前進しようとするものでもなければ、敵が突破前進してきた時に集中して反撃しようとするものではない。だから、訓練も通信組織も、第一次大戦で騎兵が演じた役割くらいのところを基礎にしていた。しかも、そのDLMでさえが、数は三個から増加されなかったのである。戦車のほとんど全部が、歩兵直協として歩兵に結びつけられていたから、この国の陸軍も要するに〝足の陸軍〟であった。

そして、この国もまた、良い指導者を欠いていた。一九三八年九月のズデーテンラントの事件の後になって最高軍事会議はようやく、戦車師団（Division Cuirasse）―DCR―を二個編成することに同意した。しかし幕僚たちが、適当な編制などを決めかねているうちに一年経って、大戦勃発の時には、一個師団も完成していなかったのである。

フランス軍は開戦となって歩兵を一〇一個師団に増強した他に、戦車五三個大隊を持っていた。戦車総数は約三五〇〇輛で、四七ミリ砲を備えるソムア戦車や四七ミリ砲、七五ミリ砲を備えるB型戦車の最新のものを八〇〇輛も持っていた。前にも述べたように、その装甲は四〇～六〇ミリ、ドイツ軍の三号戦車にせよ四号戦車にせよ三〇ミリに過ぎない。一号、二号などは問題外であった。

しかしフランス軍が、この五三個大隊の戦車をもって作ったのは、わずかにDLM三個（各、戦車二二〇）とDCR四個（各、戦車一五八）で、その他の戦車は歩兵支援のため全軍にばらまかれたのである。しかも、この七個の機械化師団も分散して使われるのであった。

微力なイギリス軍戦車

英国の海外派遣軍は、一九四〇年五月までには兵力一三個師団になっていた。この軍は独仏軍とは違って、馬は一頭も持っておらず、完全に自動車化されていたが、その機甲戦力たるやまことに淋しいものであった。英軍の手許にあったただ一つの第一機械化師団は、まだイギリス本土にいる。ドイツが西方に攻めこむ数日前に正規の英国戦車連隊が、ただ一つフランスに着いた。第四戦車連隊で、第七、第八連隊とともに第一戦車旅団となる予定の連隊であったが、他の二個連隊はまだ本国にいた。第四戦車連隊は、一型歩兵戦車(A11。重量一一トン、七〇馬力、最高時速路上で一三キロ、装甲六〇ミリ、機関銃一、乗員二名)五〇輛をもって出征した。遅れて戦車第七連隊は五月初めに戦場に着いた。その来着の遅れは、二型歩兵戦車の生産の遅れによるものであった。第七連隊は、一型歩兵戦車(機関銃一)二七輛、二型歩兵戦車(いわゆる「マティルダ」戦車である。重量二六・五トン、四〇ミリ砲一、機関銃一、装甲七八ミリ、最高時速二四キロ、乗員四名)二三輛と軽戦車七輛を装備していた。旅団司令部は第八連隊を残して戦場に移った。これが伝統ある英国戦車隊の実態であった。

派遣軍の師団騎兵は、昔の乗馬騎兵と違って、馬を車に乗りかえていた。だが、この捜索隊の装備は、六型軽戦車(ヴィッカース軽戦車シリーズの最後のもので、重量五トン、八九馬力、最高時速五〇キロ、装甲一四ミリ、機関銃一の三人乗り豆戦車)であった。こんな装備の捜索隊に何ができるか、知れたものであったろう。ついでながらイギリスは、大戦勃発時の一九三九年九月に新型機動戦車や歩兵戦車は、一四六輛しかなかったのに、この五トン戦車を約一〇〇〇輛持っていたという。
兵器は「安ければよい」というものではない。軽い戦車に何が出来るか、戦闘がすぐにこれを示すのである。

西方急襲

一九四〇年五月十日の未明、ドイツ軍は猛烈な空襲と空挺部隊による降下と同時に、地上部隊はオランダ、ベルギー、ルクセンブルグの国境を越えて前進を開始した。
中立国であるオランダ、ベルギーは、ヒトラーの侵攻を挑発する口実を与えることを恐れて、仏英軍の進駐を認めなかったのだが、ここで救援を求めた。待っていましたとばかり、仏英軍はベルギーに前進を開始した。

何もしなかったDLM

五月十日、フランス騎兵軍団（第二、第三ＤＬＭ）は、ベルギーに進攻する連合軍の先頭を切って前進した。その任務は、続行する友軍がダイル河の陣地内に展開するまで、出来れば約一週間、ベルギー軍を支援して、前方地区でドイツ軍を拒止することであった。

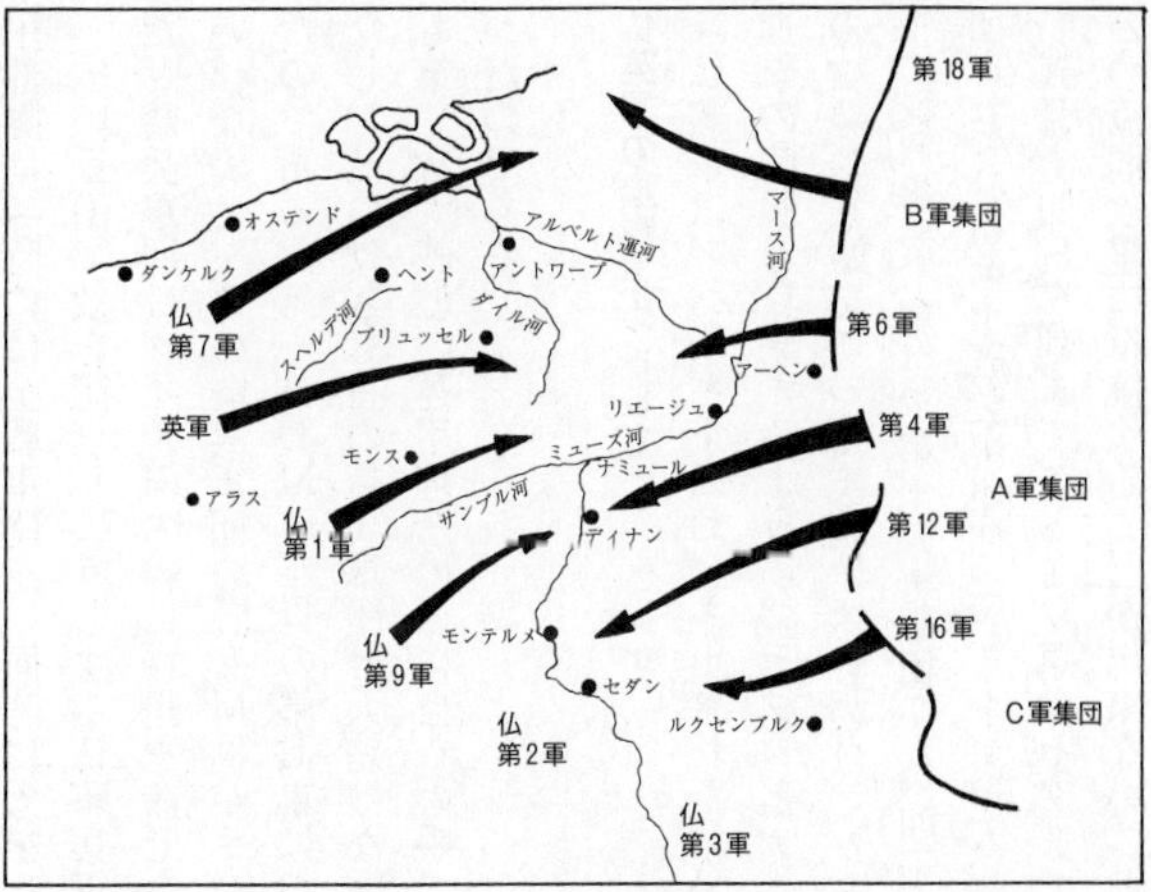

この正面に前進したドイツ軍は、ヘプナー将軍の第十六装甲軍団（第三、第四装甲師団）であった。軍団はアルベルト運河の渡河点を奪取して、当初、第四装甲師団だけで、フランス軍との戦闘を十一日に始めた。仏軍は両ＤＬＭを併列して敵を阻止しようとして広正面に展開した。十二日、第三装甲師団は未着だが、威力捜索の目的で第四装甲師団は前進して仏軍陣地線に突っかかったが、敵砲火と対戦車砲で攻撃は頓挫した。ここで仏軍のソムア戦車にぶつかった。二号戦車の二〇ミリ砲では何ともならぬし、三号戦車の三七ミリ砲が命中しても駄目である。

　五月十三日、第三装甲師団も戦闘に参加した。仏軍の多数の戦車が、動かない砲座として陣地に配備されている。ドイツ軍装甲部隊は「時には全戦車砲が、同時に火を吹いた」という穿貫的攻撃で敵線を突破した。広い正面で敵を阻止しようとする仏騎兵軍団は、一点が突破されると、それで終りだった。騎兵軍団はダイル河の線に後退を命じられた。一般兵団の線に下がると、もう用はない。なんと、この騎兵軍団のDLMはバラバラにされてこの後、各軍に分属されてしまったのである。第一DLMは左翼の第七軍につけられていた。騎兵的任務にかわりはなかったし、その動きも右の騎兵軍団と大差はない。装備優秀な戦車部隊を持ったこれらの師団も第一次大戦型の運用理念の上に自らの手で分解され、全く何のなすところもなく潰え去ったのである。

仏英軍の脇腹をめざして

仏英軍は、ベルギーにおびき出された結果になっていた。ドイツ軍の主攻勢は、仏英軍進撃の脇腹を攻撃するように、セダンとディナンの間に向かって進んでいたのである。この攻勢の先頭を切って疾駆するものは、クライスト将軍指揮下の第十九装甲軍団（グデーリアン。第一、第二、第十装甲師団）、第四十一装甲軍団（ラインハルト。第六、第八装甲師団）、それに第十五装甲軍団（ホート。第五、第七）の装甲七個師団であった。

五月十四日夕刻までにドイツ軍はセダンで戦線を突破、仏軍は敵の戦車と急降下爆撃機との協同攻撃に抵抗することが出来ないことを知った。セダンと、その北の方面の仏第九軍は完全に崩れ、撃滅されるか退去している。その北の第一軍は激戦中で、さらに北の英軍はダイル河の線で戦い、ベルギー軍はアントワープに後退している。海岸近くに前進した仏第七軍は、前進したときよりも速いスピードで後退を始めている。

戦争の勝敗は、この一撃で決まった。

B型戦車もあえなし

DCR（戦車師団）は、五月上旬にはまだ編成されたばかりで、団結は強固なものとは言えなかった。第一、第二師団の編成が一月に開始され、四月には第三師団が編成されて、第一、第二師団から人員、資材などの転属が行なわれているという状態であった。第三師団の編成は、五月十日には完了していなかった。ド・ゴール将軍は、五月になって戦車第四師団の編成に着手したという有様であった。

DCRのB型戦車は、ドイツ軍戦車の恐るべき敵である。第一、第二DCRは大本営予備としてベルギーに前進を命じられ、DLMの後方でディナン西方に進撃していたし、第三DCRはセダンの南で、ちょうどグデーリアンが突破した所の近くにいた。

第一DCRは、ドイツ第十五装甲軍団の先頭を切って突進するロンメルの第七装甲師団に向かって反撃することを命じられたが、たちまち燃料欠乏をきたして停止してしまい、何のなすところもなく踏みにじられてしまった。

第二DCRは列車から卸下《しゃが》中に急襲されて、その生存者はDLMに収容され、結局、全戦線にばらまかれた。

第三DCRだけは、不甲斐ないフランス機甲部隊のために気を吐くチャンスに恵まれた。五月十四日、西に突進するグデーリアンの装甲部隊の側面を攻撃できる位置に在ったのである。ところが、指揮がまずかったし、果敢さが足りなかった。燃料が足りない、故障車があって戦車数がそろわない。それに、急がねばならぬという気がなかったから、この絶好の機会がつかめなかったのである。結局、この反撃は中止された。この後、せっかく集めた戦車部隊が、バラバラにされたことは他のものと同様であった。

機甲部隊建設の理念に、初めから誤りがあったとは言え、一九三五年から作り上げてきたフランス軍装甲部隊は、こうして雲散霧消し、その戦車の大群は、祖国の存亡を賭けたこの戦争に何の役にも立たなかったのである。ド・ゴールの第四DCRの反撃がその後、十七、十八日にラオン北方でグデーリアンの進撃の南翼に向かって行なわれたが、これとて編成未完の部隊の反撃であり、ドイツ軍に何の痛痒も与えるものではなかった。

ドイツ装甲部隊の進撃は仏英軍を驚倒させた。全く無人の境を行くが如くであった。夜間の前進も強行する。グデーリアンの第十九軍団は七日間の一日平均行程が三〇キロ、五月二十日には九〇キロに達していた。

英国戦車隊の反撃

五月二十一日午後、ロンメルの歩兵縦隊の側面に、英軍の「マティルダ」戦車と仏軍のソムア戦車が突如、攻撃をかけてきた。当時、ドイツ軍戦車隊は、はるか前方を突進していて間に合わない。

これは英軍戦車第一旅団の最後の反撃であった。旅団は戦況の激変の結果、あちこちへの移動で戦力を消耗し、歩兵との集結した反撃は出来ず、結局は戦車単独の反撃となって、ドイツ軍に攻撃をしかけたのは、右が戦車第七連隊で二型「マティルダ」戦車が九輛、一型戦車が二三輛、左が戦車第四連隊で「マティルダ」戦車が七輛に一型戦車が三五輛であった。これに仏軍の第三DLM（残存戦車約六〇輛）が協力した。

ドイツ歩兵の三七ミリ対戦車砲が防戦するが、全く「マティルダ」には歯が立たない。この不期遭遇戦は結局、ロンメルが一〇五ミリの野戦砲と八八ミリの両用高射砲を戦闘加入させることで危機を脱したのであった。ドイツ戦車も歩兵救援に反転してきたが、その弱い戦車はまたたく間に二〇輛以上もやられてしまった。これは戦車にやられたのではなく、英軍の四〇ミリ対戦車砲の防禦幕にぶつかったためであった。

奇襲の効果は、ドイツ軍の占有物ではなかった。アラスの反撃の報はドイツ軍統帥部を驚動させ、かねてからの心配に輪をかけて、ここにドイツ装甲部隊のダンケルクに向かう進撃を止めることになってしまった。英軍は海外派遣軍の全部を自動車化したおかげで逃げ足が速く、兵器、資材は全部捨てたが、ダンケルクから〝奇跡の脱出〟に成功したのである。

〝戦車将軍〟に敗る

機甲威力が段違いであるから、この後のフランスの戦況は、一九一八年のタンク大攻勢の後のドイツ軍よりも、はるかに脆かった。五月九日、ガムラン将軍にかわったウェイガン将軍とて、〝足〟の部隊をもってドイツ装甲兵団に打つ手はなく六月五日、南に向かうドイツ軍の攻勢の前にパリは六月十四日開城、六月二十二日には、レイノーにかわったペタン元帥のもとで降伏へと進んでしまったのである。作戦開始以来、六二日間の出来事であった。

こうして、第一次大戦において〝戦車将軍〟でドイツを敗った英仏軍は、こんどはドイツの〝戦車将軍〟に敗れたのである。

こんな詳しいことが判ったはずはないのだが、このドイツ軍の大勝利で日本陸軍は吃驚した。

この〝電撃戦争〟の衝撃が日本の国策決定におよぼした影響は、非常なものだったが、これが軍におよぼした影響も大きいものであった。

この機械化軍の驚くべき威力をまえにして「戦車恐るるにたらず。戦車などあってもなくてもよい」などという議論はふっとんでしまった。ノモンハンの衝撃につぐドイツ電撃戦の衝撃。戦車サマサマと〝ムード〟の方が先走りし始めたが、さて軍の実情はどうだったろうか。

戦車界の実情

筆者は電撃戦衝撃の直後の昭和十五年夏、陸軍省軍事課課員を拝命した。機甲充実の風潮下とて戦車関係者だったからだ、とあとで聞かされた。資材班所属である。ここで日本軍兵器資材の実情を知って驚いた。

陸軍大学校でたての若輩が、戦車学校で先輩の尻馬にのって突破装甲師団を論じ、ノモンハン事件研究会で話を聞いて、装甲機動兵団を建設すべし、そうだ、そうだ、と頷いていたのだが、そんな話どころではない。基礎になる軍需工業界には、その前年やっと国防機械化協会などハッパをかけ始めたばかり。戦車や戦車砲などの情況は、すでに述べたような実情である。第一に戦車がつくれなかった。現存する資料をもって当時の驚いた情況を回想してみる。

日本の戦車がふりだしにもどった昭和十四年四月からノモンハンの大衝撃後の一年、日本の戦車、装甲車の生産台数は次のようであった。

九五式軽戦車　一一五輌
八九式中戦車　二〇輌
九七式中戦車　二〇二輌
九四式軽装甲車　五輌
九七式軽装甲車　二一七輌

つまり戦車は新旧あわせて、年産三三七輌、月間平均二八輌。これがノモンハンで戦った戦車二個連隊の後方的実力なのであった。両連隊が、もし中軽戦車を全部失ったとしたら、その補充には陸軍の二・五カ月分の生産量を要するわけである。もちろん十五年四月以降の生産はあがっていた。それでも九七式中戦車で五〇パーセント増程度の進展である。戦車学校のいう陣内突破機動兵団はおろか、ノモンハン戦訓委員会の装甲兵団新設の提言も、はるか先の目標にしか過ぎなかった。足場が固まっていなかったのである。

ここでこの陸軍の台所の方をあずかる技術本部などの研究機関や、兵器整備の衝にある陸軍省の各部局、製造やその指導の任にあたった造兵廠、そしてそれらが取り組んでいる支那事変初期以来の軍需動員、軍需動員部隊からその末端の民間企業の軍管理、あるいは利用工場にいたるまでの、血こそ流さぬが日夜の戦いの労苦にふれなくては、片手おちであろう。これこそが日本機甲部隊の縦深的戦力であり、戦力基盤でもあったからだ。

筆者は昭和十五年以後ではあるが、陸軍省での勤務の全部が軍事課での「資材」、それから「予算」であり、自分自身もこれらの渦中にあったから、整備部門の労苦は充分に知っているつもりである。

当時の陸軍省軍事課とは、「国防の大綱に関する事項」を担任した陸軍省の中枢課であり、「軍需品行政の基本に関する事項」を担任した課でもあったから、このあと戦局の変転にともなう軍需動員方針の改廃は、軍政的に見て、すべてこの課の責任であった。軍事課予算班長としてこれに関与した筆者の責任を忘れているわけではないし、大東亜戦争開始前後の関係整備部門の努力についても述べねばならぬことは数々ある。

たとえば、研究審査機関である技術本部について言うならば、支那事変が勃発してみると、需要の増加による研究要員、優良技術者の不足など、これまでのように少数精鋭主義で乗りきれる事態ではなくなっていた。

製造部門にしても、従来の制式規格が、原材料の点などから果して大量生産に適当かなどと、過去に例のない軍需動員に入ってみて痛感している情態であり、民間における純兵器の設計考案も製造能力も、諸外国にくらべればきわめて貧弱で、軍がその大部分を担任せねばならぬのに、その規模能力はまだこれから大いに拡充しなければならぬ、というのが実情であった。

戦車整備促進の対策

こうした実情をまえにして、これまで戦車部門に対して中央省部がとっていたやり方が、果して適切なものであったろうか。

つぎにあげる事例はこうした反省の結果であるが、裏をかえせば、研究・審査機関から製造部門にいたるまでが、何に苦しんでいたかの証明でもある。そしてまた第一線部隊の戦力を増強するためには、緊急不可欠の施策でもあった。

前出の近藤編纂官の資料によると、中央省部の「戦車研究委員会」は、昭和十四年十二月、「委員会決定」として「戦車整備促進の対策」を申しあわせている。

○車種改変の基準計画を定め、これに基づき計画的に資料収集、研究、設計、審査を行なう余裕をつくること

○試作戦車の各種諸元に関しては過度に限定を設けぬこと。最も重要な数件だけに限定し、その他は余裕をもたせること

○審査は単に一、二台の研究、試作に止めず、一、二個中隊分をひき続き製作し、製造部門、使用部隊の確実な意見を採用、図面の確定後多量の整備にうつること

○新戦車の試製を少なくも二年毎には行なうこととし、研究を促進すること

○造兵廠本部に強力な機能を有する戦車整備進行掛というようなものを設け、これを中心として連絡を密にし、製作の進行を促進すること

○技術者の面の強化、能力の向上、優遇のこと（以下略）

こうした施策が、せめて九四式や九五式が生まれたころから強力にすすめられていたら、と悔やむのは筆者だけではあるまい。

戦車部隊の拡充

こうした大衝撃の間にも戦車関係部隊の拡充などは、かねての計画に基づいて行なわれていた。

ノモンハンの戦場から帰還した戦車第四連隊と戦車第五連隊から、人員、資材が供出されて陸軍公主嶺学校（諸兵総合訓練学校である）の教導戦車隊（長、山田国太郎大佐）、戦車第九連隊（長、重見伊三雄大佐）が昭和十四年八月に新設された。

また昭和十五年に戦車第十連隊（長、田中和一郎中佐）、戦車第十一連隊（長、二宮邦彦中佐）がともに満州で編成され、十五年三月には在満戦車部隊は次のように編成配置されていた。

第三軍所属

第四戦車団（長、木村民蔵中将）　綏陽

戦車第三連隊（長、生駒林一中佐）　綏南

戦車第五連隊（長、田畑与三郎中佐）　愛河
戦車第九連隊（長、重見伊三雄大佐）　東寧
第五軍所属
第二戦車団（長、山路秀男少将）　斐徳
戦車第四連隊（長、高沢英輝中佐）　虎林
戦車第十連隊（長、田中和一郎中佐）　東安
戦車第十一連隊（長、二宮邦彦中佐）　斐徳

だいぶ形はととのってきた。これらはすべて東部国境に近く配置された。臨戦態勢である。

一方、中国戦線でも、戦車部隊の改編、創設が行なわれていた。
戦車第十三連隊（昭和十四年、中支で編成。長、吉松喜三中佐）
戦車第十四連隊（昭和十四年、南支で編成。長、北武樹中佐）

戦車部隊を拡充新設するためには、まず優秀な幹部から育てあげねばならぬ。将校も他兵からの転科だけではどうにもならぬ。陸軍士官学校においては、戦車兵科の教育が開始された。また中堅幹部は軍に志す少年からと少年戦車兵制度が設けられ、昭和十四年十二月、千葉の陸軍戦車学校に生徒隊（長、斎藤俊男中佐）が設けられ、第一期生一五〇名の教育が開始された。第一章に登場したシンガポールを目ざして突進する神園清秀氏らは、

この〝若獅子〟なのであった。

昭和十五年十二月、公主嶺陸軍戦車学校(長、富永恭次少将)新設。満州の広野における実戦的訓練場を持った戦車学校であった。これで千葉戦車学校とともに二つになった。

一方、昭和十五年の軍備計画で軍需動員関係の官庁の強化が行なわれたが、これで相模造兵廠がつくられた。六月一日新設。これは戦車、機甲関係を主とした造兵廠である。

〝台所〟の方も、なんとか格好がついてきた。

第十六章　機甲兵生まる

このように、ノモンハン、ドイツの電撃戦とあいつぐ衝撃をうけ、戦車が脚光を浴びる時代となったが、機甲兵団としての潜在的可能性をもつ日本の騎兵界は、どう動いていたのであろうか。

すでにポーランド戦場で乗馬騎兵団の全く無力であったことを見ている。

馬糧がない

関東軍のもてあましていた騎兵集団が中国戦線におちついたことは、すでに述べた。昭和十四年二月のことである。このときの集団長は吉田悳中将であった。のちに騎兵の機甲化をやってのけた功労者である。この将軍を中心にして騎兵側からみた騎兵変身の経緯が、佐久間亮三中将編纂の『日本騎兵史』にくわしく述べられている。以下これをかりてこの間の事情をみることとしたい。

吉田中将は集団を指揮して蒙疆に移ったが、すでに述べたように糧秣《りょうまつ》の取得は難しいし、多くの馬に飲ます水がない。これでは作戦はできない。ホロンバイル同様乗馬騎兵では不利な地形であり、その上馬糧がないという始末である。「乗馬を全廃し、騎兵を車に載せるほかなし」と考えて、上司に具申したところ認められて昭和十四年十月、蒙疆地区に在った騎兵は自動車編成に改められた。またこのとき、自動車編成の騎兵四個中隊と機関銃一個中隊とからなる第七十一、第七十二騎兵連隊が新設され、それぞれ騎兵第一、第四旅団につけられた。ここに軍旗を奉じた騎兵連隊が、はじめて正式に鞍を運転台に換えたのである。しかしこれは単に自動車に載せただけであって、そのほかの装備は従来どおりであるから穿貫力《せんかん》をもった機械化部隊とはいえない。しかも、このころなお、中央部も騎兵自身も、馬を捨てる思想に徹底していたのではなかったのである。

騎兵変身の苦悩

吉田中将は昭和十四年秋、騎兵監となって中央部にもどってきた。元来、この人は、こういうことを考えていた人であった。

《支那事変の前後から、東京の高級騎兵将校の集まりで、騎兵の根本的改革を論ずるのを聞いていると、戦車を騎兵にとりいれろ、という意見がつよい。自分はずいぶん虫のよい話だと思った。その価値さえ疑われている騎兵が戦車をよこせと言ったとて、騎兵はよいかもしれんが、戦車を管理している歩兵が承知すまい。また予算の関係もあるから、騎兵の馬を捨てるからそのかわりに戦車をとか、兵力を半分にするから戦車をとかいうのでなくては当局も納得すまい……》

騎兵を何とか役にたつようにしなければならない。折から起こったドイツの対ポーランド作戦では、騎兵の無力さが実証された。「莫大な経費と至難なる教育を必要とする乗馬兵団の維持、増強に恋々たるの不利、歴然たるものあり」として、吉田中将はこう述べている。

《今日わが国の騎兵の改善を論ずる者で、かのソ連の騎兵団の例にならい乗馬騎兵団にぼう大なる車載部隊、戦車隊、機械化火砲を配属し、これを骨幹としてその戦力を向上すべし、と主張する者がある。……しかし、こうした機械化時代に乗馬団の残っているのは、作戦上の要求からというよりは過去の歴史とその国情からであって、わが国のごとく騎馬の慣行皆無にひとしく、たまたま支那事変において、いまだほとんど大なる騎兵部隊の、乗馬をもってする活動をみないのに、もうすでに乗馬補充資源の獲得が行き詰っており、総馬数の維持にも困っているではないか。これでは乗馬騎兵団戦力の維持など絶望である》

これらは吉田中将が昭和十五年二月に書いた「騎馬教育の責任者として我国機甲兵団に

関する私見と希望を述ぶ」という論稿の一節である。乗馬、乗車、装甲車、戦車とごちゃごちゃの騎兵では、どこに重点をおき、どこに騎兵を向かわせるかに迷わざるをえない。騎兵は馬など捨てるべきときだ。伝統的騎兵精神を機甲部隊のなかに生かすべきである、という趣旨である。

これは軍中央部に対する要望というよりは、馬に〝恋々〟としている騎兵界主流に対する説得である。まだこの頃になっても、こう説得せねばならぬような風潮が強かったのである。

黙ってはおれない

吉田中将のこの種の主張は、昭和十五年六月二十日付（ドイツ電撃作戦の衝撃後）「教育総監に対する上申書、強力なる機甲兵団の建設と機甲本部（仮称）の特設を必要とする意見」、さらに昭和十五年十月の「装甲兵団と帝国陸上軍備」と題する論稿、そして昭和十六年一月、「騎兵教育の見地より其の編制改革につき重ねて私見と希望とを述ぶ」など、『日本騎兵史』に全文が載せられている。これらは騎兵だけのことではなく、軍全体としての機械化の現状に第二次大戦の情勢をふまえて「いても立ってもおられない」という気持のにじみでている意見である。

ことに最後のものは「騎兵旅団、捜索連隊、騎兵連隊など、現存する騎兵隊の編制は一律にこれを解消する。それの持っている乗馬騎兵は全部これを歩兵兵種にやる。残った装甲車、戦車、乗車部隊などを集成して装甲兵団を新設する」という主張なのである。

このとき乗馬中隊は七七個中隊あった。これを乗馬歩兵とする。師団司令部と歩兵連隊に一個小隊ずつ付けるとして約五〇個師団分ある。残った乗車騎兵四四個中隊、装甲車隊(旅団戦車隊)四九隊、動員編制で約四〇〇輛、これらと戦車連隊とを組み合わせて装甲兵団をつくる。もし戦車連隊の合一がすぐできないなら、機械化騎兵のみをもって装甲兵団を創設する、という意見である。昭和十六年となっては現職の騎兵監がここまで言えるように、騎兵界主流の意見も変ってきていた証拠でもあろう。

機甲兵を作る

これについて、当時の陸軍省軍事課編制班長、大槻章氏(当時中佐)は、こう語っている。「吉田中将の論稿のことはよく知らない。教育総監部内部のものだったのではないか……。

ノモンハン事件は軍事課にとって大衝撃であった。戦力になるものは何でも戦力化しなくてはならぬ。私は騎兵だから、騎兵のことはよく知っているし、心配もしていた。騎兵を戦車と一緒にして機甲兵とする。これ以外に騎兵を生かす途はない。こう確信していた。騎兵参謀本部の第三課で向かいあって仕事をしていた美山要蔵中佐も騎兵だった。この二人で推進した。騎兵界の根まわしの役は、吉田中将がやってくれたのだろう。……機甲兵創設の案を持って田中新一作戦部長のところへ印をもらいに行ったら『反対だ。一体、騎兵を機甲兵にして役にたつのか?』と言う。騎兵が機械化部隊にもっとも適しているのだ、と説明したら印を押してくれた。どうも真意は、騎兵には偉い人が多いから戦車の重要ポストを、みなとってしまうのではないか、ということらしかった」。

「こうしたわけで機甲兵創設は大した問題なしに決まったんだがね」と同氏は回想する。「僕はこれで閑院大宮から叱られたよ。もちろん面と向かってではないが、なにしろ日露戦争以来の騎兵の大御所だ。側近の者に『大槻のやつは騎兵のくせに騎兵をつぶしてしまった』と御不興であったという」

叱ったわけでもあるまいが、当時の風潮のよくわかる話だ。ときはすでに昭和十五年の終りであった。

「機甲兵はすんなり決まったのだが、機甲本部の創設は大難航であった」という。

「機甲戦力の急速な拡充には、今までのようなことでは駄目だ。どうしても軍政的権限をもった本部制をとって、陸軍大臣の指揮下でバリバリやらせなければ駄目だ。予算を持たない教育総監部の下に機甲兵監部みたいなものを作っても、所期の目的は達せられない。だから陸軍省や参謀本部は、機甲本部を作って、これに戦車と騎兵を全部つけてしまおうと考えたのだ」
「ところが、これに猛反対をしたのが教育総監部だった。今村均本部長が先頭にたって反対する。従来から燻っていた教育総監部の無力廃止論につながる弱小化施策だ、というわけだ。この壁にぶつかってすったもんだのあげく、阿南惟幾《あなみこれちか》陸軍次官が腹をたてて『人事権を発動するぞ』という一幕もあって、機甲本部が本決まりになったが、もう昭和十六年になっていた」

機甲本部

昭和十六年四月、機甲兵種が誕生した。これまでの歩兵の戦車兵と騎兵とが一緒になった。この機甲兵の軍政、教育の親元として、機甲本部が創設される。機甲本部長にはこれまでの騎兵監、吉田悳中将が任命された。陸軍省の戦車整備担当課もその管轄下におかれ、また従来からの戦車や騎兵の諸学校などはすべて、その指揮下に統合された。次のようである。

千葉陸軍戦車学校
公主嶺陸軍戦車学校
陸軍騎兵学校
陸軍機甲整備学校（従来の自動車学校改編）

これで戦車兵と騎兵が一緒になったのだが、このとき一挙に乗馬騎兵がなくなったわけではない。駄馬編制師団など、作戦地の特性によって馬の方が有用であったものもあるし、中国戦線にある騎兵第四旅団は終戦まで乗馬騎兵の特色を生かして活躍した。あの機甲化の先駆者のようなドイツでも、二〇個師団の装甲集団がソヴィエトに侵入したとき騎兵一個師団があって、これが装甲集団の側背の援護にあたっている。それぞれに利点があるからである。

左側　著者（大尉、北支那方面軍作戦課参謀）。右は同期生の尾関正爾大尉（同情報課参謀）
昭和 15 年 2 月、車載騎兵集団と車載第 26 師団による黄河上流五原地方の作戦の際、五原にて

さて戦車兵と騎兵とが統合されてもすでに兵科を撤廃している日本陸軍内部での制度上の改廃だけのことであり、これで戦車兵と騎兵とが急に仲よくなるとか、騎兵がすぐに機械化・戦車戦闘を理解できたという問題ではない。しかし、ともに行く途に〝迷って〟いた戦車と騎兵が、一途の方向をさぐることができるようになったことは間違

いない。

戦車界の側からすれば「騎兵が馬を捨てて車に乗るというのならば」と、当時の教育総監部内の星野利元少将らも機甲兵創設に賛成奔走したのであったが、田中新一作戦部長のように「騎兵には偉い人が多いから、戦車兵は庇《ひさし》を貸して母屋をとられるのではないか」と案じた人もなくはなかったであろう。

機甲兵の団結は、藉《か》すに時間をもってせねばならなかったが、時局の進展はこんな問題どころではない急転回を示すのであった。

戦車はどう使うべきか

ドイツの装甲電撃戦に唖然とした日本陸軍は、騎兵は馬を捨てる線に進んでいるのだが、戦車界としてはまだその考えが統一されていない。参謀本部の用兵当局がノモンハンの時期頃まで歩兵直協一本槍であることは、すでに見てきた通りである。

戦車は一体何に使うものなのか?「アジアの戦場では役にたたない」という日本陸軍の底流にある不信は拭えないが、使うとして歩兵直協なのか、独立的集団使用すべきものか?

ノモンハン以後、ドイツの電撃戦に刺激されて、戦車の株は自然にあがってきているのだが、昭和十二、三年ころの〝迷い〟はまだ続いていた。

これは軍建設、編制装備の基本であり、運用の根本から決めねばならぬ問題である。前者とすればフランスの亜流であり、分散された戦車部隊が何の力もないことは電撃戦が示している。そして集団の威力はグデーリアンが示した。日本機甲界としては、どうしても決着をつけ結論を出さねばならぬ時期がきていた。

ドイツに軍事視察団

ドイツ電撃戦の威力をみては、空軍力と機甲力、これこそが決勝の二大要素であり、日本陸軍がこの面でおくれていることは明瞭であった。さっそくこの教訓を現地について摂取すべきであるという意見がでた。昭和十五年八月、軍事視察団を派遣という内議が決まって、ドイツと交渉が始められた。

戦勝で意気揚々たるドイツ陸軍は快諾したが、おりから〝大英戦闘《バトル・オブ・ブリテン》〟の最中でイギリス空軍を相手に必死になって戦っているゲーリングの空軍が、すぐには同意しなかった。八月下旬には視察団は出発の準備を始めたが、こんどはソ連が国内通過のビザをださない。九月には日独伊三国同盟条約が調印されたこともあってゲーリングも要求をいれ、招待するということになり、イタリアも同調したのだが、結局出発したのは十二月の下旬で、一月七日モスクワ通過、ベルリンに入ったのは昭和十六年一月八日であった。

これが山下視察団と呼ばれたもので山下奉文中将を長に、航空班と陸軍班とからなり、

ドイツ装甲部隊の生みの親、
ハインツ・グーデリアン将軍

戦車関係からは原乙未生少将角健之大佐が派遣された。独伊駐在の武官や駐在員も加えて戦争指導から陸空軍の戦略戦術、とくに機甲部隊と空軍との協同、両軍の制度、編制、装備、訓練、補給など、全般にわたる戦訓を摂取しようとするものであった。

この視察団は約六カ月、ドイツ、イタリアで視察研究を続けていたが、六月七日、ローマにいたとき、独ソ関係緊迫化の報に急遽帰国に決し、六月十七日ベルリン発、モスクワを通ったのが十九日。二十二日にはドイツ軍はソヴィエトに攻めこんだ。間一髪のところで帰国できたのであった。

グデーリアンを研究

視察団の人びとは機甲部隊の建設運用につきグデーリアンやその参謀長と懇談し、機甲師団の演習を視察するほか、グデーリアンの著書によってその思想をふかく研究した。一九三八年（昭和十三年）、彼が装甲第二師団長、少将時代に書いた本に『装甲兵種と他兵種との協同』というのがある。その前年に書いた『戦車に注意せよ』という本もある。

いずれも装甲軍建設運用の理念を説き、ドイツ軍上下を説得、啓蒙しようとしたものである。そして彼はこの確信に基づいてドイツ装甲軍をひっぱってきたし、みずからこれを指揮して、その理念の正しいことを立証した。

グデーリアン自身も、これは正しかったし、一九四一年になった今日でも誤りはない、と視察団に語っている。

この『装甲兵種と他兵種との協同』という本は原少将みずから翻訳にあたり、団員に配布した書類が現在残っている。このグデーリアンの説は、一九四一年当時の日本軍の〝迷い〟の解決に大きな示唆となったものだから、これを引用してみる。

装甲兵団の価値

《装甲兵団の価値

列強軍は戦車部隊については大きく異る途をたどっているが、前大戦以来の発達の一大方向は次のようである。

一、空軍に対応する地上快速軍の必要

空軍の威力は論争の余地はない。空軍作戦は、その偵察および戦果を補い、これを確保する地上のパートナーを必要とする。このパートナーは快速であるほど、また強大なほどよい。

二、防者が機動力をもてば、攻者の機動力はいっそう必要である。
三、従来の兵科の防禦力では、予期される強大な敵戦車の攻撃を防禦するのに足らない。たとえ対戦車火器を充分に装備しても、戦車部隊の奇襲集団攻撃を挫折させるには足らない。故に友軍戦車部隊を必要とする。
ともあれ、攻者の快速、奇襲、集団威力は防者の対抗しうるところではない。》
グデーリアンは、みごとにこれを実証した。ノモンハンの第二十三師団の苦戦も、これを証明している。この場合、防者は戦車部隊を持っていなかった。
《四、装甲兵団の突破正面は広いことが必要である。わが攻撃重点を敵に側面から攻撃させぬためである。
戦車の攻撃は縦深的でなければいけない。翼側を確保し、縦深にわたる攻撃の戦力が不足しないようにし、突破した敵の側面を包囲する戦力を保有するためである。
(フランス軍が)全戦力を集中して防禦を強化する傾向にあるので、戦車部隊は穿貫的で的確な成果に達することが必要である。》
彼はこの通りを西方戦場でやってのけた。
機甲戦力の可能性についてグデーリアンは、すでにこうした的確な見とおしと理論をもっていた。そしてさらにこう述べる。

装甲兵団に編合せよ

《五、速度を重視し、装甲兵団に編合すべし。戦車部隊と協力する補助部隊は少なくとも戦車と同等の速力を有せしむること。そして戦車とともに固定的近代諸兵連合の兵団とするを適当とす。

快速なる補助兵種を欠く戦車部隊は不完全にして、大規模の戦闘能率をあげることのできないことは断言してはばからない。

即座の思いつき式につくった快速兵団およびその司令部が通常役にたたぬことは、第一次大戦で証明されている。統一せる統帥組織および快速兵団の大単位の結成のみが、将来威力を発揮する基礎である。

古来の名将は機動兵団を建設し運用せり。

断乎として新戦略を樹立せよ。》

ノモンハンの安岡兵団長を見透した意見である。

彼はこう高唱し、そしてその成果をみせたのである。そしてまた言う。

《この叙述にあたっては、今日的な技術の可能性を外れないことに努めた。だが、新しい武器に新しい形を求めないわけにはいかないのである。各種の危惧は、新しい可能性というものを摑みうるものだけが排除することができて、不確実な世界に入りうるものだ。後世の史家は、為さざりし者に対してよりも、為したる者を穏やかに裁くであろう。》

ドイツ軍上下に訴えている論文である。これは彼が一九三八年に軍団長としてウィーンに進駐したドイツ装甲師団の初陣以前の、師団長時代のものである。スペイン内乱で実験している小戦車部隊の体験のほか、一発の弾丸の洗礼なしに彼は、思索と研究とによってこれだけの理念を固めていたのである。

満州事変、支那事変の体験をへて、混成旅団を解体し、そしてノモンハンの惨憺《さんたん》たる戦闘を経験した日本軍の歴史をふりかえって、考えこんでしまうのは筆者だけであろうか。

戦車用法を誤るな

戦車用法上、異論のある点についてグデーリアンはこう言っている。

《現在においてもっとも緊要であって論争のある問題は、戦車用法の三つの意見である。

一つは、歩兵主兵論者の意見である。歩兵は〝戦場の女王〟であり、他の兵科は補助兵種である、という。これでは戦車は、歩兵より早く走行することを許されない。歩兵のための〝動く楯〟であるべし、ということだ。戦車のエンジンによる速度を利用することはできない。

前大戦では、攻撃のテンポが遅かったから、敵はつねに突破された後方に新戦線をつくった。こうなっては奇襲的効果がなくなっているから、この陣地の方が第一線よりも固い。したがってこれに対する攻撃は、第一撃よりも不利な情況で行なわねばならない。

こうした情況が、将来、自動車化、装甲化、航空化された予備軍をもっている敵に対して起ったとき、誰が攻者に勝算あり、といえるだろうか。》

ノモンハンは正にこうした情況であった。

戦車万能論も誤り

《二つは戦車万能論者の意見。右と反対の者は、他兵種との協同については、あまり知ろうとはしない。彼らは戦車部隊を、一種の〝純血部隊〟として集成し、まず敵の翼側、または背後に、あるいは敵陣地に大斧を打ちおろそうというのである。また奇襲により敵の抵抗を撃破することを主眼としている。障害物、築城、地形などは問題とせず、ひたすら突破することによって、戦車の決定的効果を期待しているのである。

しかし、現在の技術の水準は、果してこのような計画の実行を、可能としているかどう

か。われわれは、まだその水準に達してはいない。》

グデーリアンは、戦車万能論にも警告を発している。これはドイツだけのことではない。歩兵から戦車に移った戦車連隊長、玉田大佐も《戦車歴は浅く隊長としての識量は充分でなかったが、それだけ戦車というものにこだわりもうすく、当時戦車界にみなぎっていた『戦車の向かうところ敵なし』というような雰囲気にも、そのまま同調はできなかった》と書いている。

グデーリアンは続ける。

《われわれは、しばらくはこの両者の中間的意見をとる。すなわち戦車は、他兵種を援助するとともに、新戦闘手段の技術的可能性を作戦的、戦術的に完全に有効に発揮せしめんとするものである》

一号、二号戦車のほかに三号、四号戦車が多数装備され、歩兵や砲兵が戦車についてこられるようになるにしたがって、戦車の運用は変ってくるぞ、というのである。さらに彼は言う。

《私がここに反復高唱するのは、頑固な組織、または因襲にこだわり、将来の発展を阻害すべからざること、これなり》

歩兵直協は駄目

視察団は、これだけ明快な理論でも、まだ日本の軍部主流を説得するに足らないと思ったのであろうか、『戦車に注意せよ』からおなじような、もっと初歩的、原則的な解説を引用している。

《歩兵は軍の主兵で、戦車は敵の火力、とくに歩兵の重火器（機関銃）を撃破し、つねに歩兵にしたがって協力するのに適す、と言う者がいる。わずかの機関銃戦車くらいで、歩兵の戦闘地域の清掃をするという重大任務を果すことができるなら、これは正しい意見であろうが、しかし、一九一八年には事実であったかもしれぬこの可能性は今日では成立しない。

対戦車組織の発達した現在、歩兵戦闘地域においては、あらかじめ敵の対戦車砲と砲兵観測所を全滅させた後でなくては、戦車戦闘は戦車の全滅をもって終ることを予期せねばならぬ。故に、戦車側の立場から言えば、歩兵の支援のためには、対戦車組織と砲兵を盲にしておくことが重要な前提条件であり、この後に初めて歩兵の要求する援助ができるのである。

だが、上級司令部の立場からすると、こんなゆるいテンポでは満足しないだろう。戦車にもっと突進しろ、と言うにちがいない。》

グデーリアンがこれを書いた二年後、ノモンハンでこの通りのことが起っている。

《そしてまた、歩戦協同してゆるい速度で前進したら、敵は必ず後方に新防禦線を設け、あるいは反撃に出るであろう。前大戦で十数回試みて失敗したこんな戦法をもってしては、将来の戦争に勝利をうることなど思いもよらない。

新兵器を理解しうる近代の統帥は、迅速なる決勝をうることに努力すべくその目的のためには、戦車にその最高の能力を発揮しうるような高級なる任務を与えるべきである。能力の限度を正当に判定することは決定的の意義あり。》

まことに新兵器の可能性を心から信じ、その開発をみずから促進し、これを育て、そしてみずからこれを指揮してその可能性を実証した〝ドイツ戦車の父〟の言である。

報告の結論

山下視察団の報告書は、こう結んでいる。《陸軍航空の飛躍的拡充を図り……新たに機甲大兵団を建設して全地上軍の骨幹決戦戦力とすべく……原発令の修正軍備充実計画は一部修正を加えつつ続行し次期計画と連接させ……速やかに次期軍備充実計画を策定すべく……随時、戦争に応じ得る態勢を整えるはもとよりなるも、軍備の急速なる拡張の間に於

ては勉めて計画的戦争を企図すべく……新軍の建設には国力の至当な判断に遺憾なきを要す》

つまり《航空と機甲の飛躍的拡充が絶対に必要である。現計画が昭和十九年に終ったら次期計画につなげ。いつでも戦争ができる態勢になくてはならぬが、軍備の充足のできるまでは戦争にまきこまれるな。国力の判断を誤ってはならない》という結論をもって、山下中将以下視察団の人びとは昭和十六年六月、日本に帰ってきた。

しかしこの人びとを待っていた日本の情勢は、昭和二十年代の次期軍備どころの情況ではなかったのである。

第十七章　大東亜戦争

昭和十六年、時の歯車は大東亜戦争に向かって回転していた。

支那事変の泥沼にあえいでいた日本は、昭和十五年五月のヒトラーの電撃戦衝撃を契機に急転、「バスに乗りおくれるな」のムードに浮かれて、昭和十五年夏以来南進政策がうちだされた。

アジア侵略数百年のイギリス、オランダを駆逐する好機である。この「好機南進」の国策も昭和十六年にかけて「南進停頓」の相をみせているとき、十六年六月ヒトラーがソ連に侵入した。ソ連の崩壊ちかしとみて、国策はとたんに「南北併進」とかわる。ソ連軍よく頑張って「北進」の機なく、「南進」の足場、南部仏印進駐によって、「戦争も辞さない」と覚悟をしている米英に対し、力をもって一切の障害を破摧《はさい》するほかない情況となってしまったのである。

こうして日本陸軍は、すでに見てきたような大きな弱味を抱えながら、昭和十九年度末を目ざす軍備充実の完成を待つこともできず、米・英・蘭の軍隊と対決することになった のである。いわんや山下視察団の提言した大空軍、大機甲軍建設の次期軍備など、一片の 書類に終ってしまった。

マレー方面作戦

日本陸軍の戦車連隊数は開戦時には一五を数え、七個連隊を南方作戦に使う態勢にまで育ってきたのではあったが、本書でこれまで見てきたような経緯で、一個の機動兵団も戦車師団も持つことのない軍機械化・装甲化の未熟なままに、この未曽有《みぞう》の大戦に突入したのであった。

その戦車の集団単位は戦車団で、唯一の組織としてマレー方面作戦軍の第二十五軍につけられた第三戦車団の編制は次のとおりで、まさにグデーリアン将軍の指摘した〝純血〟戦車群であった。

第三戦車団
　第三戦車団司令部
　戦車第一連隊
　戦車第二連隊
　戦車第六連隊

戦車第十四連隊

第三戦車団工兵隊

第三戦車団通信隊

第三戦車団整備隊

第三戦車団段列

昭和十六年十二月、第一章に登場した神園伍長や寺本小隊長らの戦車第一連隊は、シンガポールを目ざして突進していた。戦車第六連隊（長、河村貞雄大佐）は、シンゴラ第二次上陸部隊として十二月十六日に上陸した。近衛師団に配属されて仏印方面からタイ国に進入していた戦車第十四連隊（長、上田信夫中佐）もマレーの戦場に到着した。

マレー半島の作戦は地勢の関係上、〝かたい頭〟での穿貫《せんかん》作戦であったから、戦車連隊一丸となっての戦いの余地はなく、新手を入れかえての戦車中隊の突進を特徴とする戦闘であった。戦車部隊はよく全軍の期待にこたえて勇戦した。

このマレー作戦で次の部隊に感状がだされているのでも、その活躍の一端がわかる。若い中隊長以下、みごとな武者ぶりであったろう。

佐伯部隊配属戦車隊。戦車第一連隊第三中隊。もちろん国境陣地突破の功である。

島田戦車中隊。戦車第六連隊第一中隊。主としてスリムの殲滅戦の功である。

五反田戦車中隊。戦車第十四連隊第三中隊。主としてパクリの殲滅戦の功による。中隊長、五反田大尉は戦死した。

フィリピン方面作戦

フィリピンに作戦した第十四軍には戦車第四連隊（長、熊谷庄治中佐）、戦車第七連隊（長、園田晟之助大佐）が従軍した。第四連隊はノモンハン戦以来の九五式軽戦車主体、第七連隊は依然として八九式中戦車（乙）主体の連隊であった。マレー半島で戦っている九七式中戦車を中心とした戦車連隊にくらべると戦力的には劣るところがあるが、フィリピンの作戦は順調に進んでこんなことは問題にならなかった。

この両連隊は十二月二十二日、リンガエン湾に上陸した第四十八師団に配属され、マニラに向かった。マニラ占領後に第四連隊は第十六軍に転属されて、ジャワ方面、蘭印作戦に従事することになった。

フィリピンの作戦としてはこのあと、バターン半島の米比軍に対する本格的攻撃が続いた。戦車第七連隊は主力が第四師団、各一個中隊を第十六師団と第六十五旅団に配属されて戦ったのであるが、もとよりその地形は戦車の機動力が活用できるような場所ではない。五月に入って、コレヒドール要塞攻撃のころ、この方面にも九七式中戦車が送られて戦闘に参加した。

戦車第七連隊はフィリピン作戦終了後、満州に移って、新設の戦車第二師団に加わり満州東部国境近くに駐屯していたが、昭和十九年、再びフィリピンに送られ、奇しくもおな

太平洋戦争における日本軍の主力戦車、九七式中戦車。訓練中の写真

じリンガエン湾の戦場で米軍にまみえることになる。

南印方面作戦

南方攻略作戦の第三弾は、蘭印作戦であった。この方面に作戦する第十六軍には当初、戦車第八連隊が予定されていたが、まだ満州にいる間に作戦がくりあげ実施されることになったので、戦車第四連隊と、マレー方面に予定されていた戦車第二連隊（長、品川好信大佐。この軽戦車中隊はビルマ方面に従軍する）とが増加され作戦に参加した。

この方面の作戦は、バタビア、スラバヤ方面とも順調に進展して上陸後旬日ならずで終了してしまった。したがって戦車第八連隊は満州を出発することなく終った。戦車第四連隊はこのあとも、この方面に残り、昭和十八年にはチモール島の守備にあたって終戦を迎えるのである。また戦車第二連隊は蘭印やビルマでの作戦後、内地に帰り、終戦時には本土決戦部隊であった。

ビルマ方面作戦

南方攻略作戦の仕上げは、ビルマ攻略作戦であった。ビルマに向かう第十五軍は昭和十七年一月に入って行動を開始し、三月八日にはラングーンを占領した。この方面の戦闘に、マレー作戦を終えた戦車第一連隊と戦車第十四連隊、それに戦車第二連隊の軽戦車中隊が参加した。

作戦は全般的には怒濤の進撃であった。しかしこのビルマでの作戦初期に、ノモンハンで玉田軽戦車連隊の砲手が泣いたような事態がおこった。

昭和十七年三月四日、ラングーンを目ざす第十五軍の左翼兵団第五十五師団は、ペグー南方に進出することを企図していた。ところがM3戦車、装甲車合計約一〇〇輛をもった英軍機械化部隊がペグー付近に集結し各処で反撃するため、歩兵部隊の前進は渋滞していた。そこへ追及してきた戦車第二連隊の軽戦車中隊が到着した。一個小隊を指揮して先行してきた中隊長は、敵情を知って、勇躍して攻撃した。ところがこちらのは射弾は敵戦車に命中しても、ことごとく跳ね返って貫徹しない。いっぽう敵の弾丸はかたっぱしからわが戦車をぶちぬき、つぎつぎに炎上する。たちまち中隊長以下全員戦死ということになってしまった。そしておなじころに戦場に進出した対戦車砲中隊も、かえって敵戦車に蹂躙《じゅうりん》されるという事態が起こってしまったのである。

実は、このビルマの戦場をまつまでもなく、同じようなことがフィリピン作戦初期にも起こっていた。戦車第四連隊が上陸したその日、尖兵《せんぺい》中隊はこのM3戦車にぶつかった。三七ミリ戦車砲では全然歯がたたない。しかたがないからM3の前扉の蝶つがいを撃ってこれを敗走させることができたのであった。

英軍に供与された米国製軽戦車 M3A1「スチュアート」戦車（試作型）
北アフリカ戦線からビルマにかけつける

M3軽戦車に苦しむ

太平洋戦争の前途に、戦車隊にとって不吉な出来事であった。このM3軽戦車というのは米国軍の戦車で「スチュアート」戦車とよばれたもので四つの型が戦場に現われているが、最初のものは一九四一年に現われている。その一型について諸元をみるとつぎのとおりである。

重量　一二・三トン
武装　三七ミリ砲一、機関銃二
トン当り馬力　二三・二（野外行動能力極めて高い）
装甲　四五ミリ～一五ミリ
最高時速　五六キロ

九五式軽戦車や三七ミリ対戦車砲で歯のたつ相手ではなかった。進攻作戦高潮期の日本軍にとってこんなことは問題にならなかったが、戦車部隊や機甲本部にとっては、かねてから頭の痛い問題が、早くも表面化してきた。連合軍は昭和十六年、すでにこんな戦車をもって戦場に現われたのである。

こんな戦車を相手にして戦車隊将兵はどう戦ったか。少年戦車兵として神園清秀氏とおなじ一期生の南勝馬氏はこのとき戦車第十四連隊に属してビルマで戦っていた。その手記にこうある。

《ラングーンで鹵獲《ろかく》した敵のM3軽戦車を試射したら、わが九七式中戦車、九五式軽戦車の徹甲弾では、前面は勿論、側面、後面に対しても全然効果なく、反対に敵砲は友軍戦車のどこでも貫通し、歯のたたぬことがわかっていたので……対機甲戦では、前扉をあけてくる敵戦車を待伏せして、運よくその前扉のなかに砲弾をぶちこむか、または榴弾射撃で万に一つ、敵戦車に火災を起こさせるように命ぜられていた》

これでは、とても互角の勝負はできない。

《敵があらわれる。五〇キロぐらいのスピードだ。射て！　よく命中するのだが……。戦闘三分ほど。約二〇輌の敵戦車は、わが連隊の猛烈な命中弾をうけ、二輌は火災を起こして煙をはいたが、それでも敵戦車隊は一輌の残骸も残さず逃げ去ってしまった。口惜しくも残念な戦闘であった》

さぞかし、口惜しくも残念なことであったろう。戦車第十四連隊の将兵はこうした敵を相手にし、北部ビルマ作戦を続け、昭和十九年にはインパール作戦、そしてその後、終戦にいたるまでの後退作戦など辛苦の限りを味わうのである。

戦車第一連隊は進攻作戦終了後、満州に移り、新設の戦車第一師団に編合されたが、昭和二十年には内地に帰り、終戦時には本土決戦部隊であった。

アメリカ軍の機甲部隊

日本はアメリカと乾坤一擲《けんこんいってき》の戦争を始め、日本軍戦車隊はすでにそのアメリカ軍の戦車と遭遇し、早くも手こずり始めた。

アメリカ軍の戦車部隊を見ておこう。アメリカの戦車部隊は勿論、ヒトラーの装甲部隊をにらんで作られていた。

フランス敗れ、イギリスはダンケルクから裸で逃げ帰った陸軍を擁して〝孤立〟の苦難の日が続くことになった頃ヒトラーの大陸制覇は成ったかの感があった。その行手をはばむものは、アメリカしかない。そしてこの頃すでにアメリカは、早くも動き出していたのである。

アメリカは元来、陸軍部隊は平時は骨格だけを持っていればよい国である。一九三八年、ヨーロッパでヒトラーが暴れ始めた時、大統領ローズヴェルトは早くも軍事予算の財布のひもを緩めてはいる。だが一九四〇年、ドイツの〝装甲旋風〟に全世界が驚倒した時には、陸軍は新しい中戦車一〇輛と軽戦車一八輛の二八輛だけしか持っていなかったという。

アメリカ戦車隊が、何故こうも小さいままであったのか。その主な理由は、この国の〝孤立〟の安心感からであるが陸軍でもまた、それは兵科間の独立反目の所産であり、多からぬ軍事予算の分捕り競争や妥協総花的予算配当の結果であった。一九三〇年代を通じてアメリカ陸軍にも戦車の独立用法的価値を認める声もあって歩兵を刺戟し、全軍を、とくに騎兵を、速やかに機械化すべきであるという意見も出て、賑やかであった。だが、軍事予算の不足は〝ボツボツやろう〟という指導層の方針を呼び、革新的方向へは進まなかったのである。

早くも機甲兵独立

米軍機械化の先頭を切ったのは、騎兵であった。次第に乗馬騎兵が馬を捨てた。戦車と行動をともに出来る半装軌車輛も装備されるようになった。機械化旅団も創設されて各種の実験が重ねられた。騎兵の側で、戦車の独立用法的役割に自信を持つようになってきたのである。

一九三九年、ドイツがポーランドに侵入する少し前に、ジョージ・マーシャルが参謀総長になった。一九四〇年初めにマーシャルは、実験的機甲師団の編成を命じた。機械化された騎兵と歩兵とを統合したこの部隊の実験演習は、五月にルイジアナで行なわれた。この結果や研究の末に機甲界指導層は、従来の諸兵種から分離した独立の機甲兵種を作ることが、ヨーロッパ流の機甲部隊を建設する近道だと確信したのである。おそらく、グデーリアンの努力の成果を見てのことであろう。一九四〇年二月に機甲兵は独立した。手初めに、現存の機械化された騎兵と歩兵や砲兵などの支援部隊をもって機甲師団二つを作ること、歩兵師団の直協支援のために別個の総司令部直轄戦車大隊を編成することが決定された。

これでアメリカは一九四〇年、早くも大機甲軍編成に向かって動き出した。勿論、アメリカはまだ戦争に加わっているわけではないし、機甲軍が現われるのは数年先であるが、その大生産能力が機甲の面でもこの時から動き出していたのである。

アメリカ軍の戦車

両次大戦の間には、戦車はほとんど試作品だけしか作らなかったアメリカ軍部とその工業界だが、一たびこれぞ、という戦車を決めて、大量生産に入る段階になると、その種類は少数、簡単で、ゴタゴタとしていない。

その戦車を概観しておこう。

M３「スチュアート」軽戦車一型は、一九四一年になって出現した。すでに述べた通りの戦車である。

米軍の中戦車では、一九三八年に試作されたM2中戦車があった。重量一七・二トン、装甲二二ミリ、三七ミリ砲装備のものである。一九三九年に大戦勃発となって米軍戦車界は、最新の情報を集めて検討した結果、こう判決した。戦車砲は主として対戦車砲であること、現在のでは口径は小さく、榴弾、徹甲弾両用砲であるべきだ、というのであった。ここで標準は七五ミリ砲とされた。中戦車の砲は後に七六ミリ、さらにそれ以上に向上される。最新の戦車の趨勢を見てとっての戦車の性能についての方針の決定であるが、その方針は賢明なものであった。

こうした方針でM2中戦車から生まれたのが、M3中戦車シリーズである。M3「リー」一型中戦車は、一九四一年に出現している。あまりスマートとは言えないが、頑丈そうである。一型は重量二七トン、三四〇馬力、最高時速四一キロ、装甲五〇〜一二ミリ、武装は旋回砲塔に三七ミリ砲一、固定砲架に七五ミリ砲一（射界約六〇度）、機関銃四という強力なもので、乗員は七名である。

M3中戦車は六型まで作られたが、これに英軍で設計の三七ミリ砲砲塔を備えたものがM3「グラント」戦車と呼ばれ、これは太平洋戦争の始まった頃すでにロンメルの正面の北アフリカ戦線で戦っている。

M4シャーマン

もっと先、昭和十七年の末頃にアフリカ戦線に初陣の姿をみせることになるのだが、「リー」に次いで現われた中戦車がM4「シャーマン」戦車である。旋回砲塔火砲が七五ミリに換えられ、その他にも多くの改善がなされた。「シャーマン」戦車は信頼性が高く、乗員に評判のよい車であった。

一型で重量三〇・二トン、三五三馬力、最高時速四〇キロ、装甲七五〜一五ミリ、武装は七五ミリ砲一、機関銃三、乗員は五名であった。

日本軍がついに対抗策を見出せなかった戦車である。アメリカ軍はこんな戦車を作りつつあるのだった。

機甲軍創設

蘭印作戦をもって南方地域の第一段作戦は終った。きわめて快調である。陸海軍の統帥部では、オーストラリア、フィジー、サモア、ニュー・カレドニアの作戦の準備などと景気のよい論議である。

ビルマの戦場を除いて、陸軍の大兵力を要する情況ではない。できるだけ多くの部隊が満州や内地に帰された。こんどこそ本格的に北に備えなければならない。南方の英・米・蘭の敵性資源の占領によって物資の方の見通しも明るい。この戦争を完遂するためにも、今後の事態に応ずるためにも、軍容を刷新せねばならない。重点は勿論航空と機甲である。すでにその威力はヨーロッパで山下視察団が、そして全軍が南方各地で見ている。

昭和十七年六月、南方防衛組織や、中国での作戦の遂行などの施策とともに、満州に戦車二個師団、中国戦線に戦車一個師団を創設することが決定された。日本に戦車隊が生まれて以来一八年目にして戦車師団が生まれることになったのである。

昭和十七年七月、第一機甲軍が満州に作られた。

機甲軍は戦車二個師団と教導戦車団からなるものであった。戦車師団は戦車戦力を中核とし、これに歩兵、砲兵など諸兵種を加えたもので、これを編制上の定員、定数でみるならば、兵員一万三〇〇〇、装軌車約一四〇〇輛、装輪車約八〇〇輛という堂々たる機甲兵団である。

機甲軍司令部（司令官、吉田悳中将）

戦車第一師団（長、星野利元中将）

戦車第一旅団

戦車第一連隊

戦車第五連隊

戦車第二旅団

戦車第三連隊

戦車第九連隊

戦車第二師団（長、岡田資中将）

戦車第三旅団

戦車第六連隊

戦車第七連隊

戦車第四旅団

戦車第十連隊

戦車第十一連隊

戦車八個連隊が轡《くつわ》をならべて満州東部国境にソ連軍をにらんで配置されたわけである。後方には教導戦車団の名で研究や教育、訓練の基幹部隊として諸兵連合の機甲部隊が作られた。

教導戦車団（長、山路秀男少将）

戦車第二十三連隊（昭和十六年満州で編成）

戦車第二十四連隊（昭和十七年満州で編成）

戦車師団の編制

戦車師団の骨幹は勿論四個の戦車連隊である。その連隊の編成はつぎのようになっていた。

本部

軽戦車一個中隊

中戦車三個中隊（四七ミリ砲塔載）
砲戦車一個中隊（七五ミリ砲塔載）
整備一個中隊

この連隊各二個からなる戦車二個旅団を支援する歩兵と砲兵を見よう。

機動歩兵連隊は歩兵三個大隊と歩兵砲一個中隊。歩兵は四七ミリ対戦車砲で身を固めている。連隊総員三〇〇〇名。ほとんど全員が装甲車、装軌車に乗っている。戦車に随伴、支援のための野外行動力に問題はない。

戦車師団速射砲隊は三個中隊と整備中隊、四七ミリ対戦車砲一八門のこの隊は勿論装軌車に乗っている。

機動砲兵連隊は機動九〇式野砲一個大隊（三個中隊）と一〇センチ榴弾砲二個大隊（六個中隊）合計三六門、いずれも装軌車装備で戦場随伴性能にことかかないようにしてある。

この師団の捜索警戒の任にあたる師団捜索隊は、軽戦車三個中隊、歩兵一個中隊、砲戦車一個中隊と整備中隊。戦力的には従来の捜索隊などの比ではない。

これに機関砲と、高射砲六個中隊の防空隊。工兵隊もこれまた六個中隊、錯雑地帯突破用の器材も持って師団の突進のための諸作業には不足のない編成である。整備隊は三個中隊、輜重隊は四個中隊と整備隊、おのずから装輪車輛が多くなるが戦場随伴力にことかかぬだけの装軌車装備を持っている。

	昭14（会計年度）	昭15	昭16	昭17
八九式中戦車	20			
九七式中戦車	202	315	507	531
九五式軽戦車	115	442	685	755
九四式軽装甲車	5	2	（資料を欠く）	
九七式軽装甲車	217	284		35

編制上は堂々たる師団である。その装備は、この師団の任務を達成出来るようにこれから充実していこうという目標でもある。

この師団が編成された昭和十七年という時点で日本の戦車界が持っていた兵器、装備についてはすでに詳しく見てきた。これから以後、果して新しい装備を持たせることが出来るのであろうか。大正十四年に戦車大隊の戦時編制を定めた時、結局あれは絵にかいた餅であった。昭和九年、独立混成第一旅団の編制を令したが、これは兵器・装備の面で片輪者に終ってしまった。世界的な機甲部隊ムードの中で戦車師団、機甲軍と突っ走ったのであったが、これ又、前者の轍を踏むのではないだろうか。当時の日本軍の戦車生産の実情は上表のようで

満州の原野における戦車部隊の訓練。車輛は九七式中戦車

厳寒の北満にて。整備中の九五式軽戦車

あった。

未曽有の大戦争をむかえて日本の軍需生産もあがっていた。

しかし、一見してわかるが、生産台数こそ増しているものの、増してきた主力は九五式軽戦車である。この戦車がどんな戦車であったかは、制式決定から詳しく述べてきた。そして昭和十七年会計年度の終り、すなわち昭和十八年三月になっても、九七式中戦車にかわるべき新型戦車は工場からはでてこなかったのである。

戦車界の増強

昭和十七年十二月には中国戦線で戦車第三師団が編成された。久しい間論議されながら実現しなかった騎兵の機械化であって、騎兵集団を改編したものであった。これに加えられた戦車部隊は次のようであった。

戦車第三師団（長、西原一策中将）
　戦車第五旅団
　　戦車第八連隊
　　戦車第十二連隊
　戦車第六旅団
　　戦車第十三連隊

戦車第十七連隊

この年で戦車連隊の数も第二十、第二十一が欠番の第二十四までで二二個連隊になった。本書にこれまでにでてこなかった番号の連隊は、次のようにつくられていた。

戦車第十五連隊、昭和十五年、満州で、第一師団戦車隊を改編、十七年連隊に改称。第十六、昭和十七年、ハイラルの第二十三師団戦車隊を改編。第十八、昭和十七年内地で。第十九、昭和十七年、内地で。第二十二は昭和十六年、内地でそれぞれ編成されていた。

これら二二個連隊は、満州に戦車師団のつくられたころ、次のように配置されていた。

満州一二個連隊（一・三・五・六・七・九・十・十一・十五・十六・二十三・二十四）
中国三個連隊（八・十二・十三）
南方二個連隊（四・十四）
内地五個連隊（二・十七・十八・十九・二十二）

このほか陸軍少年戦車兵学校が昭和十六年十二月に従来の千葉戦車学校から分離独立し、校長には玉田美郎少将が任命され、十七年の七月には新校舎は富士山麓の上井出村に移った。いま「若獅子の塔」の建っているところである。

十六年十二月には第三期生六〇〇名、十七年十二月には四期生六〇〇名が入校し、第一

富士を背に負うて。陸軍少年戦車兵学校

期の四倍という多くの〝若獅子〟が学んでいた。

正に日本機甲部隊のもっともいきいきと育っている時期であった。

見てきたように戦車師団も三つになった。ここで、この戦車師団という機甲大部隊はどういう使い方をするつもりで作ったのかを見ることとしよう。

機甲軍をどう使う

この機甲軍や戦車師団をどう運用するのか。関東軍や方面軍の作戦計画に関連する史料は筆者にはまだない。だが当時、機甲軍司令官が各師団に示した訓練方針には《……一般兵団をもって敵第一線を突破した後、機甲兵団をもってこれを超越して深く敵地に突進する場合、および最初より機甲兵団独力をもって第一線を突破し、深く敵地に突進する場合の両者の演練》を行なうよう指令されている。

一般兵団をもって敵第一線を突破した後、機甲兵団をもってこれを超越して深く敵地に突進する用法は機甲運用の本命である。ビクともしていない敵陣地に機甲兵団が突っかかるのは自殺行為である。この用法に異存はないが、すでに読者がみてこられたように、日本軍の主力戦車は、歩兵直協用とはいいながら、「軽いものを多数」という方針で作られている。こんな戦車を集めて果して突破兵団としての威力が発揮出来るだろうか、という疑問が残る。

従って「最初より機甲兵団独力をもって……」が気になるが、グデーリアンの西方突破のような情況を考えていたのであろうか。

それでは、この戦車師団は、どういう戦闘法を採るのであったか。

機甲作戦要務書

昭和十七年九月一日付をもって、教育総監山田乙三の名で「機甲作戦要務書」というものが発布された。

《機甲兵団の陣中勤務および諸兵連合の戦闘に関する錬成は、作戦要務令によるの外、当分のうち本書により実施すべし》という訓令である。

その戦闘に関する第二部の冒頭の字句は、この兵団の戦闘の特質を大書している。

《第一。戦闘の要訣は、偉大なる機動力と穿貫的攻撃力とをもって敵を急襲し、一挙にこれを殲滅するに在り》

この場合、戦闘の主兵は言うまでもなく戦車である。

《第二十二。諸兵種の協同は、戦車をしてその目的を達せしむるを主眼として行なわるべきものとす……》

《第二十四。歩兵は戦闘にあたり、戦車直接協同（戦車の直接支援、戦車の戦果を確保、拡張するなど）に任ずるを通常とし、情況により戦車と併列し、またはこれに先んじて敵を攻撃し、あるいは残敵掃蕩、側背掩護、夜間攻撃などの任務に服す……》

《第二十六。速射砲隊は戦車に直接協同し、主として敵戦車の撃破に任ずるを通常とし……》

《第二十九。砲兵は、戦車直接協同（戦車の直接支援、戦車の行動に直接関係ある敵の阻止など）、対砲断兵戦およびその他の遠戦（指揮組織の破摧、阻止。交通遮断など）、陣地設備の破壊などに任ず。……》

《第三十二。砲兵は重要なる目標に対し、大なる威力を集中発揮するをその主たる特色とし、砲戦車は近距離に不意に現出する敵の対戦車火器その他、必要なる目標、時として砲兵の火制困難なる地区の近き目標を迅速に制圧、もしくは撲滅するをその主たる特色とす。

……》

これによれば、各兵種の任務は明瞭である。

敵戦車に対しては速射砲隊が当り、敵の対戦車火器に対しては、砲兵は集中射撃、砲戦車はしらみつぶし砲撃で戦車を支援するというのである。

ところでこの戦車師団は、敵の戦車師団と衝突した時には、どういう戦闘をするのか。

戦車の対戦車戦闘

要務書の「遭遇戦」の部にこうある。

《第百十。攻撃前進に移りたる戦車は、つとめて有利なる態勢をもって速かに我が有効射程内に突進し、正確、熾烈なる射撃威力を発揚しつつ敵に近迫し、敵の主力戦車を求めて撃破す。この際、速射砲および砲兵は敵火をおかして極力、第一線に進出し、敵の戦車を求めて撃破し、あるいは我が戦車の行動を妨害する対戦車火器などを撲滅す。……》

この機甲作戦要務書の基盤とする戦車は、一式中戦車（四七ミリ対戦車砲）としている。九七式中戦車の五七ミリ砲では対戦車戦闘能力はない。少なくとも、九七式中戦改の四七ミリ戦車砲を搭載したものでなくてはならない。また砲戦車は一式砲戦車を想定したのであろう。九七式中戦車の車体に防楯を設け、七五ミリの九〇式野砲を改造したものを搭載しているので、旋回砲塔ではないから、これは自走砲である。前述の砲戦車の任務からすると「駆逐戦車」ではない。
一式中戦車は、九七式中戦車にかわる、武装、装甲ともに向上した戦車として作られるもので、昭和十五年に設計開始、昭和十八年に生産に入ってその年末頃から出てくるものである。基本的には、九七式中戦車と同じ型である。外国式に言えば、九七式B型であろう。重量一七・二トン、二四〇馬力、最高時速四四キロ、運行距離二一〇キロ、装甲五〇〜一〇ミリ、四七ミリ砲一、機関銃二、乗員五名であった。

今日、この「機甲作戦要務書」の規定をあれこれ批評することは、無用のことであろう。だが、日本の戦車師団にとっての致命傷は、戦車の砲力の弱さであった。《……我が有効射程内に突進し、……敵の主力戦車を求めて撃破す……》と書いてみても、敵の主力戦車は我が戦車を近づけない砲力と、我が戦車砲や速射砲では、どうにもならない装甲を持っていたのである。

T34が一九四一年に姿を見せてドイツ軍を仰天させた情報が、駐独武官から伝わらなかったとは思われない。しかるに、その後も日本では戦車の備砲や対戦車砲の性能向上が実質的には、ほとんどできなかったところに、日本軍将兵の苦難が胚胎していたのである。

しかもT34やKV戦車が、ドイツ軍を驚愕させてからは、「砲力対装甲の戦い」は、想像を絶する速度で交戦列強軍におよび、戦前には考えもおよばなかったほどの〝強い戦車〟が続々と生まれていたのである。

ヨーロッパの激闘

日本陸軍にはじめて戦車師団がつくられた昭和十七年の夏、ヨーロッパの戦線では、前年昭和十六年の暮、モスクワの前面でつまずいたとはいえ、ヒトラーのドイツ軍は態勢をたてなおして夏季攻撃を開始して、コーカサスとスターリングラードを目ざして怒濤の進撃を続けていた。ロンメルはアフリカ戦線で、イギリス軍を追ってエジプトに入り、エル・アラメインにまで進出していた。ナイル川までわずかに二〇〇キロであった。世界中は敵味方ともかたずをのんで、この両戦場の動きを注視していた。そして戦闘は両戦場とも、戦車対戦車、鉄対鉄の決闘であり、火砲対装甲の戦いでもあった。

われわれはここで目をヨーロッパに向けて、この火砲対装甲の戦闘の様子を見ることにしたい。ドイツの戦車はソ連軍のT34を相手として強くなっている。連合軍はそのドイツ戦車を目標に、その戦車の重火力、重装甲化をはかっていた。そして日本はその米英を相手として戦争をやっている。

日本陸軍の機甲部隊が、いや全軍がこれから相手にする敵軍の戦車は、ヨーロッパの戦闘の経過を通じて強化された戦車である。すでにM3軽戦車の手ごわさは経験した。

日本軍の相手は米英軍戦車だが、これはドイツ軍を相手として強化されているのだから、ドイツの戦車を中心に筆を進めていく。

ドイツ軍戦車の強化

すでに述べたように、ドイツ軍が西方電撃作戦をやったときの数的主力戦車はⅠ号、Ⅱ号で、砲装備のチェコのT38、Ⅲ号、Ⅳ号戦車は四割にもみたなかった。ダンケルクに突進したロンメルは、英軍の「マティルダ」戦車にぶつかった。歩兵支援用の重戦車である（重量二六・五トン、四〇ミリ砲、装甲大部分が六〇ミリ）。速度は遅いがその重装甲はドイツ軍戦車はもとより、当時の三七ミリ対戦車砲など、歯のたつ相手ではなかった。ロンメルは八八ミリ高射砲を使ってこの難敵を始末した。

西方電撃戦の経験からドイツはⅢ号戦車の三七ミリ砲を短砲身四二口径ながら五〇ミリ砲（初速六八五メートル）にかえた。装甲は当初の一五ミリを三〇ミリに増強した。砲戦車の役割をするⅣ号戦車は一七・三トン、二四口径の七五ミリ砲、装甲一四・五ミリのものを、正面三〇ミリ、側面その他も二〇ミリと強化した。これがまず第一ラウンドである。

山下視察団が見てきた頃の戦車である。

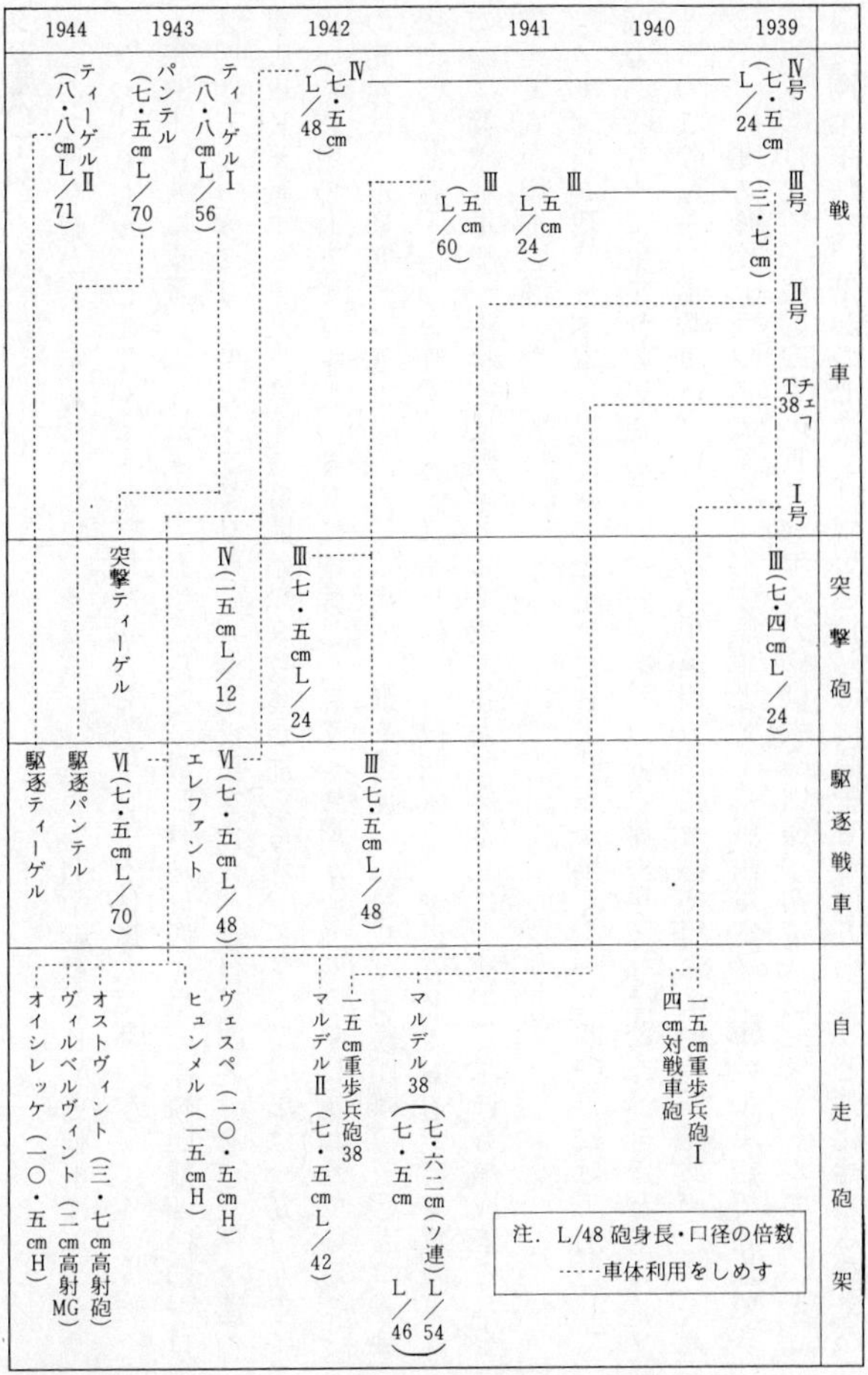

1944
1943
1942
1941
1940
1939
戦車
突撃砲
駆逐戦車
自走砲架
Ⅳ号（七・五cm L／24）
Ⅳ（七・五cm L／48）
Ⅲ号（三・七cm）
Ⅲ（五cm L／24）
Ⅲ（五cm L／60）
Ⅱ号
チェコ T38
Ⅰ号
ティーゲルⅠ（八・八cm L／56）
パンテル（七・五cm L／70）
ティーゲルⅡ（八・八cm L／71）
Ⅲ（七・四cm L／24）
Ⅲ（七・五cm L／24）
Ⅳ（一五cm L／12）
突撃ティーゲル
Ⅲ（七・五cm L／48）
Ⅵ（七・五cm L／48）
エレファント
Ⅵ（七・五cm L／70）
駆逐パンテル
駆逐ティーゲル
一五cm重歩兵砲Ⅰ
四cm対戦車砲
マルデル38（七・六二cm（ソ連）L／54 七・五cm L／46）
一五cm重歩兵砲38
マルデルⅡ（七・五cm L／42）
ヴェスペ（一〇・五cm H）
ヒュンメル（一五cm H）
オストヴィント（三・七cm高射砲）
ヴィルベルヴィント（二cm高射MG）
オイシレッケ（一〇・五cm H）
注．L/48 砲身長・口径の倍数
……車体利用をしめす

ソ連軍のＴ34

ここで独ソ戦が始まった。そしてドイツ軍はソ連のＴ34中戦車とＫＶ重戦車にぶつかってびっくりした。このＴ34とＫＶ戦車が砲力対装甲戦争の仕掛人であった。

Ｔ34―76Ａは重量二六・三トン、五〇〇馬力、最高時速五四キロ、航続距離四〇〇キロ、装甲四五～一六ミリ、七六・二ミリ砲一、機関銃三を備え、乗員は四名であった。ソ連の重戦車ＫＶ戦車も一九三八年設計開始以来改良が加えられ、ＫＶ一型戦車は一九三九年に、次いで装甲の七五ミリを九〇ミリに増強したＫＶ一Ａ型が一九四〇年に現われている。その諸元は、重量四三・五トン、六〇〇馬力、最高速度三三キロ、航続距離三三〇キロ、装甲九〇～七五～三〇ミリ、七六・二ミリ砲一、機関銃三、乗員五名である。ＫＶ重戦車は勿論、突破戦車で、歩兵支援戦車として威力強大である他に、機甲部隊にも編成上これを加えて威力増加を図った。

ノモンハン戦で日本軍に対し威力を見せたＢＴ戦車が早くも一九四〇年にはＴ34として威力あるものに生まれて出現していたのである。戦車界の足どりは驚くべきほど早い。ソ連軍のこのうち、重戦車は、いかなる装甲運用方法にも答え得るよい装備であった。

ドイツ軍の衝突したソ連戦車のＴ34中戦車とＫＶ重戦車はドイツ軍の戦車砲で始末できる相手ではない。戦闘戦車のⅢ号戦車の火砲は六〇口径、初速八二三メートルの五〇ミリ砲に換えられた。Ｔ34の七六ミリ砲を前にしては装甲も全面五〇ミリと強化せざるをえなかった。

支援戦車のⅣ号戦車も対戦車戦闘をせねばならず、となっては二四口径の砲では何ともならず、四八口径、初速七五〇メートルの火砲と換え、装甲も要部八〇ミリと強化せねばならなかった。だんだんに支援戦車の役割から主戦闘戦車としてⅢ号戦車にとって代るのである。これが第二ラウンドといえよう。

しかし、これでⅣ号戦車の精いっぱいの努力は終った。戦いはスターリングラードの大敗戦となった。日本に戦車第二師団の生まれたころである。

これまでに〝デモクラシーの兵器廠〟をもって自任するアメリカは続々と戦車をアフリカ戦線の英軍に送った。最初にアフリカ戦線に出現したのがM3「スチュアート」戦車であった。ビルマ戦線にここから急遽送られて日本軍を驚かせた戦車であるが、三七ミリ砲ではドイツ軍にはかなわない。次に送られたのがM3中戦車「グラント」であった。七五ミリ砲を車体右側に、砲塔内に三七ミリ砲と機関銃二を持ち装甲五〇ミリの戦車である。これの工場生産は一九四一年七月から始まり、これを追いかけるようにしてその改良型のM4中戦車「シャーマン」の試作型も九月には登場した。

一九四〇年すでにアメリカはM3、M4を持っていたわけであるが、将来これ以上の重戦車を必要とすることを予見し、約六五トンのM6重戦車を設計し、その試作一号車は、真珠湾攻撃の翌十二月八日には軍に納入されていた。ドイツが「ティーゲル」重戦車を完

ソ連軍の重戦車 KV-IC 型

ドイツ軍 4 号 F2 型戦車（75 ミリ砲 L ／ 43 長砲身）

大戦中の傑作といわれる「パンテル」A 型戦車火砲は 75 ミリだが長砲身で威力大

ドイツ国民に大人気の「ティーゲル」戦車（Ⅱ型、1944年アルデンヌ攻勢の際のもの）

ソ連軍重火砲化の花形 T34／85Ⅱ

成するに先立つこと一年である。
M4「シャーマン」についてはすでに述べた。

ティーゲルとパンテル

T34、KV戦車に対抗するために大急ぎでドイツ軍が開発したのが重戦車の「ティーゲル」、中戦車の「パンテル」である。

この重戦車は、一九三九年に着想されていたものだが、大急ぎで一九四二年に生産に移された。これが「ティーゲル」I型重戦車で、重量五五トン、七〇〇馬力、最高時速三八キロ、航続距離一〇〇キロ、装甲一〇〇～一二六ミリ、武装は八八ミリ砲一、機関銃二、乗員五名であった。ヒトラー自身が八八ミリ砲装備を命じたというこの戦車は、彼の夢である〝戦闘艦〟戦車であった。

「ティーゲル」戦車は、一九四二年には独ソ戦線に、一九四三年には北アフリカのチュニジア戦線に現われた。その一〇〇ミリの装甲には敵軍の七五ミリ、七六・二ミリ砲は歯が立たず、その八八ミリ砲は強大な威力を発揮したのであった。

中戦車は、かねてからの構想を、T34の特徴、とくに傾斜装甲鈑などの面もとり入れて根本的に改め、備砲はこれもヒトラーの命令で七〇口径という長砲身の七五ミリ砲装備とされた。こうしたことから、これが戦場に現われるのは一九四三年になったが、大戦中に作られた最も優れた戦車と言われる「パンテル」中戦車である。

重量四三トン、六五〇馬力、最高時速四五キロ、航続距離一七〇キロ、装甲八〇〜一五ミリ、武装七〇口径七五ミリ砲一、機関銃一、乗員四名であった。

ドイツ軍にパンテル中戦車の登場となって第三ラウンドが始まる。一九四三年春である。これに対抗してソ連のＴ34は備砲を五三口径八五ミリ砲に改装し、装甲も九〇ミリと増強した。Ｔ34／85である。ＫＶ戦車も備砲が八五ミリ砲に改装された。

一九四〇年、西方電撃作戦の後に開始されたドイツ対ソ米英の火砲・装甲戦は、わずか三年間でこれほどの情況に達した。激烈な技術的決闘であり、生産戦争であった。

第十八章　遅れた開発、行き詰まる生産

日本軍緒戦快調の進撃もわずかに半年、昭和十七年六月、ミッドウェイ海戦で日本海軍が虎の子の航空母艦四隻を失うにいたっては、ミッドウェイ島を陸軍部隊をもって占領するどころではなく、戦局は急転して、日本は防守の立場に立たざるをえないことになった。アラスカに向かい、フィジー、サモア、ニュー・カレドニアに向かい、あるいは東部ニューギニア南岸に向かう積極進攻作戦を計画していた大本営陸海軍部も、急遽、計画改変を行なわざるをえなかった。早くもここから攻守の歯車がくるってきた。

ガダルカナル

昭和十七年八月七日、アメリカ軍がガダルカナル島に攻撃をしかけてきた。どこにあるのかもよく知らないような南海の島である。これが米軍反攻の開始であった。このあたりは、日本海軍の勢力圏内である。連続的に猛烈な海戦が続いた。陸軍も勿論、この方面に

急進する。だが、すでにガ島に根拠をおいた米航空部隊のまえに飛行場を奪回しようとする作戦は困難をきわめた。ついに第二師団をこの方面に投入し、総攻撃を行なうことになった。

このとき独立戦車第一中隊がダバオで編成されて、この方面に送られた。ガ島の総攻撃は十月下旬、飛行場を目ざして行なわれた。ジャングルの島では戦車の機動力は発揮できない。戦車中隊は比較的機動容易な海岸道方面を前進したが、米軍の対戦車火網に捕捉されて、たちまち壊滅せざるをえなかった。米軍の反攻に対する先陣部隊であった。中隊の将兵は翌十八年二月、ガ島撤退にともないラバウルにひきあげ、同地の戦車第八連隊に編入された。今日でも靖国神社で、独立戦車第一中隊の会が催されている。

ガ島の総攻撃に失敗して、なおもこの方面での態勢たてなおしを図った陸海軍も万策つきて、昭和十八年二月、兵力を撤退させた。群島地帯での作戦であり、日本軍にもまだ、前線部隊を孤島に見捨てないだけの力はあった。後方の要線を固めようとしたのである。そしてその本拠となるのはラバウルのあるニューブリテン島であった。

戦車第八連隊（長、米原喜与大佐）は蒙疆平地泉に駐屯していたが、昭和十八年、ラバウルに派遣された。対米第二陣である。この連隊はニューブリテン島、ニューアイルランド島の守備につき、敵の空襲下、陣地構築や反撃戦闘準備などで苦しい、そして長い生活をおくったが、敵はこれらを強攻することなしに日本本土を目ざしたので連隊はここで終戦を迎えた。

満州の戦車連隊長

《私が着任したころ（昭和十七年十月）の戦車第五連隊は前年来の臨時編成下令（昭和十六年の「関特演」）で人員戦用資材などは大いに充足されてはいたが他面、機甲軍の新編成による部隊の拡張に基づく未充足の面があり、これが交錯して、過渡期の情態にあった。新編成による充足は、翌十八年春にかけて着々と実施されるはずのところが、太平洋方面の戦局の事情から、まったくストップしたのみでなく、翌十八年六月ころからは逆にどんどん現有の人員、資材まで取り上げられることになった》

この私とは、閑院宮春仁王である。騎兵から機甲兵種に移った殿下は、昭和十七年三月から七カ月間、戦車学校で戦車連隊長としての工術、操縦、通信、射撃などの教育をうけた。そしてこの年の十月、戦車第五連隊長を拝命して、戦車第一師団に属する連隊の所在地、牡丹江のちかくの愛河に赴任した。

《連隊は本部と軽戦車一個中隊、中戦車三個中隊、砲戦車一個中隊および整備中隊、戦車は一〇三輛、自動車七〇輛が定数だが、現在戦車は五七輛、しかも砲戦車は一台もない。また自動車は数においては定数だけあるが、編制上は全部が装甲装軌車輛であるのに、現在は全部が普通自動車をもって代用されている情態であった》

どうやら戦車師団の堂々たる編制も兵器装備の面では、今度も画に描いた虎のようなことに終るらしい。

機甲軍の編成、戦車師団誕生と意気込んでいた戦車隊の将兵の落胆ぶりが思いやられる。昭和十九年になっても同じ情態であった。

《我こそは帝国最強の関東軍の一員、と夢と希望をもって戦車第五連隊の門をくぐった。昭和十九年五月のことであった。……第五中隊に配属になった。大体、第五中隊といえば編成上、砲戦車中隊ということになっている。

たしか七五ミリ砲を積んだ戦車だと聞かされていた。二日ほどたって車付操縦手を命ぜられ初めて車廠へ行くことになった。七五ミリ砲を積んだ砲戦車はどんなものかと心をはずませながら班長のうしろについて、自分の愛車となるべき第一種兵器をみたのである。そしてその時のショックは今に忘れない。

わが愛車はポンコツ車なのだ。もちろん中戦車には違いはないが、砲も五七ミリ砲の旧式もよいところ。セルボタンもあらばこそ、学校時代に教えられた「昔は槓桿式の始動方式の戦車があった」実にそのものズバリで、初めて見たシロモノであった》

少年戦車兵第四期生杉山常一郎氏の手記である。

時はすでに一九四四年、ヨーロッパではもう一二〇ミリ級の戦車砲が対決しているのである。一体、日本の七五ミリ戦車砲、いや、砲戦車はどうなっていたのだろう。太平洋戦線で米軍と対決する戦車隊将兵は、何をもって戦うのであろうか。

開発の遅れ

はっきりいえば、七五ミリ戦車砲や砲戦車が完成しないのである。万事が道草をくった日本機甲界だから、いろいろな原因や障害があったのであろうが、それはまだ詳かにしない。今後もっと調べてみたいと思っているのだが前出の近藤編纂官の資料によると左表のような記録がある。

日本の戦車界に致命的であったのは、肝心のものが思うように進んでいないことであった。戦車砲である。これは用兵当局が戦車運用について混迷しており、引っぱってゆく者も尻を叩く者もいなかったことによるであろうが、前述した通り昭和十二年五月に方針を決定した兵器研究が、支那事変の影響を受けて、さっぱり進んでいなかったのである。

あの新方針に「四七ミリ対戦車砲」があり「自走式戦車支援砲」があった。四七ミリ対戦車砲が必要ならば、当然、徹甲能力を有する四七ミリ以上の戦車砲を作らねばならぬし、また、戦車に支援用砲戦車の必要なことも自明のことである。ところが、この研究開発たるや、まことに遅々たるものであった。戦車に関係しただけのことではなく、陸軍全部の

	九九式75ミリ戦車砲（山砲）（砲戦車用）	一式47ミリ戦車砲（主力戦車砲）
昭和十二年	七月 方針改訂指令	
昭和十三年	六月 設計着手	
昭和十四年	六月 設計変更	八月 技術本部内着手令達 十二月 竣工第一次試験
昭和十五年	三月 試作発注 十二月 一号砲竣工試験	二月 改修第二次試験 六月 再設計試作 七月 第二次試験 九月 九七式中戦車搭載各種試験
昭和十六年	三月 戦車搭載試験 七月 二号砲発注（威力強化） 八月 一号砲改修試験 九月 戦技試験	一月 騎兵学校試験 八月 上申
昭和十七年	三月 二号砲竣工試験 戦車搭載試験 上申準備	四月 制式決定

対戦車戦闘力に影響したことだが、日本の銃砲技術界の遅れというものは、まことに痛恨に耐えぬことであった、と筆者は思っている。

四七ミリ戦車砲は……

前記の表によって四七ミリ戦車砲の経過を見てみよう。技術本部が部内案として着手を命令したのが昭和十四年八月。おそらく前述した昭和十四年三月戦車研究会の話し合いで、「将来戦においては戦車は、対戦車戦闘の余儀なき機会多きを顧慮す」と結論した結果やノモンハン敗戦の影響からであろう。ところがこれが制式とするかとして上申されたのが昭和十六年八月、制式に決定されたのがなんと昭和十七年四月。アメリカ、イギリスを相手としての戦争はすでに始まっていたのである。この戦車砲は、やがて九七式中戦車に塔載されて「九七式中戦車改」が生まれ、「一式中戦車」の備砲ともなるのだが、戦場に現われたのは昭和十八年以後であった。

砲戦車の砲は……

砲戦車用の砲、九九式七五ミリ戦車砲の場合はもっとひどい。これは山砲を利用するものだから対戦車砲ではない。主力戦闘戦車の支援砲である。

ドイツの場合、三号戦車の支援用として七五ミリ砲の四号戦車を整備するという方針は、早くも一九三一年（昭和六年）頃、まだ戦車が何もない時期にグデーリアンらによって決められている。二四口径の低初速ながら七五ミリ砲塔載の四号戦車は、昭和十一年にはもう生まれていた。

これと同じ構想の低初速七五ミリ戦車砲の必要はすでに昭和十二年の兵器研究方針に掲げた。ところが当時の〝迷い〟の風潮の中であり、おそらく本気になってかかったのは、ふりだしにもどった昭和十四年六月の「設計変更」からであろう。

この年の皇紀年号「九九式」を冠した七五ミリ戦車砲を「さて制式上申するか」となったころは、戦車師団の創設された時期であり、米軍がガ島に反攻を開始したころであった。それまで戦場における、喰うか喰われるかの決闘という圧力がなかったとはいえ、昭和十六年後半には、日本陸軍は「対ソ一戦」を覚悟して満州につめかけたこともある折柄である。何とものんびりした開発ぶりが、不審でならない。

一式砲戦車

原乙未生氏監修、竹内昭氏著の『日本の戦車』下巻によると、一式砲戦車というのがある。これは九七式中戦車の車体に前面五〇ミリの防楯をつけ、これに九〇式野砲を改造したものを搭載したものだが、これは砲塔内に入れたものでなく、砲の上面と後方は開放された型であるから、外国陸軍のいう自走砲であって、駆逐戦車というべきであろう。これは同書によると、昭和十八年五月から終戦までに一二四輌完成とある。私の別の資料では、十九年七月から終戦まで五五輌が工場からでたことになっているが、七五ミリ砲装備車としてはあとで述べる三式中戦車に及ばない。いずれにしてもすでに戦局は、これを太平洋戦域で用いる時期ではなかった。

ドイツ軍は独ソ戦場で受け身に立つころから、対戦車砲塔載戦車すなわち駆逐戦車、自走砲の生産に大きくウェイトを移している。使わなくなった戦車や、現用戦車の車体を利用あるいは改造して、これに製作困難な砲塔のかわりに防楯をつけ、せまい砲塔内という制限をうけない火砲を搭載して、まず敵戦力の骨幹をなすT34とKV戦車の撃破を図ったのである。砲力と装甲との戦いのなかでの方針の転換であった。日本軍の場合、装甲化の基盤が弱かったから、この方策をとる余地も少なかったが、着想も時期を失したのであろう。一〇・五センチ榴弾砲の自走砲(砲戦車)とか、七五ミリ自走砲、七五ミリ対戦車自走砲とか記録にはあるが、試作の域をでて実戦部隊に配備された記録のあるものは一〇・五センチ榴弾砲自走砲ぐらいなものである。

要するに、遅かったのである。

一式中戦車

一方、新型戦車はどうであったろうか。

前にも述べたが一式中戦車とよばれたものが九七式の次のものである。

装甲要部五〇ミリ、火砲は従来の低初速五七ミリ砲のかわりに一式四七ミリ戦車砲を搭

一式中戦車　重量17トン（量産型）　47ミリ砲搭載　装甲　最大50ミリ

一式砲戦車　九七式中戦車の車体上に防楯をつけ、九〇式野砲を搭載したもの

三式中戦車　九〇式野砲搭載　装甲最大50ミリ　重量18.8トン。もっとはやくできれば、と惜しまれる戦車

載した。エンジン出力も二四〇馬力と増大した。重量は一七・二トンといわれているからトン当り馬力比一七にちかく、まずまずの戦車なのだが、時期的に間に合わない。これが量産に移ったのは昭和十八年、日本は絶対国防圏のなかでの戦いを続ける時となっていた。

この一式中戦車の生産台数は、つぎの数だけである。

昭和十八年度　一五輌

昭和十九年度　一五五輌

日本陸軍の戦車の記録としては、このほか三式中戦車、四式中戦車がある。前者は一式中戦車の車体に九〇式野砲（七五ミリ）を搭載するようにしたもので、装甲要部五〇ミリ。四式中戦車は七五ミリ高射砲を改造したものを搭載した三〇トン、四〇〇馬力、装甲要部七五ミリという戦車であったという。

しかし三式中戦車は昭和十九年に五五輌、昭和二十年になって一一一輌、工場をでたにすぎなかったし、四式中戦車は完成六輌とも二輌ともいわれる。ともに、太平洋の各地に散った戦車隊将兵にとっては、まったく無縁のものであった。

これもまた、遅かったのである。

戦車の生産

兵器の開発が戦局の推移に追いつけなかったのは前述のとおりだが、生産もまた絶望的情態にあった。しかし、この問題は当時の軍需動員の実情とにらみあわせて論ずるのでなければ、片手おちであろう。必ずしも、その部門のみの責任だけではないからである。

太平洋正面の戦局が容易ならぬ様相を示してきて、第一線の戦闘が激化して人員資材の損耗も飛躍的に増加した。このことは、太平洋に長い補給線を維持するために船舶の徴用増加となり、それは当然、船舶の損失につながる。これがさらに海運能力を基本とする国家物資動員計画（略して物動）、物動計画を基礎とする軍需動員計画に影響を与えることになった。

元来、日本陸軍の戦車の生産能力は昭和十五年の「修正軍備充実計画」では、十五年当時の年間製造能力五五〇輛、これを昭和十六年末に一〇〇〇輛、計画終了の昭和十八年末には年間四〇〇〇輛とすることを目ざしていた。太平洋戦争直前の九月、主要資材の整備情況を総合した報告のなかで戦車関係は「現生産能力は中戦車換算、年産一二〇〇輛（支那事変前の二〇倍）、十六年度の整備数は中軽戦車約一二〇〇輛。十五年度末戦車保有量は中軽戦車を合し、約一二〇〇輛、軽装甲車六〇〇輛」とまとめられている。

この態勢で日本の機甲部隊は太平洋戦争に突入した。

昭和十七年初めには

南方第一段作戦終了後は「北方準備に関しては、情勢の推移に応じ、これが発動を要する場合を考慮し兵備を整う」という方針のもとに、次の事項が決定された。

「将来軍備への移行および現在軍備の欠陥補正のため重点を以下の諸点におく。

1 航空防空の充備
2 機甲の充備
3 通信の増強
4 対戦車、大口径、擲射火器の充実
5 工兵の増強
6 戦時教育の向上
7 技術の刷新と緊急生産拡充、設備の拡張」

ノモンハン以来の宿題である。機甲が表面にでて、そして航空兵備が最重点であった。機甲を充実するムードとなれば当然に一般軍隊の対戦車火器の増強にも目が向く。いわんや米英を相手に戦っているのである。

そしてすでに述べたように機甲軍、戦車師団も新設され、機甲の充実に向かって前進を開始したが、その時も時、太平洋正面において、戦勢攻守のバランスが崩れだしたのであった。こうなると十七年度の下半期の物動にひびいてくるし、当然、軍需動員計画は当初の予定のようには行なえない。ここから昭和十七年暮、早くも戦車関係に対する物資の割当が減らされることになった。航空関係の、飛行機は勿論、航空兵器弾薬などをますます優先して作らねばならなかったからである。

昭和十八年となると……

そして昭和十八年に入った。昭和十八年度の軍需動員計画は十八年五月に定められたが、太平洋正面の戦局の推移は、すでに軍需動員の方針を次のように変えてしまっていた。

「航空整備を最優先とし、併せて海運資材、防空関係兵器資材の急速多量整備に努むるものとし……その他の軍需品整備は作戦遂行上に必須なるものに抑制す」

戦車など作らない、抑制するというのである。

戦車数は昭和十七年度の計画で一五五〇輛の整備計画であったものが、昭和十八年度には七三〇輛、半分の計画となった。この時期以後、日本の戦車が生産されなくなったのは設備能力の不足ではなかった。原料の不足によるのである。

たとえばこのとき整備当局は、昭和十八年度の新規整備の主要兵器として次のものをあげている。

一式中戦車　一四〇輛

一式砲戦車　六〇輛

数に不満はあるが、ともかく第一線部隊が首をながくして待っている兵器である。

装甲兵車　五〇〇輛

ところが、昭和十八年夏までの戦局の影響から年度物動も、軍需動員計画も、さらに航空、海運資材に集中して改変せねばならないことになった。昭和十八年の七、八月ころの情勢である。その方針はこうであった。

「一、航空兵器、海運資材の整備は既定計画を確保す。二、主要物資の供給減は専ら地上兵器関係において負担するものとし、その整備圧縮の順位左の如し。

1　戦車

2　地上弾薬

3　航空爆弾

4　自動車……」

戦車が第一に減らされる。そしてまた、こう明記されている。

「戦車、自動車関係

イ、装甲兵車、軽戦車、中戦車の整備は極力抑制す。

ロ、自走砲車車体および牽引車は他の関連部門の需要に応じ（航空や海運の需要とにらみあわせて）整備量を規制す。

ⓨと略称された潜水輸送艇　排水量、水上 273 トン、水中 346 トン。糧秣・兵員などの潜水輸送にあたった

ハ、乗用車、側車の整備は一時中止す。

地上武器関係で……一式七・五センチ自走砲におよぼす影響はがまんする」

一式自走砲とは、一式砲戦車（これは自走砲に属する）のことと思われる。武器の項で書かれているから、この火砲つまり九〇式野砲改造砲戦車は、できなくても仕方がないという意味であろう。この砲戦車の場合、車体は九七式中戦車だから別に問題はないわけだが、こう車体と火砲の両面から生産命令で押さえられていては、整備当局の当初の予定のようにはいかない。また第一線部隊がどんなに待っていようが、生産されるはずはない。実際のところ昭和十八年度中に生産された数は、一式中戦車一五輛、一式砲戦車はゼロである。装甲兵車はこの年度は不詳だが、昭和十九年度でも三八五輛にすぎない。

こうした遅れは第一線部隊にとっては痛かった。時間がたてばたつほど海上輸送が困難になったからである。

軍需動員上の戦車の圧縮は、このあとも続く。戦車のことなどいっておれないのである。戦況との関連では先走ることになるが、ここで一括してこの先の軍需動員関係のことを述べておく。

戦車にかまっていられない反面で、日本陸軍は㋴潜航輸送艇などという補給用の潜水艦まで作らねばならぬ事態となってきた。昭和十八年九月から年度いっぱいに七〇隻余の船を作ると一生懸命であった。

昭和十九年になると……

戦局が進んで昭和十九年の軍需動員計画となると、もう実際上第一線部隊の戦力とは関係はない。

昭和十九年の軍需動員計画上にあげられた整備計画数は、つぎのとおりである。

軽戦車　〇
中戦車　〇
水陸両用戦車　〇
砲戦車　〇

チト車　五（四式中戦車）
チリ車　五（五色中戦車。試作車で終戦）
ホリ車　五（一〇センチ加農砲戦車だが、設計段階で終戦）
装甲兵車　四〇〇

要するに軍需動員的に見るかぎり、日本機甲部隊はこのあたりで〝生涯〟を終っていた。あとは、あるもので戦うだけである。もちろん現実の生産としては、前からの流れがあるから、工場の門をでてくるが、それも昭和十九年度となっては十八年度の三分の一にすぎない。昭和二十年となっては整備計画はともあれ、資材の不足や、相つぐ空襲による損害のため生産実数の低下は目を覆うものがある。

こうして工場をでてきた武器が、本土決戦のための機甲部隊の基盤となるのであった。

このように、ノモンハン・ドイツ電撃戦の衝撃を契機に「機甲戦備の充実」をうたった日本陸軍は、機甲軍建設を頂点にわずか二年余にして見るかげもない姿に転落していったのである。

この間の戦車、装甲車の生産実績を、前述の近藤戦史編纂官の資料（兵器工業会資料）にみると次頁表のとおりである。

これが日本の機甲実力であった。

（会計年度）	昭6〜昭14	昭15	昭16	昭17	昭18	昭19	昭20
八九式（中軽）戦車	404						
九五式軽戦車	278	422	685	755	234		
九八式軽戦車				24	89		
二式軽戦車						29	
九七式中戦車	312 （昭14、202）	315	507	531	543		
一式中戦車					15	155	
三式中戦車						55	111
砲戦車						55	16
105ミリ自走砲車体				26	14		
九二式重戦車	4						
九二式重装甲車	167						
九四式重装甲車	841	2					
九七式軽装甲車	274	284	（不詳）	35			
装甲兵車					（不詳）	385	126

守勢一方の日本軍

さて、話はさかのぼる。昭和十八年初頭以来米軍の反攻は、ソロモン群島方面と東部ニューギニア方面で激化していた。北方ではアリューシャン群島のアッツ島に反攻してきた。守備隊は玉砕し（昭和十八年五月）、七月にはキスカ島から撤退する情況となった。日本からこんなに離れた場所でつばぜり合いの戦闘を続けていたのでは、各方面とも到底もちきれない。この際、絶対に確保すべき国防要線を後方に設定して、敵との間に間合いをとる以外に途なしとなった。この方針が昭和十八年九月に決定された。

その要線とは東は、東西カロリン群島（トラック島を中心とし、日本連合艦隊の根拠地である）、マリアナ群島（サイパン島、グァム島など日本の表玄関である）、ニューギニア中部をへてジャワ、スマトラ、ビルマに通ずる線であった。当時これを「絶対国防圏」と称した。こうして、ラバウル方面数十万の日本軍は敵中におき捨てにされたのであるが、日本陸軍の太平洋、インド洋方面に対する大展開が開始された。

カロリン、マーシャルは、久しく日本海軍の根拠地であったが、防禦戦の基地ではない。急遽この方面から防備しなければならなかった。「守れば即ち足らず」という。守る目で見れば、危くないところはない。このために、北に備えて営々十数年、関東軍北辺の戦備は急速に崩れ始めた。ここから送り出すほか訓練のゆきとどいた陸軍部隊はなかったのだ。

昭和十八年十月、第一機甲軍は、創設後一年余にして解体され、その司令部は解散された。機甲軍など使うところはない。太平洋の島々での防禦戦闘ともなれば、個々の部隊の勇戦に期待するほかはなかった。

少年戦車兵も、昭和十七年十二月に入校した第四期生のうち七〇名が昭和十九年五月に卒業した時には、戦車乗員ならぬ船乗りを命じられて船舶部隊に転属されていった。戦車部隊から㋴潜水輸送艇などの部隊に移ったものも少なくない。

防禦にまわる戦車部隊

この昭和十八年秋ごろから、絶対国防圏確保のための部隊配置が開始される。諸兵連合の守備隊が、無数といってよいほど太平洋やそのほかの島々に送られた。

対上陸防禦では、機動反撃の骨幹は戦車隊以外にはない。師団戦車隊もつくられ、独立戦車中隊も各地に派遣され、また島の防禦の機動反撃を目的とした海上機動旅団もつくられて、これに戦車隊が設けられた。師団戦車隊で七個、旅団（または支隊）戦車隊で七個、独立戦車中隊で八個に及んだ。これらは輸送中に約三分の一は海没しているというが、無事目的地に達した部隊も、あるいは敵を迎え討ち、そうでないものも孤島で苦労したことであろう。筆者の手許には詳細な資料がないので、戦車連隊単位でその苦闘のあとをしのぶことにする。

戦車第十五連隊。北満の孫呉に駐屯していた連隊である。連隊といっても軽戦車二個中隊と整備隊、軽戦車約三〇輛ほどの部隊であった。昭和十八年九月出動が下令され、この北辺から大東亜共栄圏の西の端であるスマトラとビルマの間に連なるアンダマン諸島、ここを守る混成旅団に配属された。サンゴ礁、ヤシ林という小さな島々である。その一つ、カーニコバルから生還した少年戦車兵の人が書いている。島は直径一〇キロほどの平坦地、陸海軍の飛行場がある。空襲のほかに艦砲射撃もうけた。壕を掘って戦車をすっぽり入れておく以外に途はない、と。この連隊は敵の上陸もなく、ここで終戦を迎えた。

戦車第十六連隊。北満ハイラルに駐屯していた部隊である。十九年一月、ハイラルを出発した。行先は東京のはるか南、南鳥島とウェーク島である。この連隊も軽戦車二個中隊。この両島の守備隊に配属された。南鳥島に一個中隊が配備された。守備隊の将兵も苦労したが、戦車中隊もわずか二平方キロのサンゴ礁では身を隠すところもなく、艦砲射撃だけで壊滅したであろう。この連隊も敵の上陸をうけることなく終戦を迎えた。

満州の戦車部隊

昭和十八年十月に機甲軍が解体され戦車第一師団、戦車第二師団は、それまでの配置のまま第一方面軍の直轄となった。すでに述べたように、太平洋戦線への補充源のような役割に忙殺されてはいたが、やはり本務は北に対する戦備であった。両師団とも、困難な情況のもとで演習、訓練につぐ訓練を続けていた。この報われるところのなかった在満戦車全部隊将兵の苦労の模様をふたたび閑院宮の手記によってしのんでみよう。

《北辺部隊の錬成――昭和十九年。……機甲兵団としての戦車部隊は創設まもないことであるし、国軍としてもはじめての編制であるので研究すべきことが多い。千葉、四平両戦車学校、機甲整備学校、四平教導戦車旅団などの研究成果も間接的には各隊に対して大いに役にたってはいるが、直接的にはやはり各戦車師団において、また各部隊において独自に研究するのでなくては、充分な成果は得られない。この点、第二師団においてもそうであったと思うが、第一師団においては星野（利元）師団長、清水（馨）参謀長が原動力となって、実によく努力された。戦技（射撃、操縦）、技術（工術、通信）に関しては従来からかなりの程度に進んでいるが、編制、装備および戦闘法については機甲的見地に基づく新たな分野である》

装備は何ともならない

《戦車自体の性能（攻撃力、火砲威力）、防禦力（鋼板の質および厚さ）、機動力（運動性および速度）などについては造兵関係で大いに研究されているところであるが、部隊においてはさしあたり何ともすることはできない。現在、連隊の主力戦車は九七式中戦車で、今ではすでに旧式となり、性能も充分とは言いがたい。昭和十七年秋ころの機甲本部の計画では、いまごろ（昭和十九年一月）はすでに全部が四七ミリ砲搭載一式戦車という新鋭なものに更新されているはずなのであるが、現在その新式のものはわずか一〇輛ほどきているにすぎない。砲戦車にいたっては、砲戦車中隊はあるけれども、肝心の砲戦車は一輛もなく、便宜上、ふつう中戦車をもって当てているのである。また整備中隊および各戦車中隊整備班の乗る自動車は、七〇輛からの車輛全部が装甲兵車ならびに装軌貨車でなければならないのであるが、それはやはり一〇輛たらずしか到着しておらず、大部分は戦車とともに行動できる性能を備えていない九四式双輪自動貨車という旧式の代物である。しかも、戦車、自動車を通じ、既往走行一万キロ前後に達している車が二〇輛内外もあって、実用可能限度を過ぎているので、ちょっと使い方が荒いとすぐ故障を起してしまう。

また一方、演習用燃料、弾薬は極度に補給を制限されている。そんな情態で最高度の訓練を行なおうとすること自体が無理なわけであるが、われわれはそれを百も知りつつ、なおそれをおかして最高度の錬成を目ざして努力するのであった》

第一線部隊は、軍需動員時に戦車の〝生涯〟の終っていることを知るはずはない。何ともならぬ兵器装備をもって錬成に励んでいたのである。

戦車第五連隊にかぎらず、在満戦車部隊はみな、こうして、明日に備えて錬成に励んだことであろう。しかし、そういう間にも戦局が容赦なくこの北満駐屯の戦車兵団に影響していった。戦車連隊が各地へひきぬかれた。

戦車第三連隊。第一師団戦車第二旅団所属の連隊、ノモンハン以来の古い連隊である。昭和十九年四月、本属のまま、南支那に転用された。後に述べる湘桂作戦のためである。翌二十年三月、第一師団の本土移駐にともなって本属を離れ、中国戦線唯一の独立戦車連隊として活躍、遠く桂林にまでも進撃したが、中国戦線で終戦を迎えたのであった。

離島の防備に躍起になって迎えた昭和十九年、太平洋戦局に大異変が起こった。

これより先、米海軍は中部太平洋方面に強圧を加えて西進していたが、昭和十八年十一月下旬には、マーシャル群島のマキン、タラワに上陸、激闘の末、守備の陸海軍部隊は玉砕した。

こえて十九年二月、クェゼリン島、ブラウン島に進攻してきた。このとき米機動部隊の攻撃によって、トラック島の連合艦隊の根拠地は壊滅し、連合艦隊は内地やフィリピン方面に後退することになってしまった。

かくて絶対国防圏の東の拠点は崩れ、戦いは委任統治領ながら日本の領土に火がついた。日本艦隊がいないとなっては北千島からカロリン諸島、どこに火がとぶかわからない。南方絶対国防圏どころのさわぎではない。マリアナ諸島に空襲は続く。

北千島

戦車第十一連隊。戦車第二師団に属していた部隊である。昭和十九年二月、急遽出動の命を受けて北千島に渡り、一個中隊は松輪島に、連隊主力は四月、占守島《シュムシュ》に上陸して守備隊の指揮下に入った。この方面では、全戦局の悪化により八月には、陸海軍航空部隊は全部、北海道にさがってしまう。ここだけのことではない。離島の戦いで地上部隊の戦闘の始まるときには航空部隊はいなかった。そしてそれまで使っていた飛行場を、やすやすと敵にわたすまいと苦労する戦いであった。

連日の空襲や艦砲射撃に叩かれっぱなしの日が続いているうちに、昭和二十年八月十五日の降伏の大詔を迎えた。ところがこれより先、ソヴィエトは八月九日、満州に侵入し、八月十八日、占守島にも上陸してきた。島の守備隊長はこれに迎撃出動を命じ、戦車連隊はここでソ連軍と大激戦を交えた。停戦交渉が成立して停戦となったが、連隊長をはじめ中隊長のほとんど全部と将兵多数が北千島を朱に染めた。

サイパン

中部太平洋方面では、十九年二月、第三十一軍が編成され、サイパン、テニアン、グァムのマリアナ地区、パラオ地区、硫黄島方面の小笠原地区と全線にわたって陸軍部隊を送りこみ、この防備を固めることになった。

戦車第九連隊は戦車第一師団に属して東寧にあったが、このときサイパンに派遣された。サイパンの戦闘は予期よりもはるかに早く、わが防備部隊の準備の整わぬうちに起こった。そしてこれに先だつ米機動部隊の空襲で、海軍基地航空部隊は大打撃をうけ、六月十九日、二十日、サイパン西方海域で行なわれた「あ号作戦」で、わが機動艦隊は敵にほとんど損害を与えないまま、航空母艦九隻のうち無傷のものわずかに二隻という大敗を喫した。このため六月十五日から敵の上陸攻撃を受けたサイパン島の防禦戦は、地上部隊孤立戦闘の極めて不利な情況で行なわざるをえなかった。

水際防禦の方式をとっていた守備部隊第四十三師団は、十五日、早くも海岸地区に橋頭堡を占めた米軍に対して、翌十六日夜、敢然と反撃を行なった。その先陣を承ったのが戦車第九連隊であったが、この一撃で戦車連隊は戦車の大部分を失い、連隊長五島正中佐は戦死した。サイパンの部隊の苦闘は島内各地で七月まで続いたが、七日、残存した将兵は総突撃を行なって、地上戦闘は終り、戦車第九連隊はここに散った。

このときの太平洋戦備強化で、戦車第二十六連隊は満州から硫黄島に派遣された。

ここで第二十六という番号がでてきたので、昭和十八年に入ってからの戦車部隊の増設にふれておかなくてはならない。第二十四まではすでに述べた。既設の各戦車連隊は、各種戦車隊や戦車中隊を各地へ派遣するのに忙しかったが、この間に戦車連隊も増設された。

戦車第二十五連隊（長、早坂一郎大佐）。戦車第三師団の基幹部隊となった戦車第十二連隊の一部を基幹として、蒙疆で昭和十九年春に編成された。この連隊も十九年八月には、台湾に移り、ここで終戦を迎えた。

戦車第二十六連隊（長、西竹一中佐）。昭和十九年に戦車第一師団捜索隊を改編したもので、この夏、北満を発って硫黄島に向かった。

戦車第二十七連隊（長、村上乙中佐）。昭和十九年東満で編成され、そのあと沖縄に派遣された。

本土危うし……

昭和十九年七月のサイパン失陥は、日本にとって大衝撃であった。かねて無防備状態であった沖縄および台湾方面の戦備は、急速に進めねばならぬことになったのである。

それと同時に奇襲的上陸でもあればもはや本土が危うい。大本営は十九年五月以来真剣に処置し始めていたが昭和十九年七月、機甲関係学校に動員令が下った。学生の教育どころではない、戦闘準備の段階であった。

少年戦車兵学校の公開見学。
通信訓練。
童顔の少年戦車兵も、やがて戦場へ……

少年志願兵の募集に一役買う少年戦車兵

戦車第二十八連隊（長、松田哲人大佐）

千葉戦車学校教導連隊を基幹に編成

戦車第二十九連隊（長、佐伯静夫大佐）

騎兵学校教導連隊を基幹に編成

戦車第三十連隊（長、田畑与三郎大佐）

満州の四平戦車学校（公主嶺から移転）教導連隊を基幹に編成。昭和二十年、本土に移駐した。

以上三個連隊は、戦車第四師団に編合され本土決戦部隊の中核となるのであるが、独ソ戦場でもベルリンの決戦でも、動員された教導部隊の精鋭ぶりを示す話は多い。これらの連隊も、いざとなればさぞかしあっぱれな武者ぶりであっただろうと思う。

第十九章　機甲部隊奮戦す

太平洋戦線が急速に緊迫を告げている昭和十九年春から中国戦線にあった支那派遣軍は、世紀の大遠征ともいえる作戦を開始した。戦局の推移にともなって、桂林、柳州など日本本土を攻撃するB29の基地飛行場を奪って日本の安全を図るのを主目的とし、南部京漢鉄道、湘桂、粤漢鉄道沿線の要地を攻略しようとするのである。

付図（五三四頁下）についていえば、黄河の南にいる敵を撃破して信陽との間を確保し、揚子江上流の岳州から西南進して、衡陽、桂林、柳州を占領し、広東方面からは南寧に前進して北部仏印につなごうとするものである。

黄河から信陽まで約四〇〇キロ、岳州から北部仏印までは約一四〇〇キロ、衡陽、広東間は約六〇〇キロである。この間、兵数でわれに数倍する蔣介石麾下の野戦軍の約半数を撃破突破しようとする大作戦であった。

「一号作戦」とよばれたこの作戦で、京漢作戦は「コ号作戦」と略称された。コ号作戦を

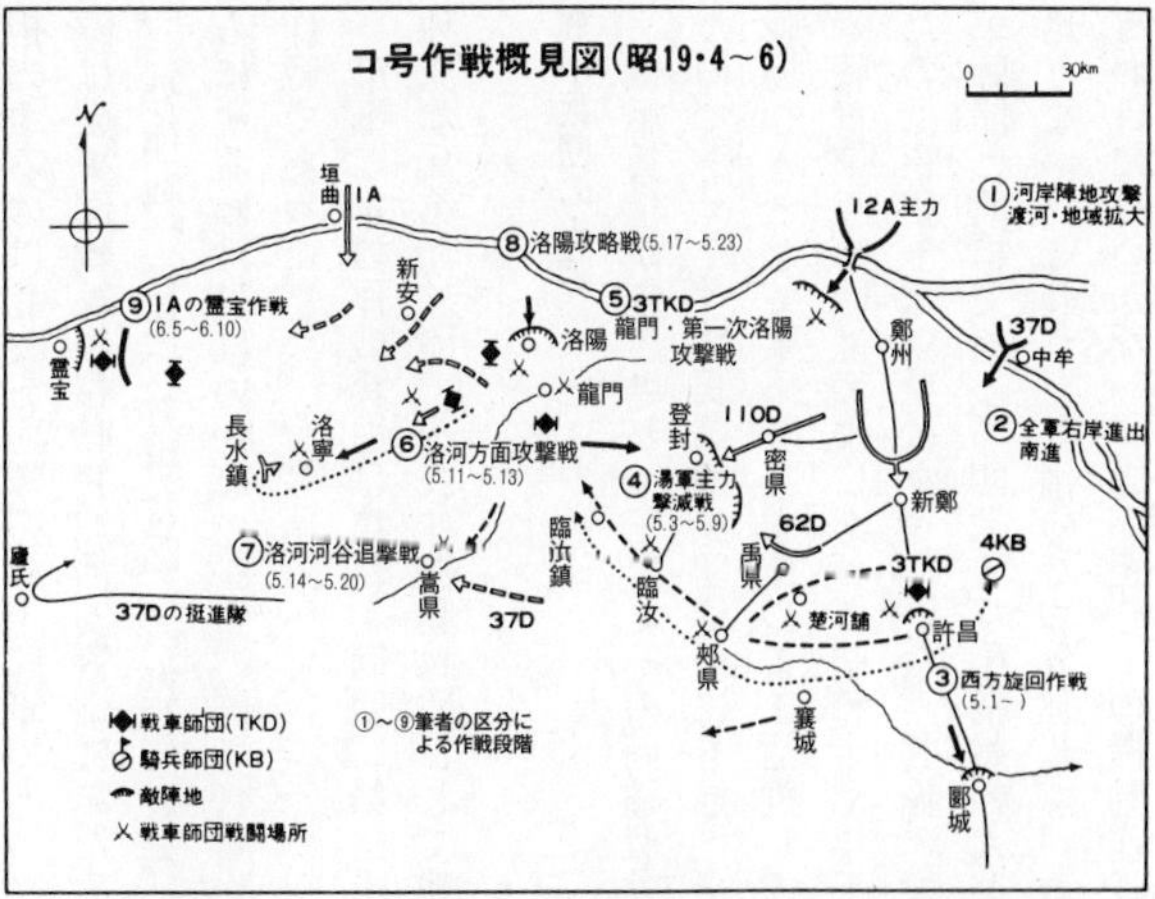
コ号作戦概見図（昭19・4～6）
0
30km
垣曲
1A
①河岸陣地攻撃 渡河・地域拡大
12A主力
⑧洛陽攻略戦(5.17～5.23)
新安
⑤3TKD 龍門・第一次洛陽攻撃戦
⑨1Aの霊宝作戦 (6.5～6.10)
霊宝
洛陽
鄭州
37D
中牟
龍門
登封
110D
②全軍右岸進出 南進
長水鎮
洛寧
⑥洛河方面攻撃戦 (5.11～5.13)
密県
④湯軍主力撃滅戦 (5.3～5.9)
新鄭
62D
⑦洛河河谷追撃戦 (5.14～5.20)
臨汝鎮
禹県
3TKD
4KB
盧氏
37Dの挺進隊
嵩県
37D
臨汝
楚河舗
許昌
郟県
③西方旋回作戦 (5.1～)
戦車師団(TKD)
騎兵師団(KB)
敵陣地
戦車師団戦闘場所
①～⑨筆者の区分による作戦段階
襄城
郾城

一号作戦全般図
日本軍の前線
米支空軍飛行基地
包頭
張家口
奉天
大同
北京
天津
大連
黄河
太原
延安
新郷
済南
青島
蘭州
西安
開封
洛陽
鄭県
徐州
新黄河
老河口
郾城
南京
信陽
成都
揚子江
漢口
上海
宜昌
重慶
岳州
長沙
南昌
芷江
衡陽
昆明
桂林
柳州
アモイ
台湾
広東
汕頭
諒山
南寧
ハノイ
ハイフォン

担当するのは北支方面軍の第十二軍であった。すでにこのころは、北支からも伝統ある部隊は太平洋戦線に移動し、治安警備にあたる編制に改められていた兵団が主であったし、「一号作戦」自体、万事に乏しいなかで強行せねばならなかった。そのうえ守備地域をからにするわけにはいかないから、許されるかぎりのものを全部かき集めた、容易ならざる作戦であった。

第十二軍の作戦兵力は第百十師団、第三十七師団、第六十二師団、独立混成第七旅団、独立歩兵第九旅団、それに機動兵団として戦車第三師団と騎兵第四旅団とであった。

機甲兵団の出陣

機甲兵種が創設されて三年、その両種機動兵団が、はじめて轡《くつわ》をならべて作戦に従事したのであった。騎兵第四旅団は前にも述べたように機甲化の後も中国戦線の地勢上、この戦場むきとして乗馬騎兵主体のまま活動していた機動兵団である。

戦車第三師団は蒙疆にあって昭和十七年二月に編成改正を命ぜられたが、それが完結したのは昭和十八年秋になっていた。装備の変換充実のおくれていたことは満州にあった戦車師団と同様である。四七ミリ砲搭載の九七式中戦車もあれば古いのもある。無線器材も足りない。そのうえ警備のため分駐しているから、在満師団のように演習につぐ演習というわけにはいかない。師団としての機動作戦など初めての経験であった。そしてこの師団は、すでに戦車第八連隊を南方に送っており蒙彊守備のため兵力の残置を要し、戦車第十二連隊は包頭方面に残さざるをえなかった。

戦車第三師団

しかし、師団長山路秀男中将が率いて黄河河畔に進出した戦車師団は堂々たるものであった。

戦車第三師団長、山路秀男中将

師団司令部
戦車第六旅団司令部（旅団長、佐武勝司少将）
戦車第十三連隊（長、栗栖英之助中佐）
戦車第十七連隊（長、渡辺謙太郎大佐）
捜索隊（長、福島甚三郎中佐）
機動歩兵第三連隊（長、吉松喜三大佐）
機動砲兵第三連隊

機動工兵連隊
速射砲隊、防空隊、整備隊、野戦病院患者輸送隊
戦車連隊は軽戦車一個中隊、中戦車三個中隊、砲戦車一個中隊と整備中隊の正規編成。戦車七三輛、自動車二二七輛であった。
戦場の地勢上、当然大きな役割をになうべき機動歩兵連隊は、歩兵三個大隊（大隊は三個中隊、一機関銃中隊）に連隊砲一個中隊、整備中隊で、人員約一九〇〇、戦車二二輛と自動車二八〇輛。
機動砲兵連隊は三個大隊（一個大隊は九〇式野砲三個中隊、二個大隊は一〇センチ榴弾砲で計六個中隊）と整備一個中隊。
捜索隊は軽戦車二個中隊、中戦車一個中隊、乗車一個中隊と一整備隊。
師団は戦車二五〇輛をこえる大部隊であった。

騎兵第四旅団

騎兵第四旅団は支那事変の初期以来、新黄河方面に作戦していた兵団である。このときの旅団長は藤田茂少将。戦車師団とともに使われるとなれば、そちらは道路のある平地、こちらは不斉地の路外行動が主となると覚悟し、中国軍との戦闘の豊富な体験をこの一戦に発揮しようと意気込むのであった。出動兵力は、人馬補充の乏しいなかで定数の六〇パ

ーセント足らず。

騎兵第二十五連隊（長、古沢末俊大佐）

騎兵第二十六連隊（長、小池昌次大佐）

ともに四個中隊、一機関銃中隊、速射砲中隊（山砲二、速射砲二）

騎砲兵第四連隊

二個中隊、中隊は騎砲（七五ミリ砲）二門、輜重隊（自動車編成）

定員からすれば三二〇〇名であったが出動したのは一七〇〇名弱であった。

この一号作戦は大本営や支那派遣軍では、前年末から準備されたもので、昭和十九年三月には作戦部隊が決まった。北支那方面軍でも実行部隊である第十二軍も、これにしたがって具体的に準備した。基礎になるのは昭和十二年以来破壊されたままになっていた黄河の橋梁の修理であった。四〇〇〇メートルにも及ぶ軍橋である。難作業だったが、鉄道連隊は昭和十八年の十二月から十九年三月までかかって、戦車と軽列車の通れる橋に修理した。

これで作戦発起の態勢ができた。対岸には昭和十六年秋以来橋頭堡が確保してある。軍主力がこの方面から黄河南岸に進出し、東の方で中牟付近で第三十七師団ほかの兵団が、これは船によって黄河をこえて進発する。第十二軍の目ざすのは、この京漢線沿線からその西方にわたる中国軍第一戦区軍、蔣介石直系の湯恩伯将軍の軍を捕捉撃滅することであった。

第一段の作戦は作戦概見図（五三二頁上）のように黄河南岸にがんばる中国軍を撃破して、軍の主力を南岸に移すことであった。中牟方面でもこのころ動きだし、計画どおり作戦は進んで、第二段の全軍右岸進出、集結も、四月二十三日には目途がついた。

戦車第三師団は二十日、二十一日、二十二日の三夜にわたって、また騎兵第四旅団は二十五日夜に黄河橋梁を無事通過して南岸に進出した。第一線兵団は、新鄭、密県の線に進出した。

軍の西方旋回

ここで第三段の軍の西方旋回となるのだが、これがこの作戦のいわば勝負どころで、第十二軍は「西の方へは行きません」とひたすら南進をよそおい、湯恩伯軍をできるだけ東におびきだしておいて、急遽、西に旋回し、戦車第三師団と騎兵旅団とを外翼に使って敵の背後に突進させ、これで敵軍主力を捕捉撃滅しようとするのが、この作戦の眼目であった。

どのあたりで西に急旋回をするか。いきさつはいろいろあったが、四月三十日、許昌を強襲奪取したことをもって開始された。敵の主力軍は禹県付近と登封西方にいる。第百十師団は密県から、第六十二師団は禹県方面に、戦車第三師団と騎兵第四旅団は敵の退路を遮断するように突進する。これが第十二軍の西方旋回作戦であった。

戦車師団と騎兵旅団は五月二日、西進機動を開始した。このとき戦車師団は「主力は主として郟県付近より臨汝鎮付近にわたる間を遊動するとともに、一部をもって、北方山地隘路口を扼止せよ」と命令された。つまり敵の逃げ道をおさえるとともに、遊動していて敵が逃げてきたらつかまえろ、というのであった。騎兵旅団も同じような任務であった。

この第四段作戦の湯恩伯軍との戦いは、登封東方地区で大激戦となった。五月九日まで続き、第百十、第六十二の両師団はこの山地帯でよく奮戦した。

広大な戦場

ここで、わかりやすいように、この作戦の規模や情況を日本の地図について説明しよう。関東地方と中部地方の地図を参照されたい。

まず群馬県の桐生の東の山地を黄河の鉄橋とする。そうすると、第十二軍が西旋回を開始した許昌は神奈川県の川崎付近になる。ここから甲府盆地、そしてそのあと諏訪盆地に通ずるように甲州街道のような西北に通ずる道路があったと考えてもらいたい。この道路の北は日本でも山地帯だが、戦場の現地はこれより一〇〇〇メートルぐらい低い。郟県は相模湖西南方、禹県は立川付近、臨汝は甲府付近にあたる。ここから秩父に通ずる国道があるが、これが臨汝〜登封道にあたり、登封は秩父と考えてよい。この道の東側にある雲取山や大菩薩峠を一〇〇〇メートルほど低くした山地帯で湯恩伯軍主力撃滅戦が行なわれている情態となる。

わずか二、三個師団で、この秩父多摩国立公園ほどの広さのところで、湯恩伯の四個集団軍、四〇万をつかまえようとするのだから、なかなか難しい。

こうしてみると、洛陽は松本東方、美ヶ原あたりと考えてよかろう。ただし山地ではない。平地である。この間の道路は勿論自動車道などではない。戦車師団の将兵が苦労する悪路であり、晴天ならば砂塵濛々としてエンジンによかろうはずはなく、雨となればとたんに泥濘、道路が部落を通るところは城門が障害になる。そうした戦場なのであった。

戦車師団は両翼が突進隊、中央が本隊の区分で前進を開始し、禹県を旋回し、郟県は力攻し、五月三日の夕刻には、早くも臨汝東側に達した(五月二日未明、川崎出発、戦闘しつつ三日夕刻に甲府東方に達したことになる)。

この三日夕刻となると登封東方地区の山地でがんばるつもりらしい湯恩伯軍主力に対する包囲戦ができそうな態勢になった。

東北から二個師団で押す。西南方への退路には戦車師団と騎兵旅団がいる。南へ逃げれば第三十七師団が抑えている。

戦車第三師団は三日夕臨汝に達しここを強襲突破、退却する敵を追って捜索隊がただちにこれを追撃、臨汝鎮をこえて進撃した（八ガ岳西南方、富士見付近の峠をこえて諏訪盆地の入口を目ざした）。

龍門攻撃

師団長は四日正午まえ、この峠で伊河河谷の要点である龍門街を攻撃する決心をした。どうせ取らねばならぬところである。今のうちに取っておけ、という決心であった。

吉松大佐の指揮する機動歩兵第三連隊主力、戦車第十三連隊の中戦車二個中隊、捜索隊の中戦車一個中隊、機動砲兵第三連隊の一〇センチ榴弾砲二個中隊と九〇式野砲一個中隊などの部隊が龍門占領の任務をうけて急進した。

この戦闘は予想外の激戦となった。四日夜の攻撃から、五日、六日と続いた。七日未明になって、ようやく敵の死命を制する高地を占領することができた。この間、師団は東の方で敵の退路を遮断せよ、との軍命令で、西進していた部隊を反転させるなどの処置を講じてはいたが、敵の主力はこの間に西方や西南に脱出してしまっていた。戦車師団と騎兵旅団とでは、うまく網の目がふさげなかったのである。

敵の退却は、戦車師団の龍門攻撃に驚いたからである。かくては洛陽危うし。登封付近でがんばってはいられない。（美ヶ原方面にあたる洛陽への日本軍の進出阻止が第一となった）

こうして五月九日、第四段作戦は終りを告げた。思ったほどの敵はつかまえられなかっ

戦場に向かう機動歩兵第３連隊第１中隊（昭 19-4-20）

た。敵が逃げてしまったからである。

つまり戦車師団の突進で湯恩伯軍の方が決戦意志を失って、洛陽を守るべく兵力を西に移したために捕捉できないということになった。こうなるとこれを追いかけて、打撃を与えねばならぬ。洛陽などかまってはいられなくなった。

ところが、すでに第三師団は洛陽に手をつけていた。激戦であった。そこへ、洛陽はあとだ、西へ行け、という軍命令で攻撃を中止、西進することになったのだが、攻撃を中止して転進するなど容易の業ではない。しかし、とにかく師団の西に向かう追撃戦となり、第六段階に移るのであった。

第六段階は洛陽を背にして各兵団の洛河方面攻撃戦であり、第七段階の洛河河谷追撃戦と続いた。この追撃戦では騎兵旅団は猛進、よく敵にさきまわりをして長水鎮の隘路《あいろ》を占領、敵の退路を封鎖し、退却する敵を捕捉する偉功をたてた。

陣地攻撃となれば決定的戦力は機動歩兵（もとの騎兵主体）である。（速射砲隊の分解搬送）―洛陽城攻撃

日華両軍の陣歿勇士の霊を弔うため戦場に興亜祈念植樹を行なう吉松喜三機動歩兵第３連隊長

洛陽へ

これに続くは、残った洛陽の攻撃、第八段階である。五月二十四日からこれに参加した戦車師団は、こんどは歩戦砲協同のじっくりした城塞攻撃。苦闘を続けたが、吉松連隊や増加の歩兵部隊も奮戦して、ここに戦車第三師団は、北からきた第六十三師団とともに洛陽を占領した。東洋史上、有名な洛陽である。

このあと戦車第三師団は第一軍の行なう霊宝作戦に参加した。六月上旬のことである。これで、コ号作戦は終了となって、占領したところを確保する態勢に移り、第三師団は予定にしたがって、佐武旅団長の指揮する戦車第十三、第十七連隊基幹の部隊を、さらに南方湘桂作戦方面に送り出した。

機動と損害

このコ号作戦で師団は、四月下旬から六月上旬まで、ほとんど連続的に機動した。《五月、一カ月間でも行動距離一四〇〇キロ、作戦参加戦車二五五輛のうち三分の一は動けなくなった。作戦による被害はわずかに九輛で、他はほこりや、過重稼動による故障であった》と軍司令官への報告にもある。

戦車師団も騎兵旅団も、この悪路、けわしい地勢の戦場で、よく健闘した。そしてまた、この作戦の経過を回顧してみると、警備主体に編成されていた一般師団の健闘勇戦ぶりにも頭がさがる。日本軍将兵は困苦に耐えて勇敢に戦った。まことに天晴れなものであったと思う。戦闘では、将兵個々の戦う相手は大部分が肉体的疲労であり、各種の困苦欠乏である。この地理的条件の悪い戦場での苦闘に耐えぬいた一般師団の力戦は賞賛に値する。まして、このときの中国軍は、蔣介石直系の精鋭を誇る湯恩伯将軍の兵団であった。気安く相手にできる敵ではなかったのである。

猪突盲進か

防衛庁編纂の戦史『河南作戦』の指摘するところによれば、許昌から旋回して西に突進した戦車師団は、登封付近の戦闘で、退却する敵を臨汝方面に遊動しつつ捕捉すべき命令にもかかわらず洛陽方面に突進したために、湯恩伯軍に大衝撃を与え、戦意を喪失させて退却させることになり、直接的に登封方面に兵を送らなかったことと相まって、この方面で殲滅すべき敵軍を逸したとして、「猪突盲進」と残念がられている。

戦車師団の突進が、敵軍統帥中枢に混乱を起こさせたことは不思議ではない。ドイツ西方戦場セダン付近の突破は、それだけフランス大本営の統帥神経を麻痺させている。それほどの力を発揮してこそ戦車師団であろう。

仮に、退路の街道を遊動していたとしても、すでに説明したような広さである。突破退却をねらう敵軍の群れを個々に捕捉するは、戦車師団のよくするところではない。独ソ戦場、精鋭ドイツ装甲師団をもってしても、装甲師団の突破による包囲圏は歩兵師団の来着までは網の目をふさぐことはできず、ソ連の突破脱出は容易であった。役割が違うのである。

戦車師団と騎兵旅団をくらべれば、機動力は騎兵旅団が優っていたという。さもあらんと思う。地勢は必ずしも戦車師団に有利でない。作戦行程一四〇〇キロ、損傷車の大部分は故障車であった。そういう地勢である。戦車部隊将兵の労苦が思いやられる。だが、戦車師団の威力は機動かつ戦闘の総合攻撃戦力にある。龍門、洛陽城そのほか、戦車師団の攻撃威力に疑問を持つものはあるまい。

中国軍相手の作戦では、戦車第三師団は「編制が重すぎた」であろう。だが、軽快軽捷、よく苦難に耐えて活躍した騎兵第四旅団とともに、重軽ならび動いて、日本機甲兵種の健在を示した戦いぶりといえるであろう。

このあと昭和二十年三月に行なわれた老河口飛行場占拠の大機動作戦もまたそうであった。

日本軍が兵力を集中して蔣介石直系の精鋭軍を叩いているうちに、後方守備地域においては共産軍の勢力の拡大浸透を許し、治安は急速に悪化したという。日本敗戦後の国・共勢力の力関係の転換に影響をおよぼしたともいわれているが、まことに皮肉なことであり、戦争というものの空しさを感じさせる事例でもある。

ともあれ、このコ号作戦は日本軍に戦車師団が作られて以後、初めてのそして最後ともいえる諸兵統合戦力投入の戦いであった。

さて、戦車第三師団は終戦時、北京地区での警備にあたっていた。外蒙、ソ連軍は八月九日以降、内蒙古に向かって突進してきた。張家口方面は大混乱となった。同地にあった戦車部隊は居留民の引揚者を収容、北京に引き揚げるという情況もあったが、日本敗戦となるや、中国ではたちまち、国・共の内戦となった。

北支那地区では熱河省にはソ蒙軍が入っている。国民政府の正規軍も、ましてや米軍もはるか遠くにいる。国民政府に降伏を命じられた日本軍としては、北支那地区の将兵と在留邦人とを自力で守らねばならぬ状態であった。戦車師団の一部が、熱河省から侵入を企図したソ蒙軍に向かって古北口に出動するという事態も起こった。武器を捨てることを命じられている戦車師団だが、本気になって怒ったら、これは怖いと思ったのであろう。流血にいたらずしてソ蒙軍は後退した。ともあれ、戦車第三師団は、終戦後にも、戦車師団としての威力を充分に示してくれた。

戦車第二師団フィリピンへ

昭和十九年の夏、日本の表玄関、サイパン、テニアン、グァムと相ついで失陥するにいたって、戦局はとみに緊迫の度を加えた。戦火がフィリピンにとぶことは目に見えていた。満州にあった戦車第二師団に比島派遣の命が下った。昭和十九年七月であった。戦車第二師団は、すでに戦車第十一連隊を北千島に送りだしていた。残った戦車第六、第七、第十連隊、機動歩兵連隊、機動砲兵連隊その他の部隊をもってフィリピンに渡った。師団長は岩仲義治中将、戦車旅団長は重見伊三雄少将であった。

この移動では、輸送そのものが大変なことであった。敵の潜水艦や飛行機による海難が相つぐ。戦車第十連隊(長、原田一夫中佐)の場合、バシー海峡で第二中隊の乗船沈没、兵員三分の一を救いえたにすぎなかった。第五中隊は兵員揚陸後、敵潜水艦の攻撃で戦車はすべて海没という有様であった。

こうした事情や、レイテ島に一部(戦車第六、第十連隊から各一個中隊)の派遣などもあって、昭和二十年の初め、ルソンの戦い迫るころ、ここにあった師団の戦力は兵員約六五〇〇名、戦車約二〇〇輛、火砲三二門、自動車約一四〇〇輛であったという。その戦車の大部分は四七ミリ砲搭載の九七式改であったが、砲戦車中隊は五七ミリ砲の中戦車であった。七五ミリ砲戦車は勿論ない。戦車の装甲は、要部五〇ミリに増強されたものがあったがそれは一部にしかすぎなかった。

フィリピンの戦いは昭和十九年十月、米軍レイテ島上陸に始まった。日本大本営としてはかねてからフィリピンの戦いこそ、戦争の正念場とし、作戦呼称も「捷号《しょうごう》作戦」として準備を整えていた。

レイテ決戦

現地の第十四方面軍（司令官、山下奉文大将）としては、戦車第二師団以下極力多くの兵力をルソン島に集中して、ここで地上決戦を指導する予定であった。ところが、このレイテの戦いは、これに先だつ「台湾沖航空戦」で、わが海軍航空部隊が敵の機動艦隊、すなわち主力艦隊に大打撃を与えたという、誤った情報と判断のもとに開始された。いまこそ、空、陸、海の戦力をレイテ方面に集中すべきである。この大本営の判断で、山下大将の軍の作戦計画は押しきられた。

レイテこそが〝天王山〟と、ありとあらゆる戦力がこれに投入された。フィリピンに敵が根拠を占めたら、身のおきどころのなくなる連合艦隊も、レイテ湾に殴り込みをかけた。捷号作戦予備の第一師団も注ぎこまれた。しかし、空海陸の努力にもかかわらず、敵をレイテから駆逐することはできず十一月中旬となると、レイテに対する努力も疲れがみえてきた。しかし「ルソンを早く固めなくては」という第十四方面軍の焦りにもかかわらず、レイテへの努力は続けられた。

筆者はレイテ作戦の始まったころ第二方面軍参謀としてセレベスにいたが、その後、在レイテ第三十五軍参謀に転補され、十一月十二日にはマニラで山下軍司令官、武藤章軍参謀長にお目にかかったことがある。そのころ、第四航空軍がレイテ方面攻撃に全力をあげていたが、第十四方面軍の幕僚部としては、ルソンの戦備に文字どおり狂奔していて、レイテに行く私など顧みてくれる者もいなかったというのが実情であった。私はがっかりしてレイテに赴任したことはもちろんだが、ルソンの今後の容易ならぬことを思わせる情況であった。

レイテの日本軍がその西岸オルモックに米軍の上陸をうけて、レイテの陸戦の運命の決った後、十二月十五日、米軍はミンドロ島に上陸した。ルソンに向かう布石であった。これでレイテ決戦は終りを告げた。

これより先、大本営はレイテに増援するために第二十三師団、第十師団(ともに十二月中旬までにはマニラ到着予定)、第十九師団のフィリピン派遣を決定していたが、これらの部隊はレイテに行く機会はなくルソンにとどまった。

ルソンの戦い

あらゆる戦力をレイテに注ぎこんだあととなっては、ルソンで地上決戦を求めることは到底不可能であった。持久作戦構想によって、「頑張れるだけ頑張る」という方針をとらざるをえなかった。すでに連合艦隊はない。陸海航空部隊も、遠からず台湾から北に引き揚げざるをえない情況になる。地上部隊独力の戦いである。しかも、準備の余裕とて少ない。これが戦車第二師団が戦うべき、ルソン作戦前夜の情況であった。

ルソン島は広い。たやすく守りきれる所ではない。第十四方面軍はマニラの東方地区、クラーク飛行場の西方地区、バギオ方面山岳地区の三つをかためることになった。

分散される戦車師団

戦車師団もこれを集結して反撃戦力として使用することはできず、あちこちに分散させざるをえなかった。

戦車第六連隊（長、井田君平大佐）はルソン南域のバタンガス地区の警備にあたっていたが、十二月末になって師団主力に復帰を命ぜられ、敵の上陸時にはマニラ東方を北に向かって強行軍中であった。

戦車第七連隊（長、前田孝夫中佐）は、重見戦車旅団長の指揮下にリンガエン湾周辺地区の戦闘に備えていた。

したがって師団主力は戦車第十連隊基幹で、マニラの東北地区に位置しルソン島の南北いずれにも進出しうるよう準備していたが、その機動歩兵連隊の主力は、すでに他に使われていて師団と合体することはなかった。

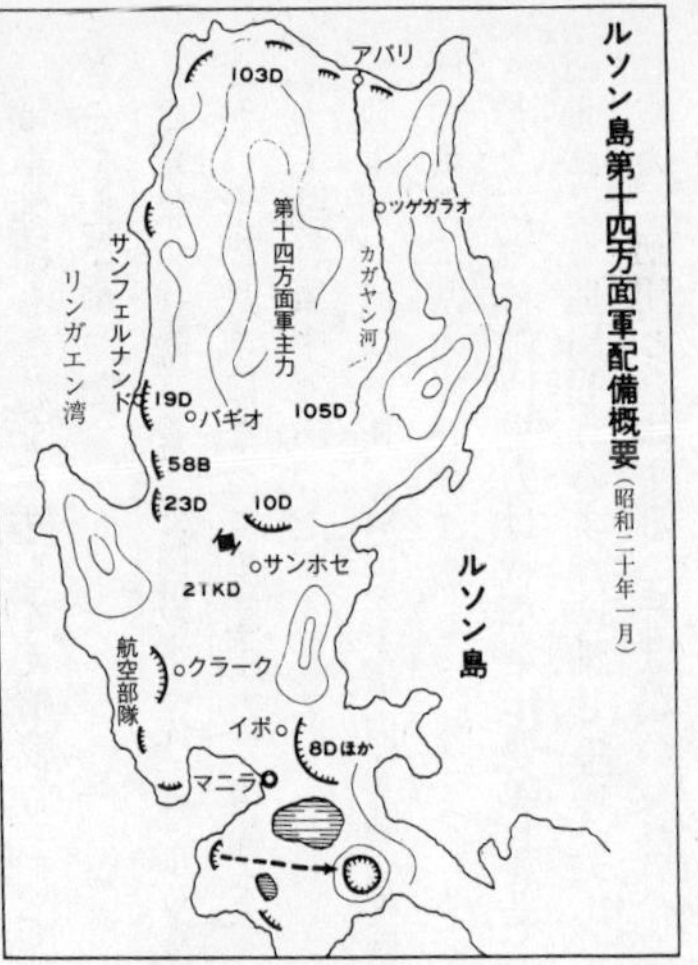

ルソン島第十四方面軍配備概要（昭和二十年一月）

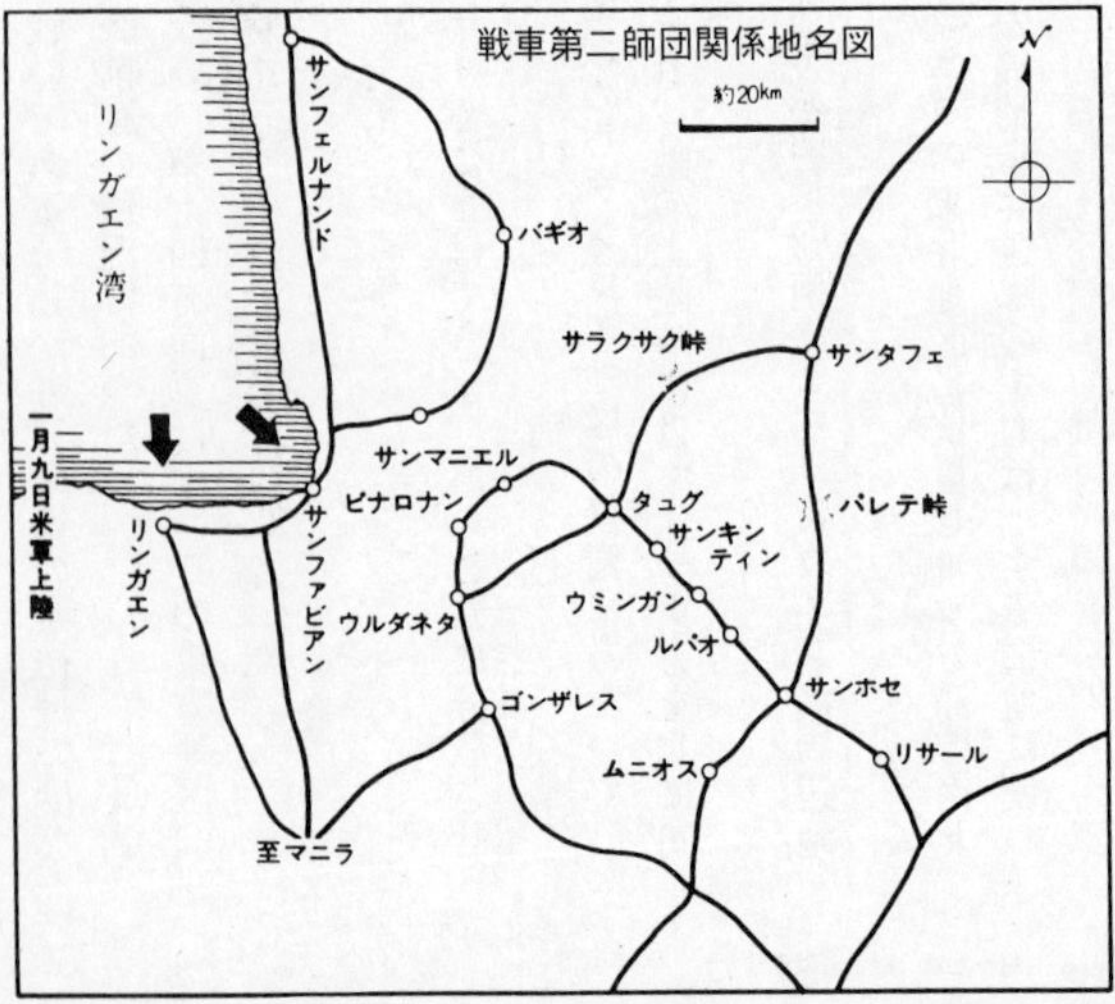

戦車第二師団関係地名図

リンガエン上陸

早くも昭和二十年一月九日、米軍はリンガエン湾に上陸を開始した。この正面を守っていた重見支隊は第二十三師団に配属され、絶対優勢な敵空軍の跳梁下、優勢な歩兵、戦車、砲兵の集中攻撃をうけながら、戦車部隊による反撃戦を続けたが、一月二十七日、旅団長、前田連隊長ほか玉砕し、戦車第七連隊はルソンに散った。

M4の恐怖

この戦車第七連隊に属して勇戦し、奇しくも生きて還った少年戦車兵の甲斐正保氏はその手記にこう書いている。

《〝動く要塞〟M4の恐怖

一月十九日早朝、われわれはサン・ニコラスを発してサン・マニエルに向かった。第二十三師団の戦場にかけつけるのである。……敵はM4戦車を主力にM3戦車、砲兵、歩兵、それに海と空から一丸となって攻めてくる。

M4戦車はわが九七式中戦車の四七ミリ砲ではビクともしない。平気な顔でやってくる。これに反してわが中戦車は、M4戦車の砲弾を一発くらえば装甲板はあっさり打ち抜かれてしまう。……M3戦車は、われわれの攻撃で数台を破壊した。……翌日からは昨日の苦

米軍のM4A3「シャーマン」中戦車

しい経験を活かして、敵戦車の側面から攻撃することにした。部隊は敵中深く進んで敵陣に殴り込み、彼我入り乱れての対戦車戦闘にひきずりこんだ。あまりの接近戦で敵が対戦車砲を使いきれないうちにM4を奇襲して、敵は後退した。これでまた数台のわが戦車がなくなった。M4に対する地雷攻撃も行なったが、数日の戦いで残った戦車は、中戦車十数輛、軽戦車一輛になってしまった。もはや、後退するしかなくサン・マニエルの町に移った……》

陸軍少将重見伊三雄。陸軍士官学校第二十七期生。すでに本書で述べたように昭和七年第一次上海事変に戦車中隊を率いて出陣した。日本戦車界の先駆者である。昭和九年には陸軍大学校専科学生卒業、戦車学校教官、戦車第九連隊長などを経て、いま、このルソンを最期の舞台として散った。戦車とともに二十年、つねにその陣頭にたって戦車と労苦をともにし、辛酸をなめてきた身に、この終幕はさぞかし無念であったろう。戦車の戦闘が、刺し違えの戦いであり、みずから陣頭にたって散るはかねての覚悟でもあったろうし、地上軍孤立の戦いは在比島の日本軍みな同様ではあったのだが、武器の質がこうも違っては、敵戦車と四つに組んでの戦闘はできなかったからである。これは将軍とともに散った連隊長以下の将兵は勿論、第二師団全将兵が同じように口惜しかったことであろう。

さて、第二師団主力は敵の上陸方面に赴援を命ぜられ、第二十三師団の東南につらなる線に前進して、北方山地に移動する平地地区からの在留邦人など非戦闘員や、転進する部隊を掩護する態勢に移った。

防禦正面は六〇キロに及ぶ。この正面に夜間を利用しては適宜機動させて防戦と反撃によって要点をもちこたえるのである。骨幹となる戦車第十連隊は、ウミンガン、サンホセの線に配置されて敵を迎撃する。南から追及した戦車第六連隊は、その東南方ムニオス付近を占領し、ともに来攻する敵を撃破しようとするのであったが、衆寡の理はくつがえすべくもなく、戦車は減るばかりであった。一月三十日には井田戦車第六連隊長も戦死した。

戦車第二師団ルソンに死す

二月六日、師団は後方山地帯に後退を命じられたが、すでに兵員約二〇〇〇、戦車一八〇輛、火砲二四門、自動車約三七〇輛を失った、と同師団の参謀であった河合重雄氏は、その手記に述べている。山地帯に後退しては、戦車の移動も思うにまかせない。ついに師団は戦車兵団ではなくなり、戦車部隊将兵は車載機関銃をおろして歩兵部隊となり、三月初めから六月初めにいたる間、サラサラ峠方面での攻防戦を続けたのである。

戦車第二師団は戦車を失って、その幹部や将兵多数とともにルソンに死んだ。

硫黄島

戦車第二師団がルソン島で苦戦を続けている昭和二十年二月十九日、米軍は硫黄島に上陸を開始した。このころ、すでにここの日本軍を支援する海軍も陸海の航空部隊もほとんどなく、まったく見離された守備隊は、独力孤立無援の戦闘を強いられた。守る第百九師団(長、栗林忠道中将)は、縦深に構築した抗道陣地を利用して持久出血戦法をとった。

戦車第二十六連隊はこの戦いに加わっていた。当然、戦車は移動トーチカとなって戦う。守備隊は陣地と対戦車火器にものをいわせてよく戦った。敵の戦力の中心である戦車に与えた損害二七〇という。敵の損害三万三〇〇〇名というが、やがてよるべき陣地も射つべき火砲もない状態となった。力闘一カ月余、三月二十二日には島の将兵は消息を絶った。西戦車連隊長は重傷をうけて、三月二十一日、自決したという。

沖縄

つぎに起こった孤島の苦闘は沖縄であった。

戦車第二十七連隊（長、村上乙中佐）は、昭和十九年三月、臨時動員が下令され戦車第二師団管理で編成されたものだが、ほかの戦車連隊とは違った編制をもっていた。

連隊本部　九七式改三、九五式軽一をもつ
第一中隊　九五式軽一一、三個小隊
第二、第三中隊　九七式改一一、九五式軽一、三個小隊
第四中隊　戦車の補充なく車載機関銃二四
歩兵中隊　重機関銃六、四七ミリ対戦車砲二
砲兵中隊　九〇式野砲四、重機関銃二
工兵小隊　車載機関銃二、工兵器材
整備中隊　車載機関銃六、整備器材

編制決定の理由は不明だが、〝豆〟機動部隊的反撃戦闘をねらったものであろうか。

このうち第三中隊は第二十八師団に配属されて宮古島にまわされ、七月十六日宮古上陸、

戦車第十連隊の記念碑、滋賀県今津自衛隊構内

他は沖縄本島に配備されることになり、七月十一日に那覇に上陸した。これから約九カ月、沖縄本島の戦備に苦労した後、翌二十年四月一日、沖縄に敵を迎えることになった。沖縄防衛戦では、島の中部以南に堅固な陣地を築いて、これにより出血、持久の方針をもって第三十二軍（司令官、牛島満中将）の各兵団はよく戦った。

戦車第二十七連隊は、五月三日夜の総攻撃では、第二十四師団に所属、攻撃したが、地形、道路の不良のためほとんど軽戦車中隊だけが動けたという有様で、天明後の戦闘でそれも大部分を失った。一撃、一撃と戦車はなくなり、五月二十七日には連隊長も戦死、ここでも戦車連隊は歩兵部隊となって戦ったが、六月中旬までに大部分は玉砕し、第三十二軍の将兵や現地民間人の多くと運命をともにした。

いま本島南端摩文仁の丘にならぶ数々の慰霊の碑に、その健闘を偲ぶのみである。

第二十章　日本機甲部隊の終焉

昭和二十年に入っては、日本はいよいよ本土での戦闘を、本格的に準備せざるをえないことになった。

まず九州を備えなければならない。そしてつぎは関東地方である。朝鮮の南も、四国、東海、東北地方、みな備えざるをえない。

B29の爆撃下、国をあげての大動員であった。

満州にいた戦車第一師団も本土に招致された。新しい戦車部隊も続々と編成された。数は揃えられていくが、兵は〝一日にしては成らない〟。これが戦力化するには多くの時間が必要であったが、もうその余裕はない。直ちに配備につけられて、訓練かつ戦備と展開された部隊は、各種の資料によると終戦時、次表の配置にあった。

実に戦車二五個連隊が日本本土全域にわたって配備され、関東地方には、その一二個連隊が集中された。

戦車部隊の戦力

戦車連隊の大部分は独立戦車旅団に編合された。その主なものの編制を見ておこう。第二、第三、第四、第五、第六、第七旅団の戦車連隊は中戦車二個中隊、砲戦車二個中隊、自走砲一個中隊で、後で述べる第四戦車師団の戦車連隊と同様の編制のものが大部分であったが、砲戦車一個中隊の連隊もあった。

戦車第八旅団だけは他と変っていた。この旅団は関東軍で教導戦車旅団を基幹として編合され、本土に送られたものである。

旅団司令部
戦車第二十三連隊
戦車第二十四連隊 ｝軽戦車中隊一　中戦車中隊三　砲戦車中隊一
旅団歩兵隊（歩兵三個中隊、重火器中隊、速射砲中隊）
旅団砲兵隊（砲兵三個中隊、高射砲一個中隊）
旅団工兵隊（三個中隊）
旅団通信隊
旅団整備隊
旅団輜重隊

第一総軍（元帥　杉山元）――東日本担任

第十二方面軍（大将　田中静壱）――関東地区担任

第三十六軍（中将　上村利道）――浦和、決勝兵団

戦車第一師団（中将　細見惟雄）――栃木県

戦車第一連隊（中佐　中田吉穂）

戦車第五連隊（大佐　杉本守衛）

ほか

戦車第四師団（少将　閑院宮春仁王）――千葉県

戦車第二十八連隊（少佐　井上直造）

戦車第二十九連隊（少佐　島田一雄）

戦車第三十連隊（少佐　野口剛一）

ほか

第五十一軍（中将　野田謙吾）　鹿島灘方面担任

独立戦車第七旅団（大佐　三田村逸彦）――高浜東北方

戦車第三十八連隊（少佐　黒川直敬）――昭20・4編成

戦車第三十九連隊（少佐　大浦正夫）――昭20・4編成

第五十二軍（中将　重田徳松）――九十九里浜担任

独立戦車第三旅団（大佐　田畑与三郎）——千葉県東方
戦車第三十三連隊（少佐　貞国誠三）——昭20満州で編成
戦車第三十六連隊（大佐　石井隆臣）——昭20・4編成
戦車第四十八連隊（少佐　曽原純男）——八街　昭20・4編成
第五十三軍（中将　赤柴八重蔵）——相模灘担任
独立戦車第二旅団（大佐　佐伯静夫）——厚木南方
戦車第二連隊（大佐　木川田庸夫）
戦車第四十一連隊（少佐　小野寺孝男）——昭20・4編成
第十三方面軍（中将　岡田資）——東海地区担任
独立戦車第八旅団（中将　当山弘道）——三方ヶ原
戦車第二十三連隊（中佐　黒田芳夫）
戦車第二十四連隊（中佐　大原篤一）
第十一方面軍（大将　藤江恵輔）——東北担任
戦車第四十四連隊（不　詳）——盛岡——昭20・4編成
第二総軍（元帥　畑俊六）——西日本担任
第十五方面軍（中将　内山英太郎）——近畿・中国・四国担任
第五十五軍（中将　原田熊吉）——四国担任
戦車第四十五連隊（少佐　田中義憲）——善通寺　昭20・4編成

戦車第四十七連隊（少佐　照井治）――徳島　昭20・4編成
第十六方面軍（中将　横山勇）――九州担任
第五十六軍（中将　七田一郎）――北九州担任
独立戦車第四旅団（大佐　生駒林一）　久留米
戦車第十九連隊（少佐　越智七五三次）
戦車第四十二連隊（少佐　河原米作）――昭20・4編成
戦車第四十六連隊（少佐　清水重之）――久留米　昭20・4編成
第五十七軍（中将　西原寛治）――日向灘担任
独立戦車第五旅団（大佐　高沢英輝）――宮崎
戦車第十八連隊（少佐　島田豊作）
戦車第四十三連隊（少佐　加藤巧）――昭20・4編成
独立戦車第六旅団（大佐　松田哲人）――霧島
戦車第三十七連隊（少佐　大隅到）――昭20・4編成
戦車第四十連隊（少佐　小野二郎八）――昭20・4編成
第五方面軍（中将　樋口季一郎）――北海道・千島担任
戦車第二十二連隊（少佐　平忠正）――帯広

〝ミニ〟機甲師団の態様を備えている。

本土に戦う戦車部隊の中戦車は四七ミリ砲搭載のものと改められたようである。軽戦車連隊も編成された。第四十五、第四十六、第四十七、第四十八の戦車連隊がこれである。本部と三個中隊、九五式軽戦車三六輌装備のこの連隊は所詮、捜索部隊の役目をすることになったのであろう。相手にする敵はノモンハンの時の敵と比べものにならぬ強力なものであるからである。

対戦車戦闘装備の遅れ

第一次大戦に戦車が出現してから約三〇年、日本陸軍に戦車部隊を作ってから二〇年、この間日本陸軍は戦車の価値について迷いに迷ってきた。「予想戦場では、戦車は使えるものでない」と見た。「戦車などあってもなくてもよい」「戦車怖るるに足らず」とも豪語した。

全軍的な戦車の軽視は又、全軍的な対戦車戦闘力の軽視に通じた。日本の機甲部隊がろくな戦車を持たなかったと同様に、陸軍全軍が敵の戦車を料理することの出来る対戦車兵器を作らなかったのである。

ここにこの太平洋戦争での陸軍部隊苦難の根源があった。今、「動く要塞」——恐怖のM4戦車、いやそれよりももっと強力なパーシング重戦車を迎え（これは沖縄の戦場に現われている)、これを迎え撃つ日本の歩兵の対戦車砲の主力は実に九四式(昭和九年式)三七ミリ対戦車砲だったのである。日本の技術本部が昭和十四年にラインメタル社の三七ミリ砲と比較試験してびっくりし、戦争となってビルマ戦場で昭和十七年、英軍のM3軽戦車に踏みにじられたあの対戦車砲である。勿論昭和二十年となっては四七ミリ対戦車砲も僅かながら装備されてはいる。これを当時本土決戦部隊と予定された兵団についてその実情を見ることにしよう。

前記の表に第三十六軍という兵団が関東地方に配備されている。米軍の上陸地域を鹿島灘方面、九十九里浜方面、相模灘方面と予想し、これに敵が上陸して来た場合その方面につめかけて反撃撃退しようという、いわば決戦兵団であった。戦車第一、第四師団のほかに一般師団をいくつか持っていたが、その中で機動、反撃師団と予定されていたものに第八十一師団、第九十三師団というのがあった。

これの対戦車装備を見よう。

歩兵師団の対戦車装備

第八十一師団は昭和十九年七月に動員されているが、その歩兵連隊の火砲装備は、九二式歩兵砲六門、九四式三七ミリ砲(対戦車砲)四門、四一式山砲四門で、これは筆者らが昭和の初期、歩兵連隊に勤めていた頃と変らない。連隊の速射砲中隊の持つ三七ミリ砲四門だけが対戦車戦闘大砲である。師団に師団速射砲隊という本部と三個中隊から成る部隊がある。これの装備が一式四七ミリ対戦車砲で機械牽引の火砲であった。要するに決戦兵団でもこれしかないのである。勿論師団砲兵連隊があるが、戦車を目標として直射穿貫するという大砲は少なかった。九五式野砲一二門、九一式一〇センチ一二門、九四式山砲一二門という編成だったからである。

第九十三師団も同様である。しかもこの師団の砲兵連隊は九四式山砲三六門という編成であった。対戦車戦闘に多くを期待することは出来ないものであった。

機動・反撃の根幹師団の対戦車戦闘装備がこんな程度である。それならば海岸に直接配備されて敵の上陸を迎え撃つ師団の対機甲装備はどうか。敵軍は各種の上陸用舟艇や、水陸両用戦車で海岸に向かってくる。どれも装甲の鎧を着ている。小銃や機関銃で相手に出来る敵ではない。LST（戦車揚陸船）が海岸に達着出来るとなると戦車が現われてくる。対戦車火砲なしにはその上陸は阻止出来ない。

九十九里浜を守っていた師団に第百四十七師団というのがあった。水際防禦専門の兵団である。歩兵四個連隊基幹の部隊だがその対戦車装備は次のようであった。

歩兵四個連隊のうち三個連隊は海岸地区配備部隊で専ら敵の上陸をくいとめる任務。この歩兵連隊の砲装備は九二式歩兵砲一八門、九四式三七ミリ砲四門、火焔放射器六、戦車砲（戦車砲を陣地に配備したもの）八門。また反撃に任ずるもう一個の歩兵連隊には軽迫撃砲一二門、四一式山砲八門を備えるほか対戦車火器はない。そして師団に一式四七ミリ対戦車砲が一二門あるだけであった。

こんな装備の歩兵師団を沿岸地域及びその後方に配置して、どうやって敵軍のパーシング重戦車やM4中戦車を中核とする装甲した軍隊を迎え討とうというのであったか。それは「対戦車特攻」なのであった。

日本の海軍及び陸軍は、フィリピンにおいて昭和十九年十月以降、敵艦船に対する「航空特攻」を呼号した。沖縄でもそうだった。莫大な犠牲にかかわらず敵の進攻をくいとめることが出来ず、今本土に敵を迎えるとなって、敵艦船の撃破どころか、上陸してくる敵軍の戦車に向かって特攻、すなわち必死の肉弾攻撃を行なわねばならないのである。

対戦車特攻

昭和二十年七月十六日、大本営陸軍部は次のような指示を参謀総長から全軍に出した。

《一、本土決戦における陸上作戦のカギは、敵の骨幹戦力である敵の戦車が撃破出来るか、どうかである。各種の作戦準備は戦車に対する戦闘を基礎として行なうべきものである。

二、対戦車戦闘は一死必砕の特攻に依る肉薄攻撃を主体とする。これがため全軍将兵に対し兵種を論ぜず、兵科、部を問わず、肉薄攻撃戦法の徹底及装備の充実を期せなければならない。》

本土決戦とは敵の戦車との戦いであるとすることに誤りはない。そして日本軍の戦闘手段はこの装甲の塊《かたまり》に対して、地雷、爆薬を持った日本兵が群がって突撃することなのである。これが本土決戦を呼号した日本軍の戦いの実態なのであった。戦法と呼べるかどうか。それにしてもむごい戦法である。

かつて参謀本部の戦車の主任者たちは「戦車は軽い、小さいものが沢山あればよいのだ」と頑張った。今、日本軍には、数が沢山とはいわないにしても軽い、小さいものがかなりにある。しかし戦車の「軽い、小さい」とは「弱い」に通ずる。軽い戦車には重い大砲は積めない。米軍戦車に対して戦闘力がないのである。

本土決戦に備えた日本軍機甲部隊の実態を見よう。

戦車師団の戦力

戦車第一師団。満州に在った部隊だが、本土危うしとなって内地に転用され、第三十六軍の編合に入れられた。戦車連隊は第一、第五連隊の二個連隊だけであった。二十年四月中旬に関東地区に到着したが、部隊の装備は砲戦車中隊に砲戦車はなく、中戦車の過半は五七ミリ砲装備の九七式であった。勿論内地に来てから新式装備に改変されたが、一式中戦車四七ミリ砲装備戦車は師団全部で六個中隊、砲戦車二個中隊にしか過ぎない。九五式軽戦車の二個中隊があるが、捜索任務のほかの戦闘任務に耐え得る戦車ではない。むしろ、機動歩兵第一連隊の持つ一式四七ミリ砲二七門、戦車第一師団速射砲隊の持つ一式四七ミリ砲一八門の方が図体が小さいから小廻りがきいて働けるかもしれない。

戦車第四師団は戦車第一師団とは違って歩兵、砲兵連隊は持たない。戦車三個連隊と高射機関砲隊、通信隊、整備隊、輜重隊を持った、いわば〝純血〟戦車師団である。だが戦況が防勢、反撃となった今日、その作戦任務を達成するに支障はない。

戦車連隊は同一編制で、共に次の編制である。

連隊本部

中戦車二個中隊　各一式中戦車（四七ミリ砲）

一〇輌、三個小隊

砲戦車二個中隊　各三式中戦車（七五ミリ砲）

一〇輌、三個小隊

自走砲一個中隊　一〇センチ自走榴弾砲六門

作業一個中隊　乗車歩兵三個小隊、工兵一小隊

整備中隊

立派なものである。さきに南海の離れ島に散った戦車部隊に持たせたかった装備である。

しかし、何といっても主力対戦車砲が四七ミリ砲である。敵の主力戦車に対しては苦戦が予想される。

戦車用法

三式中戦車が量産に入り、四式七・五センチ高射砲の改造型を搭載した、対戦車戦闘用の四式中戦車の開発の目途がついた頃の昭和二十年五月、参謀本部と教育総監部は「戦車用法」という教令を出した。

これにはこう書かれている。

《戦車の使用にあたり、性能上対戦車戦闘力を有するものは、つとめて対戦車戦闘に専念せしめ、その威力に乏しいものは敵重火器等の攻撃に任ぜしむるを本旨とする》

昭和十四年、戦車研究委員会で、戦車が対戦車戦闘をしなければならぬ時がくるかもしれぬ、という見通しをたてていたが、対戦車戦闘のできる戦車を持たないまま、日本陸軍はどたんばまできてしまった。そしていま、好むと好まざるとにかかわらず敵の戦車と対決せねばならぬ情況になったのである。

日本軍の持つ戦車は、どれくらいの対戦車戦闘力を持っているのであるか。

この教令は、こう注記している。

《注1　四式中戦車は一〇〇〇メートルにおいて、三式中戦車は六〇〇メートルにおいて、

M4戦車の正面を貫通しうるも、命中角の関係上その公算は僅少にして、側面および背面を攻撃するを要すること多し。

M1戦車（当時の情報による米軍パーシング重戦車）に対しては、四式中戦車は近距離において側面、背面に対し効力を期しうべきも、三式中戦車においては弱点に対し狙撃的射撃を行なうを要す。》

要するに四式戦車でも三式戦車でもM4以上の敵戦車に互角の戦いは出来ず、側面、背面から近距離に迫らなければ戦にならないのである。まして、部隊に現用の四七ミリ戦車砲となっては、敵の内懐に入りきらなければ仕留めることは出来ない。

《注2　一式中戦車、または九七式中戦車（改）はM4戦車に対しては、至近距離においてその側背を攻撃するを要す。》

正に大長刀《なぎなた》を持つ敵に、小太刀をかざして戦いを挑む姿が機甲部隊将兵のたった一つの戦法なのであった。

要するに、万事の遅れを補う方途は、もはや戦車隊将兵の精到なる訓練、その腕前、戦いぶりによる以外になかったのである。

戦車師団は動けるのか

そしてまた、果して、戦車大集団による本土での機動反撃は、成算があったのであろうか。

閑院宮春仁王は昭和二十年三月、満州から戦車第四師団の副師団長格の役に転任され、六月、少将に進級、終戦の四日前から第四師団長となった。当時を回想し、きわめて率直に、こう書いておられる。

《本土決戦の重点は、いうまでもなく関東地方。当時関東地方の戦備は鹿島灘方面、九十九里浜方面それに相模灘方面と大別され、それぞれに沿岸防備兵団が配置され、そのいずれにも対する決勝戦力として第三十六軍があった。この軍は一般師団七個と戦車師団二個の大集団であった。戦車第四師団は第一師団とは違って戦車三個連隊だけで諸兵はなく、通信、整備、輜重などのついただけの、いわば軽師団であった。……私たちは戦車運用の見地から、関東平地のいたるところの地形を偵察したが、戦場と予想されるところの大部分は水田、森林、急斜面などで、戦車の性能を充分に発揮することは困難と思われた。また戦況に応じて機動する場合、たとえば千葉県から神奈川県に、あるいは神奈川県から茨城県へと膨大な車輛部隊を転用するにあたり、東京の東部および北部によこたわる大小幾多の河川水流を渡ること、また東京都という広大な市街地を通過することは容易ならぬ難事である。計画や対策など一応はたてられていたが、実際にあたって順調に運ぶであろうか、はなはだ自信がなかったのが実情であった》

本土決戦という事態にたちいたらなかったということは、たんに機甲部隊将兵のことだけではなく、まことに幸せなことであった。

満州

昭和二十年八月九日の未明、ソ連軍は突如として満ソ国境を越えて侵入してきた。このとき関東軍に、往時のおもかげは全くない。かつては全満国境を確保し、東正面において攻勢をとることを用兵の方針とすることのできた関東軍も、昭和二十年初めとなっては「侵入してくる敵を阻止妨害しつつ、南満北鮮の山地帯にたてこもる」という方針に変えざるをえない情態であった。

その持久作戦は「国境地帯において地形と陣地施設を利用し、撃破するに努め、その後は満鮮の広さと地形とを利用して、敵を撃破、阻止、妨害する」というのである。日本陸軍の首脳部はかつて、「戦車は満州では使えない」とみた。そして満州の広さに応ずべき機動兵団の建設をおこたった。機甲戦力を欠いてこの広い満州で、どうやって「満鮮の広さと地形を利用して敵を撃破、阻止、妨害」出来るのであろうか。

日本の機械化・装甲化のおくれの目をさましたのがヒトラーの装甲軍であったが、そのヒトラーの装甲軍を圧殺した米英軍とソ連軍が、その装甲戦力をもって日本に襲いかかっているのである。

このとき関東軍に機甲部隊は、戦車連隊が四個あるだけであった。
第三方面軍（大将　後宮淳）――奉天
直轄　独立戦車第一旅団（少将　阿野安理）――奉天
戦車第三十四連隊（中佐　谷鉄馬）昭19編成
戦車第三十五連隊（中佐　長命稔）昭19編成
第四十四軍（中将　本郷義夫）――奉天
独立戦車第九旅団（大佐　北武樹）――四平
戦車第五十一連隊（少佐　堤驥）昭27・7編成
戦車第五十二連隊（少佐　中村正己）昭20・7編成

この兵力では、仮に、ノモンハン戦当時ほどの機械化部隊が侵入してきたとしても、これを捕捉、阻止、撃滅することはできなかったであろう。まして実際に侵入してきたソ連軍は、第二次大戦四年にわたるドイツとの苦闘にたえぬいた歴戦の将兵と、その火力・装甲力決闘に勝ちぬいた兵器装備を持った一五〇万の大軍である。弱体化した関東軍ならずとも、当時の日本の戦力では抗しうる相手ではなかった。

つぎにこのソ連軍進撃の概要をふりかえってみる。

ひたすら国軍の機械化・装甲化をさけび、満州の野に決勝機甲兵団の建設をとなえ続けた、数少ない機甲界の先覚者に対するたむけの辞とし、兵器装備の差の故にはぎしりしな

戦車第5連隊の解隊式（昭20-8）　一式中戦車群　左から二輌目は九七式改

がら散っていった機甲部隊将兵は勿論、報われることの少なかった従軍将兵に、われらもまた力及ばざりしを詫びる言葉の一端としたい。

ソ連軍の対日開戦、満州侵入は、昭和二十年二月のヤルタ会談で確定的となって、その準備を開始した。対日戦争の舞台は樺太、千島にもあるが、主目標は関東軍であり、満州であった。ソ連国境の東、北、西から一挙に侵入、満州全土を席巻《せっけん》しようとするものであった。

大電撃作戦

満州国はフランス本国の二倍もある。この作戦構想の規模は、ドイツのフランス作戦や、ポーランド外線包囲作戦の比ではない。段違いのものであった。

これまで極東にあって関東軍に備えていた四〇個師団に、さらに四〇個師団がヨーロッパ・ロシアから一万キロへだてた極東に増加された。マリノフスキー・ソ連邦元帥の第二ウクライナ方面軍司令部は、ドイツが降伏する以前の四月中旬以後、はやくも極東に送られた。ザバイカル方面軍となって、満ソ国境西正面で一五〇〇キロの間に展開して、一挙に新京（長春）、奉天の満州心臓部に向かう進撃を準備するのであった。

この攻勢の中核をなすのは第六親衛戦車軍。ヨーロッパ戦場において第二ウクライナ方面軍の先鋒として、ルーマニア、ハンガリーを突破、席巻し、ウィーン西方を経て、さらにチェコスロヴァキアに進出していた地形のけわしい地方での作戦経験ゆたかな戦車軍である。

この軍が攻撃準備をととのえたのは、昭和十四年ノモンハン戦のときのソ連軍の根拠地域であったタムスク地区、越えんとするは安岡戦車団が悪路泥濘に苦しんだ大興安嶺である。標高一〇〇〇メートルをこえ、大部隊の作戦には不適と考えられていたところである。外蒙の国境から興安嶺のふもとまで三五〇〜四五〇キロ。興安嶺の深さ二〇〇キロ。これを越せば満州の大平原である。長春、奉天までは五〇〇〜六〇〇キロ。これを一挙に突進しようという計画であった。ドイツがフランスに侵入したときの、アルデンヌ森林突破などの比ではない。

怖るべき機動力

親衛第六戦車軍は、第五親衛戦車軍団、第七、第九親衛機械化軍団を基幹に、戦車、自走砲一〇一九、装甲車一八八、大砲、迫撃砲一一五〇、カチューシャ・ロケット砲四三、自動車約六五〇〇という戦力で、各種協力部隊のほか、補給のため空輸二個師団の協力を準備していた。

八月九日未明、国境線を進発、計画どおりに大興安嶺の険を突破し、作戦第五日には平原に顔をだし、作戦第十日には奉天、長春の線に進出していた。日本軍の妨害がなかったとはいえ、驚くべき電撃的機動である。またこのとき、ザバイカル方面軍の外蒙騎兵・ソ連軍機械化の混成集団は、大草原を一挙に踏破して作戦第七日には北京の西北方、張家口に達している。

ソ連軍が大きな機動力を示したのは、西方草原地帯ばかりではない。日本軍が攻勢正面とも考え、戦車の使用に〝迷い〟をもった東方正面に展開した第一極東方面軍は、機械化軍団一個、戦車旅団一二個、機械化装甲旅団二個、という、装甲、自走砲部隊を備えていた。開戦第七日には日本軍国境守備隊の抵抗も、地形の錯雑も物ともせず、牡丹江南北の線に、作戦十日目にはハルピンの線に達した。

要するに、戦車、自走砲五五五六輛、独立戦車連隊二個、自走砲連隊一二個を有するソ

「若獅子の塔」　昭和40年建設陸軍少年戦車兵学校跡

連邦ワシレフスキー元帥の極東軍一五七万は、まったく電撃的に全満州から北部朝鮮を席巻したのであった。まことにおそるべき、機甲部隊の〝潜勢力〟であった。この偉大なる〝可能性〟をはるか以前に見通していた先覚者が、数こそ少なかったが日本にもいたことは、せめてものなぐさめである。

満州の戦車部隊は、終戦の大命にしたがってほとんど戦いを交えることなく武器を捨てた。

終戦時、戦車連隊は四六個をかぞえた。その二一個連隊が外地で戦ったことは前述のとおりである。

機甲部隊史とするかぎり、大東亜戦争開始後における騎兵、捜索隊にもふれなければならないのであるが、要するに、防勢・固守作戦に転移した末期となっては、これら捜索機動兵種の部隊はしだいに減少して、すでに述べた騎兵第四旅団が中国戦線で活躍していたほかは師団騎兵一個連隊、捜索隊二三個隊に過ぎなかった。その詳細は前出の『日本騎兵史』に詳しい。一訪ねんとする読者は、これによって、その所属兵団の運命とともにこれら部隊の健闘苦闘の跡を偲んでほしい。たとえばビルマ戦線の各師団や、南東正面、ニューギニア、レイテ、ルソンの師団の騎兵、捜索隊の如きがこれである。

ともあれ、日本に戦車隊生まれて二〇余年、機甲兵種誕生してわずかに四年余。思えば、栄光少なくして、苦難多き生涯であった。

増補改訂版　あとがき

小著『帝国陸軍機甲部隊』は、昭和四十九年五月に公刊した私の処女作である。幸いに公刊以来、多くの方々の御叱正を賜わり、さらに貴重な資料を供与される方もあった。陸軍士官学校の同窓、土屋英一君も、その一人であった。

これらを頼りに原著を補止する機を待つうちに、残念ながら出版社が整理の悲運に遭遇し、絶版の憂き目にあってしまった。そこで起稿したのが『戦車──理論と兵器』と題した本であった。それは昭和五十二年に公刊したものだが、前著『帝国陸軍機甲部隊』を補足すると共に、目を世界各国に拡げて、戦車の進歩と兵学の理論との相互関係を明らかにすることを主軸に論じたものであった。

この両書が私が書いた唯二冊の戦車の本であるので、何としても前書が埋没してしまうことが心残りで、これの再版を願うこと切なるものがあった。そして、この私の心情を知って助力を言い出して下さったのが、原書房の成瀬社長以下の方々であった。

喜んだ筆者としては、セコハン同様の本の復刻では申し訳ないと、原著に『戦車』の相当部分をも加え、増補改訂版として、装いを新たにして出版をお願いしたのが、この本である。筆者としては、内容は旧陸軍の機甲部隊の歴史に関する決定版であると自ら確信しているものである。

この本が日の目を見たことについて、改めて原書房の各位や御支援を賜わった人びとにお礼を申し上げる。

ところで、私は、前著を書いた当時、自分は旧陸軍の「機甲兵」の一員であると思っていた。ところがその後、史料調査の間に、旧陸軍は私を「機甲兵」とは認めず、「歩兵」のままに敗戦に至っていることを知った。何しろ、機甲歴は僅か「陸軍戦車学校教官一年間」の筆者を「機甲兵」とは認めなかったわけである。

とすると、私の書いた『帝国陸軍機甲部隊』は「機甲兵」でない者の書いた「機甲兵追悼録」と言うことになるわけであり、機械化の遅れの故に苦しんだ歩号に対する「歩兵」の哀悼の言葉というべきである。が、どちらにしても本書のねらうところに変りはない。

そもそも、どこの国でも、その全軍の対戦車装備、対戦車戦闘力は、その国の機甲部隊の力の消長に関係しているのである。機甲部隊が強いほど、その戦車の威力が大きいほど、当然に、全軍の対戦車装備——対戦車戦車、対戦車砲、対戦車地雷など——が強化されて

「戦車之碑」

ゆく。自軍の戦車の威力が小さければ、その国の地上部隊の対戦車火器は強力にはならない。
日本陸軍の場合が正に、それであった。そして大東亜戦争となって、敵車の強力な戦車に対して日本軍は全くお手あげであった。旧軍の各部隊が苦しんだ根源は、ここにある。機甲部隊の力の消長は、単に機甲部隊だけのことではなく、全陸軍の運命に関することであった。
「機甲兵」であったにせよ、「歩兵」のままにせよ、筆者の言いたかったことは、ここに在ったのである。

戦車の碑

前著発刊に間に合わなかった「戦車之碑」はこの写真のものである。

これは昭和四十九年五月に復元されて、かつての戦車発祥の地、旧戦車第一連隊の跡である久留米市国分町の、陸上自衛隊第四特科連隊東門前に建立されている。書かれたのは、元戦車第三師団長山路秀男将軍である。

初版　あとがき

私は昭和のはじめの二十年を、このんで〝風雪二十年〟と呼ぶ。日本テレビに在職中、記録フィルムを主としたドキュメンタリー番組を「日本の年輪・風雪二十年」と銘うって、二年余、一一一回にわたる四五分番組を制作放送したことがある。

この二十年は、じつは私の陸軍士官学校から敗戦までの軍服を着ていた二十年であり、奇しくも日本の戦車部隊の生涯二十年でもある。顧みてまことに波瀾苦難にみちた風雪の歳月であった。この歳月はわれわれの年輪であり、日本の年輪でもある。この年輪の上に、さらに三十年の年輪が重ねられたが、よかれあしかれ、われわれからこの年輪をとりさることはできない。

この風雪二十年の日本機甲部隊の生涯を書きあげてみて、しみじみ思うことは〝英知なき〟新軍建設の混乱が、いかに多くの従軍将兵に苦難の途を歩ませることになったかということである。太平洋戦争における決勝戦力が日本海軍であれ、陸海の空軍であったにもせよ、決戦の場となって地上部隊が闘うべきときには海軍、空軍は不在で、地上独力の戦いとなった。そして装甲戦力、対装甲戦力のおくれが地上部隊将兵苦難の根源なのであった。戦闘の運命が、従軍将兵の運命が、はるか以前に机の上で決められていることは、書中、何度か書いた。痛恨の情からであり嘆惜《たんせき》の思いからである。

新軍建設にあたって、既存の組織の頑迷さや因襲と戦わねばならなかったことは、日本だけのことではない。

グデーリアンほどの人のいたドイツ軍でも、その機甲軍建設の理念や戦車運用の理論がスムーズに受け入れられたのではない。まず、騎兵は反対し、歩兵は直協戦車を、突撃砲を、と要求し、砲兵は自走砲の面でゆずらず、その混乱はソヴィエト侵攻後に大きく尾をひいて、ドイツ機甲界やその軍需生産面での混乱ぶりは、目を覆わせるほどのものがある。

ソ連軍にも迷いの経過があった。トハチェフスキー参謀総長のときに創始された戦車軍団の芽は、スターリンの信頼のあついソ連騎兵界の反撃を受け、一九三七年、トハチェフスキーのパージ銃殺の後には、彼の機甲理論は西方〝ブルジョア兵学〟の亜流として排撃され、戦車軍団、機械化軍団はすべて解体され、歩兵に編入されてしまった。

一九三九年夏、ジューコフはノモンハンにおいて戦車旅団を決勝戦力的に運用して日本軍に大打撃をあたえたが、同年冬、弱小国フィンランドを一撃のもとに、としかけた戦争では、ソ連軍は大敗を喫して赤軍戦力のぼろをだした。この結果、ドイツ電撃作戦の衝撃もあって戦車軍団の必要を再確認し、それの再建にのりだしたが時すでにおそく、その中途にしてヒトラー軍の侵攻を受け、ソ連の機甲軍は壊滅してしまった。トハチェフスキーのような将帥がいて、この迂路に迷うことがなければ、ヒトラーもソヴィエト侵入の機を見出すことはできなかったであろう。ただ、ソ連軍にはこの〝迷い〟のさなかの一九三九年、すぐれたT34が生まれていた。時期的には皮肉なことではあったが、この戦車の設計者たちこそが、敗北の続くソ連軍を救ったものといえよう。日本には残念ながらそれがなかった。

要するに、特別に非凡でないかぎり、人間の洞察力などというものはたかの知れたものである。九五式軽戦車と九七式中戦車をもって太平洋戦争を迎えた日本機甲部隊を難ずるは易い。日本陸軍そのものが、三八式歩兵銃と三八式野砲クラスの戦力をもってこれを戦ったのである。頼むべき力の実態を知らなかったこと、これより甚しきはあるまい。日本海軍にしても、対米戦争の決勝戦力と確信した不沈戦艦「武蔵」は主砲一八吋の一発も射つことなくシブヤン海に沈み、「大和」もまた、あとを追った。ともにわずか三、四年の生涯であった。

陸軍も海軍も、一〇年さきをすら見とおす力をもたなかったのである。これがどれほどの犠牲を生んだことか。〝軍備〟を説き〝明日の兵備〟を論ずることの〝そらおそろしさ〟を、今さらながら感ずるのである。

私は旧陸軍の「機甲兵」に属する。しかし戦車に乗って一度の戦闘をしたこともない。それがこの書の記述を思いたったのは、先年サンケイ新聞社の大戦ブックス・シリーズに「ドイツ機甲師団」「T34」などを訳す機会をえて、この独ソ両軍装甲部隊の装甲戦力らしい働きぶりを知るにつけ、雲散霧消するかのように潰《つい》え去った日本機甲部隊の悲運に哀惜の想いを禁じえなかったことによる。

武運にめぐまれなかったこの日本機甲部隊の生涯は、苦難にみちたものであっただけに、それを明らかにしなくては、と発願したものであり、先輩の多くも支援鞭韃を惜しまなかった。

そしてさらにこれを推進したものに『手記・少年戦車兵』という本がある。この若獅子会編纂の「年未だ若くして国軍に身を投じ、心技を錬磨し、また未曽有の国難に際しては、毅然として死地に赴いた少年戦車兵の偽らざる記録」を熟読して非常な感銘をうけた。もちろん少年戦車兵に限ったことではないが、「これほどの人たちが数多くいたのに」という想いが、悔恨慚愧の念とともに筆を走らせたのである。

戦車歴をほとんどもたぬ筆者であるから、この本は諸記録、諸資料、先輩の教示などをまとめあげたものにすぎない。本書中引用させていただいた諸書の著者の労作に負うものである。防衛庁戦史室の近藤新治編纂官の研究資料は非常な支えであった。直接御教示を賜わった、閑院純仁、山路秀男、星野利元、玉田美郎、原乙未生、吉松喜三、大槻章の諸先輩、同期生の久保達夫氏、統幕学校の寺本弘氏、若獅子会の藤原新吉氏らにもあつくお礼を申し上げる。なお貴重な資料の閲覧その他の便宜をあたえてくださった防衛庁戦史室の関係諸官の御協力に深く感謝します。

本年六月、久留米に「戦車の碑」が建設される。日本の戦車部隊誕生の地にかねてからあったものだが、進駐米軍によって破壊されていたものを再建する由である。戦歿者、物故者の慰霊と、往年の精進のあとを偲ぶよすがとする趣旨という。栄光少なくして苦難のみ多かった年輪にもせよ、亡き人を偲び、往事を回想することは〝明日への途の熟慮〟につながる。結構なことだと思う。この碑の写真で本書を飾れなかったことが惜しい。

昭和四十九年四月　　加登川幸太郎

★*British and American Tanks of World War* II
P. Chamberlain. C. Ellis 1969 〔Arco Publishing Company〕
★*Russian Tanks* 1900–1970 John Milsom 1970 〔Galahad Books〕
★*Die deutschen Panzer* 1926–1945 F. M. von Senger und Etterlin 1968 〔J. F. Lehmanns Verlag〕
★*Panzer Leader* H. Guderian 1960 〔Michael Joseph〕
★*ПОБЕДА На Дадьнем Востоке*. Н. Внотченко 〔1966 Воениздат〕

参考文献

★防衛庁戦史室〔現・防衛省防衛研究所〕保管資料
陸軍省　密大日記　　　　　大正13年より昭和17年まで
陸軍省　軍事機密大日記　大正14年より昭和9年まで
陸軍省　大日記甲5類　　　大正12年より昭和5年まで
ノモンハン戦訓研究にかんする各種資料
ドイツ派遣山下軍事視察団の報告資料
山崎正男少将手記——「兵器技術の進歩を中心とした編制推移の概要」昭35
★筆者保有資料
列強機械化の現況及趨勢　　昭12　井上大佐ほか機動兵団視察団
仏軍大部隊戦術的用法教令草案　1922発布　大12　偕行社発行
赤軍野外教令　1925　発布　　　　　　　　昭6　偕行社発行
赤軍野外教令　1936　発布　　　　　　　　昭12　偕行社発行
作戦要務令（研究案）　　　　　　　　　　昭13　教育総監部発行
★防衛庁戦史室　近藤新治編纂官研究資料
★「大東亜戦争全史」　服部卓四郎著　　昭40　原書房
★防衛庁戦史室編纂　戦史叢書「マレー進攻作戦」「大本営陸軍部」(1)(2)「一号作戦・河南の会戦」「関東軍(1)」「陸軍軍需動員(1)、(2)」
★「私の自叙伝」　閑院純仁著　　昭41　人物往来社
★「日本の戦車」（上・下）
原乙未生、竹内昭、栄森伝治著　　1961　出版協同社
★「日本騎兵史」（上・下）佐久間亮三・平井卯輔共編　　昭45　原書房
★「手記・少年戦車兵」　若獅子会編集
★機関誌「ノモンハン」1号—9号　ノモンハン会
特に同誌所載「安岡兵団の戦闘」　玉田美郎
★大戦ブックス「シンガポール」宇都宮直賢訳　サンケイ新聞社出版局
「ドイツ機甲師団」「T—34」「沖縄」「クルスク大戦車戦」
加登川幸太郎訳

1942 (昭 17)	日本シンガポール攻略 米軍ガダルカナル上陸(8) 独軍夏季攻勢 スターリングラードで敗北 アフリカ、エル・アラメインの敗北 米軍アフリカ上陸	米、M 4 シャーマンI型戦車現わる（30 トン、75 ミリ砲 1、MG 2、装甲 76 ミリ、350 馬力、時速 40 キロ、乗員 5） 万能戦車、独軍戦車の性能向上に伴い苦しくなったが数でこなす。4 万台生産 エル・アラメインの戦闘で初陣、日本軍は対抗策なし 独、ティーゲルI型戦車現わる（56 トン、88 ミリ砲 1、MG 2、装甲 110 ミリ、700 馬力、時速 38 キロ、乗員 4） 攻撃用よりむしろ防御用戦車 独ソ両軍共、自走砲、駆逐戦車などの比重増す ソ軍、スターリングラードの反撃に、戦車軍、戦車軍団、機械化軍団を用う 日本、機甲軍、戦車師団を作る
1943 (昭 18)	日本軍、受動に陥る。 独伊アフリカ部隊降伏 独ソ戦クルスク大戦車戦 伊、降伏	独、パンテルI型戦車現わる（43 トン、75 ミリ砲 1、MG 2、装甲 120 ミリ、650 馬力、時速 43 キロ、乗員 5） T-34 に対する独軍の対抗戦車、均衡のとれた優秀戦車、大戦中に作られたものの傑作 日本、機甲軍廃止
1944 (昭 19)	独軍東部戦線全面敗退 米軍マーシャル群島上陸(2) 中国戦線、京漢作戦（4〜）	英米軍ノルマンディー上陸(6) サイパン島失陥(7)、レイテ決戦(10) ビルマ戦線インパール作戦（3〜）
1945 (昭 20)	ヤルタ会談 ルソンの戦い(1) ソ軍対日戦開始(8)	ソ軍ベルリン総攻撃(4)　ドイツ降伏(5) 硫黄島の戦い(2)、沖縄の戦い（4〜）広島・長崎原子爆弾(8) 日本降伏(8)　第二次大戦おわる

1934 (昭 9)	独、ヒトラー総統就任	日本、初の機械化兵団創設（独立混成第 1 旅団） 九四式軽装甲車制式制定 独、一号戦車量産に移る
1935 (昭 10)	独、再軍備宣言	日本、九五式軽戦車制式制定 独、二号戦車現わる（3 号、4 号の開発遅延のための応急戦車である）装甲師団 3 個創設 ソ連、この年戦車 7000、軍用車輛 10 万を保有す 英、騎兵部隊より機械化師団 1 個を作る
1936 (昭 11)	日本、二・二六事件 独、ラインランド進駐 伊、エチオピア併合 スペイン、内乱起こる 中国、西安事件	独、4 号戦車現わる（18 トン、75 ミリ砲〔短〕1、MG 2、装甲 20 ミリ、250 馬力、時速 37 キロ、乗員 5） （後には、75 ミリ砲〔長〕、装甲 80 ミリに至る） 独、騎兵師団全廃 スペインは、ドイツ・ソヴィエトの戦車部隊実験場となる ソ連では“歩兵直協用”の結論 仏、騎兵師団より軽機械化師団 2 個を作る
1937 (昭 12)	支那事変始まる(7) 日独伊防共協定成る(11) 南京入城(12)	日本、機械化兵団初陣　九七式中戦車制式制定 ソ連、トハチェフスキーら大粛清（1938 に及ぶ） 西方“ブルジョア”兵学に反対論、機械化軍団解体 戦車は歩兵直協に
1938 (昭 13)	独、オーストリア併合(3) ミュンヘン会談(9) 徐州会戦(5) 張鼓峯事件(7) 広東・武漢三鎮占領(10)	独、装甲師団 5 個に軽師団 4 個となる 日本、機械化兵団解体 騎兵集団満州を去る
1939 (昭 14)	スペイン、フランコ勝つ 独伊　軍事同盟 ノモンハン事件 独ソ、ポーランド侵入 第二次大戦始まる ソ連、フィンランド侵入	英、マチルダ二型戦車現わる（26 トン、40 ミリ砲 1、MG 1、装甲 78 ミリ、174 馬力、時速 24 キロ、乗員 4） ソ連、ノモンハンにて初めて、戦車旅団を決勝戦力として使用す 独、対ポーランド電撃戦、ポーランド騎兵団壊滅 ソ連、対フィンランド戦で劣弱さをさらけだす。40 年に入って終戦
1940 (昭 15)	独、ノルウェー侵攻(4) 独、西方作戦 フランス完敗 独、対英空中戦 日独伊軍事同盟(9)	仏、装甲師団編成に着手す 独、装甲電撃戦、仏英機甲部隊壊滅 ソ連、軍再建始まる、戦車、機械化軍団編成開始　41 年秋目標 戦車 40 個師団の計画へ努力 ソ連、KVI 型戦車現わる（46 トン、76 ミリ砲 1、MG 3、装甲 106 ミリ、550 馬力、時速 40 キロ、乗員 5） （1941 年独軍対策にくるしんだ戦車）
1941 (昭 16)	独、ロンメル、アフリカに登場 独、ソヴィエトに侵入(6) モスクワ正面ソ軍反撃(12) 大東亜戦争始まる(12)	ソ連、T-34／76 現わる（28 トン、76 ミリ砲 1、MG 2、装甲 60 ミリ、500 馬力、時速 51 キロ、乗員 4）装甲、武装速度のバランスのとれた優秀戦車、1941 年以後独軍戦車を圧倒す ソ連戦車軍団、機械化軍団壊滅、戦車旅団のみ編成に方針変更 独軍の対ソ軍戦車の火砲、装甲増強戦始まる

●戦車年表

1914 (大3)	第一次大戦はじまる	運動戦によってはじまったが、マルヌ会戦を契機に陣地戦にうつる
1915 (大4)		英国で戦車創案される
1916 (大5)	9.15 ソンム会戦　戦車出現 使用戦車49輛	英、I型（雄）重戦車現わる（28トン、57ミリ砲2、MG 2、装甲10ミリ、105馬力、時速6.4キロ、乗員8）
1917 (大6)	ロシア革命	仏、ルノーFT戦車現わる（6トン、37ミリ砲1、またはMG 1、装甲22ミリ、39馬力、時速8キロ、乗員2）
	11. カンブレーの戦闘：戦車による奇襲戦、英戦車軍団使用、第一線突破するも戦果拡大しえず	
1918 (大7)	戦車使用つづく 11. 大戦終了 終戦までの建造戦車数英軍2600輛、仏軍3400輛という ドイツ11月革命	独軍戦車の立遅れに悩む。この年になって独軍戦車使用 「我々はフォッシュ元帥に敗れたのではない。“戦車”将軍に敗れたのだ」独軍敗戦の弁
1919 (大8)	ヴェルサイユ条約	独軍、戦車、飛行機など保有禁止
1922 (大11)	ワシントン軍縮条約 ソヴィエト連邦成立 日本、陸軍第一次軍縮	1920年代 主として英国に戦車運用理論についての論議活発に起り、各国に影響す
1923 (大12)	日本、関東大震災	
1925 (大14)	日本、陸軍第二次軍縮 ロカルノ欧州安全保障条約	日本、戦車隊誕生
1926 (大15)	中国、武漢国民政府成立	
1927 (昭2)	日本、金融恐慌おこる	日本、国産第一号試作戦車誕生　独ソ、カザンに戦車学校、共同研究開始（ソ連参謀総長、トハチェフスキー）
1928 (昭3)	パリー不戦条約調印 日本、済南出兵	ソ連、第一次工業化五カ年計画を開始す 張作霖爆死事件
1929 (昭4)	世界的経済恐慌おこる	日本、八九式戦車制式制定
1930 (昭5)	ロンドン軍縮条約 日本、農業恐慌	ソ連、トハチェフスキーの主導により機械化旅団誕生（戦車3大隊と歩兵1大隊）
1931 (昭6)	日本、満州事変おこる(9)	米、クリスティーT3戦車現わる（10トン、37ミリ砲1、MG 1、装甲16ミリ、338馬力、時速43キロ、乗員3）量産された快速戦車の最初、ソ連軍戦車の先駆、BT戦車シリーズ生まる
1932 (昭7)	日本、上海事変(1) 満州国建国(3)	ソ連、初めて、機械化軍団を作る（2〜3機械化旅団、車載歩兵旅団ほか）戦略騎兵を目指したもの
1933 (昭8)	独、ヒトラー首相就任	日本、戦車2個連隊となる

文庫版解説　参謀―ジャーナリスト―歴史家　加登川幸太郎の真骨頂

大木　毅

加登川幸太郎《かとがわこうたろう》は必ずしも一般によく知られた存在とはいえない。昭和も遠ざかり、太平洋戦争の記憶もうつろいがちな令和の時代ともなればなおさらであろう。だが、軍事史・日本陸軍史に関心のある読者であれば、どこかでその名に出会っているはずだ。加登川は、戦前・戦中においては陸軍参謀であり、戦後は黎明期のテレビ放送に関わって、とくに歴史・戦争を題材にしたドキュメンタリーの制作に力を振るったジャーナリスト、そして、日本軍事史に関する研究書を多数上梓《じょうし》した歴史家であるからだ。以下、本書『帝国陸軍機甲部隊』の解説に入る前に、その生涯を概観しておこう。

加登川幸太郎は明治四十二（一九〇九）年七月七日、屯田兵の家の長男として、北海道に生を受けた。旭川中学（旧制）を経て陸軍士官学校に入学（四十二期）、昭和五（一九三〇）年五月に卒業し、同年七月に少尉に任官している。その後も順調にエリートコースを進み、昭和十（一九三五）年には高級指揮官養成機関、将来の将官への登竜門である陸軍大学校に入学した。昭和十二年に同校を卒業した加登川は、戦車学校教官を務めたのち（この配置が戦後の本書執筆に至る機甲部隊との縁の端緒となったといえる）、北支那方面軍参謀、陸軍省軍務局課員（軍事課資材班、同予算班などに勤務した）、第二方面軍参謀、第三五軍参謀、第三八軍参謀を歴任した。自身体験した戦場は、中国、ニューギニア、レイテ、インドシナ等であり、歴戦のつわものであることがわかる。敗戦時には、少佐で第一三軍参謀であった。

なお、加登川の軍歴に特徴的なポイントとして、もっぱら参謀として軍歴を積んでいることを指摘しておきたい。それも、戦略・作戦などの用兵、簡単にいえば軍隊を使うことに関わる「軍令」よりも、組織・装備、軍隊をいかにつくるかという軍事行政、すなわち「軍政」畑に多く携わっていることに注目すべきであろう。加登川は戦後民間企業に転じて、そこでも成功するが、その背景には、おのずからマネジメントの能力を要求される軍政の知識と経験がものを言っているものと思われる。

やや私事にわたるけれども、筆者は二十代のころ、昭和史・太平洋戦争史に力を入れていた雑誌『歴史と人物』の編集助手を務めていたことがあり、その関係で何度か、加登川と面談する機会を得た。まことに人をそらさぬ話上手な好々爺《こうこうや》という印象で、同じ元陸軍でも、参謀本部の作戦部・作戦課に勤務していたというような、いわゆる作戦系統の将校とはおよそタイプがちがっていたと記憶している。

閑話休題《それはさておき》、昭和二十一（一九四六）年に復員した加登川は、ＧＨＱこと進駐軍総司令部に置かれ、太平洋戦争史の研究・作成に当たっていた歴史課に勤務した。その後、日本テレビに入社し、昭和二十七（一九五二）年から四十二（一九六七）年まで編成局長に補せられている。

この編成局長時代に加登川が手がけた番組としては、昭和戦前期を題材としたドキュメンタリー・シリーズ『日本の年輪　風雪二十年』が知られている。しかし、彼が直面した、もっとも大きな問題といえば、やはり『ベトナム海兵大隊戦記』をめぐるあつれきであったろう。この件、加登川の人となりを考える上で大きなヒントになると思われるので、簡単に述べておく。

『ベトナム海兵大隊戦記』は、当時、米軍直接介入を受けて激化していたベトナム戦争の実態を報じるべく、長期の現地取材をもとに制作されたルポルタージュである。この番組は三部構成の予定で、昭和四十（一九六五）年に第一部が放映された。ところが、それに対して、橋本登美三郎《はしもととみさぶろう》内閣官房長官が残酷なシーンをテレビで流すのはよろしくないと、日本テレビ社長の清水與七郎《しみずよしちろう》に直接電話をかけ、クレームをつけてきたのである。その結果、第二部と第三部の放映は中止となった。報道の自由に対する政治の介入であるとして、おおいに問題とされた事件だ。

興味深いことに、抗議を受けた加登川編成局長は、残酷な場面（槍玉に挙げられたのは、南ベトナム軍の将校が、敵解放戦線の少年兵の首を切り落とし、提げて歩くシーンだった）があるというけれども、戦争とはそういうもので、それをありのままに放映することには何の問題もないとの反応を示したという。

もっとも、加登川はその一方で政府の真の意図を読んでおり、おそらく番組が反米的だと受け止められたものと思われるが、そうは言えないので、残酷だという方向から抗議してきたのだろうと、本事件に関連した取材で述べている。

いずれにしても、政治やイデオロギーよりもファクトを重視する加登川の姿勢をかいまみることができる挿話といえよう。

昭和四十二年、編成局長をしりぞき、日本テレビを退職した加登川は、戦史・軍事史の研究に打ち込んだ。六十歳を過ぎて、あらたにロシア語の学習をはじめたとのエピソードも伝えられており、その意欲がうかがわれる。そうして刊行された著作は、あくまで事実にもとづき、日本陸軍が犯した失敗や愚行をも敢えて直視せんとする気魄《きはく》にみちみちており、今日なお資料的価値を失っていない。

この、いわば歴史家の時代に、加登川はやはり、おのが戦争観を明示するような行動に出ている。

昭和五十八（一九八三）年から六十年にかけて、旧陸軍将校・将校相当官の親睦団体である偕行社《かいこうしや》は、南京戦史の調査・作成を行った。当初の目的は、中国や国内の左派が主張していた、日本軍は昭和十二（一九三七）年の南京攻略に際して二十万ないし三十万の住民・捕虜を不法に殺害したとする、いわゆる「大虐殺」論に反駁《はんばく》するためであった。さりながら、偕行社が証言や関係文書を集めていく過程で、日本軍の蛮行を示す証拠がつぎつぎと明るみに出たのである。かかる事態を受けて、加登川は、偕行社の機関誌（『偕行』）に連載されていた当該記事「証言による南京戦史」の最終回で、多数の不法行為があったことは弁明の言葉がない、中国人民にわびるほかないとの趣旨の文章を発表したのだった。

筆者も、この事件をリアルタイムで見聞していて、元陸軍将校たちの長老格で、絶大な信頼を受けていた加登川さんが、敢えて彼らの多数意見に反することを明言するとは、なんとも思い切った一挙に出たものだと驚いたことであった。事実、複数の元陸軍軍人から、日本軍の名誉を傷つけるとは何ごとかと非難する声が出たことも覚えている。それでも――加登川は、おのが勢威を失うことを覚悟で、事実を優先したのであった。はなはだ勇気の要ることだったと、当時も現在も思っている。

もっとも、こうした加登川の言動を、たとえば旧陸軍のエリートでありながら、戦後は反戦平和を叫んだ遠藤三郎中将のような左への「転向」と捉えるならば、おそらくは、ことの本質を見誤ることになろう。戦後、日本海軍の愚行を舌鋒《ぜつぽう》鋭く批判した大井篤《おおいあつし》大佐（海軍）などと同様、加登川もまた、その持ち前の知性から、全面的敗北という破局をもたらした陸軍の過ちを語らずにはいられなかったし、日本陸軍という「党派」よりも事実に重きを置かずにはいられなかった。そう解釈するほうが適切であると思われる。

なお加登川幸太郎は長寿を全《まっと》うしており、平成九（一九九七）年に没した。

本書『帝国陸軍機甲部隊』は、かような加登川による旺盛な研究活動の成果の一つである。初版は昭和四十九年に白金書房より刊行され、ついで昭和五十六年には増補改訂版が原書房より出版された。今回それが、後者を底本として、ちくま学芸文庫に収められることになったわけである。

周知のごとく、日本陸軍機甲部隊は、先見性の乏しさにより、常に敵国に対して後手にまわり、前線の将兵が自らの生命によって、そのつけを払うことになったという悲劇的な歴史を有している。本書の通奏低音は、ついに決定的なイノヴェーションをなしとげられなかった陸軍指導部の知的怠慢への憤りであるといえる。

そもそも日本陸軍は、第一次世界大戦で出現した新兵器戦車をいかに使うかについて、はっきりしたヴィジョンを持たなかった。歩兵を直接支援するのか、騎兵と協同して軽快な偵察活動を行うものなのか。一応は前者の歩兵直協が主任務となり、国産初の「八九式中戦車」も、その線で開発されたが、昭和六（一九三一）年に満洲事変が勃発するまで、機甲部隊の発展は停滞していた。陸軍省や参謀本部は、大陸政策や対ソ戦略に注意を注ぐばかりだったし、伝統ある騎兵科の将校たちは依然として乗馬戦闘に固執し、戦車は自分たちの兵科の利害に反するものと考えた。この時期の遅れは、日本機甲部隊にとって致命的なものとなる。

それでも、満洲事変以降には戦車の価値が認識され、戦車連隊の編成もはじまった。昭和九（一九三四）年には、戦車と、車輛牽引《けんいん》、あるいは機械化された歩兵や砲兵、工兵を組み合わせた最初の機甲部隊「独立混成第一旅団」が誕生する。

しかし、戦車をめぐる議論は混迷を深めていくばかりだった。歩兵科は直接協同を求め、戦車関係者と騎兵科は機甲部隊を兵科として独立させるべきだという点では一致しても、前者は突撃部隊であることを重視し、後者は機動性が優先であるべきだとする。こうした対立のなか、独立混成第一旅団もあだ花と終わった。昭和十二（一九三七）年に開始された日中戦争に投入された同旅団は内蒙古《もうこ》方面に投入されたものの、歩兵支援用に開発され、低速の八九式中戦車を主体としていたがゆえに、充分な機動力を発揮できず、役立たずであったとして解隊されてしまったのだ。

だが、昭和十四（一九三九）年のノモンハン戦争の敗北、そして同年にヨーロッパではじまった戦争におけるドイツ装甲部隊の活躍は、日本陸軍に衝撃を与えた。これらの事象は、いずれも日本機甲部隊が世界水準に比べて、はなはだ立ち後れており、戦車の性能も見劣りするものであることを暴露したのである。

日本陸軍はようやく機甲部隊の強化拡大に踏み切った。昭和十六（一九四一）年には、戦車兵と騎兵の両兵科をまとめて「機甲兵」とし、機甲本部も創設される。翌昭和十七年には機甲軍や戦車師団の編成も実現したが、時すでに遅かった。日本機甲部隊は、その本領たる集中使用をなされることもなく、あるいは中国、あるいは南方の島々、あるいは満洲に分散投入され、空しく潰滅していく――。

本書は、こうした理解のもと、日本機甲部隊の攻防を論述していく。その詳細は、実際に本文をお読みいただきたいが、かかるパースペクティヴのもと、詳細に史料を検討し、当事者たちにも取材した本書は、類書がほとんどないこともあり、ながらくスタンダードの地位を維持してきた。とはいえ、初版刊行からおよそ半世紀、仄聞《そくぶん》するところによれば、加登川の時代には発見されていなかった史料を駆使した、あらたな日本機甲部隊史が、ある研究者により学位論文として提出され、刊行を待っているという。

あるいは、本書も、そのような新しい研究に乗り越えられていくのかもしれない。また、欧米機甲部隊の発展に関する記述には、さすがに古くなった部分が少なくないのも事実だ。にもかかわらず、日本機甲部隊を研究する者が本書を無視できるようになる日は来ないものと思われる。縷々《るる》述べてきた加登川のファクトを土台にした戦争・軍隊観と、そこからみちびかれた視座は、今日、そして予見し得るかぎりの将来においてなお有効なものでありつづけるであろう――それゆえ、である。

最後に、さらなる読書の指針として、本書以外の加登川幸太郎の著作を列挙しておく。

『三八式歩兵銃　日本陸軍の七十五年』、白金書房、一九七五年。同タイトルで、ちくま学芸文庫に収録（二〇二一年）。

『戦車　理論と兵器』、圭文社、一九七七年。『戦車の歴史　理論と兵器』として角川ソフィア文庫に収録（二〇二二年）。

『中国と日本陸軍』、上下巻、圭文社、一九七八年。

『名将　児玉源太郎』、日本工業新聞社、一九八二年。

『児玉源太郎にみる大胆な人の使い方・仕え方　動かされながら人を動かす知恵』、日新報道、一九八五年。

『ドイツ装甲師団』、ソノラマ文庫 新戦史シリーズ（朝日ソノラマ）、一九九〇年。

『続ドイツ装甲師団』、ソノラマ文庫 新戦史シリーズ（朝日ソノラマ）、一九九一年。

『陸軍の反省』、上下巻、文京出版、一九九六年。

（おおき・たけし　現代史家）

本書は一九八一年八月二〇日、原書房より刊行された『増補改訂 帝国陸軍機甲部隊』を底本とし、一九七五年一月一日に刊行された白金書房版『帝国陸軍機甲部隊』に掲載されていた図版を再録したものである。

戦国乱世を生きる力　神田千里

土一揆から宗教、天下人の在り方まで、この時代の現象はすべて民衆の姿と切り離せない。「乱世の真の主役としての民衆」に焦点をあてた戦国時代史。

三八式歩兵銃　加登川幸太郎

旅順の堅塁を白襷隊が突撃した時、特攻兵が敵艦に突入した時、日本陸軍は何をしたのであったか。元陸軍将校による渾身の興亡全史。（一ノ瀬俊也）

わたしの城下町　木下直之

攻防の要である城は、明治以降、新たな価値を担い、日本人の心の拠り所として生き延びる。城と城のようなものを歩く著者の主著、ついに文庫に！

東京の下層社会　紀田順一郎

性急な近代化の陰で生みだされた都市の下層民。落伍者として捨て去られた彼らの実態に迫り、日本人の人間観の歪みを焙りだす。（長山靖生）

独立自尊　北岡伸一

国家の発展に必要なものとは何か――。福沢諭吉は生涯をかけてこの課題に挑んだ。今こそ振り返るべき思想を明らかにした画期的福沢伝。（細谷雄一）

賤民とは何か　喜田貞吉

非人、河原者、乞胸、奴婢、声聞師……。差別と被差別の根源的構造を歴史的に考察する賤民研究の決定版。『賤民概説』他六篇収録。（塩見鮮一郎）

増補 絵画史料で歴史を読む　黒田日出男

歴史学は文献研究だけではない。絵巻・曼荼羅・肖像画など過去の絵画を史料として読み解き、斬新な手法で日本史を掘り下げた一冊。（三浦篤）

滞日十年（上）　ジョセフ・C・グルー　石川欣一訳

日米開戦にいたるまでの激動の十年、どのような外交交渉が行われたのか。駐日アメリカ大使による貴重な記録。上巻は１９３２年から１９３９年まで。

滞日十年（下）　ジョセフ・C・グルー　石川欣一訳

知日派の駐日大使グルーは日米開戦の回避に奔走。下巻は、ついに日米が戦端を開き、１９４２年、戦時交換船で帰国するまでの迫真の記録。（保阪正康）

増補 革命的な、あまりに革命的な　絓《すが》秀実
「一九六八年の革命は「勝利」し続けている」とは何を意味するのか。ニューレフトの諸潮流を丹念に跡づけた批評家の主著、増補文庫化！（王寺賢太）

考古学はどんな学問か　鈴木公雄
物的証拠から過去の行為を復元する考古学は時に歴史的通説をも覆す。犯罪捜査さながらにスリリングな学問の魅力を味わう最高の入門書。（櫻井準也）

戦国の城を歩く　千田嘉博
室町時代の館から戦国の山城へ、そして信長の安土城へ。城跡を歩いて、その形の変化を読み、新しい中世の歴史像に迫る。（小島道裕）

性愛の日本中世　田中貴子
稚児を愛した僧侶、「愛法」を求めて稲荷山にもうでる貴族の姫君。中世の性愛信仰・説話を介して、日本のエロスの歴史を覗く。（川村邦光）

琉球の時代　高良倉吉
いまだ多くの謎に包まれた古琉球王国。成立の秘密や、壮大な交易ルートにより花開いた独特の文化を探り、悲劇と栄光の歴史ドラマに迫る。（与那原恵）

博徒の幕末維新　高橋敏
黒船来航の動乱期、アウトローたちが歴史の表舞台に躍り出てくる。虚実を腑分けし、稗史を歴史の中に位置付けなおした記念碑的労作。（鹿島茂）

朝鮮銀行　多田井喜生
植民地政策のもと設立された朝鮮銀行。その銀行券等の発行により、日本は内地経済破綻を防ぎつつ軍費調達ができた。隠れた実態を描く。（板谷敏彦）

百姓の江戸時代　田中圭一
百姓たちは自らの土地を所有し、織物や酒を生産・販売していた――庶民の活力にみちた前期資本主義社会として、江戸時代を読み直す。（荒木田岳）

近代日本とアジア　坂野潤治
近代日本外交は、脱亜論とアジア主義の対立構図により描かれてきた。そうした理解が虚像であることを精緻な史料読解で暴いた記念碑的論考。（苅部直）

ちくま学芸文庫

増補《ぞうほ》改訂《かいてい》　帝国陸軍機《ていこくりくぐんき》甲部《こうぶ》隊《たい》

二〇二三年三月十日　第一刷発行

著　者　加登川幸太郎（かとがわ・こうたろう）

発行者　喜入冬子

発行所　株式会社　筑摩書房
東京都台東区蔵前二―五―三　〒一一一―八七五五
電話番号　〇三―五六八七―二六〇一（代表）

装幀者　安野光雅

印刷所　株式会社精興社

製本所　加藤製本株式会社

ISBN978-4-480-51169-0 C0131